High Energy

W0385998

Katja Darssen

High Energy

von

Katja Darssen

epubli

Impressum

Texte: © Copyright by Katja Darssen
Umschlag: © Copyright by Robert Tomala
Druck: epubli - ein Service der neopubli GmbH, Berlin

Die Energie kann als Ursache

für alle Veränderungen

in der Welt angesehen werden.

Werner Heisenberg

Prolog – Routine

Axel Hoppe saß in einem A320, biss in sein Hühnerwrap und flog wie eine Eintagsfliege über die 3000er hinweg. Eine andere Eintagsfliege war ums Leben gekommen und deshalb war er nun unterwegs. Dienstreise. Ein Journalist war von einer Jacht ins Meer gestürzt und ertrunken. Eine Frau war alleine auf dem Boot zurückgeblieben. Frau, Mann, Boot - alles deutsch. Deshalb holten die Kollegen der Policía nacional vorsichtshalber einen Bullen aus Deutschland hinzu. An Bord des Bootes sähe es nach einer ziemlichen Orgie aus, hatten die Spanier berichtet. Außerdem hatten sie 50.000 Euro im Gepäck des jungen Mannes gefunden.

Eine Dame in Blau mit Tüchlein um den Hals und streng zusammengebundenem Haar unterbrach die Gedanken des Kriminalhauptkommissars Hoppe. Er gab ihr den geleerten Kaffeebecher zurück, klemmte sein Tischchen an der Lehne vor ihm fest und machte es sich ein wenig bequem. Etwas eingedöst durchforstete er den Fall noch einmal. Eine wohlhabende verheiratete Frau hatte diesen jungen Mann also zu sich gerufen. Robert Vleih hieß er, Journalist. Einige Magazine druckten regelmäßig etwas von ihm, einen etwas reißerischen Blog betrieb er selbst. Stories über Ein-Euro-Jobber, die am Bau der neuen Universitätsbibliothek beteiligt waren oder über Staatssekretäre aus dem Bildungsministerium, die eine Kette für Nachhilfeunterricht besaßen, waren nicht schlecht. Der Journalist hatte auch einen Kriminalroman angekündigt. Irgendwie hatte er ein bisschen auf jeder Hochzeit getanzt.

Ein leises Bing drängte sich in Hoppes Gedanken. Er öffnete die Augen und sah, dass die kleinen Anschnallzeichen bereits leuchteten. Nachdem er die beiden Gurtenden ineinander geklickt hatte, blickte er aus dem Flugzeugfenster. Unter ihm lag das Meer wie ein riesiger schwarzer Teppich und er schaute so lange darauf, bis aus dem Schwarz allmählich Blau wurde. Schiffe konnte er jetzt deutlich erkennen. Auch ein Strand war klar auszumachen. Im Bauch des Flugzeugs rumpelte es. Die Räder wurden herausgeklappt. Unten tauchte eine Marina als exaktes Viereck auf. Schroffe Kliffküsten, manchmal ein Haus. Jetzt erkannte er die sagenhafte Bucht, an der entlang sich die Häuser der Inselhauptstadt bis weit hinein in eine dunkelgrüne Hügellandschaft abzeichneten. Die Stadt war mit dem Meer über etliche Kilometer Hafenanlage verbunden, in der abertausende Jachten, etliche Kreuzfahrtliner und Frachter lagen. Auf Reede warteten ebenfalls viele Schiffe. Die Bucht quoll über. Axel erinnerte sich, dass auch ein Fischereihafen mit kleinen Holzbooten, dem Gewirr aus zum Trocknen ausgelegter Netze und den typischen hellblauen Plastikkisten dort unten durchaus mithalten konnte. Dieses ausladende Zusammenspiel zwischen Land und Meer bewachte, so schien es, die Jahrhunderte alte Kathedrale an einem Ende der Stadt. Und schon wanderten Axels Gedanken zwanzig Jahre zurück, als er mit Kathrin zum ersten Mal hier gewesen war. Sie hatten das Wahrzeichen der Stadt erklommen, waren durch das Gassenlabyrinth der Altstadt gelaufen und immerzu hatte Kathrin nach den verborgenen Stadtpalästen mit ihren Innenhöfen und schattigen Loggien Ausschau gehalten. Mit den Fingerspitzen hatte sie über jedes einzelne

Holztor der städtischen Oasen gestrichen und sehnsüchtig zu jedem der winzigen Balkone emporgeschaut.

Das Flugzeug flog eine Kurve und weg war alles. Wie die Zeit vergeht, dachte er. Jetzt fliege ich nach etlichen Jahren für eine unerfreuliche Routineangelegenheit hierher. Vielleicht sollten wir noch einmal gemeinsam wiederkommen. Ob Michel sich noch für Urlaub mit seinen Eltern interessierte? Wahrscheinlich nicht, wenn er sogar bald alleine wohnen wird. Sah Axel jetzt aus dem ovalen Fenster, waren da nur noch karge Wiesen, kleine Feldsteinmauern und die verwitterten Windmühlen auf ihren dicken, steinernen Stumpen. Er merkte, dass er sentimental geworden war, nicht nur wegen der alten Erinnerungen. Er hatte sich zu einem Austauschjahr in Frankfurt am Main überreden lassen und nachdem das geklärt war, wurde er von den richtigen Fällen nach und nach abgezogen. Nur noch so etwas wie diese Protokollierung hier vor Ort blieb kurz vor seinem Weggang für ihn übrig. Fakten einsammeln und wieder nach Hause. Berlin-Palma war schließlich keine große Sache. Er holte tief Luft. So hatte dieser Robert Vleih das sicher auch gesehen. Aber musste es ausgerechnet eine verheiratete Frau und diese Jacht mit Polstermöbeln an Deck sein? Hatte dieser Schreiber nicht mehr Phantasie? War der am Ende doch nur ein mit Taschengeld ausgestatteter Bohemien, der sich verhoben hatte? Habe ich mich verhoben?, fragte sich Axel. Immerhin stand in einigen Wochen der Wechsel nach Frankfurt an. Wie es dazu nur kommen konnte!

Am Gepäckband schaltete Axel sein Mobiltelefon ein. „Lieber Kunde, willkommen in Spanien! Sie surfen, simsen und telefonieren im EU-Ausland ohne Aufpreis wie zuhause." Sonst nichts. Er stellte sich ein wenig abseits und beäugte die wartende Menschenmenge. Ziemlich entspannt schienen die meisten zu sein. Wanderschuhe, Flipflop, Sneakers. Und der da? War das nicht dieses Schlagersternchen? Job oder privat? Und ich? Ein richtiger Job mit Mannschaft und Verantwortung ist das hier auch nicht. Heute hier, morgen dort und irgendwann eben Frankfurt. Karriere hin oder her. Ob das die richtige Entscheidung war? Wer will denn unbedingt Oberkommissar oder Polizeirat werden, wenn man dafür wie ein Schüler verschickt werden muss? In knapp drei Monaten ist es soweit. Der erste Koffer rumpelte durch die schwarzen Gummilappen. Eine Reisetasche, wieder ein Koffer, eine Sporttasche. Augenblicklich gerieten die Leute in Bewegung. Auch Axel erblickte sein Gepäck, nahm es vom Band und ging.

In der Ankunftshalle des Flughafens fand er den Mann, der „Axel Hoppe" auf einem Pappschild geschrieben vor sich hielt. Er ging auf ihn zu. „Buenos Dias. Yo soy ...." Das hatte er gestern Abend noch trainiert.

Der Mann lächelte und gab ihm die Hand. „Sehr erfreut und herzlich Willkommen. Ich bin Javier Torres." Er deutete auf den Ausgang, auf den sie gemeinsam zusteuerten. Auf dem Weg zum Parkhaus besprach der Kollege der Policia nacional die nächsten zwei Tage. „Wir haben für sie ein Zimmer in Port d' Andratx besorgt. Dann sind sie gleich vor Ort."

„Danke. Gracias!" Ach verflixt. Das bisschen Gracias kann ich lassen.

„Ist es Ihnen recht, wenn wir gleich raus zur Jacht

fahren, bevor wir diese Frau Schmidt aufsuchen?"

„Natürlich, dafür bin ich gekommen."

„Ich glaube, dass wir da den üblichen Fall von Überschwänglichkeit und deren Folgen haben."

Sie hielten Schritt mit den vielen Fluggästen.

„Üblich?"

Er erhielt keine Antwort. Stattdessen wies sein Kollege auf das Parkhaus, auf das sie zuliefen. Hoppe war es recht, dass sie im Moment nicht viel sprachen. Die Wärme und das Licht überwältigten ihn. Im Parkhaus stand auf dem ersten Platz gleich hinter der Schranke ein Seat Toledo. Torres öffnete den Kofferraum, nahm zwei Wasserflaschen heraus und reichte ihm eine davon.

Bald darauf hatten sie den Flughafen hinter sich gelassen und fuhren auf der von üppigen Oleandersträuchern gesäumten Autobahn durch flaches Land. Kleine Olivenbaumplantagen, Schafe unter Johannesbrotbäumen rechts und links der Strecke.

„Möchten Sie kurz ins Hotel?", fragte der spanische Kollege.

„Das ist nicht nötig. Wir können gleich zum Boot und zum Fundort des Toten fahren."

Torres schaute herüber und nickte. „Wissen Sie, wir haben hier manche Male solche Angelegenheiten. Es muss alles schnell gehen. Sonst kommen Fotografen hinaus aufs Meer, schnüffeln herum, suchen die Frau in ihrem Haus auf. Am Ende haben wir eine Sensation, die unterhält aber die Urlauber auch verschreckt."

„Ich sehe nicht, dass es sich um Prominenz handelt."

„Das Boot weist eine Größe auf, ab der man nachfragt,

wem es gehört."

Hoppe dachte einen Augenblick nach. „Gibt es Besatzungsmitglieder?"

„Die wurden an dem Abend nach dem Ankern im Beiboot weggeschickt."

Torres lenkte den Seat von der Autobahn herunter. Augenblicklich passierten sie Hotels, Appartementhäuser, Cafés, Boutiquen, Restaurants und Läden, vor deren Eingängen Strandutensilien und Nippes auf Haken und Kleiderstangen angepriesen wurden. Menschen schlenderten die Straßen entlang, aßen Eis, waren unterwegs Richtung Wasser, das zwischen den Häusern immer wieder zu sehen war.

„Wir fanden es von der Dame übrigens gewagt, die Besatzung fortzuschicken", sagte Torres.

Sie hatten den Ort und seine Urlauber hinter sich gelassen.

„Vielleicht kann sie das Boot auch alleine fahren", überlegte Hoppe laut.

„Kann sie nicht."

„Haben Sie sie gefragt?"

„Muss ich nicht. Sie werden sehen."

Hoppe ließ die Aussage auf sich wirken, schaute durch die Windschutzscheibe auf weite Flächen aus grünbraunen Wiesen, die von niedrigen Steinmauern durchzogen und mit Bäumen bepflanzt waren.

In die entstandene Sprachlosigkeit hinein fragte Torres: „Kennen Sie die Gegend?"

„Ich war einmal hier. Vor etlichen Jahren."

Jetzt sprach er aus, worüber er vor einigen Minuten im Flugzeug nachgedacht hatte. Warum war er mit Kathrin und auch mit Michel nicht öfter durch die Straßen von Palma gestreift oder in der Tramuntana gewandert?

„Ich fahre für sie einen kleinen Umweg“, sagte sein ortsansässiger Kollege.

Kurz darauf fuhren sie auf einer schattigen Straße, die sich durch waldreiches Gebiet schlängelte. Von hier aus schienen die Berge zum Greifen nahe genauso wie das Meer. Die mediterrane Vegetation stimmte eine Andersartigkeit an, von der man glaubte, dass sie das Leben leicht machen würde. Axel räusperte sich. Der Mann neben ihm sah ihn wissend an und fuhr.

Keiner der beiden sagte etwas, als sie von einer Anhöhe auf eine Hafenbucht hinunterblickten, deren Gediegenheit Axel bis hinauf ins Auto spürte. Umrandet von bewaldeten Hügeln, in deren Grün Farbflecke verschiedenster Domizile auftauchten, lag dort unten also Port d' Andratx. Eine Bucht, in deren Meerwasser die Jachten ruhig lagen. Eine Bucht, die Geborgenheit und große Erwartungen gleichermaßen versprach. Der Seat nahm die letzten Kurven, enterte den Ort, durchkreuzte enge Straßen und Axel nahm sich vor, ein bisschen zuversichtlicher auf die kommende Zeit zu blicken.

I Hiersein

1 Sonntags

„Es war schön gestern Abend, nicht wahr?“

Viktor drehte sich zu seiner Frau um. „Hab ich dich aufgeweckt?“ Er hatte bis eben in seinem Bücher-Zeitschriftenstapel nach einem Bericht des Brennstoffzellen-Forums gesucht.

Isabel räkelte sich unter ihrer Decke. „Nicht wirklich.“

Er fläzte sich quer übers Bett. „Ich wollte nach dem Kino eigentlich gehen, dachte ihr wärt gerne allein was trinken gegangen.“

„Warum?“

„Sarah ist deine alte Freundin.“

„Und deine.“ Isabel hatte sich auf die Seite gedreht und stütze ihren Kopf auf eine Hand.

„Sarah hat sich verändert“, sagte er. Gestern Abend hatte er sie nach etlichen Jahren wiedergesehen.

„Zwanzig Jahre gehen an niemandem spurlos vorüber.“ Seine Frau Isabel stieß einen dramatischen Seufzer aus.

Viktor lächelte sie an. „Sarah ist ein wenig reserviert geworden. Oder einfältig. Ich frage mich, ob sie das wirklich war, die damals mit dir in diesem Loch gehaust hat?“

„Erinnere dich lieber an deine Bude.“

„Immerzu denke ich daran.“ Viktor küsste sie. „Es war der Beginn von uns beiden.“ Seine Hände schoben die Decke beiseite. Er hielt ihre Hände, küsste seine Frau, strich über ihren Hals. Er wollte sie. Jetzt. Am Morgen war Isabel unwiderstehlich. Sie sah ihn aus ihren dunkelgrünen Augen an und Fältchen formten sich dabei zu zarten Halbmonden um ihre Mundwinkel. Isabel zog Viktor zu sich heran.

Später spielte er mit einer Strähne ihrer kräftigen dunklen Haare, während sie ihren Kopf auf ihn bettete und mit den Fingern an seinen Beinen entlangstreichelte.

„Ich liebe dich“, sagte sie in die Luft hinein.

„Und ich dich erst.“

Isabel erhob sich, legte ihre Hände auf seinen muskulösen Oberkörper, glitt mit dem Kopf hinunter über Viktors Bauch, weiter hinunter. Sie liebkoste, küsste und stand auf. Er aalte sich. „Wo war eigentlich dieser Rüdiger gestern Abend?“

„Ein Alarm wurde bei einem seiner Kunden ausgelöst. Dann rufen die manchmal den Chef an, hat mir Sarah erklärt.“

„Statt der Polizei?“ Er sah es vor sich, wie Isabel mit den Augen rollte und den Mund verzog. Sogar wenn sie mit dem Rücken zu ihm stand, konnte er ihre Mimik erahnen.

Auch sie brauchte sich nicht umdrehen, um seine Gedanken irgendwo im Gesicht abzulesen. Eine Sicherheitsfirma, deren Leute nachts mit scharfen Waffen am Gürtel zu einem Gewerbehof mit schmierigen Baracken hinter Maschendrahtzaun unterwegs waren. So stellt sich Viktor das vor. Das wusste sie genau. Hat er deshalb abfällig über Sarah gesprochen? Sie blickte in den kleinen Garten, der zu den Gründerzeitvillen ihres Wohnviertels typischerweise dazugehörte. Im vergangenen Jahr hatte die Hausverwaltung ein paar Mandelbäume in großen Pflanzkübeln entlang des Weges zur Remise aufstellen lassen. Doch jetzt waren die Kübel in einen Winterschutz gehüllt. Isabel drehte sich um. Viktor lag auf dem Bett. Kopf und Arme streckte er gen Bücherstapel. „Gehst du heute Nachmittag noch in den

Club?", fragte sie.

„Ja, ich fahre mit dem Rad."

„Und der Rückweg? Bist Du dann nicht zu kaputt?"

„Ich trainiere nicht. Heute hat mein Kinder-Achter einen Wettkampf."

„Dann komme ich später nach. Die Jungs sind so niedlich."

„Wenn du deine schrecklich grüne Jacke anziehst, sehe ich auch gleich, wenn du da bist."

„Die Farbe ist In!", sagte sie und wollte ihm im Vorbeigehen eine Kopfnuss verpassen.

Im rechten Moment aber hielt Viktor sie fest, um Schmeicheleien in ihr Ohr zu flüstern. Bis er behutsam „Lass uns gehen" sagte.

Hand in Hand spazierten sie an jedem Sonntag durch den Park, liefen an einem absurd kleinen Weiher und am Holzhausenschlösschen vorbei.

„Heute will ich durchs Tor schreiten", sagte Isabel und zog ihn in die sehr kurze Kastanienallee.

Mit dem Schlösschen im Rücken gingen sie also durch ein erhabenes, gusseisernes Tor, das stets offenstand. Ein I-Tüpfel an Schönheit an der Grenze zu ihrem Refugium, das Viktor nie ganz unbeeindruckt ließ. Er liebte Wohlstand ohne Krach.

Auf dem „Oeder Weg" allerdings liefen sie dem geräuschvolleren Leben entgegen. Schließlich wollte niemand mehr auf ein Frühstück in einem gut besuchten Café mit dem Getöse des Kaffeemahlens im Hintergrund verzichten. In ihrem Stammlokal reichte der junge Mann hinter dem

Tresen Isabel die Sonntagszeitung, nachdem er ihnen ein ‚Morgen' gewünscht hatte. Die Kellnerin sah von ihrem Tablett auf und lächelte zur Begrüßung. Der kleine Tisch am Fenster war frei. Viktor half Isabel aus dem Mantel, ging zu den Garderobenhaken und blieb dort vielleicht eine Sekunde länger als nötig stehen. Er sah Isabel an, sah sie aus dem Fenster blicken, sah sie eine Haarsträhne hinters Ohr klemmen. Huschte da ein Lächeln über ihre Lippen? Er ging zu ihrem Tisch, drücke ihr einen Kuss auf den Mund und setzte sich. Sie nahm eine seiner Hände und ließ sie auch dann nicht los, als die Kellnerin nach ihren Frühstückswünschen fragte.

„Ich nehme diesmal ein Spiegelei, kein gekochtes“, sagte Isabel. „Und vielleicht noch einen Obstsalat. Nein, doch nicht. Nicht im November. Also nur die Spiegeleier und sonst wie letzte Woche und vorletzte Woche und vorvorletzte Woche.“ Die Frauen lachten.

„Und du, Viktor?“, fragte die Kellnerin.

„Für mich bitte alles wie immer.“ Er lehnte sich zurück und Isa begann, die Zeitung für sie beide aufzuteilen.

„Bald wirst du hier groß erwähnt sein“, sagte sie.

„Nicht ich. Der Wasserstoff-Akku!“ Natürlich wusste er, dass Isabel auf seinen Vorstandsposten bei der EnVer hinauswollte.

Isabel schüttelte ein wenig den Kopf und gab ihm den Sportteil rüber. „Du kannst auch Politik haben, ich fange mit Rhein-Main an.“

Die Kellnerin kam voll beladen wieder. Sie schob die Vase mit dem Herbstlaub ein Stück beiseite, stellte ein Stövchen auf und leerte ihr Tablett. In einer Hand seine halbe

Zeitung haltend half Viktor der Kellnerin mit flüchtigen Handgriffen. Eine Kanne Assamtee, eine Tasse mexikanischen Kaffees, ein Korb Brötchen, zwei Teller, eine Tasse. „Den Rest bringe ich euch gleich“, sagte die junge Frau.

Isabel lächelte Viktor an. Er sah zu seiner Frau hinüber. Das hier war ihr Sonntagmorgen.

2 Ankunft

Einen Augenblick lang blieb Axel stehen, um die Stahlträger zu betrachten. Er bemerkte dunkelblaue Eisenrosetten, die in das altertümliche Geflecht eingearbeitet waren und fragte sich, ob diese Konstruktion tatsächlich das Glasdach trug. Aus dem ICE stiegen immer noch Leute aus, andere drängten hinein. Knarzend dröhnende Lautsprecheransagen kommandierten die Herde. So unangenehm war es ihm auf keinem Bahnhof je aufgefallen. Widerwillig gab auch er sich dem Strom der Reisenden hin und eilte mit ihnen auf schwarzem Granit in nur eine Richtung. Er hatte keine Wahl. Sackbahnhof. Am Querbahnsteig war es unerträglich voll und augenblicklich war er in seiner Annahme bestätigt, sich etwas aufgehalst zu haben, das er nicht wollte. Menschen liefen, aßen, trugen, zogen, telefonierten. Im Zug war es noch friedlich gewesen. Doch jetzt sah niemand entspannt aus, trotzdem einige Leute dampfende Becher in den Händen oder kleine Kinder neben sich hatten. Nie hatte Axel diese Art von Mobilität vermisst. Muss ich jetzt noch einmal so tun, als wäre ich einer von denen? In einer fremden Stadt mit einer Adresse und Wegbeschreibung im Kopf? Das ist etwas für 18-Jährige! Michel sollte so etwas durchziehen. Nicht ich!

Laut Kathrin sollte er mit der Straßenbahn Nummer 16 genau vor dem Bahnhof abfahren. Er folgte den Schildern und gelangte in eine Bahnhofshalle. Nein, in eine Kathedrale! Dort ließ er die Dimensionen auf sich wirken. Der typische Blumenladen, eine Krombacher-Sportsbar und ein Starbucks wirkten in der dunklen Halle komplett verloren.

Er legte den Kopf in den Nacken. Die Wände sind bestimmt über zehn Meter hoch, überschlug er. Eine runde Bahnhofsuhr inmitten verzierter Sandsteinornamente zeigte viel zu verspielt die Zeit an. Darüber Fenster aus unendlich vielen Glasrechtecken. Dennoch blieb es hier drinnen dunkel. Aber da! Da oben unter der Decke hängt doch jemand. Was tut der da? Will der im Bergsteigergeschirr diese Scheiben putzen? Axel schaute nicht als einziger nach dem Mann mit dem leuchtend gelben, und wie es schien, riesigen Putzlappen. Jetzt! Achtung!, wollte er rufen. Der Bergsteigerputzmann ließ den Lappen von dort oben fallen. „BrueCklean – wir putzen hoch oben!“ Das kann doch nicht wahr sein! Er war auf einen Werbegag hereingefallen. Das war kein Putzlappen, sondern ein Banner.

Axel stieß eine der simplen Glastüren an der Bahnhofsfront auf und erblickte das, was er von Frankfurt kannte: Bürotürme, Bürotürme, Bürotürme. Hier direkt vor ihm aber das Bahnhofsgewusel aus Taxistand und dreckigem Vorplatz. Als Insel konnte er die Haltestelle mit langen Wetterunterständen, Geländern und Fahrkartenautomaten nicht verfehlen. Dorthin stellte er sich. Axel Hoppe, Austauschschüler! „Axel soll mal hübsch mitgehen und danach den Höheren Dienst antreten.“ In seinem Lebenslauf fehlte noch die Erfahrung in einer anderen Behörde. Er hätte darauf verzichtet, auch auf den Höheren Dienst. Hatte sein Chef ihm oder Kathrin einen Gefallen getan? Wenn man an einem Sonntag im nasskalten November in einer x-beliebigen Stadt auf die Straßenbahn wartet, dabei an seine Frau, die gerade in Südamerika ist und an seinen Sohn, der allein zu Hause und auch weit weg ist, denkt, dann macht man also gerade Karriere? In Wirklichkeit bin ich doch nur zwischengeparkt bis eine Planstelle für einen Polizeirat frei wird. Ausgerechnet in einem Jahr soll das sein? Als ob ich nach fast dreißig Dienstjahren noch einmal etwas beweisen müsste. In einer anderen Behörde durchzuhalten, stellt also so eine Art Feuerprobe dar. Darüber konnte er nur den Kopf schütteln.

Eine türkisfarbene Straßenbahn ratterte heran. ‚16. Offenbach Stadtgrenze', las er. Na wenigstens! Er setzte sich auf einen Fensterplatz.

„Du wirst sehen, das wird für uns beide noch einmal ein ganz neues Leben", hatte Kathrin gesagt. War ein neues Leben so nötig? Und wenn ich es nicht sehe? Die Straßenbahn zuckelte über den Main und spätestens hier musste er über seinen Griesgram lächeln. Dieser Fluss ist ganz schön breit. Nun hatte er doch etwas gesehen.

Gleich darauf fuhr die Straßenbahn in eine Gegend, von der er ahnte, dass sie Kathrin nicht zufällig gewählt hatte. Gartenstraße. Schweizer Straße. Schaufenster, Treppchen zu Ladeneingängen, Bäume am Straßenrand. Schwanthaler Straße. Aussteigen! Ganz einsam kam er sich hier nicht mehr vor. Er sah die Straße hinunter, an deren Ende wieder die Wolkenkratzer hervorragten. Kathrin war beleidigt gewesen, weil er nie mitgekommen war, um die Wohnung auszusuchen. Er hatte den Aufwand einfach nicht verstanden. „Ein Jahr kann ich jeder Behausung durchbringen", hatte er erwidert. Axel lief los, orientierte sich und fand die Gutzkowstraße. In dem Café an seiner Straßenkreuzung war einiges los. Wahrscheinlich noch Frühstücksgäste, von denen einige in Mänteln und Schals eingemummelt draußen rauchten. Vielleicht hätte ich vorher schon einmal mitkommen müssen. Einen sogenannten Liebesbeweis erbringen. Er atmete laut aus. Das mache ich doch! Für ein verdammtes ganzes Jahr! Mit fast 50. Warum sprachen immer alle von neuen Erfahrungen? Warum soll man ständig seine Gewohnheiten ändern? Und muss man seinen Sohn, nur weil er jetzt 18 ist, gleich alleine lassen?

Gutzkowstraße Nummer 62. Aus seiner Jackentasche holte er einen Schlüssel für eine fremde Haustür hervor. Er hatte keine Ahnung, was ihn dahinter erwartete. Ein Treppenhaus, in dem es nach Kaffee roch. Zwei Etagen musste er nehmen. Links. Hoppe. Er schloss auf und setzte vorsichtig einen Fuß über die Schwelle. Kathrins Schuhe standen auf Holzdielen. Behutsam schloss er die Tür hinter sich. An der Wand hing ein Schal an einem dicken Nagel. Ein weiterer daneben war leer. Sie hat einen Nagel für meine Jacke eingeschlagen? Eine Glühbirne baumelte über ihm. Axel machte ein paar Schritte, das Holz knarrte. „Dann wollen wir mal“, murmelte er vor sich hin.

Die Zimmertüren waren angelehnt. Rechts Küche und Bad. Auf der anderen Seite ein Schlafzimmer und ein Wohnzimmer; beide durch eine Flügeltür miteinander verbunden. Klein, aber ... Fein? Mein? Nein, das ist sicher ein falscher Eindruck. Eine Runde rum. Das war schnell erledigt. Und noch eine, jetzt gemächlicher. Die Türklinken quietschten. Die Tür zum Bad klemmte. Er brachte seine Tasche ins Schlafzimmer, für das Kathrin ein Bett gekauft hatte. Es stand nagelneu und unbekannt an der Wand gegenüber der schmalen Balkontür. Im alten Einbauschrank war ein Fach frei. Darin ein Zettel. ‚Es wird kuschelig. Hier ist ein leeres Fach für Dich. Bis Mittwoch, ich liebe Dich. K.‘ Er nahm die Notiz, faltete sie und steckte sie in die Hosentasche. Jeans, Pullover, Socken, Unterhosen und T-Shirts legte er in das geräumige Fach. Hemden, zwei Anzüge, ein Sakko hing er auf Bügel. Die Schuhe brachte er in den Flur, um sie neben Kathrins aufzureihen. ‚... ich liebe Dich.‘ Er fühlte nach dem Zettel und schüttelte den Kopf. Seine Jacke hatte er vorhin auf den Boden gelegt. Jetzt hob er sie auf, um sie am freien Nagel aufzuhängen. Ob der hält?

Im Bad, einem kleinen Raum mit schmaler Fensterluke, erinnerte nichts an sein Zuhause. Handtücher lagen auf dem Badewannenrand, ein kleiner Teppich lag auf dem Boden. Am Waschbecken drehte er einen etwas altertümlichen Wasserhahn auf. Er wusch sich Hände und Gesicht. Die Seife roch ungewohnt. Das Meiste hier drinnen stammt bestimmt aus den Läden unten in der Straße, dachte er und sah Kathrin vor sich, wie sie am Morgen in eines der Cafés geht, später durch die Läden streift und Zeugs für die Wohnung kauft. Hatte sie gar keine Sehnsucht nach ihnen gehabt? Nach ihrem Mann und ihrem Sohn?

Er ging in den Flur und kramte in seiner Jacke nach dem Handy. Der Nagel rutschte aus der Wand. „Verflixt!“ Axel hob ihn auf und fummelte ihn wieder in das Loch zurück, legte seine Jacke aber erst einmal wieder auf den Boden. Mit dem Telefon in der Hand stapfte er in die Küche. Michel hatte heute ein Turnier. Soll ich anrufen? Er zögerte. Er ist 18! Sonst rufe ich auch nicht an. Er zog an der Kühlschranktür. Noch einmal ein Zettel. ‚Wie gefällt Dir unser Nest? Ich habe es für Dich und mich ausgesucht. In Liebe K.‘ Axel nahm den Zettel, eine Cola, einen Käse, Butter und eine eingeschweißte Salami aus dem Kühlschrank. Er legte alles auf den Tisch. Brot? Fehlanzeige. Michel? Nein, nicht jetzt.

Er legte das Essen zurück in den Kühlschrank. Dieses ‚Nest' kam ihm komisch vor.

Axel hob seine Jacke im Flur vom Boden auf und zog sie im Hausflur an. Unten bog er in die Schweizer Straße ab. Die Cafés waren leerer geworden. Nur wenige Leute waren unterwegs. Immer wieder ließ er seine Blicke streifen. Etliche Bäcker, Bistros, ein Pilatesstudio, Boutiquen, drei Apotheken, ein Schreibwarenladen, schon die zweite Drogerie, ein Tierarzt, Anwaltskanzleien. Alles leer, verriegelt, zugestellt. Sonntag. Am Ende der Straße trat er aus dem Schatten der Häuserreihen heraus. Dahinter der Main! Eine Straße musste er überqueren. Halt! Erst ein paar Autos vorbeilassen. Und den Kleinbus. Voll besetzt. Lustig sehen die Insassen aber nicht aus in ihren gelben Shirts. Niemand schaute fröhlich aus den Fenstern des Fahrzeugs in die Stadt hinein. Hier, wo sie doch ganz gut aussah. Axel überquerte die Straße und betrat eine steinerne Brücke, auf der er die andere Seite der Stadt erreichen wollte. Er blickte hinunter auf den Fluss, dessen Ufer bevölkert war wie eine Ameisenstraße. Hier sind also all die Menschen. Die nächste Brücke hatte einen filigranen eisernen Überbau und weit hinter ihr ragte der steile Zahn der EZB in den Himmel. Am anderen Ende seiner Brücke funkelten hohe Bürotürme, wie er es erwartet hatte. Doch genau hier unter ihm gab es Wege und Wiesen. Warum stehen vor dem Schiffchen so viele Leute? Die kommen ja mit einem Döner wieder! Er ging zurück, nahm dicke ausgetretene Stufen hinunter zum Ufer und lief geradewegs zu diesem Dönerkahn.

Endlich lag das Brot warm in seinen Händen. Er biss hinein und sah dabei zu den Platanen hinauf.

„Entschuldigung, Entschuldigung", hörte er jemanden rufen.

Im gleichen Moment klebten ein Fahrrad und eine Frau an ihm. Gerade so konnte er zupacken, damit sie nicht hinschlug. Sein Essen aber fiel genau wie das Fahrrad. Seine Hand hatte sich in einem neongrünen Arm festgekrallt. Als er an diesem Arm entlangblickte, schaute er in dunkelgrüne Augen einer Frau, die ihre Lider exakt umrandet und Lippenstift aufgetragen hatte. Viele kleine Falten entstanden als sie ihn entschuldigend anlächelte. Mit ihrer freien Hand wischte sie eine dunkelbraune Haarsträhne von der Wange. „Danke, es geht schon. Wie sieht es mit Ihnen aus?" Erschrocken sah sie an ihm hinunter und wieder auf.

Axel bückte sich nach dem Fahrrad und dem Döner. Sie folgte ihm. Im Hocken begegneten sich ihre Blicke abermals. Warum konnte er nicht fluchen? Da hockte diese ungelenke, rücksichtslose Frau mit diesen dunkeldunkelgrünen Augen und sagte: „Ich war so in Gedanken und ich kann wohl nicht so gut bremsen."

„Weiß ich schon" sagte er und das war wohl das Schroffste, was er ihr gegenüber herausbringen würde.

Er hob das Fahrrad auf. Sie sammelte das Brot und ein paar der Fleischbrocken ein und warf alles in den Papierkorb. „Ich hole Ihnen einen neuen."

„Lassen Sie doch."

„Halten Sie mein Fahrrad fest?“ Und weg war sie.

Sie konnte nicht gut Fahrrad fahren? Er schob ein Rose Black Lava von der Unfallstelle Richtung Bank. Wahrscheinlich brauchte solch eine Frau mindestens solch ein Teil.

„Ich heiße übrigens Isabel Schlegel“, sagte sie, nachdem sie mit einem neuen Döner zurückgekommen war.

„Axel Hoppe, Kri ... Kriege ich nicht alle Tage, solch einen Service. Danke.“ Da hielt er sich nun unbeholfen an diesem Stück Fladenbrot fest. Was soll ich denn jetzt damit? Etwa vor ihr sitzen und essen?

„Ich gebe Ihnen meine Telefonnummer für den Fall, dass Sie doch eine kleine Verletzung davongetragen haben.“ Ihre Augen reflektierten mindestens zehn verschiedene Nuancen von Grün.

„Sind Sie Krankenschwester oder Ärztin?“

„Nein, nur falls Sie noch etwas geltend machen möchten.“

„Unsinn! Aber Ihre Telefonnummer nehme ich.“

Da waren sie wieder, die Fältchen. Sie holte ihr Telefon aus dieser giftgrünen Jacke, die gar nicht hässlich an ihr war. Macht sie vielleicht ein wenig jünger, dachte er.

„Kann es losgehen?“, fragte sie und hielt ihr Telefon bereit. „Ich kann Sie auch kurz anrufen und Sie speichern nur noch meinen Namen dazu.“

„Ja, ja“, stammelte er und klopfte seine Jacke nach dem Handy ab, dabei sagte er seine Telefonnummer auf. Das Telefon schnarrte und vibrierte. Jetzt wusste er auch, in welcher Tasche es steckte. Axel nahm das Essen in die linke Hand und kramte umständlich das Smartphone heraus.

Schaute auf ‚Verpasste Anrufe'. „Und Ihr Name ist Isabel Schlegel?"

„Genau."

Er begann mit dem Daumen zu tippen. S c h l e g e l I s …

„Entschuldigung noch einmal. Ich muss weiter."

„Fahren Sie vorsichtig!"

Sie drehte sich um, winkte noch einmal mit einem Hauch von irgendetwas, das ihm so noch nicht begegnet war. Auf keinen Fall auf einem Fahrrad.

‚Ich sprüh 's auf jede Wand. Neue Männer braucht das Land.' Der Song erfasste das Haus und der Hausherr ließ sich am Montag punkt fünf Uhr dreißig von der Musik zum Aufstehen motivieren. Zielstrebig und mit einer gewissen Vorfreude auf den Tag stieg Stephan Brückner die Stufen vom Schlafzimmer in den Loungebereich der Küche hinab. Ein eisgrauer Weimaranerrüde wartete schwanzwedelnd am Ende der Treppe seitdem das Lied den Tagesbeginn angekündigt hatte. Der Hund verließ sich längst darauf, gleich gestreichelt, gefüttert und ausgeführt zu werden.

„Na mein Guter." Stephan Brückner war schon da. Er war schon neu! Er kraulte das winselnde Tier und öffnete den gut sortierten Hundeschrank, um einen Knochen herauszulegen. Nachdem er den Hund versorgt hatte, ging Brückner ins Schlafzimmer zurück und schaltete eine Lampe an. Für die erste Etappe des Tages nahm er wie immer eine Cordhose und den Jägerpullover aus der Ankleide. Wenn mich Yvonne jetzt sehen könnte! Schade, dass sie immer so lange schlafen muss. Noch nicht einmal die Musik weckt sie auf.

Er verließ das Schlafzimmer wieder, diesmal zur anderen Tür auf die Galerie hinaus. Über eine ausladende Treppe gelangte er in die Eingangshalle, wo ihm sein Hund Lotus sogleich um die Beine schwänzelte. Brückner nahm die groben Lederstiefel und die braune Jacke aus der Garderobe, per Fernbedienung schaltete er die Musik aus, öffnete die Haustür und ließ den Hund vorpreschen. Einen Augenblick noch blieb er selbst zwischen den Säulen vor dem

Hauseingang stehen. Ihm allein gehörten der Morgen, der Park vor seinem Haus und der Wald. Dafür muss man schon früh aufstehen! Brückner hauchte in die Hände und stiefelte zu seinem Hund.

Nur ein schmaler Kiesweg markierte vor seinem Grundstück die Grenze zum Wald. Lotus rannte voraus, sah nach seinem Herrchen, war verschwunden und kam erneut aus dem Wald gerannt. Irgendwann würde der Hund bei Fuß folgen. Doch erst einmal durfte er sich austoben. Der Waldboden war hart gefroren, die kalte Morgenluft kratzte an seinem Gesicht.

„Platz", sagte Brückner punkt 7:30 Uhr auf den Stufen der Eingangsveranda. Er holte eine Schale Hundefutter aus der Küche. Lotus erhielt sein Frühstück stets hier draußen hinter den Säulen. Während der Hund fraß, stellte Brückner drinnen die Espressomaschine an, schnitt zwei Orangen auf, jagte sie durch die Saftpresse und ging nach oben. Er ließ seine Waldsachen zu Boden fallen und betrat das Badezimmer, einen Raum aus Marmor, Holz und Glas. Vor dem wandhohen Spiegel posierte er kurz. Von wegen Baumstamm, Herkules! Gut gelaunt stellte er sich unter die Dusche. Das Wasser prasselte aus einem tellergroßen Duschkopf, das Shampoo roch nach Moschus. Die Termine für den heutigen Tag? Zu allererst ein spaßiges Treffen bei der EnVer. Der Energieriese hatte zu seiner alljährlichen Lieferantenkonferenz eingeladen. In Gedanken entschied er sich für das neue rosafarbene Hemd und seinen braunen Anzug. Maßgefertigt. Das hatte Yvonne irgendwann einmal empfohlen. Davon verstand sie was. Seitdem jemand die

Dinger für ihn anfertigte, saßen die Jacken perfekt. Er überlegte, ob eine Krawatte heute sein musste. Doch damit fühlte er sich nie richtig wohl. Ich, der Kumpel Putzmann! Damit arrangierten sich alle immer gerne. Rasieren, Zähneputzen, Aftershave. Abschließend kämmte er seine Haare und strich dabei mit der Hand den Kammspuren nach, um kleine Defizite zu kaschieren. Am Ende war er wie stets zufrieden.

Yvonne war nicht mehr im Bett, sondern auf der Kinderseite der Galerie. Brückner zog sich an. Seinen Orangensaft trank er in einem Zug und kippte den Espresso hinterher. Ein letzter Blick in den Spiegel der Halle, er liebte dieses Wort, dann rief er nach oben: „Einen schönen Tag wünsche ich meinen Prinzessinnen." Er ließ die schwere Eingangstür hinter sich zuschlagen. Draußen kraulte er noch einmal Lotus, während sich das Tor des Grundstückes öffnete. Die Zeitschaltuhr war auf 8:15 eingestellt. Am Auto besah er sich kurz im Lack. Heute werde ich den F&E-Mann der EnVer kennenlernen. Frisches Blut im Vorstand seines alten Kunden. Das riesige Forschungszentrum stand nicht mehr zur Disposition. Auch das werde ich putzen. Zu einem sauberen Preis! Er schmunzelte über seinen kleinen Witz und die schwarze G-Klasse passierte die Lichtschranke, bevor sich das Tor der Taunusvilla wieder schloss.

4 Erster Tag

25 Kilometer von Brückners Morgenritual entfernt horchte Axel Hoppe seit 5 Uhr in die Dunkelheit hinein. Ohne Eile und allein in einer Wohnung aufzuwachen hatte er etliche Jahre nicht mehr erlebt. Warum er das nun noch einmal machte? Ganz sicher war er sich nicht und Lust darauf hatte er auch keine. Doch im dunklen Zimmer wach zu liegen, half nicht bei der Suche nach einer Antwort. Also tastete er irgendwann nach dem Lichtschalter einer kleinen Lampe, die auf dem Fußboden neben dem Bett stand, und schlurfte über den Flur ins Bad. Danach bediente er sich von dem Haufen, den er gestern in den alten Einbauschrank hineingestapelt hatte. Bei der Gelegenheit schob er Kathrins Briefchen sorgfältig unter die weißen T-Shirts und schloss den Schrank.

Im Flur zog er Schuhe an. Eine Dienstpistole hatte er hier in Frankfurt noch nicht erhalten. Also war er jetzt fertig. Ein heißer Kakao wäre nicht schlecht gewesen. Aber in dieser Wohnung gab es weder Milch noch Kakaopulver. Michel fehlte. Sein Sohn war 600 Kilometer weit weg. Hoffentlich schlief er noch. Und wenn er aufwacht? Würde es ihm gefallen, ebenfalls alleine zu sein? Los Alter, raus mit dir, ermahnte er sich. Er nahm die Jacke vom Nagel. Mist! Es klirrte leise auf den Dielen. Er bückte sich, suchte den Boden nach dem Nagel ab, hob ihn auf und steckte ihn in das ausgebröselte Loch zurück. Das hält bald gar nicht mehr, dachte er kurz und drehte sich um, stülpte sich eine Mütze über, die hielt den Kopf zusammen, griff nach den Hausschlüsseln und verließ die Wohnung.

Um 8:30 Uhr sollte er in der Adickesallee sein, wo Berge harmloser Akten auf einem verstaubten Schreibtisch in irgendeiner Ecke auf ihn, den Austauschschüler, warten würden. Hoppe sah die nächsten Wochen ganz klar vor sich. Erst unten vor dem Haus seiner Nummer 62 hielt er kurz inne. Rasend schnell hatte er vor irgendetwas die Flucht ergriffen. Viel zu früh war er nun unterwegs. Der Morgen dämmerte erst schwach. Er entschied sich, ein oder zwei Stationen zu laufen und später in die U-Bahn einzusteigen. Die leere Schweizer Straße hatte er schnell hinter sich gebracht. Auf der Untermainbrücke hielt er an, schaute zum Fluss und zum Uferweg hinunter. Wie von selbst nahm er die Stufen hinab. Niemand war hier im Zwielicht des Novembermorgens. Das Wasser bewegte sich kaum. Der Schiffsverkehr hatte noch nicht eingesetzt. Axel ging ein paar Schritte. Zwei Enten schwammen unaufgeregt. Neben dem Dönerschiffchen, das hier also festgemacht war, blieb er stehen. Er tastete nach seinem Telefon, umfasste es in der Jackentasche. Er betrachtete ein paar Lichtpunkte auf der anderen Uferseite. Die Bürotürme täuschten mit ihrer Beleuchtung Geschäftigkeit vor, die zu dieser Tageszeit dort gar nicht vorherrschen konnte. Habe ich etwa einen Kloß im Hals? Er räusperte sich und zog langsam das Telefon aus der Jacke. Wie spät ist es jetzt bei Kathrin? „Hallo. Bist noch wach? Schön. Hier ist alles prima. Und bei dir? Das ist doch gut für dich. Bin ein bisschen durch die Stadt gelaufen. Natürlich habe ich die gefunden. Ich dich auch.“ Kurzes Telefonat, beendet!

Nach oben nahm er drei Stufen auf einmal. Ohne sich umzusehen ging er dem Ende der Brücke entgegen. Die Stadt lag praktisch vor ihm. Auf der anderen Mainseite schaute er noch einmal auf dem Stadtplan seines Telefons nach. Seine Hände zitterten ein wenig, was er so noch nicht erlebt hatte. „Jetzt also die Friedensstraße", murmelte er vor sich hin. Der Straßenname stimmte ihn milde. Komm runter Alter, ermahnte er sich nun schon zum zweiten Mal heute Morgen und ging auf die Turmfront zu. Gestern hatten die Wolkenkratzer geglitzert. Heute Morgen bildeten sie dunkle Schluchten. Kein Mensch war unterwegs. Hinter großen Schaufenstern stellten Geschäfte Hochglanzkleiderschränke, Stühle, die nicht zum Hinsetzen einluden oder halb fertig genähte Anzüge aus. Tapfer marschierte er daran vorbei. Auf einem Straßenschild wurde die Alte Oper ausgewiesen. Doch heute musste er durch die Kaiserstraße bis zur U-Bahnstation Hauptwache. Er ließ sein Telefon langsam zurück in die Tasche gleiten. In der Kaiserstraße hantierten ein paar LKW-Fahrer an Laderampen und schoben Unmengen Kartonagen, Paletten oder Drahtkörbe in Geschäfte und Cafés hinein. Bald trat er auf einen zugigen Platz. Noch einmal zog er den Handy-Stadtplan hervor. Sollte ich schnell zur Paulskirche schauen? Um halb sieben? Ob Michel noch schlief? Kathrin würde bald schlafen gehen. Wenn das so weitergeht, werde ich nicht lange mitmachen. ‚Hauptwache' las er an dem U-Bahn-Schild. Michel sei groß und nun wäre sie wieder dran, hatte Kathrin gesagt. Und ich hatte gedacht, die Sache mit Frankfurt wäre ein Spaß gewesen. Er hauchte in die Hände. Wohin muss ich jetzt? ‚Eschersheimer Landstraße', verglich er noch einmal mit dem Bildchen auf dem Telefon. Der Straße werde ich einfach stur geradeaus folgen. Von 6:30 Uhr bis 8:30 Uhr werde ich das wohl auch zu Fuß schaffen!

Im Polizeipräsidium angelangt erkundigte er sich nach der Kantine, wo er sich zum ersten Mal an diesem Morgen ein wenig entspannte. Mit großem Appetit schaute er auf die Brötchen mit Käse, Ei, Salami, die Brezeln mit Frischkäse, Joghurt und Säfte in den typischen Glastheken. Er nahm mehrere Brötchenhälften, zapfte sich einen Pott Kaffee, stellte ein Kakaopäckchen hinzu und tauchte mit seinem beladenen Tablett in einer Sitzecke neben einem Ficus Benjamin ab. Hier zog er seine Jacke aus, nahm das Telefon aus der Tasche, trank einen Schluck Kaffee und streifte dabei über die Namensliste auf dem Display. Bei ‚Michel' hielt er an, drückte auf das Hörersymbol. „Michel. Ich weiß, dass du auf dem Weg bist. Wie ist es? Cool? Verstehe. Du kannst ja im Bistro Eurer Schule essen. Das mache ich auch gerade. Nein, nicht in Eurer Schule. Die Wohnung? Hat deine Mutter gut gemacht. Ja, verstehe. Ich rufe heute Nachmittag nochmal an. Halt die Ohren steif." Er nahm einen großen Schluck Kaffee. Scheiße, war der heiß. Tränen schossen ihm in die Augen.

Er öffnete das Päckchen Kakao, das ihn an einen Schulausflug erinnerte. Das Salamibrötchen schmeckte. Wieder nahm er das Telefon zur Hand. „Hallo Silvia. Danke der Nachfrage. Es ist ja nur für ein Jahr. Theo soll mich nachher anrufen. Okay. Danke!" Seine Berliner Kollegen verloren wie er selbst nicht viele Worte. Er aß sein Frühstück auf, trank Kaffee und Kakao aus, griff sich seine Jacke und trat aus der Kantine heraus auf einen langen Gang im Frankfurter Polizeipräsidium.

Wegweiser zeigten an, dass alles was sich mit Schwerer und Organisierter Kriminalität befasste, in der dritten Etage angesiedelt war. Eine Doppeltür aus Sicherheitsglas, neben der ‚Kapital- und Eigentumsdelikte' auf einen schmalen Alustreifen gedruckt war, drückte er mit der flachen Hand auf und stand in einem Großraumbüro.

„Guten Morgen! Sie sind sicher der Herr Hoppe", sagte eine Dame und trat hinter ihrem großen Bürotresen hervor, um mit ausgesteckter Hand auf ihn zuzukommen.

5 Lieferantenkonferenz

Immer noch im Zwielicht des Morgens kam Viktor aus dem Bad. Ein Handtuch hatte er sich um die Hüften gebunden, mit einem anderen rubbelte er sich die Haare trocken. „Ich fahre heute nicht mit deiner Bahn mit. Will eher ins Büro“, gab er unter dem Handtuch von sich.

„Schade.“ Isabel schmollte.

Viktor nahm sein Handtuch vom Kopf und gab ihr einen Kuss.

„Bald wirst du wohl von einer Limousine abgeholt werden.“ Sie wollte ihn auf den Arm nehmen. Sicherlich, um sich selbst wach zu machen.

„Dann würden wir erst einmal dich an deiner Meier's Business School absetzen.“

„Das macht es dort auch nicht besser. Warum gehst du heute so früh?“

„Muss noch ein paar Zahlen für diesen Verein dezentraler Energieversorger checken.“

„Bist du sicher, dass das im Sinne deiner Kollegen ist?“

„Aber wir müssen mit denen reden.“

„Riskiere bitte nichts. Du lebst nicht auf dem Mond.“

Das Grün in Isabels Augen funkelte ihm aufmerksam entgegen.

„Das wäre auch ganz schön einsam.“

„Du bist jetzt mal dran. Nimm es dir doch einfach.“

Worum macht sie sich Sorgen? „Das mache ich doch.“ Er nahm während des Gesprächs ein weißes Hemd aus dem Schrank und einen seiner immer gleichen dunkelblauen, dreiteiligen Anzüge, dazu eine dezente Krawatte. Fertig!

In der Küche trank Viktor ein Glas Wasser, ging noch einmal zurück zu Isa. „Auf Wiedersehen Frau Armstrong, bis heute Abend.“

Vor dem Haus hatte so früh am Morgen noch niemand sein Auto bewegt. Sie parkten dicht hintereinander zu beiden Seiten der Straße. Am Kiosk auf dem Mittelstreifen hatten sich die üblichen Verdächtigen schon eingefunden. Für die Frau, die Morgen für Morgen ihre zwei Chihuahua-Hündchen ausführte, war es heute noch zu früh. Mit den Händen in den Jackentaschen lief Viktor zur U-Bahn-Haltestelle. Beim Bäcker standen die Türen weit offen. Er konnte die gefüllten Regale und die Lämpchen an der riesigen Kaffeemaschine sehen, bevor er zur U-Bahn hinunterging. Wenn der Wasserstoff-Akku oft genug eingesetzt wird, können wir bald ein paar Leitungen abbauen. Und das war nur ein Nebeneffekt. Wichtiger war es, mit Sonne oder Wind, an jedem Ort etwas anfangen zu können. Die U-Bahn fuhr heran. Sitzplätze gab es so früh zur Genüge. In Gedanken versunken setzte er sich. Natürlich hängen wir noch am Tropf der herkömmlichen Energieerzeugung. Die EnVer ist ja auch ein ganz normaler Stromriese. War! Doch nun hatten sie sich entschieden. Wir haben uns entschieden! Zuversichtlich stieg er am Europaviertel aus. Europa und dann Viertel, ging es ihm jedes Mal durch den Kopf. Warum müssen die großen Ideen immer klein gemacht werden?, fragte er sich oft. Auf zugigen Straßen lief Viktor an moderner Architektur vorbei. Allein das EnVer-Haus stand altehrwürdig im neuen Quartier.

Die Flure waren hell erleuchtet, doch nur der Empfang

war wirklich schon besetzt. Im Vorzimmer seines Büros schaltete Viktor das Licht an, legte seine Jacke auf einem Sessel ab und ging an die Aktenschränke. Mit dem Ordner ‚Dez. Versorgung – rechnerische Analysen' setzte er sich an seinen Schreibtisch.

Erst die Sekretärin holte ihn mit einem „Guten Morgen" aus den Daten heraus. Danach klapperte sie im Vorzimmer mit der Schranktür. Vermutlich hing sie seine Jacke weg.

„Danke", rief er.

„Na, möchten Sie einen Kaffee?" Sie schaute zur Tür hinein.

„Nein, danke." Und er beugte sich wieder über die Papiere.

„Denken Sie an die Lieferanten-Konferenz!"

Damit war die einsame Stunde vorüber. Schlimmer noch, die nächsten Stunden würden mit einem altertümlich anmutenden Treffen verschwendet werden.

Im Fahrstuhl dorthin traf er auf die Dame für Human Resources. Wie immer trug sie einen grauen Hosenanzug. Ein rotes Ledermäppchen hielt sie in der Hand, die Haare waren halblang und ein bisschen blond. „Sieh an, der neue Herr F&E."

Was sollte er darauf antworten? Viktor fand sich bestätigt in seiner Meinung über diese Frau. Soll ich etwa antworten ‚und hier unsere Human-Resources-Dame'? „Bin gespannt auf den Brückner. Sie hatten mit dem ja schon einige Male zu tun." Irgendetwas musste er ja sagen.

„Wirklich ein bemerkenswerter Mann", beschied seine Kollegin.

Der Fahrstuhl hielt in der obersten Etage. Im Konferenzraum waren die dunkelbraunen Holztische, die sich unter den Blumengestecken, Obstschalen, Tassen, Gläsern und kleinen Glasflaschen fast bogen, in U-Form aufgestellt. Nachher würden die Catering-Leute Kaffee und Tee servieren. Apropos Catering. Sind die jungen Damen nicht auch von der BrueCklean?

„Herr Professor Schlegel, Guten Morgen", der Finanzvorstand Mauerkamp packte Viktors Hand und tätschelte gleichzeitig mit der Linken seine Schulter.

„Sie auch hier?"

„Das hat sich so eingebürgert. Nur kurz bis zur Pause."

Das war ein guter Plan, dem sich Viktor anschließen wollte. Wem sollte er hier begegnen? Und wozu? Mit seinem Forschungsthema hatten die alle nichts zu tun. Im Foyer des großen Sitzungssaals begrüßten sich Herren und einige Damen. Auch der langjährige EnVer-Vorsitzende Josef Hofmacher, der Viktor zum heutigen Termin hinzugebeten hatte, war inzwischen eingetroffen. Smalltalk. Taschen wurden auf Sitzen und Tischen im Konferenzsaal abgelegt. Der Fahrstuhl öffnete sich immer wieder, um Geschäftspartner auszuspucken. Junge Frauen in knallgelben Blusen betraten die Arena mit glänzenden Thermoskannen in der Hand. Säuseln, Kopfnicken, leises „ja bitte" und „Danke" beim Kaffee einschenken.

In diese einvernehmliche Atmosphäre hinein, in der sich die Anwesenden auf die gut gemeinte Konferenz einstimmten, drängte sich aus dem Foyer ein lautes: „Seht ihr wieder gut aus. Guten Morgen, Guten Morgen."

Die Human Resources-Dame verließ den Konferenzraum mit den Worten: „Ich begrüße mal eben den Herrn Brückner."

Hiernach hob das Gesäusel im Raum wieder an. Viktor nahm die herzliche Begrüßung zwischen seiner Kollegin und dem Brückner wahr. Sie tätschelte ihn wie es Mauerkamp eben mit ihm getan hatte. Gleich darauf aber erschien der BrueCklean-Inhaber im Türrahmen. „Einen Guten Morgen wünsche ich allen. Ich verschwinde erst einmal in den Cateringbereich, um meine Mitarbeiterinnen zu begrüßen."

Viktor sah abwechselnd in die Runde und zu diesem Wirbelwind. Die Anwesenden nickten und lächelten. Drei Leute der Werbeagentur traten ein, doch bemerkte sie kaum jemand. Da konnten sie noch so bunt und spät daherkommen, Brückner hatte ihnen die Show gestohlen.

„Mein guter Viktor." Hofmacher kam auf ihn zu. „Ich werde nachher die Gelegenheit nutzen, sie offiziell vorzustellen." Seine Schulter wurde schon wieder beklopft, dann zog der Vorstandschef weiter und begann gleich darauf mit seiner altmodischen Konferenz.

„Meine Damen und Herren, ich freue mich, Sie heute wieder einmal alle gemeinsam in unserem Hause zu begrüßen. Der Tagesordnung konnten Sie entnehmen, dass wir viel miteinander vorhaben. Ich persönlich, aber vor allem die Mitarbeiter der EnVer AG, stehen einer weiteren Zusammenarbeit ..." Josef Hofmacher sprach wohlwollend, nett und angemessen zeremoniell, langweilig. Jedem Anwesenden blickte er für einen Bruchteil von Sekunden in die Augen, damit sich jeder angesprochen fühlte. An einem leeren

Stuhl blieb Hofmacher hängen. Er schmunzelte und unterbrach seine Rede. In diesem Augenblick schwang die Tür vom Cateringbereich auf. Brückner schritt auf Hofmacher zu und packte mit beiden Händen dessen Rechte. „Mein lieber Sepp, entschuldige vielmals, aber ich wollte unbedingt noch die Damen begrüßen."

„Stephan, wir haben Sie vermisst." Hofmacher deutete auf den freien Platz.

Brückner bewegte sich darauf zu und sagte laut: „Was soll man machen, wenn die Mädels mal den Chef zu fassen kriegen, bekommt der gleich was zu hören."

Die Anwesenden lachten. Auch Hofmacher nahm lächelnd seine Rede wieder auf, die an Viktor vorbeirieselte, bis er seinen Namen hörte. „... Herr Professor Viktor Schlegel mit Vorstandsressort Forschung und Entwicklung. Eine höchst erfreuliche Neuerung in unserem Unternehmen."

Aufwachen! Vorbei war es mit dem wohlwollenden Dreinschauen.

„... In ein paar Tagen wird Forschung und Entwicklung der EnVer AG ein eigenes Vorstandsressort erhalten." Damit übergab Hofmacher an Viktor.

Der bedankte sich, stellte sich vor und sprach über sein Fachgebiet. „Seit Beginn meiner Tätigkeit in diesem Hause waren stets die Überlegungen für eine moderne Art der Energieversorgung die Hauptanliegen unseres F&E-Teams. Der Zeitpunkt ist für die EnVer AG gekommen, sich neu am Energiemarkt aufzustellen und den bisherigen technologischen Standard zur sicheren Energieversorgung in neuer Relation zu betrachten. Unsere Methoden werden revolutionär erscheinen, doch sind sie längst erwartete Lösungen unserer Zeit. Die EnVer wird Maßstäbe setzen, an der sich national und international Viele orientieren werden." Dazu ist doch diese Veranstaltung da! Viktor war mit sich zufrieden.

Es gab zustimmenden Applaus. Auch Hofmacher stellte sich zufrieden neben Viktor. „Herzlich Willkommen auf unserer diesjährigen Lieferantenkonferenz!"

In der Pause kam Brückner auf Viktor zu. „Sie führen also die Versorgungsrevolution an?"

„Wenn Sie das so sehen."

„Die BrueCklean wird stolz darauf sein, einem Revolutionär zur Seite zu stehen."

„Wie?"

„Meine Leute werden wohl auch in ihrem neuen Forschungszentrum tätig werden. Da es sich um ein so außergewöhnliches Areal handelt, sollten wir uns einmal über Besonderheiten austauschen. Das ist das Mindeste, was wir zur Vorbereitung auf neues Terrain unternehmen."

„Meinetwegen."

„Darf ich Ihr Sekretariat in den nächsten Tagen um einen Terminvorschlag bitten?"

Erst Poltern, jetzt Säuseln, dachte Viktor. „Warum nicht?"

6 Bierchen

Sein erster Tag in Frankfurt war nicht so schlecht gewesen. Eigentlich war nichts von dem eingetreten, das er erwartet hatte. In einigen Momenten war er sich sogar vorgekommen, wie in der Zeit nach der Polizeiakademie. Damals war alles unbekannt und voller Erwartungen gewesen. Nie hatte er danach noch einmal irgendwo neu anfangen müssen. Nur hatten die Frankfurter Kollegen im Gegensatz zu damals kein großes Aufheben um ihn gemacht. Was sollten sie auch mit einem Ersten Kriminalhauptkommissar anfangen an einem ersten gemeinsamen Tag? Bald werde ich ein paar lapidare Fälle übernehmen, einige Leute zugeteilt bekommen und sonst mit meinem Team in Berlin verdrahtet bleiben, war sich Axel sicher. Das eine Jahr werden wir alle miteinander irgendwie herumkriegen müssen. Er stand an der Ampelkreuzung und schaute Richtung U-Bahn-Schacht. Mal sehen, wie lange wir das lustig finden. Bevor er in den U-Bahn-Tunnel hinabging, blickte er sich noch einmal um. Da oben hatte er hinter einem der großen Fenster gestanden und auf diese sechsspurige Straße geblickt. In der Ferne hatte er ein Stück Skyline gesehen. Axel nickte kurz und ging die Stufen hinab. In dieser Schweizer Straße werde ich etwas zum Essen besorgen. Freute er sich darauf? Wann habe ich mich das letzte Mal um solche Dinge gekümmert? „Mach mal Pause“, hatten die in Berlin zu ihm gesagt. Ein schwacher Wind wehte über den Bahnsteig und der grüne Zug fuhr ein.

Am Schweizer Platz stieg Axel aus. Die kahlen Bäume, das rote Haus, das gut besuchte Café. Auf einmal kannte er sich aus. Gibt es da unten nicht einen Supermarkt? Er ging an seiner Adresse vorbei ein Stück die Straße entlang, in der heute Abend alles anders war. Leute eilten von Laden zu Laden, deren Schaufenster hell erleuchtet und deren Türen teilweise offenstanden. Drogerie, Klamottenläden, Bäcker, Apotheke, Obststand, Reinigung, Friseur. Die Bars und Restaurants, Imbissläden und Stehcafés waren voll. Die Autos drängten sich auf der Fahrbahn, parkten in zweiter Reihe. Die Straßenbahn, nein U-Bahn, Straßenbahn? Egal, sie klingelte und surrte in Haaresbreite an den Karossen vorbei. Er blieb stehen, brauchte einen Moment zur Orientierung. Diese Tageszeit als Privatperson zu erleben, war für ihn völlig ungewohnt. Was sollte er am frühen Abend mit sich anfangen? Kathrin, die das alles eingebrockt hatte, war selbst gar nicht hier. Und ich? Ein Bierchen würde jetzt guttun. Er sah sich um, ging die Straße nicht dem bekannten offenen Ende am Main entgegen, sondern verkroch sich in den gemütlichen Teil in entgegengesetzter Richtung.

An ein paar Leuten, die unter Heizpilzen saßen, ging er vorbei auf eine Kneipentür zu. Dahinter musste er schwere Filzvorhänge beiseiteschieben, ehe er das Stimmgewirr der Gäste, das dumpfe Aufsetzen von Geschirr und Gläsern auf Holztischen, das Rufen zwischen Tresen und Küche sowie das Aroma deftiger Bratensoße, von Zwiebeln und Fett klar und deutlich wahrnahm. Axel atmete durch und bekam augenblicklich Appetit. Beim Kellner bestellte er ein Pils und eine Gulaschsuppe. Als die Flasche Licher gebracht wurde, schenkte er sich kopfschüttelnd ein. Die heiße Suppe stimmte ihn versöhnlicher. Nur ein paar Versprengte wie er saßen an kleinen Tafeln. Alle anderen zelebrierten an langen

Tischen den Inhalt grau-blauer Keramikkrüge. Die an den langen Tischen waren gut drauf. Unbefangen. Das konnte er von sich nicht behaupten.

„Wir hatten schon einmal fast miteinander zu tun. Wissen Sie das?“, hatte diese Hauptkommissarin Marlene Saalfeld heute zu ihm gesagt.

Und ich Trottel dachte, dass sie ein paar Anknüpfungspunkte für eine Art Hallo zu sagen, gesucht hatte, ärgerte er sich.

„Damals als Sie diese Sarah Schmidt wegen des toten Journalisten auf Mallorca vernommen hatten.“ Hatte sie sich seinetwegen informiert? Wegen einer Zeugin, die aus Frankfurt kam, machte diese Marlene Saalfeld also einen Aufstand. „Wir hatten eigentlich gehofft, dass Sie etwas finden würden.“

Weiber! Vielleicht war es ihr Auftritt an seinem ersten Tag. Wenn die erst einmal mitbekommt, dass ich ihr nichts streitig machen will, beruhigt die sich auch wieder. Die Gulaschsuppe war gut. Das Bier besser als gedacht. Er bestellte noch eines. Außerdem hatten sie damals etwas gefunden. Einen Toten, eine trauernde Frau, etwas Geld, Kokain, einen Ehemann. Diese Hauptkommissarin hatte den gleichen Tick wie alle Bullen. Weil der Betrogene einen privaten Sicherheitsdienst betrieb, war sie darauf aus, diesem Hilfssheriff das Handwerk legen. Als er das gesagt hatte, grinsten die Kollegen und diese Marlene geriet in Fahrt. „Um den geht es doch gar nicht, sondern um Brückner.“ Danach war aus dem Grinsen der Kollegen ein Prusten und Schnaufen geworden. Doch die Kommissarin hatte nicht lockergelassen. Brückners Haus war es gewesen, in dem er die Schmidt auf Mallorca angetroffen hatte. Daran hätte man unbedingt anknüpfen müssen. Sie erzählte von geschäftlichen Kooperationen zwischen den beiden, von einem Unternehmen namens BrueCklean. Sie stellte haufenweise Vermutungen auf und er hatte nicht mehr zugehört. Der Fall war erledigt, diese Marlene Saalfeld nervig. Hier drinnen wurde es immer gemütlicher. Sollte er noch ein Bierchen zischen? Besser nicht. Morgen früh wollte er den Fußmarsch zum Präsidium wiederholen. Er zahlte.

Die Menschen mit den Einkaufstaschen waren von der Straße verschwunden. Ohne Eile ging er zu seiner Gutzkowstraße Nummer 62. Eigentlich eine schöne Haustür!

Die Stufen knarrten ein wenig unter ihrem naturfarbenen Sisalteppich, der Hausflur war hellgelb gestrichen. Das hölzerne Geländer war sehr gut aufgearbeitet, fand er. Oben in der Wohnung streifte er die Schuhe ab. Ein Teppich muss in den Flur. Das wäre gemütlicher. Er zog seine Jacke aus, hing sie an den Nagel. Verflixt! Er hatte nicht aufgepasst. Die Jacke lag auf dem Fußboden. Der Nagel war zu klein, das Loch zu groß. Egal. Er ließ alles liegen. Ganz in Gewohnheit ging er in die Küche. Aus dem Kühlschrank nahm er eine Cola. Etwas Essbares hatte er nun doch nicht besorgt. Vielleicht morgen. Und ein Radio? Mit der Cola in der Hand stellte er sich ans Fenster und schaute in den Innenhof. Den habe ich gestern Abend gar nicht bemerkt. Doch nun war es auch schon zu dunkel. Er drehte das Thermostat des Heizkörpers auf Fünf und legte eine Hand an die gusseisernen Lamellen. So eine Zeit mit Nichtstun gab es sonst nicht. Alleine in einer Wohnung wie ein Fremder. Kathrin,

Kathrin! Wie lange hatten sie einander keine Briefchen mehr geschrieben? Ein altes Ehepaar, ein eingespieltes Team und nun solche Zettel. Sind wir nicht zu alt für solche Sachen? Mit der Cola in der Hand ging er zurück in den Flur, um sein Telefon aus der am Boden liegenden Jacke zu holen. Zurück in der Küche, lehnte er sich an die Heizung und rief Michel an. „Na, mein Großer? Nicht alleine? Was soll das heißen? Aha. Gemütlich? Kochen? Verstehe. Nein, natürlich. Es ist jetzt deine Wohnung. Du weißt schon, wie ich das meine." Hier war er nun angekommen. Ein Abenteuer war es nicht. Eher ein Experiment. So dringend muss ich kein Polizeirat werden. Und mal rauskommen, wer braucht das? Vielleicht die Frauen. Die wollen alle immerzu ‚mal raus'. Er verschluckte sich fast beim Trinken. Das ist es! Diese Marlene Saalfeld will selbst nach Malle. Dann soll sie sich einen eigenen Fall dort suchen oder auch ein Austauschjahr veranstalten!

Wenn er ehrlich war, konnte er sie ja verstehen. Die, die immerzu auf die Insel wollten. Er aber war lustlos in ein Taxi vor seinem Haus gestiegen und stand ein paar Stunden später am Hafen von Andratx. Die gesamte Bucht war ein Hafen, so schien es. In dem kleinen Ort hatte Torres das Auto behände durch die Straßen und nach ein paar Minuten in die schmale Einfahrt eines Hofes gelenkt.

„Hier ist unsere Station der Guardia Civil. Sie können ihre Tasche im Auto lassen.“ Torres ging voran in ein Haus mit weißem, grob verputztem Flur.

Eine abgetretene Holztreppe führte in die obere Etage, doch sie blieben unten, wo die dunkle Tür eines Zimmers offenstand. Dahinter stapelten sich auf wuchtigen hölzernen Schreibtischen Aktenberge, zwischen denen jeweils ein Ventilator und ein PC hervorragten. Die Aschenbecher neben den Tastaturen waren randvoll. Durch sperrangelweit geöffnete Fenster drang etwas Luft herein. Augenblicklich kam Bewegung in das Polizeirevier, nachdem sie eingetreten waren. Zwei Kollegen, einer trug eine graugrüne robuste Hose und ein Shirt mit der Aufschrift Guardia Civil, standen lächelnd von einem Tisch auf, der mit allerlei Essen in Plastiktüten, Keramikschälchen und Tellern vollgestellt war. Ein anderer Kollege stand von seinem Schreibtisch auf, um ihnen entgegen zu kommen. Die Spanier wechselten Millionen von Worten in einer, wie es Axel schien, unglaublichen Geschwindigkeit. Torres deutete sacht auf ihn und er verstand „Axel Hoppe“ und „Alemania“. Sie begrüßten einander, sagten Freundlichkeiten und Javier Torres dolmetschte, soweit dies überhaupt nötig war. Der Herr in grün war einer der Schiffsführer, der ihn und Torres zur besagten Jacht bringen würde.

Auf dem Weg zum Hafen passierten sie üppige Holztore. Auf den Dachterrassen der Häuser waren Sonnenschirme aufgespannt, auf den Eingangsstufen saßen Katzen. Der Duft des Salzwassers wurde immer prägnanter. „Das Boot liegt noch immer da draußen. Ein Kollege ist dort“, sagte Torres und zeigte auf das sonnenbeschienene Meer.

Kaum zu glauben, dass das für die nächsten zwei Tage mein Arbeitsort sein wird. Jetzt aus der Nähe sah Hoppe, dass sich im Hafen Restaurants aneinanderreihten. Weiße Tischdecken, Blumengestecke und Sektkühler gaben den Ton an.

„Hier entlang bitte.“ Torres zeigte in die Richtung eines Anlegers am Ende der Straße. An riesigen Pollern lagen drei Boote der Guardia Civil.

Das Ablegemanöver dauerte nur Sekunden, kurz darauf sagte Torres „festhalten“ und die Gischt spritzte über den Bug. Das Cockpit, vor dem der Schiffsführer auf einem Sitz wie in einem Sportwagen saß, hatte nichts gemein mit der Büroeinrichtung, die er eben kennengelernt hatte. Bildschirme, Bedienpulte und Kontrollleuchten. Die Instrumente funkelten und funktionierten leise vor sich hin wie auf einem Raumschiff. Torres bemerkte sein Interesse. „Das ist unser GPS, das ist der Funk und das ist unser Echolot. Dort ist noch ein Computer, mit dem wir in unser Netz können“, erklärte er.

Hoppe fühlte sich ein wenig freier als sonst. Fast abenteuerlich. Schon fragte er sich, ob es dieses vage Gefühl nach Ablegen eines Bootes war, das die Menschen immer noch berauschte und gar in Gefahr brachte? Die Küste war schnell zu einer feinen Linie geworden.

„Da vorne“, sagte Torres.

„Liegt dort das Boot vor Anker?“, fragte er.

„Sehen sie selbst.“ Torres reichte ihm ein Fernglas.

Er blickte hindurch, setzte noch einmal ab, um seinen Kollegen fragend anzublicken.

„Dies ist die Lady Lily“, beteuerte Torres und wies mit einem Kopfnicken wieder in die Richtung eines fast 100 Meter langen Schiffes. „Die sehr großen Schiffe dürfen auf keinen Fall mehrere Tage lang auf dem gleichen Ankerplatz liegen, das erregt zu viel Aufsehen.“

„Wie hoch ist dieses Schiff?“ Hoppe hatte augenblicklich den Vergleich mit einem Sprung vom Zehnmeterturm im Sinn.

„Ich schätze, das erste Außendeck befindet sich mindestens fünf Meter über der Wasserlinie.“

Nach dem erwähnten ersten Außendeck erkannte er zwei weitere getönte Fensterreihen, Sonnendecks und die Brücke mit Satellitenempfangsgeräten. Je näher sie kamen, desto weniger hatte es von einem Schiff. Sie fuhren einer stählernen weißen Wand entgegen. Und wenn Robert Vleih doch aus diesem schwimmenden Hochhaus gestoßen wurde? Die Motoren des Polizeibootes wurden gedrosselt. Am Heck der Lady Lily tauchte jemand in Polizeikluft auf. Geschmeidig manövrierte der Schiffsführer und stoppte das Polizeiboot längsseits exakt zehn Zentimeter neben dem Riesenschiff. Der Polizist an Deck ließ einen mobilen Steg herunter. „Nein, niemand hat sich dem Boot genähert“, gab der zu verstehen, was Torres kurz für Hoppe übersetzte.

Die schiere Größe der Lady Lily, das Anlegen ihres winzigen Bootes und der Aufstieg von diesem Steg in einen Schiffsgang mit viel dunklem Glas und Chrom vermittelten etwas ganz anderes als eine lustige Bootspartie. An Land hatte er noch Teakholz und Messing erwartet. Aber das hier? Der Boden unter ihren Füßen war gepolstert wie eine Tartanbahn in modernen Sportstadien, sodass ihre Schritte keinen Wiederhall gaben. Noch nicht einmal ein Schwanken verspürte man auf diesem Schiff. Hoppe schaute auf das Meer, das glatt und still unter einer gleißenden Sonne lag. Nichts regte sich da draußen.

Am Heck gab es ein Deck, das wie ein Beachclub hergerichtet war. Auf Sand standen Sonnenliegen, Tischchen und Stühle. Eine Bar erstreckte sich entlang einer Reling. In der Mitte des Decks gab es einen ovalen Pool, in dem das Polizeiboot locker Platz gefunden hätte. Einige Handtücher und Gläser lagen auf weißen Polstern und auf dem Fußboden. Hoppe ging in den Schatten, nahm in einem Sessel Platz. Alles wartete darauf, weiter benutzt zu werden, sogar die Sonnenmilch stand bereit. Badespaß? Kein Plätschern. Kein Meeresrauschen. Noch nicht einmal Möwengeschrei hörte er. Gab es hier keine Möwen? Nur grelles Licht und ermattende Hitze. Die Abenteuerlust war verflogen. All das Wasser um ihn herum hatte auf einmal nichts Prickelndes mehr. Wenn man nun weit hinausführe, wie wäre das auf diesem Schiff? Wie lange könnte man fahren und wohin? Wie hoch kämen die Wellen da draußen? Ein heißer Luftzug wehte derben Geruch heran. Wo ist eigentlich meine Wasserflasche? Erst vor ein paar Stunden bin ich im Morgengrauen ins Taxi gestiegen und jetzt sitze ich auf diesem Schiff in mörderischer Hitze. Er schaute auf's Decks.

„Am Bug befindet sich der Whirlpool." Torres riss ihn grinsend aus seinen Betrachtungen.

Natürlich gehörte so ein Ding zu diesen Dimensionen, zu einer lasziven Art, sich den hohen Temperaturen zu stellen, dachte Hoppe.

„Und man kennt ihren Namen in Deutschland wirklich nicht?", wurde er von seinem spanischen Kollegen gefragt.

Woher sollte er das wissen? Hoppe holte ein wenig aus und erklärte Torres, was es mit dem Namen Schmidt in Deutschland auf sich hatte. Dann schmunzelten sie beide und erhoben sich, um durch eine gläserne Schiebetür ins Innere des Schiffes zu treten. Er brauchte einen Moment, um sich zu orientieren. Vor ihnen lag ein Zimmer unvorstellbaren Ausmaßes. Außer der allgemeinen Üppigkeit erweckte ein drei mal vier Meter großes Gemälde am anderen Ende des Raumes seine Aufmerksamkeit. Ein an Michelangelos Adam erinnernder Mann und eine ihm ebenbürtige Frau badeten in der Natur. Ein Picknick war für die beiden angerichtet. Ein Schinken, ein Korb mit Früchten, Brot. Im Vordergrund gleich neben dem Paar ragten Zypressen in den abendlichen Himmel. „Was für ein Schinken."

„Wie?", fragte Torres.

Wie sollte er erklären, dass er dem Essen auf dem Bild nichts abgewinnen wollte? Mit ein paar diffusen Worten auf den Lippen ging Hoppe zu einem Bücherregel, um mit etwas Konkretem zu beginnen. In Griffhöhe lagen ein paar Zeitschriften. In den oberen Fächern standen gebundene dicke Bücher. Gesamtwerk Goethes in zehn Bänden, eine Bibel, ein Weltatlas, Meyers Tierlexikon, Mallorquinische Küche. Er wandte sich von der Bücherauswahl in der Leseecke ab. Der vielversprechendere Teil lag weiter hinten, wo Torres zwischen Polstern und ungefähr 100 Kissen bereits wartete. Gläser für Cocktails, Wasser, Bitter, Flaschen, Schälchen, Teller, Cocktailshaker. Flecken hatten sich vor umgekipptem Geschirr ausgebreitet. Teller mit zerlaufenem und wieder angetrocknetem Käse, mit schmierigem Schinken, mit Obst, inzwischen unappetitlich braun. Chips, Nüsse und Badesachen. Aschenbecher. Alles war auf dem Tisch und irgendwie auch darunter verteilt. Ein kleines silbernes Tablett mit ein paar Kratzspuren und weißen pulverigen Krümeln stand auf einer Polsterlehne. Hatte das dem Vleih das Leben gekostet? Hoppe war gespannt auf die Frau, die dieses Schiff und ihren nun toten Lover dirigiert hatte.

Ein Deck höher bot sich das Bild von einem japanischen Restaurant. Eine geräumige Edelstahlkombüse grenzte offen aber unaufdringlich an den Essbereich. Blumen hingen schlaff aus einer Vase bis hinunter auf eine glänzende Tischplatte hinab. Hinter dem Essbereich und einer Glaswand standen etliche Sessel vor Panoramafenstern. „Wohin geht es durch diese Tür?“, fragte er und deutete aufs Ende des Raums.

„Schlafzimmer, Bäder, Kinderzimmer“, antwortete Torres.

Sie liefen treppauf und treppab. Sahen in Gästezimmer verschiedener Stilrichtungen hinein, konnten drei Zimmer eindeutig als Kinderzimmer ausmachen, liefen auf endlosen Gängen, besahen sich Kunstgegenstände und Vorratskammern. Vor der Brücke ein Zimmer im Stil eines englischen Herrenclubs mit Kamin, Chesterfieldsesseln und Teppichen. Die Brücke selbst erinnerte an eine Kraftwerksleitzentrale. Noch einmal durchmaßen sie das Schiff, diesmal von oben nach unten, bis sie wieder auf der Badeplattform am Heck standen. Wie viel Zeit mochte vergangen sein? Zwei Stunden? Eindrücke, Vermutungen, Indizien. „Ich habe hier genug gesehen", sagte Hoppe.

Hätte er an seinem ersten Tag in Frankfurt davon erzählen sollen? Wie hätte das ausgesehen? Und hätte man ihn überhaupt verstanden? Sollte diese Marlene sticheln! Sollte sie glauben, er habe etwas übersehen. Sie hatte ja keine Ahnung!

II Frühling

1 Einlochen

Trotz des kalten Wetters waren Markisen heruntergelassen und Sonnenschirme aufgespannt. Auf der Terrasse des Clubhauses standen gedeckte Tische und gepolsterte Korbsessel bereit. Warum sollte man nicht schon Anfang Februar die Gäste einladend umfangen und auf die bevorstehende Sommersaison hinweisen?

„Wann wollte Stephan hier sein?“, fragte Sarah ihren Mann.

„Halb Zehn. Wir wollen alle 18 Loch schaffen.“

Kaum erwähnt, trat der schon durch eine der offenen Terrassentüren. Im Arm seine Frau Yvonne.

„Die war nicht eingeplant“, murrte Rüdiger. „Kannst du dich um sie kümmern?“

Sarah wollte auch aufs Grün. Was sollte sie mit Stephans Frau? Doch sie kam nicht dazu, ihren Unmut zu äußern. „Guten Morgen, meine Liebe.“ Küsschen links und rechts. Beide Frauen taten einander gleich.

Brückners Yvonne verkündete: „Kümmert euch nicht um mich. Ich möchte nur hier sitzen.“

Na also, dachte Sarah. Kaffee und Champagner wurden gebracht. „Es macht dir wirklich nichts aus, wenn ich mitgehe?“, säuselte sie gegenüber Brückners Frau.

„Nein, geh nur. Wenn das auch für Rüdiger und Stephan passt.“

„Mein Häschen kann zum Einlochen ruhig mitkommen.“ Rüdiger wollte komisch sein, sprach laut und umarmte seine Frau wie immer etwas barsch.

Sarah hatte sich an derlei Männlichkeitsattacken gewöhnt. Diese waren doch harmlos! Gleich werde ich ihm zeigen, wer wen einlocht. In ihre Vorfreude auf das Spiel mischten sich abschweifende Gedanken. Einlochen! Ab in den Knast! Weg mit ihm! Wie sehr sie daran gearbeitet hatte.

Abschlag! Die Weite der Herren würde sie am sechsten oder siebenten Loch wieder aufgeholt haben. Vorerst ließ sie Rüdiger und Stephan ziehen. Schade, dass Isabel noch nicht so weit war. Weit vor ihr auf dem Rasen redeten die beiden Männer. Wie sie miteinander lachten und gestikulierten. Sie sind wie Brüder. Jungs, die nie groß geworden waren. Für sie ist alles ein Spiel. Kaum ein Wochenende vergeht ohne Stephan. Dabei haben sie von Montag bis Freitag miteinander zu schaffen. Ihr neuester Clou waren diese Appartementhäuser, für die sie Gelder vom Land erhalten hatten. Eingliederung sozial Schwacher und Einwanderer via Job und Wohnung. So etwas hatte sie noch nie zuvor gehört. Sarah zerrte an ihrem Trolley und suhlte sich in ihrer Einsamkeit.

Das erste Loch mit 6 Schlägen. Sie musste erst warm werden. Sich konzentrieren. Isa blitzte in ihren Gedanken auf. Seitdem sie sich wiedergetroffen hatten, fasste Sarah etwas Mut. All die Jahre waren ohne sie vergangen. Orange, hellblau und rosa hatten wir unsere Wohnung gemalert. Isa in ihren abgeschnittenen Jeans und dem weißen Hemd. Sie hatte ausgesehen wie ein Model für einen Baumarktspot. Sarah platzierte den Ball auf dem Stick und zog das 3er Eisen heraus. Viktor war immer häufiger gekommen und hatte beim Renovieren geholfen. Sie schlug zu. Der Ball flog viel zu weit. Danach war es trauriger geworden.

„Sarah, schaffst es nicht?“ Rüdiger rief über den Platz. Er erlaubte sich immer und überall alles.

Was weiß der schon, was sie nicht geschafft hatte. Sie ließ ihn rufen. Weihnachten war ein guter Anlass gewesen, um sich bei Isabel nach fast 20 Jahren einmal zu melden. Beim dritten Treffen war auch Viktor mitgekommen. Er war aufgestanden, hatte ihr geholfen, den Stuhl heranzurücken, er hatte leise mit dem Kellner gesprochen, er hatte sie angeschaut und hatte immer noch dieses jungenhafte Lachen. Er war kein bisschen älter geworden. Sie stützte sich auf ihren Golfschläger. Die Männer vor ihr johlten auf, schauten zu ihr zurück. Rüdiger sagte etwas zu Stephan, lachte dabei, zeigte auf sie.

Stephan kam zu ihr. „Sarah, ich bin mal dein Caddie.“

Beinahe hätte sie losgeheult. Er tätschelte sie unbeholfen. Wie immer hatte er ein Gespür für Menschen in Not. Erneuter Abschlag. Sie schaute dem Ball gar nicht hinterher. Erst als sie Stephans verwunderten Gesichtsausdruck bemerkte, sah sie, dass ihr Ball in 60 Meter Entfernung aufgeschlagen war. Auf dem Weg dorthin nahm Brückner das Gespräch auf. „Rüdiger hat mir erzählt, dass du sogar froh darüber bist, mit deiner alten Freundin Kontakt aufgenommen zu haben.“

„Ihr habt mir einen großen Gefallen getan.“

„Manchmal braucht man einen kleinen Schups. Ich habe inzwischen ihren Mann kennengelernt.“

„Ach ja.“

„Kennst du den auch?“

Sarah zuckte die Schultern. „Ich weiß nur, dass er ganz

anders ist."

„Das glaube ich auch. Auf jeden Fall ist er vernarrt in seine Akkus. Ein verbohrter Typ."

„Und was hast du nun von all dem? Warum sollte ich Isabel Schlegel ausgraben?"

„Es ist immer gut, umfänglich informiert zu sein. Dieses Professorchen wird Teil unserer Zukunft sein."

„Unserer Zukunft?"

„Früher oder später."

Sie musste ein wenig den Kopf schütteln über Stephans Eisen im Feuer. Tatsächlich schmiedete er immer und für jeden einen Haken.

„Bist du endlich an uns herangekommen?" Sie hatten Rüdiger eingeholt.

„Spiel dich nicht so auf", sagte Stephan zu ihm.

Stephan Brückner war zwar nicht ihr Freund aber er wusste, wann es genug war. Schließlich kannten sie alle den schrecklichen Zwischenfall auf Mallorca, der immer noch auf ihr lastete. Gemeinsam zogen sie weiter, warteten aufeinander, schlugen zu.

„Stephan, wie ging es weiter mit diesem Typen von der EnVer?", fragte Rüdiger.

„Ich sagte doch, der ist ein Langweiler. Macht einen auf Weltretter. Blöde Masche."

Sprechen die Zwei über Viktor?

„Aber er spornt uns an, unser Gewissen reinzuwaschen." Brückner nahm seinen Schläger und kurz darauf flog der Ball hoch durch die Luft. „Das ist doch gut."

2 Riecher

Spätestens als der Zug über die Mainbrücke fuhr, ordneten alle Reisenden ihr Gepäck. Axel war an diesem Montagmorgen einer von ihnen, nachdem er am Wochenende zu Michel nach Hause gefahren war. Am Freitagabend im Zug hatte er noch den Begriff des Männerwochenendes als lächerlich abgetan, doch heute Morgen fühlte es sich ganz und gar gut an. Sie hatten sich aufeinander gefreut, gut gegessen, viel erzählt. Intensiv! Das war das richtige Wort.

„In Frankfurt“, hatte er zu Michel gesagt, „fühle ich mich manchmal wie ein Student.“ Seltsam hatte es sich angefühlt, das zu seinem Sohn zu sagen.

„Ich bin richtig stolz auf dich, dass du nicht so ein alter Knacker bist.“ Und Michel hatte dabei gegrinst.

Der Zug blieb im Delta der Bahnhofsgleise stehen und wartete auf ein Einfahrtssignal. Nein, so richtig konnte es Michel doch nicht wissen, wie es war, seinen Sohn einfach zurückzulassen. Nicht mehr mit ihm gemeinsam Bouletten zu braten, sich mit ihm um den letzten Kakao zu streiten, sich mittwochs die Champions-League-Spiele zusammen anzusehen. Nachhausekommen war nicht nur für die Kinder da. Und jetzt ist das Kind erwachsen. Der Zug rumpelte über das Gewirr aus Gleisen und Weichen. Kurz darauf erschien vor den Fenstern der Bahnsteig.

Zur Nordseite des Bahnhofs sollte Hoppe kommen. Seine neuen Kollegen hatten ihn angerufen: Jemand wurde am Mainufer tot aufgefunden. Ertrinken wurde als Todesursache bereits festgestellt. Keine große Sache. Ich bekomme

Beschäftigung, keine Ermittlungsarbeit. Austauschschüler, der ich nun einmal bin. Dieses Beispiel wird mein erstes sein, das ich auseinandernehme, um Strukturen und Abläufe der Polizeiarbeit zu analysieren. Er sollte mit einer gewissen Draufsicht nach Optimierungsmöglichkeiten suchen und Schulungsunterlagen aktualisieren. Darüber konnte man sich schon am Morgen freuen. Gemeinsam mit den anderen Reisenden stieg er aus und versuchte, sich alles Kommende schön zu reden. Ich habe mir ein Fahrrad zugelegt und werde die Zeit genießen. Der Sommer liegt noch vor mir. In dieser Jahreszeit ist es überall auszuhalten.

Am Nordeingang des Bahnhofs wartete auf dem Parkplatz Hauptkommissarin Marlene Saalfeld auf ihn. Na bitte, der Tag beginnt ja prächtig, dachte er. Sie begrüßten sich und er fragte, ob sie gemeinsam an dem Fall arbeiten würden. „Ich soll Ihnen ein wenig zur Hand gehen", antwortete sie.

Ausgerechnet die, dachte er. Als sie am Main entlang durch die Stadt fuhren, fragte er, ob nicht fast schon die Offenbacher Kollegen ran sollten?

„Um diesen Fall mussten wir keine Revierkämpfe ausfechten."

Hatte er da einen ironischen Unterton wahrgenommen? Ob sie Spaß daran hat, mich auf die fehlende Brisanz meines ersten Falles aufmerksam zu machen? Das ist ein Experiment, ein Austauschjahr! Ich weiß es doch. Frauen! Immer müssen sie sich beweisen. „Danke fürs Abholen übrigens."

Hoppe überlegte, wie um alles in der Welt dieser Mann es angestellt hatte? Gab es dort hinten nicht eine Autobahnbrücke? Und wenn er gestoßen wurde? Oder wenn die

Brücke gar keine Rolle spielte? Ein Bootsunfall? Immerhin ein viel befahrener Fluss. Machte er sich doch Hoffnung auf ein wenig Arbeit? Diese Frau hatte ihn herausgefordert. „Wir fahren hin und hören, was die Kollegen vor Ort haben", sagte er laut.

Sie schaute ihn etwas verständnislos an.

Am Tatort ging es wie üblich hoch her. Fahrzeuge waren an einem schmalen Weg zwischen dem Ufer und einem Wohnblock geparkt. Absperrbänder verhinderten, dass Anwohner den Weg benutzen konnten. Dennoch hatten sich Schaulustige davor aufgebaut. Axel Hoppe bahnte für sich und seine Kollegin einen Zugang durch die Menge. „Seit wann sind die Kollegen vor Ort?", fragte er diese Saalfeld. Sie schlüpften unter dem rot weißen Band hindurch.

„Seit heute sechs Uhr."

Rechts flankierte ein eher schmuckloser Wohnblock mit Fahrradständern vor den Eingängen den Weg. Das Haus befand sich zwar in der ersten Reihe zum Fluss, jedoch war der hinter riesigem Gestrüpp und Bäumen kaum zu sehen. Hoppe machte ein paar Schritte Richtung Wasser. In der Ufervegetation lagen Tüten, Verpackungen, Flaschen, verrostete Kleinteile und Papiermüll. Auch im Wasser schwamm Unrat, der sich in Wurzeln, hinabhängenden Ästen oder Wasserpflanzen verfangen hatte. Draußen auf dem Fluss schaukelten rote und grüne Bojen. Mit stoischem Wummern fuhr ein Schubverband vorüber, der den Müll in seiner Bugwelle sacht schaukelte. Nein, das ist kein guter Ort, um tot aufgefunden zu werden. Er wandte sich Richtung Einsatzzelt, das ein paar Meter entfernt die gesamte Wegesbreite einnahm. Dort drinnen liegt er also. Der Tote. Mein Fall. Er blickte noch einmal an dem Wohnhaus empor. Ein paar Neugierige schauten aus ihren Fenstern. Neben ihm stand die Kollegin. Ein junger Beamter und ein älterer Kommissar kamen auf sie zu. Sein Team, das ihm am Telefon bereits kurz umrissen wurde. Viel zu viele Leute für diese Aufgabe. Außer seines Teams gab es immerhin schon die vielen Techniker in ihren weißen Overalls und die Uniformierten, die sich alle um diesen Ort scharrten. Kriminalhauptmeister Julian Keller, Kriminaloberkommissar Wolfgang März, meine Freundin, Kriminalhauptkommissarin Marlene Saalfeld und ich selbst. Sollen wir uns gegenseitig auf die Finger gucken? Nach einer kurzen Begrüßung sagte der ältere Kollege: „Sie haben ihn durch die Böschung heraufholen müssen. Keine Papiere. Aber genügend Vermisstenanzeigen."

„Gewalteinwirkung?", fragte Hoppe.

„Keine sichtbaren Spuren."

„Waren irgendwelche Fundstücke im Wasser?"

Wieder Nein.

„Wollen wir?" Er deutete Richtung Zelt.

Darin machten sich ein paar Polizeibeamte an Kisten, Metallkoffern und an Laptops zu schaffen. Auf einem Arbeitstisch lag der zugedeckte Leichnam. Die Plastikplane, noch dazu von einer Wasserleiche, zu lüften, war kein angenehmer Augenblick. Hoppe schaute und sagte erst einmal gar nichts. Plappern löst keinen Fall, auch wenn er noch so klein ist. Draußen vor dem Zelt schien die Sonne, wenn sie auch noch nicht wärmte. Das Frühjahr konnte man bereits erahnen. Und dann ertränkt man sich? Die meisten brachten sich vor dem Winter um. Doch er äußerte seine Gedanken nicht. Es war anmaßend und nur sein ganz persönlicher Einwand, Suizide im ausklingenden Winter einfach nicht gelten zu lassen. Mehr fiel ihm im Moment nicht ein. Er tauschte sich mit seinem überdimensionierten Team aus. Das wurde schließlich von ihm erwartet. Doch sie wussten alle selbst, was zu protokollieren war, wie der Fundort untersucht und wie man den Technikern bereits vor Ort auf die Nerven gehen musste, um schneller an ein paar Fakten zu gelangen. Den Tauchern, die später hinzugezogen werden sollten, konnte sowieso niemand etwas erklären.

Hoppe verließ das Zelt, hob am anderen Ende des Weges das Absperrband an und verließ diesen Hexenkessel an Betriebsamkeit. Er lief auf dem unbefestigten Uferweg weiter bis er an einer dieser schmalen Straßen eines Neubaugebietes landete. Neue Gehwege, dünne Bäume, frisch eingezeichnete Parkplatzmarkierungen. Die Blocks trugen Namen wie Hafengold oder Luv und Lee. Er ging an Appartementhäusern aus Granit mit dunkelbraunen Fensterrahmen und kleinen Balkonen vorüber. Auf anderen Häusern prangten Terrassen mit Glasumrandung, einige waren ganz klar als Bürokomplexe auszumachen. Mit Holzbohlen und dicken Tauen an einem eingemauerten Stück Flussarm versuchte man maritimes Flair vorzugaukeln. Eine junge Frau schob einen Kinderwagen Richtung Main. Sollte er ihr zurufen, dass es hinter dem Block heute nicht weiterging? Wortlos wandte er sich ab. Weit hinter dem vermeintlichen Hafenbecken führte eine mehrspurige Straße an ausgeblichenen Altbaublöcken vorüber. Weiter den Fluss hinauf standen Lagerhallen, Fabrikgebäude, Gasspeicher, Kräne und ein kleines Umspannwerk. Ein Bagger fuhr an seinem Eisengestell durch die Luft. Laufkatze hießen diese Dinger. Drei, vier Schiffe lagen im Wasser. In windschiefen Baracken wurden wahrscheinlich Frachtpapiere ausgefüllt, Telefonate geführt und Kaffee oder Würstchen warm gemacht. Kleine Gewerbetreibende machten dort ihre Geschäfte. Eine Eisenbahnbrücke durchschnitt den Horizont. Dahinter ragte die EZB auf und noch weiter stromabwärts die Frankfurter Skyline. Doch weder das Krachen der Kohle, die vom Bagger in den Rumpf eines Schiffes fiel, noch das Quietschen des Zuges auf den Schienen der Brücke und erst recht nicht den Trubel der Stadt konnte Hoppe hier hören. Hier wo er stand, war es leise, aufgeräumt und geruchlos. Keine Abgase, kein Kaffee, keine Fritten, keine Blumen, keine Pisse, kein Stoff, kein Parfüm. Wie sollte man da einen Riecher entwickeln?

3 Frust

Irgendwo flussabwärts hatte sich Isabel Schlegel unter die Dusche geschleppt. Das heiße Wasser rieselte an ihr herunter. Der Kopf schmerzte. Herrgott, ich weiß doch, dass der nächste Morgen kommt. Das Shampoo roch nach Thymian und Veilchen, doch es half nichts. Der Sonntagabend schmerzte wieder einmal nachhaltig. Mit geschlossenen Augen legte sie ihren Kopf in den Nacken. Wasser und Schaum rannen ihr übers Gesicht. Gestern Abend war Viktor wieder einmal in seinem Arbeitszimmer abgetaucht und ihr blieb nichts anderes, als die Diplomarbeit dieser kleinen Schnepfe durchzuschauen. Die ist so ausgebufft, sogar schlau. Viel schlauer als ich es je gewesen bin. Wahrscheinlich wird die niemals irgendwo hängen bleiben. Aber wer wusste das schon im Voraus? Blieb der gute Rote, der sie gestern verlässlich versöhnlich gestimmt hatte. Sie stellte erst die Dusche ab, nachdem das Bad vom heißen Wasser diesig geworden war. Als Viktor aus seinem Arbeitszimmer herausgekommen war, hatte er mit ihr das letzte Glas der Flasche getrunken und hatte danach noch eine geholt. Sie schlang ihr Handtuch eng um sich herum. Niemand konnte Füße kraulen wie er. Gedanklich waren sie am Nord-Ostsee-Kanal gelandet, an dem sie in diesem Jahr entlangradeln wollten. Nach Main, Weser, Mosel, Inn, Donau, Chiemsee, Müritz nun also Nord-Ostsee-Kanal. Warum auch nicht. Das Handtuch war so schwer. Es kratzte. Als Viktor eingeschlafen war, hatte sie sich den Nachtfilm auf arte angeschaut und die zweite Flasche allein geleert. Warten, Radeln, Fernsehen? Genau das hatte es mit dem

Montagmorgen auf sich. Alles war wie immer. Im Badschrank suchte sie die Schachtel Ibuprofen. Reiß dich zusammen, sagte sie leise zu ihrem Spiegelbild und beschloss, heute etwas später aus dem Haus zu gehen. Was für ein Wagnis! Isabel legte das Handtuch über ein Holzregal, nahm den weichen Morgenmantel von einem Haken und streifte ihn über. In der Küche griff sie mechanisch nach der Espressokanne. Als das Espressopulver vom Löffel in den Siebträger hineinrieselte, schaute sie ihren Händen hinterher, überlegte kurz und stellte das ganze Espressozeug wieder weg. Heute nahm sie sich Zeit für eine Kanne Tee, genau wie am Wochenende. Vielleicht sollte ich auch diese Diplomarbeit noch einmal genauer ansehen. Die Hausaufgaben ihrer großen Kinder, die nicht ganz ihre waren. So wollte sie das doch sehen. Sich um die Studenten kümmern. Sie nahm eine der englischen Teetassen, die Kanne und das Teelicht aus der Vitrine, öffnete ein Küchenfenster. Vogelgezwitscher drang zusammen mit der Kälte herein. Diese Küche hatte sie wirklich gut hingekriegt. Tisch und Stühle waren handgefertigt. Unter dem Essplatz lag ein gewebter Teppich. Die hölzernen Küchenschränke, die riesige Spüle, Herd und Kühlschrank waren großzügig auf den Dielen angeordnet. Mit einem Seufzer goss sie das Teewasser auf. Sie holte die Diplomarbeit, setzte sich an den Küchentisch, trank heißen Tee in der kalten Luft vor dem offenen Fenster, las, machte Notizen. Das war ordentlich, fand sie. Nach zwanzig Seiten hatte sie genug. Isabel verschwand noch einmal im Bad. Ihr Haar musste sie noch ein bisschen in Form bringen. Makeup, Lidschatten, Kajal, Puder, Lippenstift. So, da bin ich wieder. Im Schlafzimmer warf sie ihren

Morgenmantel auf das Bett und zog sich an. Einen schwarzen Rollkragenpullover. Dazu suchte sie die Tweedhose heraus, in die sie diesen schönen dunkelbraunen Gürtel ziehen konnte, dazu die dunkelbraunen Pumps. In der Küche hatte sie sich entschieden, das Auto zu nehmen. Mittlerweile war es 8:30 Uhr. Natürlich würde sie im Stau stehen. Vielleicht hätte es außerdem der Gesundheit besser getan, sich ein wenig zu bewegen. Aber nicht heute! Sie nahm den Blazer vom Haken, verließ die Wohnung, lief die Treppen hinunter, hielt der Frau mit dem Kinderwagen die Haustür auf, ging zu ihrem Golf, der unter einem sich regenden Fliederstrauch abgestellt war, schmiss ihre dunkelbraune Aktentasche auf den Beifahrersitz und stieg ein.

Nach ruppigen Wettkämpfen im Straßenverkehr war sie an der Parkhauseinfahrt der Maiers Business School angelangt. Neonröhren erhellten den Parkkeller aus Beton. Sie stellte das Auto auf einem Platz für die Lehrkräfte ab. Klack, klack hallten ihre Schuhe. Klack. In diesem Keller mit diesen schönen Schuhen. Ein Jammer! Zum Institut gelangte sie durch eine Eisentür, deren Farbe an einigen Stellen abgeblättert und dessen Fenster aus kleinen, grünlich schimmernden Glasbausteinen immer staubig war. Heute Morgen fiel es ihr dramatisch auf. Empört ergriff sie die schwarze Plastikklinke und stapfte in das Treppenhaus.

Ganz anders erging es allmorgendlich Viktors Sekretärin, die mit ihm inzwischen in die achte Etage am Hauptsitz der EnVer AG umgezogen war. Ihr sogenanntes Vorzimmer war riesig und nagelneu eingerichtet. Ihr Chef, Professor Doktor Viktor Schlegel, war jedoch ganz der alte geblieben.

Nur war er selten da. Vortragsreisen, Verhandlungen mit Partnern und vor allem seine Tätigkeit im neuen Forschungszentrum ließen ihm kaum Zeit, aus seinem neuen Büro heraus zu agieren. Heute war er schon den ganzen Tag lang im Kronberger Schlosshotel. Vorstandsklausur, das hört sich doch gut an, fand die Sekretärin.

Ihr Chef jedoch hatte einen anstrengenden Tag gehabt, wie er jetzt am Abend in seiner Suite feststellte. Sein Hemd war durchgeschwitzt und ein herber Geschmack verklebte ihm den Mund. „Dieser Viktor, wie wir ihn über kurz oder lang alle nennen werden, ist die beste Wahl, denn er ist ein hervorragender Mittelfeldspieler", hatte Hofmacher heute Nachmittag gesagt. Viktor legte sein Sakko auf das Doppelbett, riss die Krawatte herunter, begann sein Hemd aufzuknöpfen. Er würde auch nach hinten sehen, hatte Hofmacher hinzugefügt. Diese Human-Resources-Dame hatte sich erlaubt, einen Spaß zu machen, wonach er dabei mal nicht gegen seine Anlagen laufen solle. Hofmacher hatte gelacht. Die anderen beiden Vorstandskollegen, darunter Dr. Paul Moritz, hatten auf ihre Unterlagen geschaut. Hofmacher hatte sich geräuspert. „Alle könnten sich an ihm, Viktor, ein Beispiel nehmen."

Es war wie in der Schule gewesen. Er ließ das Hemd vor das Bett fallen und ging in die Dusche.

„Wenn er dann noch die Speicherkapazität seines Wasserstoff-Batterie-Dingens hochsetzen könnte, wäre alles perfekt." Das hatte dieses Strategieäffchen zu sagen gewagt.

„Die benötigten Ressourcen wird sich Viktor schon beschaffen und dann wird er es mit unserem Wasserstoff-

Akkumulator schon hinkriegen", hatte Hofmacher entgegnet. Das Budget war mit Jan Mauerkamp bereits besprochen. Mauerkamp hatte beteuert, dass das Budget nicht in Frage gestellt werde, damit Nachfrage und Angebot schnellstmöglich korrespondieren könnten.

Hätte ich einhaken sollen, fragte sich Viktor hier oben in seinem Zimmer. Muss ich mich rechtfertigen? Er fragte sich, welchen Platz er denn nun einnahm? Warum hatten sie über ihn statt mit ihm geredet? Er war doch mit ihnen in einem Raum gewesen. Gehöre ich nun dazu oder nicht? Und wozu gehöre ich dann eigentlich? Er kam aus dem Bad, zog sich frisch an.

Stephan Brückner würde helfen, die dezentralen Versorgungsansätze seiner Kunden auf uns zu lenken, hatte Hofmacher gesagt. Wenn Viktor ehrlich war, wusste er, dass das der Auslöser seiner schlechten Laune war. Vor Wochen hatte er den Brückner zum Mittag getroffen, weil es Hofmacher gewollt hatte. Er hatte mit dem Oberputzmann über Sicherheitsvorkehrungen und Schulungen für seine Leute gesprochen. „So ein Forschungszentrum ist eben kein simples Büro", hatte Brückner gesäuselt. Bald hatte er sich wie ein Verwandter Hofmachers aufgeführt, der ein neues Familienmitglied kennenlernte. „Josef hat mir schon alles über Sie erzählt. Wer weiß, vielleicht ergeben sich ungeahnte Gemeinsamkeiten."

Damals habe ich es nicht glauben wollen und nun steht der Typ tatsächlich auf der Matte. Aber jeder wird die Akkus haben wollen. Auch ohne Brückner! Viktor schüttelte den Kopf. Und jetzt schmeißen wir sogar unsere Klausur für ihn um. Wahrscheinlich ist er schon da. Was soll das werden? Eine konspirative Sitzung zu nächtlicher Stunde?

Im Kaminzimmer bedankte sich Stephan Brückner dafür, dass man auf seine Termine Rücksicht genommen hatte. Selbstverständlich kam er auch spät am Abend gerne zur Klausur des Vorstandes und hatte sich im Vorfeld bereits Gedanken gemacht. Viktor hielt sich an einer Cola fest, während der späte Gast von ‚konkreten Interessenten für die innovativen Lösungen der EnVer' redete. Brückner führte seine belastbaren Beziehungen zur Staatskanzlei, der Gemäldegalerie, der Uni, Bereichen des Flughafens bis hin zum hiesigen Fußballstadion ins Feld. Schließlich war er ihr Facilitymanager. „Selbstverständlich werde ich, wie immer gerne, mit der EnVer kooperieren, damit Zukunftsgedanken auch Realität werden."

Was bildet der sich ein? Viktor fühlte sich in seiner Abneigung bestätigt.

„Freunde", Brückner sagte tatsächlich Freunde, „es wird mir ein Vergnügen sein, euch zu unterstützen."

„Jeder unserer Schritte sollte miteinander harmonisieren", sagte der Marketingvorstand Moritz.

Springen alle auf diesen Quatsch an, weil es schon nach 23 Uhr ist? Schon wieder fühlte sich Viktor draußen. Die Neuausrichtung der EnVer AG mit Hilfe dieses Mannes? Aber dann wäre dieser Brückner zu allererst und vor allem mein Partner. Das geht nicht. Das ist unsinnig. Viktor nahm sein Glas und trank. Sicher habe ich es falsch verstanden. Der Wasserstoff-Akku würde nach ein paar Wochen Forschungsarbeit die Kapazität von mindestens 100 MWh haben. Jetzt musste noch an der Schnelligkeit gearbeitet werden, damit Strom via Brennstoffzelle praktisch ohne Unterbrechung zum Verbraucher gelangen würde. Wenn Sonnen- oder Windenergie einmal nicht zur Verfügung standen, durfte nicht erst das Licht ausgehen, bevor der Akku einsetzte. Viktor ratterte alles herunter. Aber äußern musste er sich hier nicht. Alle Anwesenden wussten, warum er zum Vorstand für Forschung und Entwicklung gemacht wurde. Das Thema des Wasserstoff-Akkus war zu zukunftsträchtig, um es nicht auf diese Ebene zu heben. Hofmacher hatte Viktors Team bis zu einem Jahr ungestörtes Forschen zugesichert. Spätestens dann würden sie wo weit sein, einen Durchbruch in Größe, Kapazität und Reaktionsgeschwindigkeit zu erzielen. Und danach wird Brückner fehl am Platze sein. Die innovativsten Stromversorgungslösungen, die die Welt je gesehen haben wird, mussten nicht über das Hintertürchen eines Facilitymanagers platziert werden.

4 Freundinnen

Die gelben Frühblüher am Straßenrand und vor den Hauseingängen waren nun keine Besonderheit mehr. Überall spross frisches Grün. Aufbruchsstimmung machte sich breit. In Isabel regte sich auch etwas, das sie allerdings noch nicht greifen konnte. Sie nippte an ihrem zweiten Glas Vollrads-Riesling und lächelte ihre alte neue Freundin Sarah an. Am Nachbartisch ließ eine ältere Dame kleine Kuchenkrümel von einem Pâtisseriestück zu ihrem Hündchen unter den Tisch gleiten. Doch die meisten Leute im Siesmayer waren Mittagsgäste, die hier gegrillte Tigergarnelen auf Glasnudelsalat oder ihre Schnitzel mit Grüner Soße gegessen hatten und nun beim Kaffee angelangt waren. Hinter den großen Fenstern der Brasserie erstreckte sich der weit ausladende Garten mit seinen 150 Jahre alten Bäumen der ehemals herzöglichen Pflanzensammlung. „Sollen wir schnell essen und noch eine Runde drehen?“, fragte Sarah, die Isabels Blick aus den Fenstern gefolgt war.

„Diese alten Gewächshäuser passen nicht in diese Welt.“

„Mag schon sein.“

„Diese längst vergangene Pracht mit ihrem kläglichen Versuch Exotik hierherzuholen“, sagte Isabel vor sich hin ohne eine Erwiderung zu erwarten oder auf Sarahs Frage einzugehen. Stattdessen wandte sie den Blick zur anderen Seite des Restaurants hinaus. Auch dort waren die Bäume alt, die Vorgärten dezent, die Haustüren der herrschaftlichen Gründerzeithäuser in den Straßen des Westends schwer. Das alles war kein kläglicher Versuch. Es war das Zelebrieren der Pracht, die als Kulisse für die mittägliche Geschäftigkeit mit ihrem unverkennbaren Stimmgewirr in diesem Restaurant diente.

„Isa, ist es nicht schön, wieder wie damals gemeinsam unterwegs zu sein?"

„Wie damals?" Isabel blies hörbar die Luft aus. Mit ihrem Glas in der Hand deutete sie nur für Sarah wahrnehmbar auf ein paar Gäste. „Im Moment weiß ich nicht, ob ich mich wie diese Herren oder wie diese alte Frau fühlen soll", sagte sie.

„Was ist los?"

„Wir sind längst keine Studenten mehr und was ist in der Zwischenzeit passiert? Du hast deine Kinder. Hast sie großgezogen. Hinterlässt der Welt gute Menschen und damit deine Spuren."

„Hm", machte Sarah.

„Und ich? Ich habe noch nicht einmal zehn Artikel im Volkswirt platzieren können." Sie nahm einen kräftigen Schluck von ihrem Weißwein. „Nach mir kräht kein Hahn."

„Viktor liebt dich", sagte Sarah.

„Ich weiß." Sie stellte ihr Glas ab. Wie sollte sie erklären, dass sie seit längerer Zeit fast angstvoll an ihre Zukunft dachte. Der urbane Chic, die teuren Speisen, die guten Weine - all das liebte sie. Sie nahm ihr Glas wieder in die Hand. Doch heute konnte das alles nicht darüber hinwegtäuschen: Sie war stecken geblieben. „Es passiert nichts", sagte sie.

„Was soll passieren? Mit jemandem wie Viktor muss doch gar nichts Neues mehr kommen." Sarah rührte in ihrem Kaffee herum.

„Wir können ja tauschen."

Sarah schmunzelte kurz und rührte weiter. „Isa, wir kennen uns schon so lange." Sie griff nach ihrer Tasse. „Auch wenn es diese Pause gab", sie zögerte und legte den Kaffeelöffel ab. „Du bist für mich die beste Freundin."

Bin ich das wirklich? Ganz schöne Herausforderung. Nach wie vielen Jahren fällt uns das wieder ein? Wir haben uns verändert! Isabels Gedanken überschlugen sich, denn sie war auf so eine Äußerung nicht gefasst. Gehörte die nicht sowieso in einen anderen Lebensabschnitt? „Ich finde es auch toll, mit dir hier zu sitzen", stammelte sie.

Sarah sah sie zufrieden an. „Ich muss dir etwas erzählen."

Noch so ein mädchenhafter Satz. Gehört das dazu, wenn man sich jung fühlen will? Soll ich da mitmachen? Wird es lustig werden?

„Ich kenne so eine Art Geschäftspartner von Viktor", fuhr Sarah fort.

„Was soll das?" Eben wollte ich mich etwas fallen lassen und nun doch so ein Zeug.

„Es ist Zufall", sagte Sarah.

Isabel bestellte sich ein weiteres Glas Riesling. Wenn das mit Sarah so weitergeht, muss ich es mir mit dem guten Ersten Gewächs gemütlich machen.

„Es gibt Situationen, die einen manchmal überfordern oder die man fließen lässt."

Habe ich darauf Lust? Was weiß denn Sarah davon? Zum Glück sind die Kellner hier fix. Sie nippte an dem Wein. „Das kennt doch jeder."

„Vielleicht ist es auch brisant oder peinlich oder belastet sogar unsere Freundschaft."

„Dass du von einer Art Geschäftspartner von Viktor erzählst statt mir endlich deinen Rüdiger vorzustellen? Prost!“ Spielverderberin, dachte sie. Könnte ruhig etwas mittrinken bei solchen Geständnissen.

„Nein, nein. So ist es nicht.“ Sarahs Ton war flehentlich.

Isabel rollte innerlich mit den Augen und nahm einen kräftigen Schluck. Sarah hingegen berichtete gar nicht gelassen von der Freundschaft zwischen ihrem Rüdiger und einem Stephan Brückner.

Der Stephan Brückner der BrueCklean AG, dem Facilitymanagement-Unternehmen?, fragte sich Isabel. Sarah erzählte, dass in ihrem Haus keine drei Tage ohne Stephan Brückner vergingen, dass ihr Mann Rüdiger und Stephan Brückner unzertrennlich seien. Sie teilten Gemeinsamkeiten, Unternehmen, Häuser und Jachten auf Mallorca. Privates und Geschäftliches beider Familien waren eng miteinander verwoben. „Als ich den Namen Viktor Schlegel hörte, konnte ich nicht an mich halten. Ich meine, ich dachte sofort an dich.“

„Wie? Du konntest nicht an dich halten?“

„Ich habe eben gesagt, dass ich Viktor Schlegel kenne.“

„Und?“

„Stephan, also Brückner, wollte wissen woher? Als ich ihm von unserer gemeinsamem Studentenwohnung erzählte, meinte er, dass es doch toll wäre, einen Anlass zu haben, alte Freundschaften aufleben zu lassen.“

„Du meinst, du bist nicht von selbst darauf gekommen, mich anzurufen?“, fragte Isabel.

„Es war dennoch gut. Du hast dich auch nie gemeldet“

Verlegen nahm Isabel die Gabel und stach ein paar Male auf den Salat ein, bis nichts mehr auf die Gabel passte. „Du meinst, dieser Stephan Brückner hat dich auf mich gebracht, weil Viktor mit ihm zu tun haben würde? Und das wusste der schon im vorigen Jahr?“

„So könnte man es zusammenfassen.“

Habe ich zu schnell getrunken, zu wenig gegessen? Sie legte das Besteck auf den Teller zurück.

„Und dieser Stephan Brückner geht bei euch ein und aus?“ Sie erschrak über ihre kindliche Neugier.

„Isa, ich bin froh, dass ich seinem Ratschlag gefolgt bin. Ich verspreche dir, dass ich euch in nichts hineinziehen werde.“

„Wie meinst du das?“

Wieder erzählte Sarah. Diesmal von Sommerfesten auf der eigens gesperrten Flößerbrücke, von Pferdeschlittenrallyes um die Burg Königstein, von Olivenernten und Partys auf Mallorca. Isabel hörte und trank und blieb häufig beim „hm“. Sarahs Tonfall war wie der einer Märchenerzählerin mystisch, melodramatisch, manchmal ein wenig verächtlich.

Insgesamt war es beeindruckend aber unverständlich. „Viktor hat mit der BrueCklean doch gar nichts zu tun.“

„Ich glaube auch“, sagte Sarah.

„Na also. Der Zufall wollte es, dass wir uns wiedergetroffen haben. Und du Anstifterin hilfst mir, meinen Golfkurs zu Ende zu bringen.“ Ein bisschen Golfspielen konnte nicht schaden. Sie hob ihr Glas und dachte, dass es schmeichelhaft war, dass sich dieser Mann nach Viktor erkundigt hatte.

5 Modern

Viktor ging gerne sehr früh ins Büro. Manchmal nur, um sich dort in Ruhe der Zeitungslektüre zuzuwenden. Wie heute Morgen. ‚Campus für Lehrlinge und Studenten setzt neue Maßstäbe.' An dieser Überschrift blieb er hängen. ‚Gestern öffnete das Wohn- und Ausbildungszentrum für 2300 Jugendliche seine Pforten am Osthafen. „Ich bin begeistert vom Studentenleben mit modernem Wohnraum, Manufakturen und Kulturstätten", sagte der Bildungsminister. Die Stadt Frankfurt dankte innerhalb der feierlichen Eröffnungszeremonie einem ihrer engagiertesten Unternehmer, Stephan Brückner, Gründer und Vorsitzender der BrueCklean AG, für die außerordentliche Unterstützung dieses Vorhabens. Der Minister sprach von Zukunftsorientierung und Selbstlosigkeit. Namhafte Wirtschaftsvertreter sind an diesem Projekt mit Investitionen und unternehmerischer Praxis beteiligt. Wirtschaftsminister Schulz überzeugte sich vor Ort von ihren innovativen Leistungen. Ausbildungsstandorte in Manufakturen für Bioholzmöbel und faires Modedesign sowie einer veganen Bäckerei beleben den Campus. Die Konzepte der Wirtschaftsvertreter werden vor Ort erprobt und gemeinsam mit den Studenten weiterentwickelt. So setzt das junge Unternehmen BetaLion auf die Zusammenarbeit mit der Jugend und erprobt ihre Kühlschränke mit Produktscannern in der Hauptmensa, wo der Verbrauch der Zutaten bereits bei der Entnahme automatisch erfasst wird. „Anhand dieses Anwendungsbeispiels werden wir unsere Produkte aus der Reihe Fridgescan weiterentwickeln und fit machen für den Einsatz in Krankenhäusern, Altenheimen und Kinderbetreuungseinrichtungen", sagte der Chef der BetaLion AG. Auch Campus-Förderer BrueCklean wird neben der allgemeinen Hausverwaltung neue Verfahren zur Raumpflege erproben. Weiterhin sei geplant, so der geschäftsführende Inhaber der AG Stephan Brückner, im Verlauf des nächsten Jahres die Stromversorgung einiger Campusareale dezentral auf ökologischer Grundlage sicher zu stellen. „Vielen jungen Menschen wird auch diese Erfahrung neue berufliche Perspektiven eröffnen", pflichtete Josef Hofmacher, Vorstandsvorsitzender des regionalen Energieversorgers EnVer AG bei. Hofmacher bestätigte außerdem, dass sich sein Unternehmen in Tradition einer erfolgreichen Kooperation mit BrueCklean gemeinsam auf Wege von strategischer Tragweite begeben wird. „Anspruchsvolles Facilitymanagement und progressive Stromversorgung gehören von nun an zusammen. Ich habe vollstes Vertrauen in das neue Vorstandsmitglied für Forschung und Entwicklung bei der EnVer AG, Professor Doktor Viktor Schlegel", so Brückner.'

An dieser Stelle legte Viktor die Zeitung empört nieder. Was bildet sich dieser Brückner ein? Der hat vollstes Vertrauen in mich? Da ist ja die Höhe! Er schlug mit der Zeitung auf die Tischplatte und stand auf. Wutschnaubend schritt er im Büro auf und ab. Es half nichts. Hofmacher hatte ihm Hochdruckforschung zugesichert, ohne Störungen, imagegetriebene Miniprojekte oder verfrühte Verlautbarungen. Die Überlegungen bezüglich der Kooperation für die spätere Platzierung der technischen Lösungen waren doch bis gestern Interna gewesen. Hat Hofmacher diesen

Brückner nicht besser im Griff? Bloß gut, dass der nicht auch noch den Wasserstoff-Akku erwähnt hatte. Dann wären wir gleichgezogen mit den veganen Brötchen. Angefüllt mit Missbilligungen machte sich Viktor auf den Weg zu Hofmachers Büro. Solche Bekundungen, gleichgültig wo sie abgedruckt waren, störten! Die falschen Rahmenbedingungen und ungenaue Ausdrucksweisen. Zu kleine Projekte und unangemessene Vertrauensbekundungen. Hofmacher, wir wollen doch den Strommarkt, die gesamte Welt der Energieversorgung revolutionieren! Wir müssen uns nicht anschleichen. Aber er selbst schlich auf einmal. Im Flur zu Hofmachers Bürotrakt wurden seine Schritte vom weichen dunkelgrünen Teppichboden abgebremst. Ganz unmerklich war er langsamer geworden und seine Emotionen glätteten sich ein wenig. Auf den in mattem Hellbraun gestrichenen Wänden hingen Aquarelle mit Landschaftsmotiven, die von winzigen Lampen ausgeleuchtet waren. Unsere Fortschritte beim Wasserstoff-Akku und seine Eingliederung in Versorgungsanlagen mit erneuerbaren Energien dürfen auf keinen Fall in die Bastlerecke geraten. Brückner als Fürsprecher und zaghafte Studentenprojekte begründen doch keine Revolution! Warum darf dieser Brückner öffentlich über Themen reden, von denen er keine Ahnung hat? Und was bildet der sich ein, sein vollstes Vertrauen in mich zu bekunden? Viktor fuhr sich durch die Haare, strich über das Sakko und richtete die Krawatte. Wie viele Bilder hängen hier eigentlich?

Er überlegte gerade einen versöhnlichen Einstiegssatz, als Hofmacher bereits an der Tür seines Bürotrakts stand. „Viktor, hast du den Artikel über Brückners Campus gelesen? Wärst du nur dabei gewesen. Es war grandios, eine mitreißende Stimmung, die uns guttat."

„Ich frage mich, ob das der richtige Anlass und Zeitpunkt gewesen war, auf einen Richtungswechsel der EnVer hinzuweisen", erwiderte er. „Wir sind der größte Energieversorger, wir sollten unsere Entwicklungen nicht über ein Hintertürchen platzieren."

„Ach was. Es ist immer gut, wenn man sich in positivem Licht sonnt."

„Aber von solch einem Projekt war nie die Rede."

„Wir brauchen aber jetzt schnell etwas für den guten Ruf", sagte Hofmacher.

„Das bedeutet einen enormen Spezifikationsaufwand, der uns von dem eigentlichen Ziel ablenken wird."

„Ach was, wir müssen das doch nicht schnell durchziehen. Hauptsache, wir sind erst einmal mit von der Partie." Hofmacher wechselte in eine ruhigere Tonlage. „Dieses Projekt hat eine unglaubliche Strahlkraft. Ob wir da drei oder 30 MWh hinstellen, ist doch ganz egal. Von dem neuen Vertrauen in uns werden letztlich alle, erst recht dein Team und auch du ganz persönlich profitieren."

Ist es Begeisterung oder Artillerie? Bin ich eitel, wenn es um meine Akkus geht? „Ich dachte, wir hätten einen Forschungszeitraum ohne Störungen vereinbart."

„Das sollt ihr auch haben. Viktor, wärst du dabei gewesen, du hättest die Gunst der Stunde ebenfalls genutzt. Es herrschte eine unglaubliche Dynamik."

Während Hofmacher zu Viktor von Dynamik sprach, gönnte sich Isabel wieder einmal ihren ganz eigenen Tagesbeginn, in dem der Tee langsam sein Aroma entfaltete. Durch das spaltbreit geöffnete Küchenfenster bahnten sich frische Luft, Sonnenschein und Vogelstimmen ihren Weg. Ihren Gefallen daran hatte Isabel vor einige Wochen widergefunden. Heute blätterte sie in der Zeitung und nicht in einer Diplomarbeit. Beim Campusprojekt und Stephan Brückner blieb sie hängen und erinnerte sich an ihr Mittagessen mit Sarah. Der Tee floss heiß ihre Kehle hinunter. Warum war Viktor nicht dabei gewesen? Es war sein Forschungsgebiet, worüber sich Hofmacher und der Brückner im Artikel geäußert hatten. War sich Viktor wieder zu fein gewesen, waren seine Akkus zu schade, seine Abneigung gegenüber solchen Veranstaltungen zu groß? Dabei wartet die Welt auf sein Wissen und auf ihn. Es wird wirklich Zeit, dass er jetzt einen wie den Brückner zur Seite bekommt. Wie nannte es Hofmacher? ‚Strategische Tragweite.' Mit der heißen Teetasse in der Hand lehnte sie sich zurück. Ihr Kopf schmerzte wieder einmal. Etwas lustlos sah sie auf die Uhr und erhob sie sich nur schwerfällig. Im Bad griff sie nach dem Kajalstift. Danach Lippenstift und so weiter. Gleich wird sie zu ihren Kollegen und ihren Studenten fahren. Isabel nahm ein Kleenex zwischen ihre Lippen und küsste den Lippenstift stumpf. Studenten. Ha! Sie sind kleine Schuljungen und –mädchen ohne Inspiration und Mut. Sie gieren nach ihren Abschlüssen, nach dem heilbringenden guten Job. Sie sollten sich alle ein Beispiel an diesem Stephan Brückner nehmen. Einem Mann, der gewiss keine Milchbrötchen zum Frühstück bekommen hatte und ganz ohne Master in Economic Sciences der Maiers Business School ausgekommen war. Sie nahm zwei Tabletten gegen ihren Kopfschmerz, verließ das Badezimmer und schnappte sich im Flur ihre Tasche.

Als Isabel ins Auto stieg, unterhielt sich Viktor immer noch mit Hofmacher. „Was ist jetzt mit diesem Brückner? Es sieht so aus, als müsste ich mich ernsthaft mit ihm auseinandersetzen."

„Überzeug dich selbst davon, was für ein Zugpferd der Mann ist. Der platziert unseren Turnaround zur richtigen Zeit bei den richtigen Leuten wie von selbst. Sei beim nächsten Mal einfach dabei!" Hofmacher klopfte Viktor auf die Schulter.

6 Pech

Mit dem Toten, den sie aus dem Main gefischt hatten, war kein unmittelbarer krimineller Akt verbunden. Allenfalls wurde der Mann in den Tod getrieben, aber Mord war es nicht. Nur der Zufall würde sie noch zu den Menschen führen, die vor zwei Jahren in der Reinigungsfirma des Opfers randaliert und dabei alle Computer zerstört, Akten gefleddert, Wände besprüht, Möbel zertrümmert und Fahrzeuge demoliert hatten. Das ganze Programm eben. Vor einem halben Jahr dann der Brand, der die kleine Firma restlos in die Knie gezwungen hatte. Die Mutter und in diesem Fall auch Buchhalterin des Firmenbetreibers war im Feuer ums Leben gekommen. Klar war der Typ fertig, noch dazu als die Branduntersuchungen auf eine seiner Zigaretten als mögliche Brandursache hingewiesen hatten. Wären diejenigen, die seinem kleinen Unternehmen zugesetzt hatten auffindbar, wären sie lediglich für Vandalismus oder Erpressung dranzukriegen. Wirkliche Brisanz und Dringlichkeit war mit diesem Fall also nicht verbunden. Sonst hätte Hoppe auch nicht mit diesem provisorisch zusammengestellten Team zusammengearbeitet. Jeder außer ihm war in den angestammten Abteilungen eingespannt und wurde bei Bedarf zugeordnet. Polizeiarbeit spielen mit einem Teilzeitteam! Austauschschüler eben! Leidlich motiviert war Hoppe auf dem Weg seine neuen Kollegen wiederzutreffen. Sie hatten tatsächlich einen nächsten Fall bekommen. Im Besprechungszimmer fand er nur mühevoll Argumente für die weitere Zusammenarbeit. „Wir werden wieder einen nicht so spektakulären Fall bearbeiten. Ich freue mich darauf und hoffe, das macht Ihnen nichts aus.“ Er machte eine Pause, merkte wie er den Kopf schüttelte. „Ich selbst habe, wie sie auch, noch einige andere Kleinigkeiten zu erledigen. Womit ich nicht sagen will, dass Ihre Aufgaben in Ihren eigentlichen Teams ebenfalls Kleinigkeiten sind.“ Wie sollte man in dieser Lage auch die richtigen Worte finden, fragte er sich. „Jedenfalls müssen wir für die fallspezifische Zusammenarbeit einen Weg finden.“ Wir sollten das Austauschjahr einfach so ehrlich wie möglich miteinander herumbringen und einander in Ruhe lassen.

Diese Hauptkommissarin Marlene Saalfeld sah ungeduldig aus. „Ich bin noch immer der Meinung, dass der Brandherd platziert worden war. Der Fall wäre mit mehr Zeit durchaus ergiebig gewesen.“

„Du wieder“, sagte der ältere Kollege Wolfgang Merz.

„Der Mann war absolut vom Pech verfolgt.“ Der Junge, wie Hoppe den jungen Polizeimeister Julian Keller heimlich nannte, hatte es erfasst.

„Man kann jemanden auch töten, indem man ihn fertig macht“, so der erfahrene Kollege.

Hoppe musste sich einbringen, bevor noch mehr Mutmaßungen und Philosophisches vom neuen Thema ablenkten. „Wir haben keinen Anlass, die Untersuchungen in Richtung eines Gewaltverbrechens fortzusetzen. Keine Spur.“ Der Fall war abgeschlossen!

„Das kennen wir ja bereits“, knallte diese Saalfeld einfach mal so hin.

Niemand ging auf ihre Anmerkung ein. Dennoch war sich Hoppe nicht sicher, ob das eine weitere Spitze Richtung Mallorca-Fall war. Die Kollegin konnte sich ja schon bei der ersten Begegnung nicht zurückhalten.

„Es gibt keine konkreten Anhaltspunkte. Ohne die bekommt kein Team weitere Ressourcen, um eventuelle und mittelbare Todesursachen zu untersuchen.“ Das wusste jeder im Raum. Hoppe kam sich rechtfertigend vor. „Wie dem auch sei, heute wollte ich Ihnen persönlich sagen, dass wir uns nun regelmäßiger sehen werden. Wir wurden vor ein paar Wochen ad hoc zur konkreten Zusammenarbeit ...“

„Sagen Sie jetzt nicht genötigt“, fiel ihm der Alte ins Wort.

Zum Glück hat der wenigstens Humor, dachte Hoppe. „Wenn sie das nicht so sehen, umso besser.“

„Wenn ich etwas vorschlagen darf“, unterbrach ihn wieder dieser Wolfgang. „Wir zeigen Ihnen ein Stück Frankfurt und lernen uns dabei besser kennen.“

Hoppe war überrascht. Ich bin zwar der Austauschschüler, aber ich muss denen doch nicht auch noch privat zur Last fallen. Die uninteressanten Fälle genügten doch, um schlechte Laune zu verbreiten. Er kramte gerade nach einer höflichen Floskel, als der Alte etwas von „Stöffche“ zu den beiden anderen Kollegen sagte. Die verwiesen auf heute Abend. Mit Kollegen? Heute? Stoff?

Nun war er von Neugier angetrieben. „Wenn es Ihnen nichts ausmacht, gerne.“

Am frühen Abend fuhr er gemeinsam mit der Hauptkommissarin Marlene Saalfeld per U-Bahn und nahm sein Fahrrad mit. Ausgerechnet sie wollte ihm den Weg zeigen. Doch schon in der U-Bahn war er versöhnlicher gestimmt und fragte sich, wann er das letzte Mal mit einem Fahrrad gemeinsam mit einer eher fremden Frau U-Bahn gefahren war? „Danke, dass Sie mit mir fahren.“ Er deutete auf sein Fahrrad, das er nicht am Polizeipräsidium stehen lassen wollte.

Nach der Bahnfahrt überquerten sie den Main und liefen ein Stück am Fluss entlang, was Hoppe ein wenig aus der Fassung brachte. Ich Fahrrad schiebenderweise unter Platanen mit hellgrünen Blätterknospen an einem Fluss mit einer eigentlich ganz attraktiven Kollegin um kurz nach sechs. Auf meiner Mainseite. Er schnaufte vor sich hin.

„Es ist ein angenehmer Abend. Ganz richtig für ein Stöffche“, sagte sie.

Ich bin doch längst bekifft. Und ich schäme mich dafür.

„Sie lächeln ja.“

„Ich?“

Auf das Lächeln ging sie nicht weiter ein und fragte, ob er sich gut eingelebt hatte? Hoppe sah sich um, wie immer, wenn er am Main anlangte. Aber grüne Anoraks brauchte man bei diesem Wetter nicht mehr. „Dort viel weiter oben die Straße rauf, da wohne ich. Vorübergehend für das eine Austauschjahr, meine ich.“ Jetzt hatte er gedankenversunken einfach über sein kleines Leben hier fast geplaudert. Das mochte er eigentlich nicht.

„Und diesen Weg legen Sie jeden Tag per Fahrrad zurück?“

„Es ist so gekommen.“ Wie so Vieles andere, überlegte er. Sie gingen noch ein Stück und bogen irgendwann in eine Gasse aus Kopfsteinpflaster ein. Richtige Straßen gab es auf einmal keine mehr. Bunte, manchmal etwas schiefe, kleine Häuser säumten den Weg. Etliche Leute waren unterwegs, dass er aufpassen musste, niemanden mit dem Fahrrad anzurempeln. Tische und Bänke waren einfach aufs Straßenpflaster unter Markisen und riesige Sonnenschirme gestellt. Wer keinen Platz gefunden hatte, stand mit seinem Glas in der Hand an provisorischen Bars vor den Fensterchen der kleinen Häuser herum. Ist das noch die gleiche Stadt? „Da vorn ist es." Seine Kollegin deutete auf ein paar lange Tische.

Während er ein Stück Wand suchte, um sein Fahrrad daran anzulehnen, kam ihnen Wolfgang Merz entgegen. „So, jetzt mal eine Portion frankfurterisch. Schließlich sollen Sie hier ja was lernen."

Sie setzten sich zu Julian Keller, dem Jungen, an einen Tisch. „Ich habe das Stöffche schon geordert."

Da war es wieder und jetzt wollte Hoppe auch endlich eintauchen in dieses Treiben. Der Kellner brachte ein Tablett mit einem blauen Krug und vier groben dicken Gläsern mit Waffelmuster. Sie tranken, schwatzten und stießen immerzu an. „Aufs Stöffche! Auf den Ebbelwoi!", den Hoppe noch nie zuvor getrunken hatte. Jetzt wusste er auch, was vor Wochen in der Kneipe bei ihm um die Ecke ausgeschenkt wurde. Um sie herum ging es urig zu und auch zwischen ihnen entspannte sich die Atmosphäre. Oder bin ich es, der möglicherweise entspannt? Seit einer halben Stunde waren sie also Wolfgang, Julian, Marlene und er war Axel oder Hoppe, ganz wie sie wollten. Zum Apfelwein aßen sie Handkäs, Sauerbraten mit grüner Soße oder Würstchen. Die Luft war lau. In der Dämmerung gingen Lichterketten an. Sein Handy klingelte.

„Entschuldigt! Bin in der Nähe. Mit den Kollegen. Ja, bis

später“, sagte Axel. „Das war Kathrin, meine Frau.“ Auf einmal war ziemlich viel seines Privatlebens hier angelangt und es fühlte sich im Moment gar nicht so verkehrt an. Also erzählte er heute Abend zum ersten Mal ein wenig über Kathrin, über seine Überwindung, etwas Neues auf Zeit zu wagen, über Michel und sogar über die kleine Wohnung, die seine Frau gemietet hatte. Der Kellner brachte noch einen Krug und eine Flasche Wasser. Julian hielt die Wasserflasche hoch. „Noch jemand gespritzt?“

Marlene und Wolfgang hielten Julian ihre Gläser entgegen. Ach so ist das gemeint, dachte er und mischte seinen Apfelwein ebenfalls mit Wasser. Jetzt hatte sich Axel also vorgestellt. Seine Kollegen hatten ebenfalls über sich gesprochen. Es fühlte sich insgesamt besser an, bis Marlenes Stimmung kippte. „Ich komme von dem armen Mann mit seiner kleinen Putzfirma nicht los.“

Das Stöffche machte sie nachdenklich. Jetzt sollten wir gehen. So spät am Abend mit einem deftigen Essen und diesem Apfelwein im Bauch ist alles gesagt. Gerade wollte er sich für den heutigen Abend bedanken und damit zum Aufbruch ansetzen, als Marlene ihn bei seinem ganz und gar versöhnlichen Ausklang störte. „Ein anderer macht genau das Gleiche und wird dabei steinreich. Du hast ihn doch kennengelernt!“

„Wen?“

„Na Brückner, unseren Putzpapst.“

„Wie kommst du darauf?“

„Mallorca, schon vergessen?“

Das war also der Haken am heutigen Abend. „Nein. Ich war in seinem Haus, in dem sich die Hauptzeugin und deren

Mann befanden." ‚Schon vergessen', verkniff er sich.

„Sie waren alle aus Frankfurt und wir wurden nicht hinzugezogen", beharrte sie.

Zum Glück schienen die beiden anderen Kollegen darüber nicht erbost zu sein. Es interessiert eben nur die Frauen. Die werden alle ganz verrückt, wenn sie Mallorca hören. „Da war doch nur diese Sarah Schmidt."

„Aber du hattest auch mit ihrem Mann gesprochen, ihrer Tochter, dem Kindermädchen und der Köchin."

„Die war Polin, soweit ich mich erinnere. Und das Kindermädchen war irgendein Aupair. Aber das ist alles kalter Kaffee und dein Brückner war nicht da."

Als er ‚dein Brückner' sagte, grinsten die beiden anderen Kollegen.

„Die Chance ist ja nun auch verpasst", sagte sie.

„Welche Chance?", fragte Julian.

Darauf blieb Marlene eine Antwort schuldig. Hoppe aber ergriff seine Chance, Marlenes Sticheleien eventuell beenden zu können. „Es ging um einen kleinen windigen Journalisten, der sich an eine reiche verheiratete Frau herangemacht hatte und vollgekokst von einem Riesenschiff ins Meer gestürzt war", wandte er sich an Julian und Wolfgang. „Es gab nichts, Marlene. Der Typ ist nur ertrunken", fügte er ihr gegenüber hinzu.

Er erinnerte sich an den spanischen Kollegen, der damals von einem ganz normalen Fall von Überschwänglichkeit gesprochen hatte. Sie hatten den Fundort untersucht, Aussagen geprüft, alle mit dem Todesopfer in Verbindung stehenden Orte auf der Insel abgeklopft und die gesamte Umgebung des Journalisten in Berlin auf Hinweise abgegrast. Der Fall war abgeschlossen!

„War das nicht dieser Robert Vleih?“ Julian hatte den Namen des Opfers parat. Mist! War das hier eingefädelt?

„Kanntest du den?“, interessierte sich nun auch Wolfgang.

„Er war nicht unbekannt“, entgegnete Julian.

„Wegen seiner vielen kleinen Krimis in seinem Blog, was er Enthüllungsjournalismus nannte. Aber glaubt mir, es gab damals nichts.“ Aufhören, wollte er schreien. Klatsch nach drei Litern Apfelwein, das geht nur schief.

„Und diese Schmidt war in Brückners Haus. Und der selbst war gar nicht da?“, fragte Marlene.

„Das steht alles in den Akten. Nein, der war nicht da, sagte ich doch.“ Wir hätten weniger trinken sollen, war sich Hoppe sicher.

„Diese Schmidt ist die Frau von Rüdiger Schmidt, der mit der Sicherheitsfirma, richtig?“ Marlene hatte sich festgefressen.

„Und jetzt willst du uns sagen, dass der Sicherheitsfirmenmann sowieso ein brutaler Typ ist, er seine Frau mit dem Journalisten überrascht und den daraufhin von Bord geworfen hat? Aber dann brauchen wir auch deinen Brückner nicht mehr.“ Mit dem ‚du‘ ging alles viel einfacher, wenn er sich schon verteidigen musste.

„Er ist nicht mein Brückner!“ Marlene war empört.

Wolfgang lächelte und Hoppe dachte darüber nach, ob dieser Brückner Marlenes Brückner war.

7 Lady Lily

Nach dem Stöffche schob Hoppe sein Fahrrad, statt damit zu fahren. Etwas langsamer unterwegs zu sein, schadete jetzt keinesfalls. Affentorplatz, las er auf einem Straßenschild. Heute ist der Tag der ulkigen Namen! Das Bierchen mit den Kollegen, das hier kein Bierchen war, hatte ihm gefallen. Gemütlich war es gewesen. Dass sich diese Marlene etwas aufgespult hatte, lag am Ebbelwoi oder an ihrer Sehnsucht nach Mallorca oder nach diesem Brückner. Müde versuchte Hoppe, die Gedanken abzuschütteln. In seiner Gutzkowstraße tauchte er zwischen den Häuserzeilen ein. Ein Auto auf der Suche nach einem Parkplatz fuhr langsam an ihm vorbei, ein paar Versprengte wie er waren zu Fuß unterwegs, hier und da vernahm er Stimmen hinter geöffneten Fenstern. All das roch bereits nach Sommer. Er fasste das Rad mit einer Hand in der Mitte des Lenkers und trudelte die Straße seinem neuen Zuhause, ‚auf Zeit!', wie er innerlich betonte, entgegen. Er schaute jeden einzelnen Baum an, jeden Ahorn, jede Zierkirsche, jede Linde. Das hier ist unglaublich. Was war ‚das hier'? Er wusste es nicht. Meine Frankfurtzeit? Die Briefchen von Kathrin? Dieser wackelige Nagel im Flur? Mein Fahrrad? Die Abende, an denen ich mit Kathrin unterwegs war? Das Viertel von heute Abend muss ich ihr unbedingt zeigen. Er stockte einen Moment in seinen Überlegungen. Diese Marlene muss sich ein bisschen beruhigen, sonst verdirbt die noch alles. In was hatte die sich nur verrannt? Wenn die wüsste, wie präsent noch alles ist, würde sie mich foltern, bis ich mit allem herausrücke.

„Miguel bringt uns zurück“, hatte Torres auf dem Bug der Lady Lily zu ihm gesagt.

Den Fundort, zu dem der Tote angespült wurde, wollte sich Hoppe später ansehen. Techniker trugen dort Steine, Sand und Algen ab. Das Material würde im Labor untersucht werden. Pro forma! Viel spannender war es, zu erfahren, welcher Mensch sich hinter der Szenerie auf dem Boot befand. Das Teure, das Schöne, das Billige, das Fragwürdige oder, wie Torres es genannt hatte, das Verborgene. Alles lag vor ihnen. Auf der Rückfahrt mit dem Polizeiboot setzte er sich in den Schatten der Kabine, sein Kollege reichte ihm wieder einmal eine Wasserflasche.

In Port d' Andratx lud ihn Torres auf einen Café solo ein, der ihn wiederbelebte. Andeutungen seitens des Kollegen wie ‚sie ist ganz anders‘, steigerten seine Neugier auf diese Schmidt. Im Hof der Polizeistation bat er um seine Tasche.

„Ich kann Sie gerne in Ihr Hotel fahren“, sagte Torres daraufhin.

Nein, das war nicht nötig. Er wollte den Faden nicht verlieren; das Gefühl vom Schiff hinüberretten. Auf der Toilette der Polizeistation machte er sich frisch, wechselte sein Hemd und seine Socken, um danach neben Torres im Seat auf schmalen gewundenen Straßen die umliegenden Hügel hinaufzufahren. Torres wählte ohne Zögern die richtigen Abzweigungen. Er hatte gestern bereits Sarah Schmidt aufgesucht. Das Tor stand offen, eine Kamera über einem der Torpfosten registrierte ihr Kommen. Danach fuhren sie auf einer Allee unter Olivenbäumen, hinter denen große Flächen karger Wiesen still in der Sonne lagen. Hoppe schaute nach hinten, um ein Gefühl dafür zu bekommen, wie weit sie bereits vom Tor entfernt waren und blickte in eine rostbraune Staubwolke. Bald parkte der Kollege das Auto vor einer ansehnlichen Finca. Als Hoppe aus dem Auto stieg, meinte er die Luft in einem Aggregatszustand wahrzunehmen, der sie greifbar machte. Durch dieses Hitzewabern kam ein Mann auf sie zu. „Ah, die Polizei aus Deutschland ist da", rief der ihnen aus ein paar Metern Entfernung entgegen.

Kurz darauf gaben sie sich die Hand. „Hoppe, Axel Hoppe, Kriminalpolizei."

„Sie müssen meiner Frau sagen, wie es war und dass sie keine Schuld trifft. Das werden Sie doch hinkriegen?"

„Sie sind Herr Schmidt, nehme ich an."

„Wer sonst?" Rüdiger Schmidt gab auch Torres die Hand. Die beiden Männer nickten einander zu, kannten sich bereits von ihrer gestrigen Begegnung.

„Hören Sie, seien Sie vorsichtig. Meine Frau macht sich verdammte Vorwürfe. Sie hat Bedenken, was man von ihr halten wird, wenn man die Lady Lily so vorfindet."

Bedenken? Er suchte nach einer Entgegnung, doch Schmidt hatte noch nicht alles gesagt. „Dieser verfluchte kleine Hurensohn. Der hatte seine Hausaufgaben gemacht. Der wusste, was er an meiner Frau hat."

„Wie meinen Sie das?"

„Sie sind wohl nicht auf dem Laufenden. Hören Sie, reiten Sie nicht so auf den Drogen herum. Ihr geht es nicht gut."

Bevor sie ein paar Stufen erklommen, hielt er den Schmidt kurz fest. „Sie glauben, dass Robert Vleih, ich meine, glauben Sie nicht, dass er kein engerer Freund Ihrer Frau war?" Obwohl sein Gesprächspartner offensichtlich nicht zart besaitet war, fiel es Hoppe schwer, ihn nach der Beziehung seiner Frau zum Opfer zu befragen.

Schmidt blieb auf ein paar ausgetretenen Stufen vor einem schweren Holztor stehen. „Was weiß ich. Jedenfalls ist er hier eingedrungen."

Spielt der was?, fragte sich Hoppe. Verarbeitet der das Todesopfer so?

„Wie geht es Ihrer Frau heute?", fragte Torres.

„Schlecht, sag ich doch."

Nach dem Holztor folgte eine Art Halle, nach deren Durchquerung sie in einen Garten traten, der von einem zweistöckigen Bau völlig umschlossen war. Von einer Galerie rankten blühende Pflanzen an Brüstungen und Pfeilern herunter. Entlang der Mauern spendeten Balkone und Terrassen auf beiden Ebenen Schatten. In der Mitte aber wucherte es grün. Auf schmalen Wegen unter kleinen Bäumen oder neben üppigen Sträuchern vorbei durchquerten sie den Pacio. Zierkarpfen schwammen in einem Teich. Lauschige Sitzplätze mit Bänken oder Stühlen und Tischen gab es im Schatten wie in der Sonne. Hoppes Gedanken schweiften für einen kurzen Moment Richtung Kathrin ab.

„Meine Frau ist das Opfer, verstehen Sie? Sie ist zu gutmütig, zu labil. Sie wissen schon." Schmidt ging voraus und redete so laut, dass Hoppe und Torres ihn problemlos verstehen konnten, obwohl sie hinter ihm gingen.

Wenn seine Frau ihn so reden hörte? Hoppe sah sich noch einmal um. Eine stattliche Entfernung lag zwischen diesen Wegen und dem Hauseingang. Sie betraten ein großzügiges Foyer im mallorcinisch-maurischen Stil und Schmidt wandte sich zu ihnen um. „Vor ihrer Naivität muss man sie schützen“, sagte er nun in einem ruhigeren Tonfall.

Schmidt führte sie in einen Wohnbereich hinein, auf dessen Ausmaße Hoppe aufgrund des Schiffes vorbereitet war. Dunkle Holzmöbel waren auf der einen Seite des Zimmers platziert. Schränke, Anrichten, ein Tisch und zwölf ornamentierte Stühle standen museumsgleich auf Teppichen. Auf der anderen Seite gab der Raum eine Landschaft aus hellem Leder, Chrom und Glas her. Draußen vor einer endlosen Fensterfront lag ein mediterraner Garten. Doch bevor sich Hoppe in dessen Weite verlor, nahm er in einem Sessel auf einen Kissenberg gebettet eine kränkliche Frau in hellgrauer Strickjacke wahr. Ihre Beine hatte sie auf einem gepolsterten Hocker gelagert und mit einer Wolldecke zugedeckt. Das ist die Frau vom Schiff?, fragte er sich. Alles an ihr wirkte schlicht, zurückhaltend und von ausgesuchter Langeweile. Mitleiderregend? Sarah Schmidt war von der Tigerlilly zum Wohlstandsmuttchen mutiert. Sie hielt die Decke fest und hatte den angelehnten Kopf Richtig Garten gewandt. Weit hinter Terrasse und hohen Palmen schob eine junge Frau zwei Kinder auf Luftmatratzen durch einen Pool von der Größe eines öffentlichen Schwimmbades. Rüdiger Schmidt ging auf seine Frau zu. „Sarah, der Kriminalbeamte aus Deutschland ist jetzt da.“

Hoppe folgte Schmidt auf den Fersen, damit er ihren Gesichtsausdruck so unbeschönigt wie möglich wahrnehmen konnte. Doch nur langsam wandte sich Sarah Schmidt ihrem Mann zu und ihre Augen gaben keine verwertbare Emotion preis. Ermattet war sie, genau wie es Torres beschrieben hatte. Kein Funkeln, kein Fauchen, kein Weinen lag in ihren Augen.

„Mein Häschen, hier ist ein Herr Hoppe, der Polizeibeamte aus Deutschland“, sagte Schmidt noch einmal.

„Guten Tag! Axel Hoppe, Kriminalpolizei“, sagte er und reichte ihr die Hand. „Wir werden den Tod von Robert Vleih abschließend beurteilen.“ Er deutete auf seinen Kollegen Torres.

„Wie meinen Sie das, beurteilen?“ Irgendetwas hauchte ihr ein wenig Leben ein. Sie nahm ihre Beine von diesem Hocker, schlug die Decke zurück und deutete auf die Sitzecke.

„Nicht so schnell, mein Häschen“, sagte Schmidt.

„Fühlen Sie sich in der Lage, sich mit mir zu unterhalten?“ Doch in Wirklichkeit gab es diese Frage nicht. Natürlich musste sie, ob sie wollte, konnte oder beides nicht. Sie war nicht tot, sondern Robert Vleih! Dennoch benutzte jeder Bulle gerne diese Einstiegsfloskel.

In der ledernden Sitzlandschaft wählte Sarah Schmidt wieder einen Sessel für sich aus. Rüdiger Schmidt setzte sich auf ein Sofa. Auch für Torres und Hoppe blieb genügend Platz auf einem eigenen Polstermöbel. Auf dem Tisch standen Wasserkaraffen und Gläser. Schmidt goss allen ein. Danach lehnte er sich zurück und breitete seine Arme auf dem Rückenpolster der Couch aus. „Schick hier, nicht?“

Hoppe stutzte. Als Schmidt in Fahrt kommen wollte, von seinem Freund Brückner und seinem Haus, das sie also immer wieder nutzten, zu berichten, unterbrach ihn Hoppe. „Was ist mit dem Boot?“

„Das gehört uns.“ Rüdiger Schmidt war nun doch bis

auf die Polsterkante vorgerutscht und saß mittlerweile steifer als zuvor und sehr nah neben seiner Frau.

Auch Sarah Schmidt hatte sich etwas verändert. Zur puren Traurigkeit und Erschöpfung hatte sich noch etwas anderes gemischt. „Ich fühle mich schuldig." Sie versuchte Hoppe in die Augen zu blicken.

„Erzählen Sie!", forderte er sie auf.

„Ich weiß nicht, wie das passieren konnte."

„Hättest den mal lieber nicht mit zu dir genommen", schaltete sich ihr Mann ein.

„Ich habe ihn nicht mit zu mir genommen."

„Ist auch egal, wie wir es nennen", schnaubte Schmidt.

„Er sagte, er schreibt über die Insel und wollte ein paar Tipps. Wir hatten uns erst vor ein paar Tagen kennengelernt."

Schmidt schüttelte für alle wahrnehmbar den Kopf. „Da nimmt meine Frau einen dahergelaufenen Burschen mit auf unser Schiff und wundert sich, wenn der sich als kleiner Dealer entpuppt."

„Seit wann sind Sie hier, Herr Schmidt?", fragte Hoppe Rüdiger Schmidt statt auf ein der Äußerungen einzugehen.

„Seit gestern. So schnell ich konnte, bin ich gekommen."

„Und, ich nehme an, die Mädchen da draußen sind ihre Töchter. Seit wann sind die hier?"

„So lange wie ich", sagte Sarah Schmidt. „Wir verbringen immer meherere Wochen oder Monate hier."

Nach Vleih musste Hoppe nicht fragen. Längst hatten sie recherchiert, dass er am Morgen vor seinem Tod auf der Insel gelandet war, sich vom Flughafen per Mietwagen in Bewegung gesetzt und den nächsten Morgen nicht mehr erlebt hatte.

„Wie die Nomaden, meine Häschen. Zum Glück ist hier immer unser Zelt aufgeschlagen."

Ich muss diesen Schmidt hinausschicken, um mit ihr reden zu können. „Ich danke Ihnen für Ihre Auskünfte. Darf ich mich nachher mit ihnen weiter unterhalten? Allein? Wenn Sie nichts dagegen haben, würde ich auch gerne mit ihrer Frau ein paar Fragen allein erörtern."

Hoppe sah, wie es in Schmidt arbeitete. „Dürfen Sie das überhaupt?" Er deutete mit dem Finger auf sich selbst. „Ich?" Er sah auch Torres an, dann wieder Hoppe. „Dieser Robert Vleih, ich meine, was passiert jetzt mit dem?"

Seine Frau zuckte ein wenig zusammen.

„Ich meine. Also, nicht dass meine Frau wegen dem wieder krank wird."

Statt an seinen Gedanken teilzuhaben wandte Sarah Schmidt ihren Kopf wieder Richtung Pool. Das Kindermädchen lachte dort gemeinsam mit den Kindern. Die Köchin hatte sich kurz zuvor mit einem beladenen Tablett zu ihnen gesellt, ein kleiner Junge war nun auch dabei. Schmidt erhob sich langsam.

III Erkenntnisse

1 Hochdruck

„Schaltet es jetzt auf die Solarzufuhr um?"

„Vollautomatisch."

„Wie ist der Füllstand im Tank?"

„Und die Sonneneinstrahlung?"

„Schalte doch mal auf Nacht um", sagte jemand und warf seinem Kollegen eine Tüte Gummibärchen zu.

„Ich will auch wissen, wann der Tank wieder gefüllt ist." Der Kollege fingerte nach seiner Lieblingsfarbe.

„He, ich auch." Die Gummibärchentüte war gemeint und machte ihre Runde.

„Wir sollten die Zeiten näher an reale Bedingungen knüpfen."

„An die 100 MWh!"

„Für mich stellt sich die Frage der MWh nicht mehr", sagte der Teamleiter für die Kopplung der Wasserstoffdruckbehälter mit den Brennstoffzellen. „Auch die Frage der Anlagengröße ist keine mehr."

Nach vierzehn Stunden Programmierarbeit und Simulationen brachte ein bisschen Zucker das Team noch einmal in Fahrt. Jeder von ihnen hielt am großen Ziel fest, bedeutende Energieverbraucher losgelöst vom bestehenden Stromnetzt mit Sonnenenergie und mit Energie aus Brennstoffzellen sicher zu versorgen. Längst war es ihnen in kleinerem Umfang gelungen, über die Herstellung von Wasserstoff und dessen Speicherung in Hochdrucktanks, einen eigenen, zügig gesteuerten Kreislauf herzustellen, der auch funktionierte, wenn sich Wolken vor die Sonne schoben. Jetzt wollten sie mehr. Außer Viktor waren heute Abend noch knapp zwanzig Mitarbeiter im Forschungszentrum geblieben. Eine durchschnittlich große Fabrik würde auf weniger als 1000 Quadratmetern ihre autarke Energieversorgungsanlage mit Hochdrucktanks für komprimierten gasförmigen Wasserstoff, effizienten Brennstoffzellen und Solarpanels auf Dächern oder Hauswänden errichten können.

„Bald sind wir so weit, mindestens 100 MWh zu garantieren. Nur aus Sonne und Wasserstoff." Ein Teamleiter sagte es feierlich.

„100 MWh kann sich jedes Großunternehmen in die Ecke stellen." So stellte sich das Team die Stromversorgung der Zukunft vor.

„Bleibt die Geschwindigkeit der Steuerung bis zum Umspringen auf die Energiezufuhr aus den Brennstoffzellen. Die Reaktionsgeschwindigkeit für das Umschalten ist für Großkunden entscheidend", sagte Viktor.

Jemand aus dem Team Steuerungselektronik formulierte die eigenen Ziele. „Millisekunden müssen wir schaffen."

„Hundert", warf jemand in den Raum.

Ein zustimmendes Raunen kam von einigen Mitarbeitern.

„Scheint die Sonne nicht, wie schnell kann ihre Energie durch Wasserstoff via Brennstoffzelle ersetzt werden?" Viktor mochte es praktisch.

„Hundert, hundert", riefen ein paar Kollegen.

Für diese Mitarbeiter brauchte man keine Motivationsworkshops, höchstens verordnete Recreation-Breaks, falls man auch für Zwangsurlaub eine schicke Bezeichnung brauchte. Sie hatten recht, dachte Viktor. Hundert Millisekunden als Reaktionszeit um mindestens zehn MW dem Stromkunden zur Verfügung zu stellen. Eine gute Kombination!

„Hilfe!“

Er schaute in die Runde. War es doch zu spät geworden?

„Hilfe! Oh. Oh weeeeh.“

Ein Röcheln folgte. Ein paar Leute horchten stirnrunzelnd auf. „Seid doch mal ruhig“, befahl jemand gestenreich.

„Chessus, Chessus.“

Wieder ein ersticktes Hecheln.

„Oh! Chessus!“

„Hier“, rief einer der Kollegen, der geistesgegenwärtig dem Rufen gefolgt war. Er öffnete per Knopfdruck einige Panele der Wand zum Nachbarraum. Das Jammern wurde lauter. Aus der Werkstatt, in der an Prototypen gearbeitet wurde, erklang es nun deutlich. „Aaah!“

Ein paar Kollegen rannten zu einer Frau, die neben einem Brennstoffzellenmodul auf dem Boden lag. Ihre Hände krampften um das Gestell einer mobilen Werkbank. Als die Helfer auf die Frau zustürmten, ließ sie von der Werkbank ab und legte ihre Hände an ihren Bauch. Ein Wagen mit Putzgeräten ragte neben ihr in die Höhe. Wasserstofferzeugungsapparate, Druckbehälter, Brennstoffzellen, Montageplätze mit Computern, Werkzeuge und Kabelstränge nahmen sich gegenüber der Frau bedrohlich aus. Die weichen dunkelroten PVC-Fliesen am Boden konnten diesen Eindruck nicht abmildern. Die Frau jammerte kurzatmig unverständliches Zeug und krümmte sich. Viktor sah zu ihrem gelben Poloshirt mit dem Logo darauf, einem tanzenden Hexenbesen, der durch eine Brücke flog. Ganz harmlos. Doch nun wälzt sich diese Frau schmerzverzerrt in meinem Forschungszentrum. Was ist mir ihr? Hat die sich verletzt? Alle anderen Reinigungskräfte geistern hier doch gut umher. Ist die Dicke irgendwo hängen geblieben?

Einer der Forschungsmitarbeiter kniete neben der Frau. „Wir brauchen einen Krankenwagen."

Jemand zückte ein Mobiltelefon. „Was soll ich sagen?"

„Dass die Frau gleich ein Kind bekommt." Der Mann am Boden rang um Fassung.

„Also kein Unfall?" Viktor schämte sich für ‚die Dicke'. „Bringt der Frau doch was", rief er.

„Eine Decke, Wasser", konkretisierte jemand.

„Chessus." Die Frau stöhnte auf, drehte sich auf die Seite, hechelte, kniete sich, streckte sich. Schrie.

„Kommt denn jetzt ein Krankenwagen?" Viktor rieb mit seinen Handflächen über sein Gesicht. Danach dirigierte er drei Leute zu den Türen und der Einfahrt. „Geht Richtung Eingang, zeigt den Sanis den Weg."

Als die Frau abermals aufschrie, sagte er: „Wartet, ich komme mit."

Im Foyer kamen ihnen zwei Männer in weißen Hosen und roten Warnjacken entgegen. Viktor hielt ihnen die Türen auf und schickte seine Kollegen mit. Selber ging er in die entgegengesetzte Richtung. Ich brauche frische Luft!

Ob die Frau da drinnen jetzt wirklich ihr Baby auf die Welt bringt? 100 MWh, 100 Millisekunden und ein Baby. Er bemerkte, dass ihm die Knie zitterten und setzte sich auf die flache Mauer der Raseneinfassung. Die hatte Glück, dass wir noch hier waren.

Viktor wollte zur Ablenkung gerade seinen Blick schweifen lassen, als die zwei Sanitäter bereits mit der Frau in ihrer Mitte in die nächtliche Stille hinaustraten. Sie stützten sie und redeten leise auf sie ein. Soll ich zu ihnen gehen? Viktor entschied sich, seinen Platz an der Rasenkante nicht zu verlassen und schaute dem Krankenwagen, der ohne Sirene aber mit eingeschaltetem Blaulicht davonfuhr, hinterher. Das Blaulicht konnte man noch lange sehen. Warum arbeitet die so sehr schwanger überhaupt noch hier? Er schaute sich die verspiegelten Scheiben des Forschungszentrums an, ließ seinen Blick über den Rasen, die frischen Lavendelsträucher, die Holztische schweifen. Erst vor wenigen Wochen hatten sie das Haus fertiggestellt. Dennoch wird es so nicht mehr lange funktionieren. Wir werden viel mehr Leute benötigen. Wenn alles so weiterläuft, werden wir das hier noch einmal in hundertfacher Größe bauen müssen. Er schmunzelte. Hundert hatte es ihnen heute Nacht angetan. Fast drei Uhr. Ich werde meine Sachen holen und dann ab nach Hause!

„Ihr seid noch hier?“ In der Pausenküche hing fast das ganze Team ab.

„Wir dachten, du bist mitgefahren.“ Ein Kollege saß auf dem Tisch und kippelte mit den Beinen einen Stuhl hin und her.

„Ich? Hab doch damit nichts zu tun.“

„Beinahe hätten wir hier eine Geburt miterlebt“, sagte einer der Steuerungsprogrammierer und schaute ängstlich drein.

„War eigentlich noch jemand von den Putzkräften hier?“, wollte Viktor wissen.

„Da kam tatsächlich noch jemand und fragte nach der Kollegin.“

„Wahnsinn, beide bis morgens drei Uhr!“

„Dass die auch immer alle bei dieser BrueCklean drinhängen“, sagte der Spezialist für Wasserstoffkomprimierung.

„Wie meinst du das?“

„Hier sind doch jede Woche andere Leute am Werk.“

„Oft erschrecken die sogar, wenn wir so spät noch hier sind.“

„Aber es gab doch diese Schulungen und Treffen mit der BrueCklean?“

„Viktor, das war doch aufgeblasener Mist.“

„Gib mir mal eine Cola rüber“, sagte er zu einem Kollegen.

„Und jetzt wollt ihr auch noch mit diesem Brückner zusammenarbeiten, wenn es um unsere Anlagen geht.“ Zornig warf der Wasserstoffexperte diesen Satz in die Runde.

„Nicht unbedingt“, beteuerte Viktor. „Aber schaden kann er auch nicht.“ Was sollte er auch sagen? Hier offen gegen Hofmachers Entscheidung zu meutern, war nicht seine Art.

„Schaden kann der nicht?“ Der, der das sagte, hatte dabei einen zynisch fragenden Gesichtsausdruck angenommen.

„Ist eben ein Aufschneider mit einer riesen Bude hinter sich.“ Ein älterer Mitarbeiter war nachsichtiger.

„So riesig, dass er gar nicht mehr wahrnimmt, wenn jemand hochschwanger hier putzen kommt?“

„Der persönlich weiß das ganz sicher nicht. Hackt nicht so auf ihm herum.“ Viktor ermahnte sich damit auch selbst.

„Vielleicht war es theoretisch noch gar nicht so weit.“ Das war eine logische Erklärung!

„Die BrueCklean ist doch ein Riesen-Unternehmen. Die werden schon auf ihre Mitarbeiter acht geben“, beschwichtigte der lebensweiseste Kollege die erhitzten Gemüter.

Die Phantasie nahm in der Nacht ihren Lauf. Müdigkeit beschwor Vorurteile und Feindbilder herauf. Viktor hatte keine Lust, seinen Schlaf dafür zu vergeuden.

„Isa, was für ein Ort." Sarah schwärmte und es musste schon mit dem Teufel zugehen, wenn eine Frau für den Hof des Mazzini nicht empfänglich war.

Durch das Blätterdach eines riesigen Ahornbaumes fiel sanft das Sonnenlicht auf die wenigen Tische. Auf Korbsesseln lagen große Kissen, funkelnde Gläser, Besteck und gestärkte Leinenservietten waren einladend auf rot-weiß-karierten Tischtüchern drapiert. Sonnenschirme von der Farbe der Kissenbeuüge spannten sich auf Holzgestängen und rahmten die Szenerie des kleinen Restaurants ein. „Donna Isabella!" Der Herr des Hauses begrüßte Isabel, dann Sarah mit einer Innigkeit, die nur waschechte Gastronomen an den Tag legen konnten. Er brachte zwei Prosecco und der Besuch beim Italiener startete rundherum wie erwartet. Die beiden Frauen stießen an, redeten ein wenig über dieses versteckte Kleinod und Isabel dachte daran, was es wohl mit ihr machte, nach so vielen Jahren an Sarahs Geburtstag mit ihr essen zu gehen. Sie holte ein kleines Päckchen aus ihrer Tasche und schob es Sarah hinüber. „Herzlichen Glückwunsch!"

„Du erinnerst dich?"

„Warum sollte ich deinen Geburtstag vergessen haben?" Sie lehnte sich mit ihrem Glas in der Hand zurück, um Sarah zuzuschauen, wie sie am Schleifenband zupfte. Ja, es war gut, die alte Freundin wiedergefunden zu haben.

Sarah entnahm der kleinen Schachtel ein Armband. „So etwas Schönes hat schon lange niemand mehr für mich ausgesucht." Sie band es um.

„So theatralisch. Dein Rüdiger hat bestimmt auch etwas Kleines für dich." Isabel schmunzelte ihr zu.

„Der schmeißt eine Party für mich."

„Heute?"

„In ein paar Wochen."

Eine Party für seine Frau! „Das hat Viktor für mich noch nicht hingekriegt."

„Es ist nur eine Alibi-Party."

„Was soll das sein?"

„Mein Geburtstag ist ihm doch egal."

So eine Heuchlerin!

„Du brauchst gar nicht mit dem Kopf schütteln. Du mit Viktor. Du hast ja keine Ahnung."

„Schwärmst du immer noch für meinen Mann?"

Sarah schüttelte den Kopf. „Das mit der Party hätte ich gar nicht anschneiden sollen." Sie hob ihr Handgelenk in die Höhe. „Ich danke dir."

Der Hausherr tauchte mit Wasser, Brot und Oliven auf, gab ein paar Empfehlungen aus der Küche, von denen sie schnell gewählt hatten. Hiernach widmeten sie sich dem ersten Schluck Vernaccia, einem Weißwein, dem schon Michelangelo gefrönt haben soll. Auch für diese Geschichten mochte Isabel das Mazzini. Sie atmete durch, schaute ins Blätterdach.

„Ich will dir schon lange etwas erzählen", sagte Sarah.

„Natürlich wann die Party steigt", sagte sie und richtete den Blick wieder auf Sarah.

„Das auch." Ihre Freundin knetete ein Stück Brot in den Fingern. Das neue Armband bewegte sich dabei sacht an ihrem Handgelenk. „Ich glaube, mein Geburtstag ist Anlass genug ..."

„Wofür?"

„Seit vielen Jahren trage ich alles Mögliche mit mir herum." Sarah schaute auf einmal recht unsicher von ihrem Armband auf Isabel, wieder auf ihr neues Schmuckstück. „Und vor einigen Monaten ist etwas Schreckliches passiert."

Isabel trank einen kräftigen Schluck. Das Brot ersparte sie sich.

„Ich hatte einmal Kontakt zu einem Journalisten und ich glaube, ich habe sein Leben auf dem Gewissen." Sarahs Blick blieb unstet.

Seit wann hat Sarah mit Journalisten zu tun? Hat sie ihn ruiniert? Seine Existenz zerstört? Isabel riss ein Stück von dem Lavendelbusch ab, der aus einem Kübel bis hinauf auf den Tisch ragte und drehte den Halm in den Fingern. „Hört sich nicht gut an."

„Ich hatte den Kontakt zu diesem Mann gesucht", redete ihre Freundin weiter.

„Zu welchem Mann?"

„Zu dem Journalisten."

„Seit wann interessierst du dich für Journalismus?"

„Ich brauchte Hilfe und ich war allein."

Aber deshalb hat man nicht ein ganzes Leben auf dem Gewissen. Was für eine Theatralik! ‚Ich war allein.' „So fühlen wir uns doch alle ab und zu." Sie erhob ihr Glas ganz sacht gen Sarah.

„Es ist ganz anders. Ich habe nach jemandem gesucht, der recherchiert und Storys schreibt."

„Storys?" Ist das Sarahs Geburtstagsblues? Sie griff zärtlich nach Sarahs Hand, nahm noch einen Schluck vom Weißwein und deutete auch Sarah an, mal etwas zu trinken.

Mit dem Glas in der Hand redete Sarah weiter, ohne getrunken zu haben. „Ich habe ihm eine Story, wie man so schön sagt, angeboten."

„Eine Story?" Hatte sie schon früher diesen Hang zum Geheimnisvollen? Zur großen Szene? „Was hast du anzubieten?"

„Dass Rüdiger in den Knast muss."

Isabel lachte laut. Sie gluckste. Der war gut! „Hat er dir keine Blumen mitgebracht?" Definitiv war das der Blues kurz vor der 50.

„Ich weiß noch, wie lange ich gezögert hatte. Am Ende entschied ich mich für einen Brief. Stell dir vor, in der heutigen Zeit." Sarah stellte das Glas ab, beugte sich ein wenig vor. „Rüdiger und die Kinder waren schon gegangen. Draußen hatte es in Strömen gegossen, sodass es partout nicht hell geworden war. Ich kann mich noch genau erinnern."

Eine Story zu schreiben? „Meine Güte. Sag bloß, der hat daraus ein Buch gemacht?" Isabel konnte nicht glauben, was alles in ihrer alten Freundin steckte.

Der Kellner brachte eine Platte mit zwei gegrillten Doraden auf Rosmarinzweigen und Zitronenscheiben. Schälchen mit warmem Pastasalat, gedünsteter Zucchini und zerlassener Butter. Der Herr legte den Damen auf, schenkte Wein nach, ebenso das Wasser. Er redete dabei über das Wetter, das Essen, nochmals über den Wein, wünschte Guten Appetit und empfahl sich. Diese Prozedur dauerte Isabel heute entschieden zu lange. Sie nahm einen kräftigen

Schluck vom Wein. Zum Wohl, Prost, Guten Appetit, waren gänzlich unangebracht. „Was ist daraus geworden?" Sie nahm ein paar Bissen vom Fisch, um ihre Neugier ein wenig zu zügeln.

„Kein Buch. Etwas ganz anderes."

Sie macht es wirklich spannend, dachte Isabel. Erst der Ausbruch, ‚Rüdiger muss in den Knast!', dann: ‚ich war so allein' und nun noch eine Story mit einem Journalisten. Aber Rüdiger gibt eine Party zu ihrem Geburtstag. „Sarah, iss mal was. Es schmeckt wirklich phantastisch."

Ihre Freundin gehorchte. Stocherte im Fisch herum. „Ich wollte weg, verstehst du? Und nun habe ich das Leben dieses Mannes auf dem Gewissen."

Meine Güte! „Wie lange ging das mit dir und diesem Journalisten, den du mit sogenannten Storys angelockt hast." Sie pfiff durch die Zähne. Wer weiß, ob der nicht schon längst darüber hinweg ist, doch das wollte Sarah jetzt wahrscheinlich nicht in Erwägung ziehen.

„Du machst dir keine Vorstellungen."

Wieder griff Isabel nach Sarahs Hand. „Von mir erfährt niemand etwas." Sie spülte mit viel Wein den Sarah-Kosmos hinunter. Sie mussten hier ein wenig aufräumen, so viel war klar. „Ich geh mal kurz rein."

Auf der Toilette schaute sich Isabel lange im Spiegel an. Hatte sie wirklich ihre alte Freundin wiedergefunden? Das Spiel mit dem Feuer, wie es so schön hieß, hatte Sarah völlig aus der Bahn geworfen. Sie wusch sich die Hände, brachte ein paar Haarsträhnen in Form. Zum Auftanken sprühte sie ein paar Spritzer Parfüm auf die Fingerspitzen und rieb über Schläfen und Hals. Was für eine Geschichte! Statt Geburtstag zu feiern, sitzen wir da und graben Sarahs alte Geschichten aus.

„Isa, ich habe alles abräumen lassen. Es war schon ganz kalt“, sagte Sarah als sie zurückkam.

Hauptsache, die Getränke waren auf dem Tisch geblieben. „Wann steigt deine Party?“ Obwohl sie neugierig war, wollte sie nicht auf Sarahs schmerzlichen Erinnerungen herumreiten. Sarah hatte heute Geburtstag! Ein andermal würde sie auf ihre ‚Story' zurückkommen.

Auf der Rückseite des Polizeipräsidiums standen in endlosen Reihen Autos, viele waren zivile Dienstfahrzeuge. Hoppe ging gemeinsam mit Marlene auf eines davon zu. Sie grinste beim Einsteigen. „Du schnupperst übrigens schon nach Party."

Sie war ein wenig lockerer geworden. Oder bin ich es, der langsam dazugehört? „Immerhin treffe ich gleich meine Frau", sagte er und kam sich gar nicht blöd vor, etwas aus seinem Privatleben zu erwähnen.

„Ist sie eine Top-Managerin da am Flughafen?", fragte Marlene, als sie den Parkplatz bereits hinter sich gelassen hatten.

„Internationale Beteiligungen und deren Controlling. Gehört das zum Top-Management? Sie fliegt dauernd umher."

„Hört sich doch gut an."

Bis hierher war privat genug, weshalb er nicht weiter darauf einging. „Und, was für ein Fall führt dich zum Flughafen?"

Aus der Eschersheimer Landstraße waren sie mittlerweile abgebogen. Die Uni prangte auf dem riesigen Campus Westend, das niemanden ob seiner Historie unberührt lassen konnte. Große Bäume waren dort gewachsen. Aber so einfach war das nicht.

„Wirklich lange her. Damals gab es eine Schlägerei mit schwerer Körperverletzung", holte Marlene seine Gedanken zu ihrem Fall zurück.

„Und heute beschuldigt immer noch jeder jeden."

„Nicht dieses einfache Durcheinander. Das Opfer meint, dass der Überfall nur ein Vorwand gewesen war. Eigentlich wäre es um eine Kooperation gegangen, gegen die er im Unternehmen mobil gemacht hatte."

„Da macht sich aber jemand wichtig." Er blickte aus dem Seitenfenster und genoss das urbane Flair aus herrschaftlichen Villen, modernen Lückenbauten, einladenden kleine Geschäften, Kneipen, Frisör- und Bäckerläden. In diesem Stadtteil lag Gemütlichkeit in der Luft.

„Der Mann war immerhin im Krankenhaus und hatte danach begonnen, Beweise zu sammeln."

Immer noch Wichtigtuer, dachte Axel. „Und jetzt willst du seine Beweise sehen."

„Genau."

Er schaute lieber wieder aus dem Fenster. Immerhin bin ich Austauschschüler! Draußen auf der Straße ging es ziemlich bunt zu. Läden mit billigen Taschen und Krimskrams neben Edelrestaurants, Massagestudio neben einem Handyladen, Sexshops neben Imbissständen, repräsentative Wohnungseingänge, LKWs, die in zweiter Reihe parkten und den Verkehr aufhielten, dünne Mädchen in bauchfreien Pullis und dicke Muttis mit Kopftuch, Männer in glänzenden Trainingsanzügen, andere in edlem Zwirn. Frontal fuhren sie auf den Bahnhof zu und kurz danach überquerten sie den Main. Bald wiesen die Flugzeuge über ihnen die Richtung. Doch erst einmal tauchten sie auf den Straßen entlang des Stadtwaldes ab. Axel fühlte sich wohl. Alles lag dicht beieinander. Alles war neu für ihn. Und Marlene? Die war auch neu. Immer wieder hatte sie etwas in petto, das ihn überraschte. Warum sie heute solch einer vagen Anschuldigung nachgeht? Als ob sie Polizistin geworden ist, weil sie zu viele Krimiserien angesehen hat. Während Marlene am großen Kreisel zwischen B44 und B43 das Auto in die richtige Spur einordnete, schaute er zu ihr hinüber. „Was für ein Unternehmen soll das sein, das seine Leute krankenhausreif schlägt, wenn sie etwas gegen eine Kooperation einzuwenden haben?"

„Es ist ein Outside-Facilitymanagementunternehmen."

Das war also das Zauberwort! Hat ja lange gedauert, bis sie damit herausgerückt ist. Er guckte sie fragend an.

„Die kümmern sich um Parkplätze, Zufahrtsstraßen und Publikumsareale. Halten sie sauber, setzen Geländer, ziehen Zebrastreifen nach. So'n Zeug eben", erklärte sie.

Reflexartig pfiff er durch die Zähne. Sag jetzt nichts, ziehe sie nicht auf! „Ah, euer Stadion", rief er lieber aus. „Bis hierher ist es eine schöne Radtour durch den Wald von meiner Wohnung, also von dort wo ich zurzeit wohne."

„Da hat er auch seine Finger drin."

„Wer? In meiner Wohnung?"

„Im sogenannten Facilitymanagement der Eintracht."

Also doch wieder ihr Lieblingskandidat. „Aber ist schon cool, dass euer Fußballverein so nah an der Stadt ist", blieb er bei seinem Thema.

„Mir egal", sagte Marlene. „Merkst du nicht, dass der Brückner überall ist?"

„Marlene, der hat ein riesiges Unternehmen."

„Findest du es nicht auch merkwürdig, dass der Kooperationspartner die BrueCklean war?"

„Welcher Kooperationspartner?"

„Von der Firma mit dem zusammengeschlagenen Mitarbeiter, zu dem ich gerade fahre."

Bestimmt drei Sekunden lang schaute Hoppe sie wortlos an. Längst waren rechts und links riesige Baustellen aufgetaucht, vor ihnen brüstete sich das silberne Ufogebilde aus Hotel und Bahnhof. Brücken der Autobahnkreuze, Dutzende Hinweisschilder und alle paar Sekunden ein Flugzeug zehn Meter über ihnen. Marlene fuhr ungerührt an allem vorbei. „Seine Monopolstellung darf doch wohl mal hinterfragt werden", raunzte sie.

Wessen? Achja, Brückner. Sie ist so verzweifelt auf der Suche, da stimmt doch etwas nicht. „Was willst du nur von deinem Mister B?"

„Er ist nicht mein Mister B!" Sie sah nach vorne, würdigte ihn keines Blickes, fuhr in ein riesiges Parkhaus hinein und er glaubte ihr kein Wort. Immerhin war sie Erste Hauptkommissarin. Sie hätte jemanden schicken können.

Auf dem Flughafen trennten sich ihre Wege. Er musste in die Abflughalle 1 des Terminals A, wo er sich mit Kathrin treffen wollte, um sie auf ihr Firmenfest zu begleiten. Doch sich hier zu treffen, schien unmöglich. Vor einer enormen Anzahl von Abfertigungsschaltern standen Menschenmassen, die von hunderten Metern Absperrband in Schach gehalten wurden. Check-in-Automaten, elektronische Gepäckaufnahmestationen und Monitore wurden ebenso umlagert wie Verkaufsstände für Sandwiches, Bier und Kaffee. Menschen, die sich noch nicht am richtigen Punkt eingereiht hatten, liefen durcheinander, schoben, zerrten, trugen Koffer, Taschen, Rucksäcke, Buggys, Trolleys. Leise Elektrowagen mit älteren Menschen an Bord rollerten vorüber. Von der Decke hingen grell orangene Werbebanner herab. Bildschirme flimmerten, Scanner piepten, Menschenstimmen waberten in den riesigen Hallen. Nie war er so unterwegs gewesen. Wenn er mal ein Flugzeug bestieg, war er stets gemütlich von Tegel gestartet. Gelandet war er meist auf harmlosen Flughäfen einer Urlaubsregion.

Axel nahm sein Mobiltelefon und gab Kathrin Bescheid, dass er hier war. Dabei sah er sich die Spots auf einem gigantischen Bildschirm an. Sixt, Reiseziele, Lufthansa, Rewe, BrueCklean. BrueCklean? Litt er schon unter Verfolgungswahn? Er starrte auf die Filmchen. Bald wäre die Sequenzschleife wieder bei; tatsächlich „Wir putzen glänzend. Oder wie sieht der Fußboden unter Ihren Füßen aus?“ Er rieb sich die Augen und bemerkte Reisende, die tatsächlich den Boden unter ihren Füßen betrachteten und dabei lachten. Oder bilde ich mir das ein? Das liegt doch an Marlene! Oder an Kathrin. An ihrem Event, wie sie es nannte. Zu Hause hatte sie so etwas nie mitgemacht. Schon gar nicht mit mir! Lag es an der neuen Position? An ihrem Dransein, wie sie immer wieder behauptete. Noch vor ein paar Wochen hatten jeder Tag, jede Stunde, jede Minute gebrummt. Zwanzig Leute, hundert Fälle, tausend Fakten. Haben sie mich eigentlich aufs Abstellgleis geschoben? Axel atmete tief durch. Es liegt an dieser riesigen Halle, sagte er sich. Wenn man nicht mitrennt, bedeutet es Stillstand und dieser gleichermaßen den Tod. Er war stolz über seine Dramatik und merkte, wie er grinste.

„Vielen Dank.“ Kathrin gab ihm einen Kuss.

Erlöst!

„Freust du dich?“, fragte sie.

Axel nickte. „Na klar!“

Sie lächelte und zog ihn mit sich aus der Abfertigungshalle direkt in einen Kleinbus hinein. Der Fahrer lenkte durch ein Stahltor, kurvte über das Flughafengelände und schwatzte immerzu über seine Kollegen, die wie er, bis in die Nacht hinein Gäste bringen und holen müssten. Vielleicht sei sogar ihr oberster Chef darunter. Das Gerede rauschte in seinen Ohren. Er blickte seine Frau an. Sie hatte ihr kurzes Haar hinter die Ohren geklemmt, trug einen Nadelstreifenanzug, einen roten Fummel unter der Jacke und hohe Schuhe. Sie sah ein bisschen anders aus als früher. Er wunderte sich auch darüber, dass sie sich an einem Donnerstagabend kurz vor 19 Uhr auf einem Flughafen trafen. Alles war anders! An einem abgelegenen Hangar war die Fahrt zu Ende. Musik drang bis in den Kleinbus hinein. Als er ausstieg, trat er auf Rasen, nicht wie erwartet auf Beton oder Asphalt. Gestreifte Sonnenschirme, ausladende Theken und Outdoorsessel. Unerwartet viele Menschen standen mit Getränken in der Hand herum. Einige schauten aus Liegestühlen gedehnt den Flugzeugen hinterher, unterhielten sich an Stehtischen oder wippten vor einer Bühne zur Life-Musik. Die Aktiveren unter ihnen waren mit Dartpfeilen, kleinen Bällen und Angeln an Spielestationen beschäftigt. Häppchen und Obstspieße wurden gereicht. Irgendwo juchzten ein paar Frauen, die von einer kleinen Wasserader begeistert waren. Ein Eiswagen tuckerte über den Rasen. Es ist ein Kinderfest mit Alkohol und zu großen Kindern, dachte er und kam sich blöd vor.

„Frau Hoppe, da sind sie ja." Kathrins Chef begrüßte sie beide.

Natürlich war Axels Beruf wie immer Anlass zu Fragen und kleinen Späßchen über etwaige verbrecherische Geschehnisse hier und heute. Ein paar von Kathrins Kollegen stellten sich hinzu. Das Thema wechselte. Jemand sagte mit Blick auf den Bachlauf: „Immer wieder lassen sie sich etwas Nettes einfallen."

Für solche Schleimer dachte man sich also diese Dinge aus. Dennoch sah Axel genauer hin und bemerkte, dass sogar ein Gefälle eingearbeitet sein musste, denn das Wasser floss tatsächlich. Es schlängelte sich durch die Wiese und plätscherte an den Liegestühlen vorbei.

„Eigentlich war das wieder der Herr Brückner", sagte el Chefe und wirkte sehr zufrieden.

Wer? Dieser Bach? Axel hatte den Faden verloren, bestimmt hatte er sich verhört.

„Amüsieren sie sich heute", sagte Kathrins Boss zu allen, fügte ein „bis später" hinzu und entschuldigte sich.

Kathrin gab kurz darauf ähnliche Worte von sich und zog ihn von den Kollegen weg. Auf dem Partygelände besorgte er, nicht mehr über die Marke sinnierend, zwei Licher; schaute jetzt ebenfalls einige Male nach den Flugzeugen am Himmel. Die Band interpretierte munter ein paar Klassiker von den Stones oder REM. Einen Moment lang hörte er wirklich gerne zu, obwohl er dabei auf einem Stück Rollrasen inmitten Häppchen essender Menschen stand. Kathrins Chef betrat gemeinsam mit dem Landesverkehrsminister die Bühne. Sie redeten Uninteressantes, ehrten ein paar Mitarbeiter und sprachen sich für das weitere Wachstum des Standortes aus. „Ich möchte es auf keinen Fall versäumen, Stephan Brückner zu uns zu bitten, der wie in jedem Jahr maßgeblich an der Gestaltung unseres FFK – nein, kein FKK." Die Führungskräfte gackerten prompt und der Boss freute sich. Dann hob er noch einmal an, sich wohlwollend über die Kooperation mit der BrueCklean AG zu äußern. Das alljährliche „Frühlingsfest der Führungskräfte" wurde wie immer maßgeblich durch Stephan Brückner gestaltet.

Besagter Mann betrat die Bühne in Jeans und Cowboystiefeln, lediglich ein gutsitzendes Sakko machte ihn salonfähiger. Er wirkte nicht nur aufgrund seiner Kleidung eine ganze Spur lässiger als die zwei anderen. Durchtrainiert war er nicht, das sah Hoppe anhand seiner Haltung. Auch der Haaransatz war nicht der eines jungen Mannes. Dennoch machte er einen dynamischen Eindruck. Dieser Mann also packte und schüttelte nacheinander die Hände seiner Vorredner, gab dem Minister einen Klaps auf den Rücken und trat geschmeidig ans Mikrophon. „Guten Abend Flughafen", schmetterte Stephan Brückner allen entgegen. Der Mann reckte die Hände in die Luft, als wolle er seine Fans begrüßen. „Ihr seid doch der Flughafen, ihr haltet das Ding am Fliegen!"

Die Menge grölte.

„Und ich habe für euch einen großen Slot bekommen. In meiner Turboprop fliege ich euch heute Abend zur Loreley und zurück. Ich stehe auf Frauen mit Anziehungskraft. Wer will, kommt mit."

Axel nahm um sich herum nur noch Gespräche über Pfundskerl Brückner und das Fliegen wahr. Die Leute verabredeten sich durcheinander, miteinander, für später. Auch Kathrin drückte ihm die Hand und war entzückt.

„Bist du verrückt? Mit einem mir völlig Unbekannten in einer kleinen Kiste vielleicht noch unter Alkoholeinfluss", sagte er vorsorglich zu ihr.

„Miesmacher!" Doch sie lächelte.

Die Stimmung war, nachdem der Mann gesprochen hatte, ausgelassen. Der Flughafenchef trat zu dem Turboprop-Flieger und legte ihm einen Arm um die Schulter. Auch der Minister trat noch einmal an die Bühnenrampe, um vom Unternehmerglanz etwas abzubekommen. In heiterer Laune baten sie gemeinsam zum Dinner.

„Der Typ ist hier so eine Art Vorzeigeunternehmer", sagte Kathrin zu ihm.

„Ich weiß."

Kathrin reagierte nicht. Hätte sie es interessiert, hätte sie hingehört und nachgefragt, woher er das wusste.

Das Tor des Hangars öffnete sich ohne krachende Mechanik oder surrende Türmotoren. Nur Musik war leise und unsichtbar zu vernehmen. Irgendwo spielte eine Band Melodien von Cole Porter. Leise und verheißungsvoll war dieser alte Jazz. Was mochte der Stimmungswechsel bedeuten? Die sogenannten Führungskräfte strebten auf das Tor zu und bildeten eine artige Warteschlange. Niemand konnte dem Sog des verheißungsvollen riesigen Kastens widerstehen. Kathrin wollte ebenfalls in diese Halle hinein. Und wenn er ehrlich war, wollte er auch wissen, was darin los war. Aus den vorderen Reihen kam ehrfurchtsvolles Getöse. Kathrin entdeckte eine Kollegin, der sie Hoppe vorstellte;

die Kollegin wiederum stellte ihre Partnerin vor. Die Vier unterhielten sich über das gute Wetter, die außerordentliche Stimmung und die Band. Sie versuchten, sich plaudernd in Geduld zu üben, bis sie endlich den Eingang erreichten. Hoppe musste Palmenwedel und Blumenranken beiseiteschieben, damit die Damen ungestört eintreten konnten. Ein Gewächshaus? Ein Dschungel? Eine Oase? Er durfte nicht denken. Seine Assoziationen waren zu kitschig. Fleischige Blätter, grün-braune Lianen, rote, gelbe, blaue Blüten, Gräser und Bäume. Die Menschen waren durch das Dickicht hindurch bei spärlicher Beleuchtung nur schemenhaft auszumachen. Kerzen flackerten und Fackeln brannten. Nachdem sich seine Augen an die Dunkelheit gewöhnt hatten, konnte er wieder Menschen in Gänze ausmachen. Gleich hier neben dem Eingang saßen acht Leute auf Safaristühlen an einem gedeckten Tisch. Auf einem dunkelbraunen Tischtuch waren geschliffene Kristallgläser, ein Sektkühler, goldene Teller und Besteck, Obst und Orchideenblüten drapiert. Er schaute sich um, und erkannte, dass hunderte dieser Tische in einer hügeligen Landschaft angerichtet waren. Auf schmalen holzbeplankten Pfaden konnte man zu ihnen gelangen. Der Jazz vergangener Zeiten, das Funkeln von Gold und Kristall wurde mit riesigen Elfenbeinstoßzähnen abgerundet. Wer war hier der Kolonialherr?, fragte er sich. Kathrin streichelte seinen Arm und deutete auf einen Tisch mit vier freien Plätzen. Hoppe ließ die Frauen vorangehen, blieb selbst aber stehen. Am gegenüberliegenden Ende des Hangars schoss Wasser an einer Felswand zwischen einer tropischen Pflanzenwelt hinunter. Dort war also der Höhepunkt des Bachlaufs. Das Plätschern entwickelte sich zu einem Rauschen, zu einem Tosen, das die Musik übertönte. Oder meldete sich gerade sein Tinnitus? Der Wasserfall stürzte von der Wand herab in einen Teich, um sich von dort an den Tischen vorbei nach draußen zu schlängeln. Hoppe löste seinen Blick vom Bachlauf und sah an rostroten mit winzigen Löwenköpfen verzierten Eisenpfeilern empor. Sie trugen eine zweite Ebene, von der üppige Hängepflanzen hinabragten. An Stellen, an denen die Flora etwas lichter war, sah er mosaikbesetzte Wände. Bilder von Leoparden mit prüfendem Blick, von schlafenden Tigern, badende Nymphen mit wallendem Haar. Hier war alles durcheinander. Eine Märchenwelt. Details interessierten heute Abend niemanden. Endlich setzte er sich zu den Damen, als die Kollegin zu Kathrin sagte: „Der Brückner hat es wirklich drauf."

„Du wirst noch alle gegen uns aufbringen mit deinem Gefährt. Das passt einfach nicht zu uns“, hatte Hofmacher neulich gesagt.

Viktor saß jetzt in seinem ‚Gefährt‘, wie es Hofmacher genannt hatte, und kein Geräusch erinnerte ihn daran, dass er im Auto unterwegs war. War Hofmachers lapidare Äußerung ein Scherz? Hinter Viktor lag ein schlechter Tag. Ein ganz schlechter! Hofmacher wollte noch nicht einmal 30 MWh mitgehen. Längst konnten sie über 100 MWh mit dem Akku hinkriegen. Für 30 sollten sie jetzt endlich einstehen! Aus Sonne und Wasserstoff. Darin bestand kein Risiko. Noch dazu am immer sonnigen Rhein bei einem ihrer treuesten Kunden. Aber Hofmacher wollte nicht. Viktor fuhr auf fast leeren Straßen, wie immer, wenn er im Auto unterwegs war. Ungeahnt neu war die Ineffizienz, mit der er die vielen Stunden im Büro verbrauchte. Immer wieder gab es Treffen, Meetings, Absprachen. War das nötig oder Ausdruck von Verzagtheit? Auf jeden Fall wird es uns den Kopf kosten. „Wenn etwas schief geht, spricht sich das rum. Die Worte von diesem Kunden haben in der gesamten Industrielandschaft Gewicht.“ Nicht nur Hofmacher, auch der Finanzer hatte große Bedenken geäußert. Paul Moritz wollte seinen Vertrieb zum Rhein schicken. Jedoch hatte er Weingüter im Visier. Das war alles, was er sich zutraute. Viktor öffnete das Panoramafenster im Dach. Haben die überhaupt verstanden, worum es geht? 30 MWh bergen gar kein Risiko. Wir können alles doppelt und dreifach auslegen, mehrere Stromkreise aufbauen, wir benötigen knappe 30

Millionen Euro und fertig! Ein Klacks für den Beginn einer Revolution! An einer roten Ampel musste er anhalten. Er atmete tief ein, legte beide Hände oben aufs Lenkrad. Man muss es doch verstehen! Direkte Sonnenenergieverwertung oder indirekte über die Wasserstofferzeugung und Speicherung. Und bei Regen oder Dunkelheit wird der Wasserstoff durch die Brennstoffzellen gejagt. So viel Logik bei Null Emission muss die Menschen doch begeistern! Aus dem Auto neben ihm sah jemand herüber. Was?

Er merkte, dass seine Hände längst nicht mehr ruhig auf dem Lenkrad lagen und er ziemlich laut gesprochen hatte. Die Ampel schaltete auf Grün. Wahrscheinlich fühlt sich Hofmacher mit seinem alten Hofstaat überrumpelt. Wir werden mit Auszeichnungen und Subventionen überhäuft. Jetzt wird es konkret und trotzdem sind alle zu überwältigt. Echte Projekte in die Forschung einzubeziehen würde uns nach vorne katapultieren. „Für diese absolut neuartige Stromversorgung müssten wir Garantien geben oder im Extremfall den Verbraucher wieder ans Netz nehmen. Wenn das passiert, steht es sehr schlecht um das Image unseres Akkus“, hatte Hofmacher gesagt. „So eine Garantie in die Bilanz zu nehmen, belastet“, hatte der Finanzer gemauert.

„Andere werden mutiger auf den Markt treten“, sagte Viktor in den Rückfahrspiegel hinein. „Sie werden unsere Kunden bekommen, sie werden das Feld der dezentralen, völlig autarken und obendrein ökologischen Energieversorgung mit Wasserstoff-Akkus glaubhaft besetzen.“ Habe ich das vorhin gesagt? Er schaute auf die Straße.

„Wir haben auch eine Verpflichtung gegenüber der Kontinuität, gegenüber der Sicherheit vieler Arbeitsplätze." HOOOOFMACHER, hätte ich schreien sollen. Zu früh, zu risikohaft, zu groß das Vorhaben, so seine Einschätzung.

„Wir müssen die Würstchenbudengröße auf Verbraucherseite für den Wasserstoff-Akku endlich hinter uns lassen!" Ich finde, der war nicht schlecht gewesen.

„Brückners Campus ist keine Würstchenbude", hatte Hofmacher sofort lautstark reagiert.

Viktor lenkte in seine Straße ein. Sommer lag schon in der Luft und vor allem im Licht. Isas Golf stand in der Nähe ihres Hauseingangs, aber für sich selbst konnte er keinen Parkplatz mehr finden. Wie oft zeterte Isa, dass er sich einen Stellplatz kaufen solle, noch dazu, wo er das Auto oft stehen ließ und das dann irgendwo. Er schaute durch das offene Dach in die Kronen der Linden am Straßenrand. Sie hat keine Ahnung, was so ein Spaziergang vom Auto nach Hause sein kann. Nach einigen Minuten fand er eine Lücke, parkte und stieg aus. Es roch nach allem, was die ersten heißen Tage in der Stadt zu bieten hatten. Staub, Gras, Pizza, anderes Gras, Kastanien, Linden, Birken und Ahorn. Rochen die überhaupt? Es liegt nur an diesem Brückner. „Der wird es schaffen, ganz ohne Garantieversprechen aussagekräftige Referenzkunden zu finden", erinnerte sich Viktor an Hofmachers Ausführungen.

Hofmacher, mach die Augen auf! Paul Moritz muss in die Gänge kommen, kein Putzmann, der seine schwangeren Mitarbeiterinnen für Nachtschichten einteilt. Oder einteilen lässt. Wahrscheinlich weiß der gar nichts von dem Vorfall. Was es wohl geworden war? Junge oder Mädchen?

Vögel piepten in den Bäumen. Manchmal hörte man das dumpfe Zufallen einer schweren Haustür. Irgendwo ein kurzes Lachen und für einen Moment die Schritte eines Menschen. Sonst herrschte Stille inmitten der Stadt. Eine Stille mit typischen Geräuschen.

Auf dem Weg vom Auto zu seinem Hauseigang konnte er den Tag noch einmal resümieren. Die EnVer muss ein paar Risiken übernehmen, um allen zu beweisen, dass es keine gab. Wir brauchen die Realsituation eines großen Industrieverbrauchers. Wahrscheinlich musste er selbst mit den Kunden reden, die Logik erklären, Vertrauen in die Technologie vermitteln. Er würde Hofmacher zeigen, dass auf die EnVer-Lösung alle warteten.

„Isa, Iiisaaa", rief er zum Balkon des Wohnzimmers hinauf. Er schloss die Haustür auf, eilte nach oben, wollte auch auf den Balkon, Isa küssen, sie vom Balkon ins Zimmer ziehen. Mit ihr schlafen, wenn alle Fenster der Wohnung offenstanden und sich draußen eine warme Dämmerung über die Häuser senkte. „Isa?", rief er von der Wohnungstür. Tatsächlich war sie auf dem Balkon. „Warum hast du nicht geantwortet, als ich von unten gerufen habe?"

„Wir sind doch keine Teenager. So herumzuschreien!"

Er setzte sich. Stand noch einmal auf, um sich ein Glas aus der Küche zu holen. Zurück auf dem Balkon schenkte er sich vom Wein ein, den Isabel im Kühler auf dem Tisch hatte.

„Zum Wohl, meine Liebe." Sie tranken und er schluckte ein wenig mehr als nur den Riesling herunter.

„Und? Was machst du?" Er wollte sich nicht von ein bisschen Muffeligkeit abschrecken lassen.

„Ich überlege und überlege und überlege."

Er guckte sie aufmunternd an. „Schön!"

„Nein, gar nicht. Ich weiß nicht, was ich den Studenten morgen vorsetzen soll. Geldpolitik? Handel? Ein bisschen Demographie und Makroökonomie? Ist doch alles für die Katz."

Sie sagte tatsächlich ‚den', nicht ‚meinen' Studenten. Die Stimmung war also wirklich nicht so gut. „Bei mir ist auch der Wurm drin." Er versuchte es mit Solidarität. Wurm. Brückner. Hofmacher. Jetzt lachte er. „Ich würde deinen Studenten Energiepolitik vorsetzen."

„Dann komm morgen früh mit."

„Ich bin sicher, die würden das sofort kapieren. Wer weiß, am Ende sollte man wirklich besser da anfangen. Wenn unser Laden auch auf eine Putzbude setzt, um meine Wasserstoff-Akkus im Markt zu platzieren."

Isabel forderte per Gesichtsausdruck nach ein paar Erklärungen.

„Na diese BrueCklean. Du weißt, wir kriegen locker 100 sogar 150 MWh mit den Wasserstoff-Akkus hin. Ganze Stadtteile können damit versorgt werden. Und wir schicken diesen Brückner vor."

„Ihr könnt doch stolz darauf sein."

„Worauf?"

„Dass dieser Brückner offensichtlich an deinem Akku interessiert ist."

„Isa!" Er trank und schüttelte den Kopf.

„Was willst du? Du müsstest 100 Türklinken putzen, bevor du da bist, wo er einfach reinmarschiert."

„Das glaube ich nicht."

„Er hatte sich doch schon auf der Campuseröffnung wohlwollend geäußert.“

„Isa!“ Sollte er erklären, wie dämlich er sich vorgekommen war, als ihn dieser Mann wie einen kleinen Jungen gelobt hatte? „Der Mann hat offenbar noch nicht einmal seinen eigenen Laden im Griff. Der mischt sich nur ein. Der passt nicht zu uns.“

„Viktor, spielst du auf diese Nacht mit der schwangeren Frau an?“

„Klar.“

„Dafür kann doch niemand etwas. Das lag am Wetter, an der heißen Nacht.“

Viktor sah sie auffordernd an. Doch Isa reagierte gar nicht. Heiße Nacht. Früher hätte sie innegehalten und mindestens gelacht.

„Lass den Brückner doch seinen Job machen und du machst deinen.“

„Isa, Brückners Job hat nicht automatisch etwas mit unseren Wasserstoff-Akkus zu tun.“

„Du bist eitel.“

„Quatsch.“

„Ich fand es ganz schön clever, was er und Hofmacher damals bei der Campuseröffnung gemacht hatten.“

„Ach Isabel.“

„Habe ich dir eigentlich schon von Sarah erzählt, die ist ganz schön unterwegs.“

5 Teamarbeit

Nach der allmorgendlichen Radtour durch die Stadt nahm Axel sein Frühstück immer in der Kantine des Polizeipräsidiums ein. Mittlerweile erwartete ihn das Küchenteam schon, denn niemand sonst aß so herzhaft ihre Brötchenhälften. Kurz nach sieben saß er am Tisch zwischen den Blumenkübeln, trank einen heißen Kaffee und einen kalten Kakao, verspeiste Salami- und Eibrötchen, telefonierte dabei mit Michel und danach mit seinen Kollegen in Berlin. Er war stolz darauf, sich mit seinem Austauschprogramm arrangiert zu haben. Das Weggehen bedeutete nicht mehr nur Verlust. Doch gestand er sich das nicht ein.

„Dachte ich mir doch, dass ich dich hier antreffe." Marlene war mit einem Pott Kaffee in der Hand an seinen Tisch herangetreten.

„Bin ja jeden Morgen hier."

„Habe auf dem Parkplatz dein Fahrrad gesehen", sagte sie.

„Setz dich." Er deutete auf den Stuhl ihm gegenüber.

„Wenn ich nicht störe."

„Wir haben sowieso einen neuen Fall, wie du bestimmt schon weißt."

„In unserem Teilzeitteam, wie du uns genannt hast."

„Ist doch Tatsache."

„Ich weiß." Sie streifte mit ihren Blicken ein wenig den Ficus Benjamin. „So früh wie heute war ich schon lange nicht mehr hier." Marlene hielt ihre Tasse mit beiden Händen, trank endlich etwas. „Ich dachte, bei der Gelegenheit erzähle ich dir, was ich am Flughafen erlebt habe."

Und was ich erst erlebt habe!, dachte er. Soll ich ihr von ihrem Brückner in Action erzählen?

„Warum grinst du?“, fragte sie.

„Ich frage mich, warum du ausgerechnet mir deine Erlebnisse vom Flughafen schildern willst und nicht deinem Vollzeit-Team?“

„Weil wir uns im Auto darüber unterhalten haben.“

Nein, du hast mir deine Theorien aufgetischt, dachte er und nahm einen kräftigen Bissen. Die Gelegenheit seiner Sprachlosigkeit nutzte sie. „Dieses Schlägereiopfer ist kein Opfer mehr.“

„Na, dann ist doch alles geklärt“, brachte er vage desinteressiert zwischen seinem Kauen hervor.

„Kann man so sagen.“

Das hier ist meine Frühstücksecke! Weg hier, wenn das so weitergeht! „Und?“

„Jetzt ist der Typ Abteilungsleiter für das sogenannte Facilitymanagement der Publikumsaußenbereiche geworden und meint, dass seine Vermutungen ja eher meine waren.“

Das denke ich auch. Doch das sagte er lieber nicht. Marlene schüttelte ihren Kopf und schnaubte verächtlich in den Kaffeepott hinein.

„Meinst du, eine Firma schlägt ihre Leute krankenhausreif, um sie hinterher zum Abteilungsleiter zu machen?“ Hoppe erinnerte sich an seine Gedanken, die er während der Autofahrt Richtung Flughafen hatte. Marlene war mehr als befangen.

„Immerhin ist der neue Kooperationspartner die BrueCklean.“

Hört das denn nie auf!

„Marlene, was ist es, das dich so ...“ Besessen? Er begann lieber noch einmal von vorn. „Ich weiß nicht, warum du deine Zeit opferst.“

„Ich glaube, der Journalist wäre unser Anknüpfungspunkt gewesen.“

Scheiße, da sind wir wieder. Sie guckt zu viele Tatorts. Jetzt werde ich ihr beweisen, dass sie eine Nervensäge ist, die den Überblick längst verloren hat.

„Ich habe ihn übrigens kennengelernt.“

„Wen?“

„Deinen Brückner.“

„Er ist nicht mein Brückner.“

„Ach nein?“ Vielleicht war er ja mal ihr Brückner. Er lehnte sich zurück und beobachtete.

„Du hast ihn kennengelernt?“

Sie ist besessen! „Ich habe ihn auf dieser Party mit meiner Frau am Flughafen erlebt.“

„Er war an dem Tag auch dort?“ Marlene riss die Augen weit auf.

„Sag ich ja.“

„Dann weißt du jetzt Bescheid.“

Hoppe lehnte sich wieder vor. „Marlene, ich muss zugeben, dass du mich neugierig gemacht hast.“

Sie schnappte nach Luft, wollte etwas sagen.

„Der ist bestimmt nicht mein Typ“, fuhr er fort. „Aber deshalb ist er noch lange nicht kriminell. Selbst die Leute aus der Wirtschaftskriminalität haben nur eine kleine Akte über ihn mit längst verjährten Steuerthemen. Und was du mit dem hast, will ich gar nicht wissen.“ Er versuchte verständnisvoll auszusehen. Peinlichkeiten, persönlich getriebene Racheaktionen oder lokal getriebener Neid waren doch keine Basis für Polizeiarbeit! Er ließ ihr keine Zeit, neue Argumente hervorzubringen. „Lass uns hochgehen, wir haben einen neuen Fall."

Sein Teilzeitteam vom ersten Fall war also wieder in einem der Besprechungszimmer zusammengekommen. Bei den ihm zugeteilten Ressourcen konnte es sich um nichts Großes handeln, dachte er. Julian ging dreimal die Woche zur Polizeiakademie. Wolfgang war in die Abteilungsadministration sowie in ein paar Sachfragen für zwei weitere Ermittlungsteams eingebunden. Der alte Fuchs hatte es sich für seine letzten Jahre gut eingerichtet. Marlene war in ihrer Stammabteilung hoch getaktet und schaute hier nur zum Nerven vorbei. „Das trifft sich doch gut, dass wir wieder zusammenarbeiten", sagte er und nahm sich vor, die nächsten Wochen einfach locker zu nehmen.

Wolfgang lächelte ihn fast väterlich an, als ob er seine Gedanken gelesen hatte.

„Bevor wir uns an unseren neuen Fall ranmachen, ist es wichtig, die Ergebnisse vom letzten Mal zu akzeptieren. Das Suizidopfer selbst hatte den vorhergehenden Brand verursacht. Marke und Speichelprobe an der dafür verantwortlichen Zigarette wiesen eindeutig auf das Opfer hin. Wir gehen davon aus, dass der dadurch verursachte Tod der Mutter, und in diesem Fall auch Mitarbeiterin, dem Mann, um es kurz zu machen, den Rest gegeben hatte." Er stand mit dem Rücken zur Fensterfron. Die Zusammenhänge waren wie aus dem Bilderbuch. Die Spinner, die vorher die

Bude auseinandergenommen hatten, wussten wahrscheinlich noch nicht einmal, dass sie damit über kurz oder lang zwei Leben ausgelöscht hatten. „Auch unsere weitere Zusammenarbeit hält vielleicht nicht viel Spannendes bereit", leitete Hoppe zum neuen Fall über.

„Es geht so", sagte Wolfgang, der gestern Nacht gemeinsam mit Julian bereits vor Ort gewesen war.

Ein Einbruch mit Todesfolge erforderte eine unmittelbare Polizeipräsenz und die beiden waren abkömmlich gewesen. Er selbst wurde erst heute Morgen informiert, dass er diesen Fall leiten sollte. Insgesamt Beleg genug für mangelnde Brisanz.

„Also, was haben wir?", sagte er und hoffte, dass es einigermaßen engagiert klang.

„Julian, leg unsere Erkenntnisse von heute Nacht dar", forderte Wolfgang den jungen Kollegen auf.

Bewundernd sah Hoppe Wolfgang an. Der Abteilungsvater macht selbst aus dem kleinsten Ding noch etwas Brauchbares. Julian, der Azubi, berichtete hochmotiviert von einem Raubüberfall im Westend der Stadt, bei dem ein alter Mann einen Herzinfarkt erlitten hatte und daran gestorben war.

„Heute kommt sein Sohn nach Frankfurt", sagte Wolfgang.

„Bin gespannt, was der bringt." Hoppe war es leid, den Verwandten der Opfer zu begegnen.

„Der wird sich auch gleich ein bisschen umsehen", fügte der Kollege hinzu.

„Wenn der überhaupt weiß, wonach er schauen soll", sagte Marlene.

„Das Opfer hatte ein Bankschließfach", fügte Hoppe selbst an und tippte auf einen kleinen Papierstapel mit Informationen vom Backupservice. „Julian, du gehst gemeinsam mit Wolfgang zur Bank." Nachdem er das gesagt hatte, hielt er kurz inne. Er wusste von der Genauigkeit des Jungen, er war milde mit Wolfgang und wollte sich vor dem Verfolgungswahn dieser Marlene in Acht nehmen.

„Marlene, du wirst die Zeugenvernehmungen am Tatort leiten. Ich mache mich mit dem Opfer drüben in der Pathologie bekannt. Wann kommt der Sohn an?"

„13:05; mit der LH 903 aus London", wusste Julian wie aus der Pistole geschossen.

„Julian, gib ihm Bescheid, dass ihr ihn vom Flughafen abholen werdet. Wir treffen uns in der Wohnung. Sollten sich Zertifikate oder Fotos von Wertgegenständen im Banksafe befinden, bringt sie mit. Aber nicht in Gegenwart des Sohnes verwenden. So weit sind wir noch nicht."

Die zwei Männer nickten vor sich hin, während sie sich erhoben. Auch er war in Gedanken längst unterwegs. ‚Drüben in der Pathologie' ist sozusagen bei mir um die Ecke.

„Hoppe, wir gehen dann."

„Ja, klar."

Jetzt hatte er den Faden verloren.

„Ich auch."

„Was?"

Marlene stand an der Tür.

„Marlene." Er sollte sie ihre persönliche Angelegenheit mit ihrem Brückner klären lassen und sonst einfach ihre Professionalität nutzen. „Finde heraus, welche Nachbarn sich in der Wohnung des Opfers auskannten. Sie sollen sich umsehen."

„Noch was?"

„Wir sehen uns später vor Ort."

Sie ging und er reckte sich, genoss für einen Moment, dass er jetzt alleine war. Habe ich eben den Chef herausgekehrt? Es ist ganz von allein passiert. Hier in Frankfurt! Immerhin kann ich, wenn auch nicht akzentfrei, Ebbelwoi sagen und ich warte, wenn ich Rippchen bestelle, nicht mehr auf Leiterchen. Solche Erkenntnisse stimmten ihn merkwürdig fröhlich!

Per Fahrrad fuhr er zur Pathologie genau auf dem Weg, den er eben gedanklich schon gefahren war. Auf der Eschersheimer Landstraße sog der grauschwarze Asphalt die warme Luft an und vermischte sie mit den klebrigen Abgasen der Autokolonnen. Die breiten Gehwege waren leer. Die vier- oder fünfstöckigen Häuser waren unterschiedlich alt; von den Sorten vor dem Krieg und nach dem Krieg. Wo keine Häuser waren, klafften Lücken ins Nichts. Kahle Imbissläden gab es, die am Morgen niemand besuchte. Ihr Fett passte partout nicht zum Tagesbeginn. Kurz hinter der Alten Oper tauchte er in die Taunusanlage ein, um am Willy-Brandt-Platz wieder herauszukommen. Nach dem Grünabschnitt fühlte er sich stets cool, weil er sich mit anderen Radfahrern auf ungewohnte Weise verbunden fühlte. Zeitverschwendung war es ganz und gar nicht, in der vollen Stadt mit dem Fahrrad unterwegs zu sein und dennoch war es ein bisschen wie Schwänzen. Als er den Main erreicht hatte, verstärkte sich das Gefühl, nicht ganz bei der

Sache zu sein. Es gab da immerhin noch diese Frau mit dem dunkelbraunen Haar und den dunkelgrünen Augen, mit denen sie leider nicht gut gucken konnte. Wie lange war der Zusammenstoß her? Ob sie in der Nähe wohnte? Was, wenn sie jetzt auch unterwegs war? Er trat in die Pedale. Es ist nur Langeweile, sagte er sich. Wie sollte es bei dieser Auslastung auch anders sein? Jogger rannten an ihm vorüber, andere Fußgänger waren mit Cafébechern in der Hand langsamer unterwegs. Unter riesigen Platanen und Kastanien flitzte eine Kindergruppe auf dem Rasen zum Spielplatz hin. Radfahrer? Viele. Doch keine interessanten. War er enttäuscht? Friedensbrücke. Mit dem Namen war er ganz und gar einverstanden und trug sein Fahrrad die Stufen hinauf. Was habe ich hier unten erwartet? Wie ein Schuljunge habe ich mich aufgeführt. Einen Moment lang blieb er auf der Brücke stehen, sah den Schiffen nach, die auf dem glitzernden Strom neben der Skyline dahinglitten.

Vom Main waren es nur ein paar Minuten zügiger Fahrt bis zur Pathologie. Die Mediziner sagten, sie hätten den Mann ‚noch nicht aufgemacht'. Also schwatzte Hoppe ein wenig, stellte sich und sein Austauschprogramm vor, sagte, dass Frankfurt gar nicht so schlecht sei, er aber bald wieder nach Hause zurückkehren würde. Sätze wie ‚bleiben Sie mal ruhig hier' oder ‚hier ist das Wetter viel besser' fielen. Zurück zum eigentlichen Thema konnten erste Schlussfolgerungen aufgrund der äußeren Anzeichen über das Opfer gezogen werden. Demnach gab es nur einen leichten Kampf. Eine schwere, eventuell totbringende Verletzung war nicht erkennbar. Schock mit anschließendem Herzstillstand waren nicht ganz abwegig. „Ich bin gespannt“, schloss einer der Pathologen.

Kann man sich mit 76 Jahren zu Tode erschrecken? Hatte der alte Mann etwas zu verbergen? War überhaupt etwas aus diesem Fall herauszuholen? Hoppe hatte keine Ahnung.

Draußen vor der riesigen roséfarbenen Gründerzeitvilla der Pathologie rief er Marlene an. Bis abends würden sie alle Nachbarn befragt haben, berichtete sie. Er ließ den Blick über die breite Kennedyallee schweifen. „Ich werde da sein, wenn der Sohn eintrifft“, sagte er. „Den Vater machen sie erst heute Abend auf.“ Hoppe lief mit dem Telefon am Ohr hinters Haus, wo sich Container, Parkplätze und Lüftungsschächte befanden.

„Bis dahin haben wir hier bestimmt einiges abgegrast“, sagte Marlene.

Von beiden Seiten war es rhetorisches Geplänkel. Er hatte nicht wirklich einen Hilferuf von Marlene erwartet. Seine Auskünfte stellten auch keine Bereicherung dar, aber irgendwie mussten sie miteinander kommunizieren und arbeiten.

Er ging zurück zum Hofeingang und dem Fahrradkäfig, in dem er sein Fahrrad angeschlossen hatte. Während er das Telefonat mit Marlene beendete und bevor er sich an seinem Fahrrad zu schaffen machte, schaute er sich genauer um. Zwei riesige Pappeln spendeten Schatten für eine klapperige Bank. Ihr poröser Farbanstrich splitterte ab, Äste uralter struppiger Rhododendronbüsche ragten über die Lehne, Efeu wucherte über den Boden unter ihr.

6 Begeisterung

Seit fünf Uhr war Viktor im Forschungszentrum. Das Team für die Ansteuerung der Brennstoffzellen hatte in der letzten Nacht durchgearbeitet, was ihn nicht verwunderte. Jeder wollte sein Puzzleteilchen zum großen Bild beisteuern. ‚Strom in 98 Millisekunden.' Fett und rot blinkte die Zeile auf dem Bildschirm. Er rieb mit einer Hand am Kinn entlang, während er auf ‚Öffnen' klickte und sich die Ergebnisse der Simulation ansah. Hochrechnungen untermauerten die Anwendbarkeit unter realen Bedingungen. Etliche Parameter fanden Beachtung und stellten keineswegs die Versorgungssicherheit bei dieser schnellen Reaktionsgeschwindigkeit in Frage. Es lief alles wie geplant. Nur, dass sie schneller als erwartet zu den Lösungen gelangten.

Viktor stand von seinem Schreibtisch auf, durchschritt ein paarmal das Zimmer, blieb schließlich an der Fensterfront stehen. Längst war das Dämmerlicht der Morgensonne gewichen. Gleich muss ich nach Wiesbaden, wusste er. Soll ich da schon auf den Putz hauen? Er sah zuversichtlich dem Morgen entgegen und wusste, dass sie am Ziel waren. Schneller als erwartet. Ein Jahr lang durften sie ohne Störung forschen und entwickeln. Doch bereits heute waren sie so weit, den Kopf aus ihrem Forschungszentrum hinauszustecken. Hofmacher sollte das nachher auf dem Jahrestreffen der Landeswirtschaftsförderung ruhig in einem Satz aufgreifen. Er ging zurück zum Schreibtisch, um das Veranstaltungsprogramm in die Hand zu nehmen. Und wenn Hofmacher weiterhin so zögerlich blieb? In den vergangenen Wochen hatte er seine Bedenken zwar relativiert, aber auch keine ernsthaften Schritte nach vorne unternommen. Vielleicht fühlt er sich übermannt. Viktor überflog die Programmpunkte. Hofmacher wertete als mittelgroßes Schwergewicht die Veranstaltung auf, war aber nicht im Zusammenhang mit dem Wasserstoff-Akku oder einer generellen Neuausrichtung der EnVer aufgeführt. Und ich? Wie weit soll ich heute gehen? Hier: ‚Prof. Dr. Viktor Schlegel, EnVer AG, Vorstand für Forschung und Entwicklung - Energieversorgung neu definiert.' Was für einen Titel diese Kommunikationsleute formuliert hatten. Definiert. Machen! Auf der anderen Seite des Programms prangte das Konterfei Brückners neben einem Text, der die BrueCklean AG als größten Arbeitgeber der Region auswies. Auch andere Programmpunkte hielten allseits bekannte Informationen und dehnbare Überschriften bereit. Vielleicht wäre das Auditorium dankbar für Neues. Für Explosives!

Auf der A66 überholte Viktor und scherte rechts wieder ein. Sein Auto schnurrte unhörbar auf dem Weg zum Jahrestreffen der Wirtschaftsförderung. Wenn es denn sein musste, würde er sich auch mit Brückner arrangieren. Eigentlich ist der sogar lustig und sowieso bald völlig unnötig, war er sich sicher. Ein bisschen Klinkenputzen, wie Isa es genannt hatte, konnte vielleicht nicht schaden. Ein echter gemeinsamer Vertriebsansatz würde aber nicht mehr zum Tragen kommen. Wir werden keinen Hintertürenvertrieb brauchen. Es wird Menschen geben, die mitmachen wollen. Immer mehr und mehr, bis es allen ganz logisch erscheint.

Wiesbaden rückte näher.

Versöhnt betrat Viktor im allgemeinen Veranstaltungsrumoren einen riesigen Saal des neuen Kongresszentrums RMCC. Hofmacher hielt sich bereits auf dem Podium auf. Viktor warf ihm ein kurzes Kopfnicken zu und richtete sich ein, als ihn jemand an der Schulter packte. „Viktor Schlegel, schön, schön, schön, guter Freund.“ Stephan Brückner griff in ganzer Herzlichkeit nach einer Hand, klopfte kameradschaftlich auf seine Schulter und lachte.

Brückner, das nutzt doch alles nichts. Ich werde mein Baby nicht durch dich in die Welt hinaustragen lassen. Außerdem war es Viktor peinlich, Teil einer lautstarken Begrüßung zu sein. „Setzen wir uns, es geht los.“ Er deutete in Richtung Podium.

Begrüßungsworte des Wirtschaftsministers Schulz waberten über das Auditorium hinweg. In stilsicheren schwarzen Ledersesseln wiegten die Podiumsmitglieder ihre Köpfe. Außer Hofmacher saßen dort der Vorsitzende der Freien Unternehmer Frankfurts, eine Dame aus dem Wirtschaftsressort des Rhein-Main-Kuriers, der Leiter des Landes-Industrieverbandes sowie der Geschäftsführer einer Supermarktkette für vegane Produkte. Nach Schulz betrat der erste Gastredner die Bühne. Der Chef der BetaLion AG. BetaLion? BetaLion? Das Unternehmen mit den Wurserfassungskühlschränken, die in diesem Studentencampus eingesetzt wurden! Viktor erinnerte sich. Brückner nickte wohlwollend, als der BetaLion-Mann ihn als seinen Förderer erwähnte. Für Viktor war es das übliche Geplauder. Er lehnte sich innerlich zurück und vertiefte sich in seine eigenen Gedanken. Wie viele Millionen wird es tatsächlich verschlingen, den Prototyp für 100 MWh zu bauen, den ersten

Großkunden vom Stromnetz zu nehmen? Die EnVer-Kasse ist prall gefüllt. Wir können es noch in diesem Jahr angehen und sollten schnellstmöglich den ersten richtigen Kunden für den Wasserstoff-Akku finden. Er hatte schon eine Idee, wen sie ansprechen konnten. Sein Sitznachbar erhob sich, was ihn aus seinen Gedanken holte. Er sah an Brückner hinauf und hörte zu. „Ich denke, es ist für jeden Unternehmer Pflicht, Ressourcen und Gelegenheiten nicht nur gewinnmaximierend auszunutzen. Erst die Zukunftssicherung macht einen unsterblich.“ Brückner setzte sich wieder.

Das anerkennende Gemurmel der Zuhörer erfasste den Saal. Applaus aus der Sitzgruppe. Der BetaLion-Mann klickte auf einer Fernbedienung herum. Charts mit bunten Kurven, die alle steil aufwärts ragten, wurden übermannsgroß an der Leinwand hinter ihm sichtbar.

Die Besetzung am Pult wechselte. Hofmacher stand hinter dem Mikro. Er redete über Dinge, die alle erwarteten. Die Energieversorgung müsse stabil, die vielen Arbeitsplätze in der Energiewirtschaft müssten gesichert bleiben, mit Innovationen müsse man verantwortungsvoll umgehen. Ach, Hofmacher!, dachte Viktor. „Noch brauchen wir die dicken Meiler, die Schornsteine und langen Leitungen. Geben Sie es zu, sie wollen auch nicht, dass während der Sportschau der Strom ausfällt.“

Das ist deine Welt, Hofmacher. Beweg dich mal, trau dich! Viktor überlegte, wie weit er sich nachher herauslehnen sollte.

„Natürlich werden wir unserer Verantwortung gegenüber den folgenden Generationen gerecht werden.“ In diesem Wirrwarr von Statements fiel am Ende sein Name.

„Unser F&E-Vorstand wird für uns alle, meine Damen und Herren, die Zukunft sichern. Erlauben Sie mir Ihnen Professor Dr. Viktor Schlegel vorzustellen."

So schnell war er schon dran? Viktor trat vor die gut gelaunten Zuhörer. Am Pult gab es den obligatorischen Klaps auf die Schulter. Kumpelhafte Staffelstabübergabe. Dabei ging es hier nicht ums Plaudern. Zuversicht und Dringlichkeit musste er nahebringen. Das war das Mindeste, was er platzieren wollte. Er streifte die Ressourcenknappheit und die ökologischen Fakten. Im Saal war es still. „Im Übrigen ist eine Anwendung der Wasserstoff-Akkumulatoren im Zusammenspiel mit jeder Form der regenerativen Energiegewinnung im großindustriellen Bereich heute schon möglich. Die Abmessungen dieser autarken Anlagen werden immer geringer und deshalb auf jedem Industriegelände Platz finden." Von den immer besseren Lösungen für die hiesige Energieversorgung schwenkte er zum Thema der Verteilungsungerechtigkeit. Er sprach von Energie als Voraussetzung für die standortunabhängige Ausschöpfung industrieller und gewerblicher Möglichkeiten überall auf der Welt. Die Zuhörer wurden schläfrig. Zu viel Neuland, zu weit weg.

„Es ist gut zu wissen, dass auch die Dinosaurier unter den Unternehmen ihre Erfahrung für zukunftsweisende, standortsichernde Technologien einsetzen", resümierte der Wirtschaftsminister.

„Damit passt die BrueCklean ausgezeichnet zur EnVer AG", meldete sich Brückner von seinem Platz wieder zu Wort. „Genau wie im Facilitymanagement werde ich auch bei diesem Thema dafür einstehen, dass innovative Lösungen an den Mann gebracht werden. Professor Dr. Viktor Schlegel ist ein ausgezeichneter Visionär, ein großartiger Forscher, der es verdient, außerordentliche Beachtung zu finden."

Wirtschaftsminister Schulz pflichtete ihm bei. Die Journalsitin wollte gerade nachhaken, als Hofmacher aufsprang und etwas von strategischer Partnerschaft platzierte. Schulz lud zum gemeinsamen Lunch ein.

Im Bankettsaal waren runde Tische mit Blumengebinden und endlosen Besteckabfolgen gedeckt. Viktor landete gemeinsam mit Hofmacher, Brückner, dem BetaLion-Mann und einer BetaLion-Frau, der Journalistin und einem Sekretär aus dem Wirtschaftsministerium an einem Tisch. Ein Hors d'oeuvre aus Rinderfiletterrinenauszug mit Eihaube an einem Spiegel aus Grüner Soße wurde serviert. „Guten Appetit", und der Kellner empfahl sich.

Dabei hatte Viktor solch einen Hunger!

„Ah, Grüne Soße. Wenigstens gleich was Ordentliches. Bin ja erst ein paar Stunden von Mallorca zurück." Brückner griff mit einem wohligen Seufzer zu Messer und Gabel.

„Haben Sie Urlaub gemacht?", hakte tatsächlich der Sekretär aus dem Wirtschaftsministerium ein.

„Ach was. Man muss den Leuten vor Ort auf die Füße treten." Brückner stippte sein Fleischstückchen in die Soße.

„Wem sagen Sie das", sinnierte der Sekretär.

„Ich habe auch auf der Insel einigen Unternehmern geholfen. Zum Beispiel habe ich einem Gartenbauunternehmen eine Chance gegeben. Und jetzt, wo ich sie groß gemacht habe, fangen sie zu schludern an. Ah, die Suppe."

„Gönnen Sie sich niemals eine Pause?“, fragte die Dame von BetaLion.

„Jetzt gemeinsam mit Ihnen zu essen und diesen exquisiten Riesling zu genießen, ist Pause genug.“

Die Dame lächelte.

„Ich könnte Euren Akku doch auch für meine Ölmühle und für das Haus auf Malle einsetzen?“, sprach Brückner Hofmacher an und schwenkte seinen Blick weiter zu Viktor.

„Eigentlich schon. Nur rentiert sich der Aufwand für Kleinverbraucher noch nicht“, antwortete Viktor.

„Ich lad’ Sie mal ein. Von wegen Kleinverbraucher.“

Die Tischpartner lachten.

„Was kostet denn so ein Ding?“, hakte Brückner nach.

Der ist auf gar keinen Fall unser Mann!, dachte Viktor. „Im Moment wäre fast alles handgefertigt. Also ich schätze, so 40 Millionen.“ Jetzt ist Ruhe, hoffte er.

Hofmacher mischte sich ein. „Wir forschen noch an der Effizienz und Zuverlässigkeit. Wenn du dann so weit bist, den Vertrieb anzukurbeln, wird es ganz anders aussehen.“

Das konnte Viktor so nicht stehen lassen. „Das wird sehr bald sein. Mit wenig Platzbedarf und vor allem sehr zuverlässig werden die Anlagen bald vermehrt nachgefragt werden. Dann relativiert sich auch der Preis.“

„Na, Herr Sekretär, wie wäre es mit einem ausländischen Referenzprojekt?“, wandte sich Brückner an den Vertreter des Wirtschaftsministeriums ohne auf Viktors Details einzugehen.

„Es gibt doch schon eines auf dem neuen Studenten-Campus“, sagte die Journalistin.

„Aber der Wasserstoff-Akku kann weit mehr, wozu er auch entwickelt wurde.“ Viktor fragte sich, warum das niemand wissen wollte.

„Notfalls mit Sicherheiten vom Land.“ Brückner redete weiter über das ausländische Referenzprojekt und stieß mit seinem Glas gegen das des jungen Mannes vom Wirtschaftsministerium. „Dann stünden Sie in einem guten Licht.“

Viktor schnitt ein wenig an dem Essen herum, das nach der Suppe serviert wurde. Er musste sich eingestehen, dass Brückner unbeirrbar war und dabei gute Laune verbreitete.

7 Platzreife

Isabel trug ihr Outfit mit einer Lässigkeit, dass man gedacht hätte, sie sei schon jahrelang Golferin. Diese unerhört gutsitzende Hose hatte Sarah noch nie an jemand anderem gesehen. Isabels Bluse war eher ein Hemd, das sie wie eben aus dem Schrank gezogen trug. Den Handschuh hingegen trug sie mit einer Eleganz, die gut zu der teuren Sportlichkeit, die sie sich zugelegt hatte, passte. Dieser Schick konnte nicht zufällig entstanden sein, auch wenn sie mit ihrem etwas geknitterten Hemd genau das weismachen wollte.

„Lass uns feiern, dass du mich zum Durchhalten motiviert hast." Sie setzten sich an die Bar des Golfclubs und Isabel fühlte sich wohl, soweit Sarah das einschätzte.

„Du hast deine Platzreife wirklich schnell gemacht."

„Ich fühle mich großartig. Daran kann auch das Dutzend Hausarbeiten nichts ändern, das ich nachher noch korrigieren muss." Isabel bestellte eine Flasche Riesling. „Und zwei Gläser Sekt, bitte", vervollständigte sie die Bestellung.

„Was Viktor wohl dazu sagen wird?" Sarah wollte nicht sticheln. Sie musste wirklich an ihn denken, denn irgendwie gehörte er dazu, fand sie.

„Ach Viktor. Kennst ihn doch."

„Ja", hauchte Sarah. „Ja, klar!", versuchte sie es etwas salopper.

„Dabei ist er meine Legitimation für all das hier", fuhr Isabel fort.

Prost! Der Sekt war schnell getrunken. Der Kellner schenkte den Wein ein.

„Du weißt, wie ich das meine. Es ist wunderbar hier."

Sarah wusste, was Isabel meinte. Sie selbst war immer noch verzückt, wenn sie durch die Einfahrt fuhr. Die dunklen Tannen vor der satt gelben Fassade des Clubhauses, die großen Paradiesvogelblumen in den Amphoren vor dem Springbrunnen, sogar der glatt geharkte Kies gaben ihr das Gefühl von Sicherheit und Entspannung mit einem Schuss Abwechslung.

„Aber für Viktor ist das alles nichts", fügte Isabel hinzu.

Sarah selbst hätte das ebenfalls nie gebraucht, wenn sie Isabel wäre.

„Wolltest du vielleicht immer nur entlang irgendwelcher Flüsse radeln?", fragte Isabel in ihre Gedanken hinein.

Sarah wachte auf und gab nur ein fragendes ‚Äh' von sich.

„Ich weiß schon, du würdest wieder gerne mit mir tauschen."

Dem Redefluss und der leichten Aggressivität nach zu schlussfolgern, war Isabel heute ziemlich aufgekratzt. Sarah prostete ihrer Freundin zu und hatte endlich das Radfahren an den Flüssen verstanden. „Auf dein neues Hobby."

„Auf uns, Sarah!"

„Schön, dass du die Prüfung geschafft hast."

„Ach was", Isabel nahm den Wein nahtlos nach dem Sekt. „Ich meine, du hast mir immerhin geholfen. Wenn du nicht gewesen wärst, hätte ich es nicht hingekriegt." Isabel leerte ihr Glas. „Ich liebe dieses Clubhaus. Es erinnert mich ein wenig an das kleine Hotel in der Provence, in dem Viktor und ich manchmal sind."

Man, Isa! Das will ich nicht wissen. „Ich bin hier lieber als zu Hause“, sagte sie.

„Kann ich verstehen.“

Kein Warum, kein Mitleid, kein Wundern. Nie hatte Isabel noch einmal nach dem Journalisten gefragt, von dem sie im Mazzini erzählen wollte.

„Wo steckt eigentlich dein Rüdiger immer?“, fragte ihre Freundin stattdessen.

Bestimmt hatte Isabel ihre Schlüsse längst gezogen. „Ich gehe oft zu Zeiten hierher, an denen er nicht kann. Rüdiger ist meistens mit seinem Stephan hier.“

„Stephan Brückner?“

„Klar, wie ich gesagt habe, unzertrennlich die Zwei.“

„Eigentlich hätten wir die beiden doch längst mal hier treffen können. Ich meine, dann hätte ich deinen Mann auch mal kennengelernt.“

Der kommt ja wie aufs Stichwort, dachte Sarah als sie Richtung Terrasse blickte. „Aber jetzt bekommst du Gelegenheit, wenigstens Stephan kennenzulernen.“

Eine innige Begrüßung und Vorstellung folgten. „Isabel hat heute ihre Platzreife gemacht.“

„Herzlichen Glückwunsch“, sagte Brückner. „Ich darf sie jetzt küssen“, und er drückte Isabel einen Kuss auf jede Wange.

Die wiederum hielt sich ganz steif und ulkig am Barhocker fest. So hatte Sarah sie noch nie gesehen.

„Verzeihen Sie mir. Ich freue mich einfach, wenn jemand im Sport Erfolge erzielt“, sagte Brückner.

Hatte der was genommen? Brückner wollte mit Isabel feiern. Er orderte eine Flasche Champagner und ließ den

Korken knallen. „Dann können wir ja mal eine Runde zusammenspielen.“

Isabel verschluckte sich. Brückner klopfte ihr sacht auf den Rücken. „Geht es wieder?“

„Ich bin nur eine maßlose Trinkerin“, sagte Isabel und schaute ihn an.

Die brach sich auch einen ab und ihr Blick! Der ist für jemand anderen reserviert! Sarah verstand es nicht.

„Wollen wir zusammen essen?“, richtete Brückner seine Frage an sie und Isabel zugleich.

„Wir wollten nach unserem kleinen Aperitif tatsächlich noch bleiben“, antwortete Isabel schneller, als Sarah ablehnen konnte.

Musste Isa nicht noch ein Dutzend Hausarbeiten korrigieren?

„Auf ein anständiges Handicap“, fügte Brückner an und erhob sein Glas abermals.

Isabel lachte. Sie ließen die Gläser aneinander klirren. Brückner und Isabel prusteten vor Vergnügen. Wollte sich Isa etwa von diesem Mann feiern lassen?

„Jetzt sollten wir du zueinander sagen. Ich heiße Isabel.“

„Stephan“, antwortete Brückner und hielt Isabel sacht an den Schultern, um sie wieder zu küssen.

„Na bitte, das wäre geklärt. Jetzt können wir endlich essen.“

„Gute Idee, Sarah“, antwortete Isabel, die so tat, als hätte sie alles unter Kontrolle.

Dennoch sah sie verändert aus. Vielleicht seit dem Moment als Brückner hereingekommen war.

8 Relationen

Hoppe hatte auf der spröden Bank im Schatten vor der Pathologie Platz genommen. Er ruhte aus vom Nachdenken. Vielleicht drückte er sich auch. Vor dem neuen, langweiligen Fall im Westend? Vor Marlene? Er hatte die Kollegen in Berlin anrufen wollen. Einfach so. War sich blöd vorgekommen und hatte es unterlassen. Er war jetzt hier! Das Austauschjahr sollte er nutzen, um aufzutanken, seine Gedanken zu ordnen, neue Perspektiven einzunehmen. Doch das Einzige, was neue Einsichten und ungeahnte Momente bereithielt, war das Radfahren. Er hatte schon ‚nicht schlecht' zum Austauschjahr sagen können. Aber dieser neue Fall, der auch aussichtslos und langweilig daherkam, zog ihn wieder runter.

Letztlich erhob er sich von dieser Drückebergerbank und fuhr. Erst auf die andere Mainseite, durchquerte wieder die Taunusanlage, war schnell auf der Bockenheimer Landstraße unterwegs. Wenigstens per Fahrrad.

Er traf nach dem Sohn des Opfers im Westend ein. „Hoppe, Kriminalhauptkommissar. Es tut mir leid, dass Sie der Tod ihres Vaters hierhergeführt hat."

„So ist das eben. Ich muss jetzt wohl ein paar Dinge regeln."

Auch gut, dachte Hoppe. Trost zu spenden war sowieso nicht seine Sache. „Haben Sie sich in der Wohnung bereits umgesehen?"

„Sie meinen, ob etwas fehlt? Wissen Sie, was ich für diese Wohnung bekommen werde? Ich muss keiner Taschenuhr hinterherweinen."

Wolfgang zuckte lapidar mit den Schultern. Julian kritzelte etwas auf seinen kleinen Block. Der Sohn machte eine ausladende Handbewegung. „Für das alles hier kenne ich bereits konkrete Abnehmer."

Marlene betrat die Wohnung.

„Das ist Hauptkommissarin Saalfeld ", sagte Hoppe zu dem Mann. „Sie hat mit den Nachbarn ihres Vaters gesprochen."

Der Sohn nickte.

Hoppe fuhr fort. „Wissen Sie schon, dass Sie hier vorerst nicht wohnen können?"

„Das hatte ich nicht vor."

Wolfgang ging raus, um eine Zigarette zu rauchen. Marlene fragte den Sohn über die Bekanntschaften innerhalb der Nachbarschaft aus und stellte Fragen zu den Gewohnheiten und Tätigkeiten des Vaters. „Wann hat er Ihnen erzählt, dass die Vase aus dem 19. Jahrhundert stammte? Haben Sie einen Überblick über die gesammelten Kunstgegenstände im Haushalt ihres Vaters? Hatte er viele Freunde? Bekam er oft Besuch?"

Während der Unterhaltung drehten sie eine Runde durch die weitläufige Wohnung, wobei der Sohn keine brauchbaren Erinnerungen besaß oder neue Hinweise geben konnte. Der konnte erst einmal gehen.

Polizisten und Techniker blieben vor Ort. Hoppe verließ gemeinsam mit Marlene und Julian die Wohnung. „Was für ein Jammerspiel", sagte er draußen zu Wolfgang, der nach seiner Zigarette nicht wieder hereingekommen war.

„Das bringt hier nichts. Lasst uns einen schattigen Platz suchen. Wir werden das schon zusammenpuzzeln“, sagte der Kollege.

Wolfgang hatte recht. Aus der momentan dünnen Faktenlage konnten sie nichts schlussfolgern. Der Arbeitstag würde bald zu Ende sein und dieser Fall erforderte keine Überstunden, jedoch konnten sie ein wenig Teambuilding zum Auftakt der erneuten Zusammenarbeit gebrauchen.

„Was ist mit der Vase?“, wandte er sich an Marlene, um sie einzubeziehen.

Sie zuckte mit den Schultern. „Wir müssen ein paar Fakten sortieren, auf brauchbare Fingerabdrücke hoffen und gucken, ob der Sohn was vertickert.“

Eine gewagte These. Er nickte ihr zu.

„Lasst uns rüber ins Café gehen“, meinte Wolfgang. „Wir trinken dort was und überfliegen, was wir haben.“

Viel ist es sowieso nicht, dachte Hoppe und genoss den Fußweg zum Grüneburgpark.

„Dass wir in diesem Jahr schon so früh so heißes Wetter haben.“ Marlene schlug einen ganz anderen Ton an als heute Morgen in der Kantine.

„Es ist viel zu heiß.“ Er war gewillt mit dieser Art Konversation weiterzumachen und schaute in die Sonne. „Ich bin ein Austauschschüler par excellence“, fügte er an.

Sie lachte. „Warum?“

„Ihr führt mich aus, arbeitet brav mit dem Fremden zusammen, auch wenn es langweilig ist.“

Marlene ging darauf nicht ein, stattdessen zeigte sie auf ein gedrungenes achteckiges Häuschen mit einem gestreift angestrichenen, gedrungenen Turm darauf. „Dort vorne ist es."

Von weitem sah das Park-Café wie der Backofen aus Hänsel und Gretel aus. Im Winter war Axel schon einmal hier entlanggeradelt. Nur als Café hatte er dieses Ding nicht wahrgenommen. Vermutlich machte es erst bei schönem Wetter auf. Weiße Plastikmöbel und Sonnenschirme standen auf dem Rasen. Alles wirkte spielzeugartig, provisorisch. Sie suchten sich eine Ecke im Schatten aus und orderten Kaffee, Wasser, Cola.

„Nur kurz eure Einschätzungen und dann geht für heute jeder seiner Wege", sagte Hoppe, nachdem sie sich darüber ausgelassen hatten, dass sie diesen Fall mit viel Geduld angehen mussten.

„Ich glaube, es war ein ganz normaler Bruch", begann Julian.

„Das kann schon sein", entgegnete Hoppe. „Marlene, was haben die Nachbarn ergeben?"

Sie wiegte den Kopf und seufzte. „Wenn der Mann tatsächlich eine wertvolle Vase besaß, hatte er es seinen Bekannten gegenüber nicht erwähnt. Falls die Täter es darauf abgesehen hatten, kannten sie sich aus oder wurden beauftragt."

„Bis heute Abend werden die Fingerabdrücke aus der Wohnung in der Datenbank sein. Ich fahre nachher nochmal rein." Austauschschüler müssen Kleinkram erledigen! Sonst habe ich nichts zu tun, außer Berichte und Fallbeispiele für Schulungsunterlagen zu schreiben.

„Augenblick mal." Die Kellnerin brachte ein voll beladenes Tablett an den Tisch und hantierte leichthin mit den Flaschen, Gläsern und Tassen.

Hoppe nahm ein großes Glas Wasser und einen Kaffee und wusste, dass er sich etwas vormache, wenn sie hier Erkenntnisse zusammenfügen wollten. Erkenntnisse über einen simplen Fall, der nur durch geduldige Fahndung gelöst werden würde. Also lehnte er sich erst einmal zurück.

„Soll ich mal sagen, was im Bankschließfach war?", fragte Julian.

Wenn es sein muss, dachte Hoppe. „Schieß los!", sagte er.

„Da war nichts Besonderes drin."

Na siehst du, fühlte sich Hoppe bestätigt.

„Vier Uhren, zwei Aktenordner, ein Fotoalbum, eine Münzsammlung, kein Zertifikat oder Foto von einer Vase. Nur Alt-Männer-Kram."

„Das ist eine Frage der Relation", sinnierte Wolfgang.

„Vielleicht war alles nur Zufall." Hoppe wollte weder auf Julians Einschätzung des Schließfachinhaltes noch auf Wolfgangs Perspektive eingehen. Er hatte mit sich selbst zu kämpfen. Hier und jetzt hatte es keinen Sinn zu spekulieren. Also stellte er die zu erledigenden Aufgaben, von der Analyse aller Wertgegenstände bis hin zu weiteren Gesprächen mit dem Sohn dar und verteilte die Zuständigkeiten unter ihnen. „Morgen geht's weiter." Er schaute zu dem Backofen-Café hinüber. „Will mal wissen, wie's hinter der blauen Tür dort oben aussieht."

Die Kollegen folgten seinem Blick, hin zur turmähnlichen zweiten Etage des Cafés mit den verschlossenen blauen Fensterläden und der schmalen, umlaufenden Galerie davor. Sie hatten ihm wieder einmal einen gemütlichen Ort ihrer Stadt gezeigt und er bedankte sich gerade dafür. Das war's. Er hatte es wahrgenommen, fand es nett, wollte sie aber nicht länger aufhalten.

Mit dem Kinn auf eine Hand gestützt, ganz sacht und wie nebenbei ließ Marlene die sommerliche Leichtigkeit platzen. „Ich kann nichts dafür, aber dieses Facilitymanagement verfolgt mich. Sogar bis zu diesem Opfer, das immerhin das führende Wartungsunternehmen für die Kaffeeautomaten von Packers Kaffee besaß. Vielleicht nicht mehr zu hundert Prozent, aber."

Wolfgang und Julian schauten sie verwundert an. Hoppe fühlte eine Wut vage in sich aufsteigen. Sonne? Frieden? Netter Stadtspaziergang? Von wegen! „Erst werden Abteilungsleiter zusammengeschlagen, um sie gefügig zu machen, Opas werden umgebracht, um ihnen Anteile an einer alten Kaffeemaschinenbude zu klauen." Hoppe hielt inne. Ihm war der Kragen geplatzt.

„Wenn der Vater nicht verstorben wäre, hätte der Sohn diese Anteile nie verkaufen können." Julian verstand also auch etwas davon?

„Keine Sau interessiert sich für ein paar Anteile an einer alten Kaffeerösterei und deren Kaffeemaschinen. Der Sohn hat an der Wohnung genug. Alles andere ist viel zu weit hergeholt." Hoppe blickte von Julian zu Marlene. Warum sind wir in diesen Park gegangen? Der Tote, der Bruch, die Vase, die Wohnung und jetzt auch noch ein Wartungsunternehmen für Kaffeemaschinen. Woher nimmt sie bloß diese Phantasie? Außerdem ist es hier fast so heiß wie damals auf dieser scheiß Insel.

„Was, Hoppe?“

Er blickte Marlene an. Kann die Gedanken lesen oder habe ich etwas gesagt? Er griff nach seinem Wasser. Marlene beugte sich seelenruhig vor, schaute alle Drei nacheinander an, sprach eindringlich und im Gegensatz zu ihm langsam und emotionslos. „Ich glaube einfach nicht an Zufälle.“

Hoppe versuchte es noch einmal. „Marlene, du verrennst dich.“

„Das werden wir ja sehen.“

Hoppe kannte sich mittlerweile in Marlenes Gedankenwelt aus und wagte sich vor: „Ermittle doch mal ohne deinen Brückner.“

„Nochmal, er ist nicht mein Brückner.“

9 Feierabend

„Da bist du ja." Viktor sah von seiner Zeitung auf, als Isabel an der Küchentür auftauchte. Sie war viel später dran als sonst. Und wie sie aussah! Sportlich, ein wenig echoviert und gar nicht, als wäre sie gerade aus der Hochschule gekommen. Ihr kurzatmiges auf-der-Schwelle-stehen war seit Jahren so nicht mehr vorgekommen. Sie roch auf keinen Fall nach Vorlesungssaal.

„Ich lege mal kurz den Stapel ab", sagte Isabel und deutete auf einen Papierstoß in ihrem Arm.

Er hörte, dass sie ins Bad ging. Wasser rauschte und die Tür des Spiegelschranks wurde auf- und zugeklappt. Er füllte sein Glas am Wasserhahn in der Küche auf.

„Jetzt ist Schluss mit Wasser, jetzt wird gefeiert." Isabel stand auf einmal hinter ihm.

Er hatte sie nicht gehört, obwohl er ihr gedanklich doch so nahe war. Immerhin hatte er auf sie gewartet. Heute Nachmittag hatte er den ganzen Zirkus um Hofmacher und den Vertriebsvorstand Paul Moritz einfach stehen gelassen! Zu festgefahren schien ihr Kooperationsansatz mit der BrueCklean, zu desinteressiert waren sie seinen Argumenten und Berechnungen gegenüber, zu unnachgiebig forderte er das Großprojekt ein. „Wo warst du?" Er drehte sich zu Isabel. Seine Arme wanderten an ihren empor, er wollte sie an sich ziehen.

„Du hast es also vergessen?", fragte sie.

„Was?"

Sie errötete. Ihr Blick schweifte umher. Er suchte nach Terminen, Daten, versuchte sich zu erinnern. Aber an was?

Verdammt! Jetzt fiel es ihm ein. „Und hast du sie?“, beeilte er sich zu fragen.

„Ich sagte doch, jetzt wird gefeiert.“

Na klar, das hier waren ihre Golfklamotten, die ihr ausgezeichnet standen.

„Schöne Grüße von Sarah. Wir haben hinterher miteinander angestoßen“

In Sarah hatte sie doch einen viel besseren Partner für diesen Club als in mir, sagte sich Viktor. Dennoch wollte er auf ihr Feiern eingehen. „Wir können auch noch etwas essen gehen. Danach kann ich immer noch trainieren.“

„Trainieren? Dann kann man doch nicht feiern.“

„Das geht doch auch ohne Alkohol.“

„Wie meinst du das?“

Achtung!, sagte er sich. „Du weißt doch, ich kann in der Vorbereitungsphase für die Landesmeisterschaften keinen Schluck Alkohol vertragen.“

„Du mit deiner ewigen Disziplin.“

Schade, dachte er. Der Funke wollte heute nicht überspringen.

„Sag lieber, warum du nachts noch in deinen Kahn steigen willst? Es wird mindestens zehn Uhr werden, wenn Du vorher mit mir essen gehen willst.“ Wenigstens machte sie diesen kleinen Schmollmund. Immer noch wie früher!

Sie konnte schließlich nichts für den heutigen Tag, an dem er nicht weitergekommen war. „Nach dem Training können wir immer noch einen Champagner aufmachen, nachts auf dem Balkon sitzen.“ Einen kleinen Schluck konnte er ihr zuliebe ja dann mittrinken.

„Was ist los?“, fragte sie.

Er ging ein paar Schritte in der Küche auf und ab. „Wir bekommen es nicht hin. So nicht!"

„Habt ihr den Vertrag für den Akku doch nicht unterzeichnet?"

„Nein!" Er schrie es. „Erst nachdem ein erfolgreicher Einsatz der Wasserstoff-Akkus bei drei anderen Kunden ein Jahr lang störungsfrei gelaufen ist, werden wir bei diesem Kunden am Rhein tätig werden."

„Ich denke, der Kunde wollte unbedingt Vorreiter sein?"

„Jetzt bekommt er erst einmal einen preiswerteren Versorgungsvertrag als vorher, weil er eben nicht sofort sein Image verbessern kann. Und dieser Brückner wird uns drei seiner Würstchenbudenkunden zur besagten Erprobung bringen."

„Würstchenbudenkunden. Warum machst du ihn so klein? Jetzt bleib doch mal stehen. Das hört sich doch nach einem guten Plan an."

„Plan? Was für einen Plan? Wir hatten einen und rudern immer wieder zurück." Vielleicht konnte sich Isabel diesen Brückner einfach nicht vorstellen. Mein Akku, diese unglaublich intelligente Steuerung, die Algorithmen zur Berechnung der Dimensionierung jedes Anlagenteils. Das Team war soweit! Kooperationsverträge mit Zulieferern und Subunternehmern, die Gewinnung weiterer Mitarbeiter, die Bildung von Tochterunternehmen für die Produktion. Alles wartete darauf, in großem Maßstab ausgerollt zu werden. Das konnte man nicht von diesem Brückner abhängig machen. Aber all das wollte er nicht jetzt mit Isabel besprechen, wo sie so schön und stolz durch die Tür getreten war.

„Die EnVer ist doch längst in aller Munde. Ich glaube der Stephan, also der Brückner, tut euch gut.“

Er wunderte sich ein wenig. „Ich mach mal Tee.“ Das Hantieren mit dem altmodischen Pfeifkessel, der gar nicht alt war, beruhigte. Was hat sie gesagt? Er wusste es nicht mehr, aber irgendetwas war komisch. Sie erinnerte ihn ein bisschen an Hofmacher und Paul Moritz.

Hinter seinem Rücken nahm sie den Tee aus dem Schrank. „Vielleicht bringt er ein wenig Pep in euer Geschäft.“

„Tee?“

„Brückner.“

„Wer braucht schon Pep.“ Er stellte den Kessel auf den Herd und schaute seine Frau an.

Sie zuckte mit den Achseln. „Willst du noch auf den Fluss? Ich muss sowieso noch Hausarbeiten korrigieren.“

„Aber wir können noch essen gehen“, sagte er.

„Eigentlich bin ich ziemlich satt. Ich warte lieber hier auf dich.“

Isabel gab ihm einen Kuss. Sie wollte eindeutig, dass er ging. Er hatte einen schlechten Tag gehabt und sollte ihren nicht vermiesen. Wie sehr er sie dafür liebte, dass sie jetzt nicht an ihm zerrte.

Mit dem Fahrrad war er geschwind an den Staus des Feierabendverkehrs vorbeigefahren und in wenigen Minuten an seinem Schreibtisch im Polizeipräsidium angelangt. Hier rieb er sich mehrmals mit den Händen übers Gesicht. Was hatten sie also? Einen toten 71-Jährigen, keine verwüstete Wohnung, keine brauchbaren Aussagen. Das Opfer war vor vielen Jahren von seiner Frau geschieden worden. Der Sohn war pflichtbewusst angereist und vor allem am Erbe interessiert. Zähe Fakten, an denen kein Fleisch klebte. Die Typen, die den Bruch gelegt hatten, würden sie aber irgendwann kriegen. Allein wegen der Todesfolge werden wir sie jagen. Jagen! So ein Wort hatte er noch nie benutzt, noch nicht einmal in Gedanken. Er schaute aus dem Fenster Richtung Frankfurt City. Stand auf, um besser sehen zu können. Der Nachmittag war gründlich aus dem Ruder gelaufen. Immer wieder dieser Wink in Richtung seines alten Mallorca-Falles. Oder bildete er sich das ein? Eigentlich interessierte sich die Kollegin nur für diesen Brückner. Hatte ich damals die Atmosphäre zwischen den Schmidts falsch eingeschätzt?, fragte sich Hoppe dennoch. Es war doch klar, dass die Schmidt was mit dem Vleih hatte. Es war offensichtlich und dennoch war ihr Mann gekommen, um ihr beizustehen. Ein Fremdgehen mit Todesfolge. Das war too much für beide. Hoppe fuhr sich mit der Hand übers Gesicht. Fast alleine saß er spät abends im Büro, was hier in Frankfurt noch nie vorgekommen war. Nach dem etwas angespannten Gesprächsverlauf im Park wollte er aber unbedingt noch nachsehen, ob die Datenbank schon etwas hergab. Kleine Erfolge würde sie alle besänftigen.

Eigentlich war er selbst schuld gewesen. Er hatte Marlenes Ermittlungsarbeit rund um ihr Schlägereiopfer in Frage gestellt und dabei das Wort Verdächtigungen einfließen lassen. Wolfgang hatte ihn verstanden. „Sehr gewagt", fand er ihren Ansatz, Zusammenhänge zum Kooperationspartner BrueCklean zu suchen. „Auch wenn man weibliches Gespür nicht unterschätzen soll", hatte er allerdings hinzugefügt.

„Seit Axel bei uns ist, meldet sich diese Intuition immer wieder." Marlene hatte richtig Aufwind bekommen, statt peinlich berührt zu sein. Mühelos war sie zu seinem alten Mallorca-Fall geschwenkt. Natürlich, denn ihr aktueller Fall in Frankfurt gab nichts her. Sie hatte auf Schmidt Security und BrueCklean hingewiesen, die ihrer Meinung nach ‚recht intim' miteinander wären. Julian hatte nachgefragt, Wolfgang konnte sich erinnern. Bald waren sie bei seiner Zeugin Sarah Schmidt angelangt. „Sarah Schmidt war die in Andratx, richtig?", hatte sich Wolfgang erinnert.

„Herrgott, das nervt!" Hoppe hatte versucht, alles mit einer lapidaren Geste wegzuwischen. Doch es war ihm nicht gelungen.

„Was macht denn Rüdiger Schmidt für den Brückner, dass er sich dessen innige Freundschaft verdient hat? Hast du dir mal Schmidts Unternehmen angesehen? Der Typ hatte nichts. Oberfeldwebel beim Bund, dann Personal Trainer und darüber wahrscheinlich an Brückner geraten." Damit hatte sich Marlene beschäftigt und vorhin im Park hatte sie es endlich herausgelassen.

„Als Fitness-Trainer war er vielleicht nicht so gut." Hoppe hatte sich an Brückners Statur erinnert. Er hatte von seiner Begegnung auf Kathrins Flughafen-Fest berichtet. Warum, das fragte es sich jetzt noch.

„Wahnsinn, du kennst ihn also auch?", hatte Julian eingehakt.

„Nein, hab ihn nur gesehen."

„Bist du auch seinem sagenumwobenen Charisma erlegen", hatte Wolfgang gespottet.

„Jedenfalls kann ich die Frauen verstehen." An diesem Punkt hatte Hoppe siegesgewiss Marlene angelächelt.

Und sie schoss zurück. „Aber bei Sarah Schmidt hast du versagt."

Julian hatte sich an den Journalisten Robert Vleih erinnert, Wolfgang hatte sein Wissen über Schmidt Security beigetragen, Marlene hatte immer wieder auf die Nähe zu Brückner hingewiesen. Sie und Julian waren richtig in Fahrt gekommen. Die Schmidt hatte was mit dem Brückner, später mit diesem Journalisten. Brückner war eifersüchtig geworden. Oder ängstlich!

Das waren so mädchenhafte Zusammenhänge, dass Hoppe nicht mehr zugehört hatte. „Hauptsache, ihr habt Spaß. Aber der Fall ist abgeschlossen und gar nichts führte zu euch oder dir, Marlene, und deiner Jagd auf irgendwas." Ihr aktueller Fall lag brach und sie alle hatten sich an einem Thema aufgehängt, das es eigentlich nicht mehr gab.

„Es war eben Prominenz im Spiel." Wolfgang wollte ihn wohl besänftigen.

„Denkt und macht, was ihr wollt, ich bin draußen." Das hatte Hoppe wohl vorschnell geäußert.

Schon war die Idee geboren, nach Berlin zu fahren, um noch einmal nachzuschauen. Er war ja draußen, also durfte Marlene nun ihre Vorstellungen ungehemmt äußern. „Du und ich, wir wissen doch jetzt, wonach wir suchen sollen." Marlene hatte ihn angesprochen, als wären sie die ganze Zeit über gleicher Meinung gewesen.

„Nein, das weiß ich nicht. Von dem Fall ist nichts übriggeblieben."

„Bitte, Axel, fahr mit mir nach Berlin. Der gesamte Nachlass von diesem Robert Vleih wurde damals ziemlich schnell zu seiner Mutter geschafft."

Sie hatte sich informiert und ihren Plan längst zurechtgelegt, wobei sie ihn ziemlich vertraut beim Vornamen angesprochen hatte. Dennoch hatte er auf die Zeitverschwendung hingewiesen. Er hatte in die Runde geblickt, in Wolfgang einen Verbündeten gesucht.

Und der? „Lass sie fahren", hatte Wolfgang gesagt. „Dann ist die blinde Jagd endlich beendet."

Niemand hatte so früh im Jahr mit einem so heißen Tag gerechnet. Vielleicht hatte sie das ein wenig aus der Bahn geworfen. Hoppe ließ vom Ausblick auf die Frankfurter City ab und setzte sich wieder an seinen Schreibtisch. Im Intranet fand er den Bericht aus der Pathologie, las darin über äußere Gewaltanwendungen in Form von leichten Schlägen, fest angelegten Hand- und Fußfesseln und über den längst vermuteten Herzinfarkt des Opfers. Er las und las, versuchte, sich auf den aktuellen Fall zu konzentrieren und kam darüber dennoch nicht los, sich zu fragen, warum er Marlene immer wieder zuhörte?

Wenn Kathrin wenigstens heute schon von ihrer Geschäftsreise wiederkommen würde. Hoppe reckte sich, tippte auf dem PC herum und bat Julian per Nachricht, morgen seine Mitschriften vorzustellen. An Wolfgangs Involvierung des Jungen hatte er sich ein Beispiel genommen. Er lehnte sich wieder zurück, ließ seinen Blick noch einmal aus den riesigen Fenstern gleiten. Vom Nachmittag war vieles an ihm kleben geblieben. Warum macht es mich so fertig? Soll sie doch nach Berlin fahren. Der Gewissheit wegen. Aber es war mein Fall und Berlin ist immer noch meine Stadt! Er erschrak. Michel! Mensch, den hätte ich fast vergessen. Er nahm das Telefon und rief seinen Sohn an. Sie redeten, schwatzten richtig, lachten. Länger als erwartet hatten sie sich etwas zu sagen. Es fühlte sich gut an, worüber er überrascht und stolz war.

Seine Zweifel waren danach erst einmal verflogen, sein Arbeitsdrang auch und als er auf seinem Fahrrad saß, war sein Frust über Marlenes Neugier an seinem alten Mallorca-Fall fast verflogen.

Am Main angekommen nahm er seine Untermainbrücke rüber nach Sachsenhausen. Doch fuhr er nicht geradewegs nach Hause, sondern bog nach links ab. Vielleicht bis zur Gerbermühle? Vielleicht auch nur ein Stück in die Richtung. An so einem Abend! Axel fuhr bewusst langsam, schaute zu den Bänken unter den Platanen und Eichen, er schaute sich auch auf seinem Radweg immer wieder um, gestand es sich aber nicht ein, dass er nach einem neongrünen Anorak, nach dunkelgrünen Augen und langem dunkelbraunem Haar Ausschau hielt. Aber so eine Jacke brauchte man heute

Abend nicht und wenn sie die nicht trug, wer weiß, ob er sie wiedererkennen würde. Jetzt hatte es sich Axel doch eingestanden. So viele Frauen! Kathrin, Marlene, Sarah Schmidt und nun noch die Fahrradfahrerin.

Viktor fuhr mit heruntergelassenen Fenstern gemächlich Richtung Südosten der Stadt. Vor seinem Ruderclub parkte er das Auto auf dem schmalen Stück alten brüchigen Asphalts direkt am Mainufer. Flussabwärts die City, doch hier war die Zeit stehen geblieben. Noch nagte niemand an den Biergärten, an den Schrebergärten, am Gelände seines Rudervereins. Das Tor im Maschendrahtzaun stand offen. Auf dem Rasen und zwischen den alten Gehwegplatten wuchsen Gänseblümchen und Löwenzahn. Die Männer vom Achter kümmerten sich um zwei ihrer Boote und hantierten mit Wassereimern, Schwämmen, Schraubendreher, Zange, Splinten. Trainingsklamotten, Wasserflaschen, sogar Stullenpakete lagen herum. Viktor war längst dafür bekannt, spät abends zu kommen, um in seinem Einer zu rudern. Er schwatzte kurz mit den Leuten. Jemand half, sein Boot hinunter zum Steg zu tragen. Den Steg, den Isabel nicht mochte. ‚Primitiv' fand sie die Alugitter. Auch der Aufenthaltsraum, die Klos, die Bootslager waren nichts für sie. Schade, dachte er jedes Mal. Gerade nach einem so heißen Tag verbrachte man den Abend doch besser am Fluss oder noch besser auf ihm!

Er legte ab, ruderte an Raab Karcher und Keramundo vorüber. Noch war er nicht ganz auf dem Fluss angekommen. Seine Gedanken kehrten zur EnVer zurück. Und zu Isabel.

Vielleicht hatte sie ja recht. Sein Teil der Arbeit war getan. Sein Können lag nicht im Vertrieb. Wenn es aber nur knapp 100 Millisekunden dauert, bis aus Wasserstoff Strom wird. Er tauchte die Ruder ein. Bei vollautomatischer, intelligenter Steuerung, wenn wir gewissermaßen die Wolken vorhersagen, wenn die Tanks 1500 bar aushalten. Er tauchte wieder die Ruder ein. Dann müssen wir nur ein Großprojekt realisieren, danach rennen uns alle die Türen ein. Viktor ruderte und ruderte, dachte und dachte. Das heutige Wort kann nicht das letzte gewesen sein. Und Brückner? Unsere Anlagen für seine Krämer! Wahrscheinlich ist Hofmacher schon blind nach so vielen Jahren Selbstläuferdasein am Markt.

Viktor versuchte, sich auf seinen Fluss einzustellen. An schmalen wilden Stränden, hingen ein paar Kerle mit ihrer Bierkiste ab. Struppige Hunde liefen umher, die er erst erblickte, als er schon vorbeigerudert war. Rückwärts zur Fahrtrichtung zu sitzen, hielt manchmal Überraschendes bereit. Seine Gedanken ließ er weiter abschweifen. Zu einer Geburtstagsfeier, zu der Hofmacher fast befohlen hat hinzugehen. Der wird auch noch merken, dass er mit seinem Freund Brückner nicht weiterkommt. Viktor war unter der ersten Brücke hindurchgerudert. Ein paar Ruderschläge weiter fuhr er durch die Eisenbahnbrücke. Ein ICE donnerte darüber, kurz danach rückte die EZB in sein Blickfeld. Bye, bye. Er kannte den Fluss mit allen Uferabschnitten, Brücken, allen Wohnhäusern, aus der City herausragenden Türmen, den Uferappartements und den Museen, die am Sachsenhäuser Ufer aufgereiht waren. An Samstagen und Sonntagen spazierten von dort etliche Leute bis zu seinem Ruderclub. Oder sie kamen per Rad, wie der da.

Axel radelte neben dem Main entlang. Er wusste bereits, dass kurz hinter der EZB Schrebergärten, Wiesen und Ufergestrüpp die Lage beherrschten. Hier hinten, wie er es nannte, war die Welt in Ordnung. Die Biergärten waren von den benachbarten kleinen Ruderclubs kaum zu unterscheiden. Der da würde in seinem Boot noch spät unterwegs sein, wenn der dorthin zurückmusste. Noch so ein einsamer Wolf! Gleich darauf verneinte er diesen Gedanken. Wölfe sind keine Einzelgänger, sie sind Rudeltiere.

Viktor sah dem Fahrradfahrer hinterher, während er selbst flussabwärts in die Stadt hineinruderte. Die Ruder tauchten geräuschlos ins Wasser ein. Kraftvoll zog er sie durch, genoss den kurzen Antriebsruck und die lange Fahrt, die nach dem Durchziehen der Ruder folgte. Jetzt war er auf dem Wasser angekommen.

Axel war nach zwei Bierchen und einem Handkäs zufrieden. Bouletten konnten die hier sowieso nicht anständig braten, also blieb er beim Frankfurter Nationalgericht. Mische ich mich ein, wenn ich Marlenes Jagd stoppe? Ist ja irgendwie ihre Stadt, ihr Brückner, ihr Thema. Sie soll in ihrer Stadt bleiben und mich in Ruhe lassen. Die Weiber werden wahrscheinlich alle ganz verrückt, wenn sie Mallorca hören. Er trank einen kräftigen Schluck. Entschuldigung, Kathrin! Marlene soll sich ihren eigenen Fall auf der Insel suchen!

Friedensbrücke. Viktor kehrte um. Er gegen die Strömung!

In der einsetzenden Abenddämmerung zahlte Axel und machte sich auf den Rückweg. Der Typ im Ruderboot kam tatsächlich den Fluss wieder heraufgerudert. Axel hob die Hand und auch der Bootsmann nahm für einen kurzen Moment eine Hand vom Ruder.

Nach dem Training fühlte sich Viktor unerschütterlich stark. Auch gedanklich war er sortiert. Gut gelaunt schloss er die Wohnungstür auf. Bestimmt hatte es sich Isabel auf dem Balkon oder der Terrasse im Schein von 100 Kerzen gemütlich gemacht. Die Tür knallte hinter ihm ins Schloss. Im Flur, im Bad und in der Küche brannten helle Deckenlampen. Auf dem Küchentisch lagen mehrere Stapel Papier, eine leere Flasche Riesling stand daneben.

„Isabel?" Er ging ins Wohnzimmer. Gardinen wehten vor dem offenen Balkon. Im Zimmer war es dunkel. Unten auf der Straße knatterte ein Mofa vorbei. Auf der Couch lag seine Frau. Ein Arm hing herunter. Die Fingerspitzen berührten ein leeres Weinglas. Sie musste etwas daraus verschüttet haben, denn ein Fleck hatte sich auf dem Teppich ausgebreitet. Viktor hob das Glas auf und deckte Isabel mit einer Decke zu. In ihm meldete sich sein Gewissen. Hätte ich doch hierbleiben sollen?

IV Freundschaften

1 Einladung

Vor zwei Tagen hatte ihn Hofmacher erinnert: „Eine kleine Party in privatem Rahmen. Du gehörst dazu. Sei also diesmal dabei!“

Viktor war nicht begeistert, der Einladung eines strategischen Partners zu folgen, den die EnVer nicht benötigte! Als er Isabel davon erzählte, hatte die schon längst Bescheid gewusst. Von Sarah! „Das ist doch eine schöne Gelegenheit, alles miteinander zu verknüpfen. Du solltest dich freuen.“ Sarah würde auch dort sein, was für Viktor nur bedeutete, dass er recht hatte. Seit wann sollte es wichtig für den Wasserstoff-Akku sein, sich auf einer Party sehen zu lassen, auf der auch Sarah sein würde?

Übellaunig aber pünktlich erreichte Viktor mit Isabel das Ziel in Königstein. Hohe schmiedeeiserne Zäune, dichte Hecken, antike Vasen auf Pfosten neben der Toreinfahrt. Ein junger Mann trat an ihr Auto heran und verwies auf einen Parkplatz, den der Gastgeber ein paar Meter vor dem Waldrand hatte einrichten lassen.

„So ein Aufwand für eine kleine private Feier“, murmelte Viktor.

Isabel schaute ihn mit einer angespannten Mine an. Wortlos fuhren sie zu dem Parkplatz, an dem sie eingewiesen wurden, damit die Reihen zwischen Bahnen aus grünem Teppich bestmöglich ausgenutzt wurden. Es sei sehr aufmerksam, die Frauen mit ihren Stilettos nicht über Waldboden laufen zu lassen, bemerkte Isabel. Sie hakte sich bei ihrem Mann ein und schritt zurück zur Toreinfahrt. Dahinter wechselte die Teppichfarbe in lila. Zu beiden Seiten des Weges erstreckten sich ausgedehnte Rasenflächen auf denen sich Mammutbäume einsam ausnahmen. Menschen standen an Stehtischen zusammen, Sitzecken und Bänke neben Sträuchern und Beeten hatten ebenfalls einige Gäste angezogen. Gelächter, Stimmengewirr und funkelnde Gläser gaben dem dekorativen Rahmen eine fröhliche Lebendigkeit. Er blickte Isabel an und wollte darauf hindeuten, dass dies dann wohl ein enormer privater Rahmen sei. Doch sie war bereits in ihre feierliche Glanzstimmung eingetaucht. „Es ist wunderbar."

Dem konnte er nichts entgegensetzen. Höchstens, dass all dies zu dem Mann gehörte, der selbst über Grüne Soße lamentieren konnte, der sich entspannte, während er auf einer Konferenz Weißwein trank, der Würstchenbuden mit Energie aus meinen Akkus versorgen will! Endlich hatten sie das Haus erreicht. Eine Treppe führte zu einer überdachten Terrasse hinauf, die von steinernen Pilastern eingefasst war. Die Leute dort oben hatten sich herausgeputzt. Viktor registrierte es, auch wenn es seinem Verständnis von schöner Kleidung weniger entsprach. Neben dunklen Anzügen gab es auch Jeans und rosafarbene Hemden. Manche Frauen trugen Kleider, die zu kurz, zu eng, zu grell wirkten. Er sah Isabel in ihrem dunkelblauen, ihr schmeichelnden Kleid an und spürte ihre Hand in seiner. „Warte ab, bis du den Gastgeber kennenlernst. Dann wundert dich gar nichts mehr", flüsterte er ihr ins Ohr.

„Er ist doch nett."

„Woher willst du das wissen?"

Ihr kurzes Gespräch wurde beendet. „Professor Doktor Schlegel! Herzlich willkommen!“

Viktor spürte, wie sich einige der Umstehenden nach ihm und dem Gastgeber umschauten. „Herr Brückner, Guten Abend. Vielen Dank für“, sagte Viktor.

Brückner winkte ab. „Gerne, mein Freund. Gerne. Es wird Zeit, dass wir uns näher kennenlernen. Ich habe zu danken, dass Sie gekommen sind.“ Händeschütteln, Schulterklopfen. „Mit ihrer Gemahlin, nehme ich an.“ Brückner ergriff Isabels Hand und küsste sie.

Er küsste! Er hielt nicht diese winzigen Millimeter vorher an und Viktor glaubte, gesehen zu haben, dass sich Isabel das gerne gefallen ließ. Ich drehe ja völlig durch!, ermahnte er sich. Er musterte den Gastgeber in seinem weißen Hemd, das er über der Jeans trug, dazu ein Sakko. Na bitte, Isabel sollte sich das nur mal ansehen!

„Den Garten haben Sie ja bereits kennengelernt. Oder darf ich Ihnen das Du anbieten?“

„Natürlich gerne“, sagte Isabel, der es entgegenkam, da sie Viktor von ihrer Begegnung im Golfclub nichts erzählt hatte.

„Stephan“, sagte Brückner und machte eine knappe Verbeugung. Er wandte sich jetzt Viktor mit einem freundlichen Ausdruck zu. „Isabel und Viktor also. Ich führe euch kurz herum, damit ihr euch hinterher wie zu Hause fühlen könnt.“

Für die übrigen Gäste hatte Brückner im Vorbeigehen freundliche Gesten und Worte parat. Im Haus gab ein DJ zwischen zwei Treppenaufgängen eines großzügigen Foyers sein Bestes. Lichtspots rahmten die Tanzfläche ein. Das

Kristall des Kronleuchters reflektierte die Discobeleuchtung. Die meisten Leute kamen jedoch erst einmal an verschiedenen Bartresen und Buffets zusammen. Auf der Galerie, die über ihren Köpfen verlief, hatten es sich einige Gäste in Polstermöbeln bequem gemacht. Hofmacher war unter ihnen, an einer Bar hier unten erkannte Viktor den Wirtschaftsminister Schulz.

„Isabel!"

„Sarah!" Die beiden Frauen küssten einander auf die Wangen.

Viktor nahm Sarahs rechte Hand. „Schön, dich zu sehen."

„Entschuldigt mich einen Moment. Ihr seid ja jetzt bestens versorgt", sagte Brückner mit einem freundlichen Lächeln, das er an Sarah richtete.

Ja, hau ab, dachte Viktor.

„Das fängt doch großartig an", sagte Isabel zu Viktor und Sarah, als Brückner gegangen war.

„Ladys, ich besorge uns etwas zu trinken." Viktor hörte sie hinter sich kichern. Am liebsten wäre er stehen geblieben. Wann hatte er Isabel das letzte Mal mit einer Freundin so harmlos lachen hören? Vielleicht hatte sich der Abend doch gelohnt.

An der Bar traf er Dr. Paul Moritz. „Du auch hier, Paul?"

„Ist doch Ehrensache." Paul Moritz trug in jeder Hand zwei Cocktails Richtung Garten davon. „Wir sehen uns."

Als Viktor mit zwei Champagner und einem Bier zu den Frauen zurückkam, war Brückner wieder bei ihnen. Isabel und Sarah hielten bereits funkelnde Gläser in den Händen und plauderten mit dem Gastgeber sowie dem Wirtschaftsminister, dem Herrn von den Freien Unternehmern und ihren Frauen.

„Herr Professor Schlegel, das ist doch eine schöne Gelegenheit, uns richtig kennenzulernen“, sagte Schulz und gab ihm die Hand.

„Ist das der Forscher, Schatz?“, fragte seine Frau.

„Ja, mein Liebling. Das ist unser Mann. Herr Professor Schlegel, das ist meine Frau.“

„Gnädige Frau“, und Viktor gab ihr einen formvollendeten Handkuss.

„Jedenfalls müssen Sie mir das mit dem Wasserstoff-Akku ganz genau erklären“, fuhr Schulz fort.

„Man sollte eine Gesellschaft gründen, die losgelöst von der EnVer das Ding erproben kann“, sagte der Herr von den Freien Unternehmern.

Es war Brückners Party. Keine Gelegenheit, einen anderen Gast zu brüskieren. Viktor hielt still. Brückner stellte ihm seine Frau vor und hakte gleich darauf beim vorherigen Thema ein. „Wir können diese großartige Innovation als eine echte Insellösung erproben. Inselversorgung auf der Insel, sozusagen. Ich würde mit meiner Ölmühle voll einsteigen.“

„Das sind bestimmt gute Gedanken.“ Mehr wollte Viktor dazu nicht erwidern. Dieses Thema kannte er schon vom gemeinsamen Lunch in Wiesbaden.

„Was für eine Ölmühle?“, wollte Isabel wissen.

Viktor winkte ab und zwinkerte ihr zu.

„Dann bleibt das Risiko in einem überschaubaren Rahmen“, sagte der Herr von den Freien Unternehmern.

„Und es ist ein weiteres Projekt mit einem sehr schönen Image“, war sich Brückner gewiss. „Am besten die Frauen erkunden die Lage vor Ort.“ Er blickte etwas fragend Isabel und Sarah an.

Nun war Brückner wieder ganz der charmante Gastgeber, der saloppe Art allen Anwesenden schmeichelte. Inhaltlich hatte keiner seiner Vorschläge weder Hand noch Fuß. Aber das hier ist eine Party, entspann dich, Viktor!

„Das ist eine prima Idee. Stephan, du denkst an alles.“ Jemand war hinzugekommen.

„Isabel, Viktor, darf ich euch meinen Mann Rüdiger vorstellen?“ Sarah deutete nacheinander auf alle drei Personen.

Viktor hoffte, dass mit der Vorstellung auch das Thema gewechselt würde.

„Wir sollten gleich mal Hofmacher hinzuholen“, sagte der Wirtschaftsminister.

„Sie können die Jahrhundertinnovation noch ein wenig unterstützen“, ermutigte Brückner den Minister. „Und unser lieber Viktor wird uns allen diesen Solarenergie-Wasserstoff-Akku auf die Insel setzen.“ Für Brückner schien alles ein Spiel zu sein.

Viktor prostete in die Runde und trank einen Schluck Bier. „Das wird sich größenmäßig nicht lohnen, Stephan. Du solltest hier niemandem ein ineffizientes Projekt auf Mallorca anpreisen.“

„Genau dort! Und du, Sarahchen, zeigst Isabel auf der Insel alles. Niemand kennt sich dort besser aus als du.“ Rüdiger Schmidt umarmte seine Frau bei diesen Worten, was allerdings mindestens unbeholfen aussah.

Ein Tusch ertönte.

„Entschuldigt mich.“ Brückner ging Richtung Tanzfläche. Auf der Galerie begann ein Künstler mit Baritonstimme ‚Happy Birthday‘ zu singen. Beim zweiten ‚to you‘ hielt er lange das ‚you‘ und kam dabei ein paar Stufen herunter. Der Sänger setzte noch einmal an und forderte die Gäste auf mitzusingen. Alle stimmten ein. „Lieber Stephan, happy birthday to you.“ Als das Liedchen verklungen war, ging Brückner zum Sänger und bedankte sich mit einem herzlichen Händedruck. Von den Treppenstufen aus wandte er sich an die Eingeladenen. „Ich danke euch allen für euer Kommen. Es fühlt sich gut an, als erfolgreicher aber auch schon ein wenig in die Jahre gekommener Mann Mitstreiter zu haben, die mit mir meinen Geburtstag feiern. Viele von euch sind im Laufe der Jahre zu wahren Freunden geworden. Von den anderen hoffe ich, dass wir uns besser kennenlernen.“ Er machte eine dramatische Pause. „Besonders stolz bin ich darauf, Herrn Professor Viktor Schlegel als Gast zu begrüßen. Von ihm und seiner bezaubernden Frau wird noch das ganze Land erfahren.“ Brückner machte eine Handbewegung in ihre Richtung und verbeugte sich leicht. „Doch ihr wisst, ich liebe euch alle und ich liebe es, bei euch zu putzen.“

Die Gäste lachten. Die Musik wurde aufgedreht. Brückner kam zum Tisch zurück. Er schnappte sich Isabel und eröffnete mit ihr diese Tanzrunde.

„Und sie kannten Sarah schon vor zwanzig Jahren?“ Rüdiger Schmidt hatte den Arm auf Sarahs Schultern abgelegt, als er seine Frage an Viktor richtete.

2 Nähe

Es war Zeit geworden, die alte Freundschaft ins normale Leben zurückzuholen und sich endlich auch in der Intimität des eigenen Zuhauses zu treffen. Sarah freute sich ehrlich, dass es soweit war. „Es ist wunderbar bei Euch“, schwärmte sie. In der Küche konnte sie sich nicht satt sehen an der alten Vitrine, den Dielen und den Kaffeehausstühlen. Selbst der Zeitschriftenstapel unter dem Tisch und das unpraktische, hölzerne Doppelfenster stimmten sie sehnsüchtig. Sarah lehnte sich hinaus. Auf einem Nachbarbalkon klapperte jemand mit Gläsern und Besteck, einige Lacher waren zu hören, jemand spielte Klavier, ab und zu vernahm sie Gesprächsfetzen. Es roch nach Lindenbäumen, Estragon, Zigaretten, nach Wein und Sex. Nichts erinnerte an Moos und Tanne. Jemand berührte sie sacht am Rücken, worüber sie einen Moment lang erschrak.

Es war Isabel. „Wollen wir rausgehen?“

Sie entkorkten einen Weißwein, bestückten ein Tablett mit Knabbereien und zogen auf die Terrasse vor die Küche. Neben auffallend schönen Keramikkübeln, in denen hohe Gräser wuchsen, erholte sich Sarah von ihrer Euphorie. Dies ist ein Nest, fiel es ihr auf. Ein stilvolles, gemütliches Nest. Das von Isabel und Viktor. Ein Seufzer entfuhr ihr. „So habe ich es mir bei Euch beiden immer vorgestellt.“

„Wie?“

Erwischt! Sie nahm ihr Glas in die Hand. „Schön habt ihr es.“

„Sogar ein bisschen Mallorca haben wir hier.“ Isabel zeigte auf die Mandelbäume im kleinen Hof unter ihnen.

Wie nebenbei berührte sie Sarahs Hand. „Welche schlimmen Erinnerungen kann man damit verbinden?“ Sie goss den Wein ein.

Natürlich hatte Sarah geahnt, dass Isabel einen Weg suchen würde, die Andeutungen, die auf Brückners Party gefallen waren, aufzugreifen. Sie winkte ab, obwohl sie ebenso auf eine Gelegenheit gewartet hatte, Isabel mehr über den Journalisten Robert Vleih zu erzählen. Soll ich über diese Brücke gehen? Wie soll ich von hier hinüberwechseln zu meiner Schuld an seinem Tod? Damals im Mazzini habe ich Isabel verschreckt. Dennoch tastete sie sich vor. Irgendwann musste sie mit jemandem reden und irgendwann müsste sie jemand nach Mallorca begleiten. Jemand wie Isabel. Sarah kostete den Wein. „Würdest du tatsächlich mit mir ein paar Wochen dort verbringen?“

„Wo?“

„Auf der Insel. Brückners Finca ist sozusagen auch unsere.“

„Ich in seinem Haus? Bist du verrückt? Hättest Viktor mal hören sollen. Aus diesem Projekt wird nichts.“

„Du würdest mir helfen.“

Isabel schaute sie fragend an.

„Die Erinnerungen, du hast sie gerade selbst erwähnt.“ Sie spielte ein wenig mit dem Glas in ihrer Hand.

„Helfen?“

„Ich muss da wieder hin.“

„Es ist dein zweites Zuhause, hast du gesagt. Was hält dich davon ab?“ Isabel trank wie immer genussvoll und in vollen Zügen.

„Ich brauche dich dort." Ob das die richtige Formulierung war?

Isabel machte einer kleinen Empörung Luft. „Auf einmal wollen alle, dass ich auf diese verdammte Insel fliege. Dabei will ich ja, aber nicht gerade jetzt."

„Gelegenheiten klopfen nie lange vorher an."

„Sarah, so philosophisch!" Isabel hob ihr Glas.

Es war wie früher. Ein bisschen verspielt, gemütlich. Nur die Fragen waren ernsthaftere. Dennoch musste Sarah lächeln. Sie fühlte sich gemeinsam mit Isabel einfach stärker.

„Aber Stephan, ich meine Brückner, erwartet doch, dass ich seine Ölmühle an Viktors Brennstoffzellen-Akku anschließe." Isabel unterbrach ihre Gedanken und wirkte dabei nicht so stark, wie es sich Sarah gerade ausgemalt hatte.

„Der will immerzu irgendwas", sagte sie mehr zu ihrem Glas als zu Isabel.

Als sie ihre Gläser absetzten, stand Viktor bei ihnen. „Gleich zwei schöne Frauen."

Fast hätte sich Sarah verschluckt.

„So früh", bemerkte Isabel, die er mit einem schnellen Kuss begrüßte.

„Dass du bei uns bist, erinnert mich an alte Zeiten", wandte sich Viktor an Sarah. „Schöne Zeiten!", fügte er an.

Sie stammelte etwas, zog ihre Hand viel zu schnell aus seiner, trank noch einen Schluck.

„Bin gleich wieder bei euch", sagte Viktor und verschwand.

Isabel deutete mit dem Kopf ihrem Mann hinterher, erwähnte das Forschungszentrum, den Enthusiasmus des

Teams, die Akkus. Sie redete von mitternächtlichen Arbeitsstunden und vom Rudern. Eine Salve kleiner Vorwürfe. Doch Sarah hörte nicht zu, bis Viktor in Jeans und T-Shirt wiedergekommen war. Er ist immer noch der von vor zwanzig Jahren, dachte sie und Isabel wollte nur wissen, ob er nachher noch in ‚seinen Kahn' steigen würde.

„Natürlich", erwiderte er.

„Siehst du, immerzu Rudern."

Viktor grinste jungenhaft. „Das wäre nicht schlecht. Und, was treibt ihr so?"

„Wir reden."

„Klar."

„Gerade waren wir bei Mallorca", sagte Isabel.

„Mallorca? Schlagt euch diese Brückner-Idee aus dem Kopf, das ist Zeitverschwendung."

„Es gibt dort noch mehr zu klären als deine Akkus."

„Dann ist es ja gut."

Sarah war es längst peinlich geworden, diesem kleinen Zwist zuzuhören. Viktor versuchte eine entschuldigende Geste in ihre Richtung. „Ich lasse euch besser alleine."

„Nein, nein! Vielleicht muss ich mich auch entschuldigen." Sarah ging zum Angriff über, bevor Viktor wirklich gehen würde. Er schaute fragend, stand da wie ein Luchs. Selbstbewusst und aufmerksam. Wahrscheinlich überlegte er.

„Wofür?", sagte Isabel.

Sarah musste nun Isabel ansehen, sie holte Luft. „Dafür, dass ich mich nach so vielen Jahren bei dir gemeldet habe." Dass ich hier eingedrungen bin, fügte sie innerlich hinzu.

„Aber, jetzt sitzen wir hier wie früher“, sagte ihre alte Freundin.

Nichts ist wie früher, dachte Sarah. Sie lächelte mit ihrem Weinglas in der Hand. War dieser verheißungsvolle Sommernachmittag der richtige Moment, einen Vorstoß zu wagen? „Jetzt hast du ihn kennengelernt“, setzte Sarah kurz entschlossen nach.

„Stephan Brückner?“

Isabel! Das war klassisch. Seit der ersten Erwähnung dieses Mannes hatte auch sie etwas die Contenance verloren. „Meinen Mann Rüdiger meine ich.“

„Natürlich! Der ist sehr nett“, platzte Isabel heraus.

Viktor sagte gar nichts.

„Nett.“ Sie wiederholte das Wort verächtlich durch die Nase schnaubend.

„Mehr kann ich ja noch nicht sagen.“ Anscheinend glaubte Isabel, sich für die farblose Wortwahl entschuldigen zu müssen.

Sarah holte Luft. „Aber ich: Rüdiger ist ein Schwein.“

Isabel und Viktor schauten erschrocken. „Wie?“, fragte Viktor vorsichtig.

„Streit, Erpressung, Kampf. Das Übliche.“

„Warte mal. Das geht jetzt zu schnell“, sagte er.

„Aber ihr habt gemeinsam drei Kinder.“ Isabel erwähnte es mit einer unerhörten Betonung.

„Und ich liebe sie über alles“, sagte sie gedankenverloren.

„Sarah, tut er dir was an?“, wollte Viktor wissen.

Sie spürte die Blicke beider Freunde auf sich. „Nein", sagte sie gedehnt. Worauf lasse ich mich ein? Sie verstehen es nicht. Ich verstehe es ja kaum.

„Aber dein Rüdiger schmeißt eine Party für dich."

Das hatte sich Isabel gemerkt! Sie würden ihr niemals glauben, was sie zu erzählen hatte. Wie war sie in ihr heutiges Leben hineingeraten? Wo sollte sie beginnen?

Noch ehe sie die ersten Worte finden konnte, sprach Isabel schon weiter. „Dass dein Mann ein Fest für dich plant, zeigt, wie furchtbar alles ist." Isabel zwinkerte ihr zu. „Wenn der von deinem Journalisten wüsste."

Isabel kann sich keine Vorstellung machen! Viktor ist peinlich berührt. Wie sollte es auch anders sein? Soll ich zu Details ausholen, mich rechtfertigen? Schreien?

„Ich hole Nachschub." Isabel war wohl selbst erschrocken über ihren Schwung.

Als sie weg war, blieb Sarah verlegen neben Viktor zurück.

„Es tut mir leid." Er schlug einen mitfühlenden Ton an.

Sie war zu weit gegangen, wand sich unter seinem Blick. „Es ist anders als es scheint. Ich meine, ich habe nichts mit einem Journalisten, noch nie gehabt." Warum sage ich das? Es kann ihn doch gar nicht interessieren.

Viktor räusperte sich.

„Ich habe Riesling oder eine Spätlese." Isabel war zurückgekehrt.

„Ist mir eigentlich egal." Sarah wollte unbekümmert klingen.

„Jetzt spülen wir erst einmal alles runter", sagte Isabel.

Viktor nickte, betätigte sich mit dem Korkenzieher und schenkte ihnen ein. „Aber ich gehe jetzt wirklich."

Wieder wollte sie ein Nein herausbrüllen, hielt sich stattdessen am Glas fest.

Als Viktor gegangen war, öffneten sich alle Schleusen. Sie trank und heulte, trank und heulte.

„Er ist tot", stammelte sie unter Tränen, die ihr vom Kinn tropften.

„Wer?", fragte Isabel.

„Robert Vleih, der Journalist." Zum ersten Mal nannte sie seinen Namen.

„Tot?" Isabels Stimme klang, als wollte sie eine Katze beruhigen, der sie behutsam über die Schultern strich. „Warst sehr verliebt, hm?"

„Ich war nicht verliebt und er ist wirklich tot!" Sie merkte, dass sie sich wie ein kleines Kind anhörte. Hilflos! Isabel zog ihre Hand zurück.

„Wie?", fragte Isabel nach einer Ewigkeit.

„Es ist vor Mallorca passiert. Auf unserem Schiff."

„Schiff?"

„Die Lady Lily. Sogar einen Beamten aus Berlin hatten sie geschickt. "

Isabel öffnete ihren Mund. Kein Laut kam aus ihm heraus. Fassungslos erhob sie sich, ging zum Terrassengeländer und lehnte sich daran. Von dort sah sie zu Sarah hinüber.

Gespannt wartete Isabel, bis sie die Geräusche der Wohnungstür hörte und augenblicklich lief sie Viktor entgegen. „Endlich!" Sie flüsterte, dass Sarah auf der Couch schlief und legte den Zeigefinger auf ihre Lippen. Sie zog ihren

Mann in die Küche. Dort machte sie sich augenblicklich Luft. „Dieser Journalist, von dem Sarah andauernd erzählt, ist wirklich tot.“ Ihre Stimme überschlug sich. „Es ist eine Riesengeschichte von ihrem Mann, ihren Kindern, sogar von jahrelanger Drogenabhängigkeit, einem Rosenkrieg, in den Sarah diesen Journalisten hineingezogen hatte.“ Sie war außer sich und erschöpft. Doch Viktor sah sie mit einer Mischung aus Entsetzen und Langeweile an.

„Sie wollte diesem Journalisten etwas auftischen, womit der ihren Rüdiger in der Hand haben sollte. ‚In der Hand haben‘, stell dir vor, das hat sie gesagt.“ Sie machte eine Pause, in der sie ein wenig Stimme und Struktur wiederfinden wollte. Sonst würde Viktor ihr nicht folgen und ihr am Ende vielleicht nicht glauben. „Den Rüdiger wollte der Journalist aber nicht, also erzählte sie dem kurzerhand, wie eng sie mit Brückner ist. Daraufhin sprang dieser Vleih an.“

„Ich verstehe nur Bahnhof.“ Viktor setzte sich.

Sie folgte ihm auf den Stuhl gegenüber, beugte sich über den Tisch, damit er nichts verpasse und sie selbst wenigstens ihre Hände erden konnte. „Ich glaube, Sarah hat ein riesiges Problem, sie ist kriminell oder irre.“

„Was hat Sarah?“ Viktor fasste nach ihren Händen.

Sie atmete lange ein und hörbar wieder aus. Am liebsten würde sie jetzt auch einmal eine Papiertüte vor Mund und Nase gehalten bekommen. In Filmen beruhigten sich die Frauen dann immer. Ihr blieb nur, für einen Moment die Augen zu schließen.

„Sarah scheint auf jeden Fall ziemlich traurig zu sein“, hörte sie Viktor sagen.

„Traurig?“ Sie schlug die Augen auf. „Dieser Journalist Robert Vleih kam zu ihr, weil er sich tatsächlich verwertbares Klatschmaterial erhoffte. Aber die zwei haben erst einmal Party gemacht und der ist dabei hops über Bord.“

„Das geht mir zu schnell.“

„Dabei war sie drogenabhängig, war in Kliniken, bekam ein Kind von ihrem Rüdiger, wurde wieder rückfällig, bekam noch ein Kind und so weiter. Nun will sie ihre Freiheit und Rüdiger muss dafür in den Knast oder nach Australien fliehen.“

„Machst du Witze?“

„Überhaupt nicht.“

„Auf jeden Fall hat sie ein Problem.“

Ihre Arme schnellten in die Höhe. „Natürlich!“

„Und ist der Journalist wirklich tot?“

„Das ist es ja. Er ist ertrunken, nachdem er von ihrem Boot ins Meer gestürzt war.“

„Ins Meer?“

„Vor Mallorca!“, rief sie. Sie musste doch wieder aufstehen, ein wenig in der Küche auf- und ablaufen.

Viktor strich sich durch die Haare. Er sah aus, als ob er gleich laut lachen oder verzweifelt weinen würde.

„Und das alles nur, weil sie sich nicht scheiden lassen wollte.“ Isabel ging zu Viktor, hockte sich vor seinen Stuhl. „Glaubst du auch, dass sie spinnt?“

Viktor pfiff leise durch die Zähne. Endlich schmunzelte er ein wenig, was sie seit jeher beruhigte. „Ich glaube, dass es gut für sie ist, sich hier ausgesprochen zu haben. Das hast du gut gemacht.“

„Ich habe eines“, sagte Axel vor der Gutzkowstraße Nummer 62.

Seine Frau Kathrin war gerade vor die Tür getreten. „Wo gab es welche?“, fragte sie, als sie die Höhe von Sattel und Lenker bemaß.

„Vorne am Schweizer Platz. Ich kann jetzt auch mit dieser App umgehen.“

Sie lächelte.

Nach einer Viertelstunde Fahrt tauchten sie mit ihren Fahrrädern in den Stadtwald ein. „Tatsächlich ein Wald“, stellte Kathrin begeistert fest.

„Unser Hauswald sozusagen.“

Kathrin legte die Stirn in Falten.

„Wo wir jetzt Frankfurter sind“, fügte er an. „Jedenfalls kenne ich diesen Stadtwald in- und auswendig, so meine ich das!“

Ja, ja, dachte sie. Kämpf du nur. Dabei wird es hier doch immer besser. Wann sind wir denn das letzte Mal mit dem Fahrrad noch vor dem Frühstück unterwegs gewesen? Einen Biergarten gibt’s hier auch? Riesig war der. Mit Grillecke, Festzelt und Spielplatz. Alles noch verschlafen und geschlossen.

„Oberschweinstiege heißt das hier.“ Axel machte eine Handbewegung, die das Lokal umschloss.

„In diesem Riesenbiergarten ist aber gar nichts los“, stichelte sie.

Am Morgen war Axel noch nie hier gewesen. Er versicherte, dass er es nur voll besetzt kannte. Teller und Gläser würden am laufenden Band herausgetragen. „Wirst du es noch aushalten, bis es öffnet?"

„Ich brauche nichts." Fast wollte sie etwas Romantisches hinzufügen.

„Komm, ich zeige dir was."

Sie schlossen die Fahrräder an und bogen zu Fuß in einen schmalen Waldweg ein. Wasser lag vor ihnen.

Der Weiher war an seinen Rändern vom Schatten der Bäume fast schwarz gefärbt. Erst in der Mitte spiegelte sich Grün in allen Schattierungen und Formen wider. Arm in Arm liefen Axel und Kathrin auf einem Weg unter Buchen, Eichen, Kastanien. Äste ragten bis in diesen kleinen See hinein. Einzelne Bäume wurzelten ganz und gar darin. Eine struppige Insel, kurze strandähnliche Abschnitte, schwarz vermoderndes Holz in stillen Buchten. Ein Reiher flog durch das verwunschene Paradies.

„Wenn nur die Flugzeuge nicht wären", sagte Kathrin.

„Was?" Axel schrie absichtlich laut.

„Ein Flugzeugwald", bemerkte sie.

„Du darfst dich nicht beschweren." Er schlang seinen Arm enger um ihre Schultern.

Kathrin strich über seine Hand. Er schaute sie an.

„Da müssen wir erst hierherkommen, um mal wieder gemeinsam Fahrrad zu fahren und spazieren zu gehen." Jetzt hatte sie doch ein wenig Romantik wenigstens in der Stimmlage. Lächerlich, an einem läppischen kleinen, kerosinversäuchten Teich verliebt zu sein. Sie schaute in das Grün, das sie zu jeder Seite umgab. „Hat sich doch gelohnt", flüsterte sie.

„Was?“

„Dass wir nach Frankfurt gezogen sind.“

„Vielleicht.“

„Gib es nur nicht zu“, sagte sie zärtlich.

„Es hat sich einiges geändert.“

„Magst du es?“

„Jetzt gerade.“

Sie hatten den Weiher in einer knappen Stunde umrundet. Aus der Oberschweinstiege hörten sie das Klappern von Geschirr und freuten sich auf einen Kaffee oder ein erstes Bierchen unter einer riesigen Kastanie.

Für Axel war es jetzt wieder so wie an den Abenden, als er hier alleine seine Runden auf dem Fahrrad gedreht hatte.

„Du hast dich schneller eingelebt als ich“, sprach ihn Kathrin an.

„Bin eben früh zu Hause.“

„Macht es dir was aus?“

„Geht schon.“

Sie suchte nach Worten. „Es soll nicht nur meine Chance sein, auch deine.“ Sie hob die Schultern. „Unsere.“

„Hab es längst kapiert.“ Zum Glück kommt jetzt ein Kellner, dachte er.

Sie nahmen Handkäs. Das passte immer, hatte er gelernt. Kathrin brauchte einen Kaffee und Wasser, er entschied sich für ein Bier.

„Aber?“, machte Kathrin als der Kellner gegangen war.

Er wollte sie überhören, doch sie ließ ihn nicht aus den Augen. Seine Frau wusste genau, dass da noch mehr war. Also ergab er sich. „Wenn diese Marlene Saalfeld nicht so nerven würde." Sie durchkreuzt meine Vorsätze für das Austauschjahr. Ohne sie hätte ich mich restlos arrangiert, hätte meine Ruhe, würde geduldig abwarten. Doch er erwähnte nur die Kollegin.

„Noch immer dieser Mallorca-Fall?" Kathrin war schneller, als er erwartet hatte.

„Ständig zerrt sie ihren Brückner gedanklich herbei. Sogar für die einfachsten Fälle in unserem kleinen Team. Theorien, Anschuldigungen, Mutmaßungen."

„Der Brückner?"

Er nickte und rollte genervt die Augen. „Genau der von eurer Flughafen-Fete und wohl von allem möglichen Spektakel."

„Das kannst du laut sagen."

Er schaute sie fragend an. Kathrin nickte vielsagend. „Der kam vor kurzem mit so einem Stromdingsda zu unserem Big Boss."

Nun verstand er gar nichts mehr. Der große Facilitymanager und Dingsda? „Warum weißt du davon?"

„Weil wir das Ding auf Miniflughäfen wie Elba, Thira oder am besten auf einer der Samoa-Inseln platzieren sollen."

Die Getränke und der Käse wurden gebracht. Axel stieß mit seinem Bierglas gegen Kathrins Kaffeetasse. „Was für ein Ding?"

Seine Frau holte tief Luft oder Anlauf. „Warte, ich überlege." Kathrin sprach langsam, hangelte sich an Details entlang, passte auf, dass sie nichts vergaß. Sie beschrieb ein Energieversorgungssystem, das autark funktionierte. Energiearten wie Sonne oder Wind würden einmal direkt in

Energie umgewandelt werden, wie es jeder kannte. Zudem würde mit überschüssiger Sonnen- oder Windenergie aber auch Wasserstoff erzeugt werden. Der würde gasförmig gespeichert und in Zeiten ohne Sonne oder Wind via Brennstoffzelle wieder in Energie umgewandelt. „Wasserstoff-Akkumulator nennen sie das Ding“, endete sie ihre Ausführungen.

Jetzt war er baff. Einerseits darüber, dass seine Frau mit solchen Themen zu tun hatte und andererseits, dass dieser Brückner so vorausschauend unterwegs war. „Das hört sich doch spannend an.“

„Gehört aber nicht zu meinem Gebiet.“ Sie nahm den Kaffee und pustete.

„Energie ist die Zukunft! Das macht der Brückner doch gut. Und das funktioniert ganz ohne große Stromnetze?“

„Das ist vielleicht das Ziel aber nicht unseres. Für mich ist es ein popeliges Anhängsel. Wir sollen Betreiber von Coffeeshops oder Mietwagenstationen dafür ansprechen. Ich! Oder die Kollegen. Wir haben doch mit Energie nichts zu tun!“ Sie bestrich ein Stück Brot mit Butter, ließ den Käse mit seinen vielen Zwiebeln unbeachtet.

Er hingegen freute sich regelrecht auf dieses hessische Nationalgericht und tunkte sein Brot in das Essig-Öldressing ein. „Und hier an eurem Flughafen?“

„Bist du verrückt? Nein, nein, hier will das niemand.“

Er nickte, ohne wirklich zu verstehen. „Warum gebt ihr euch dann weit weg damit ab?“

„Weil mein Boss meint, wenn wir einen Treffer landen, haben wir vielen Menschen einen Gefallen getan.“

„Und diese Sonnen-Wasserstoff-Strom-Maschine gibt es schon?"

„Kommt von der EnVer."

„Ich denke von diesem Brückner?"

„Was weiß ich, wie der da drinsteckt."

„Sieh dich bloß vor, der Typ hat anscheinend schon einigen Leuten zugesetzt."

Sie guckte fragend hinter ihrem ungewöhnlichen Frühstück auf. Galt das dem Essen oder seiner Bemerkung?

„Na der Brückner", setzte er vorsichtshalber nach.

Kathrin schmunzelte. „Sieh du dich vor. Vielleicht sollte ich mal mit deiner Marlene reden." Sie widmete sich zaghaft ihrem Handkäs. Dennoch wusste er, dass sie über mehr als den Geschmack nachdachte.

„Was ist?", fragte er.

„Alles hat so kurze Wege." Sie gestikulierte mit dem Messer in der Hand. „Ich werde deiner Marlene helfen, den Brückner zu überführen, dann muss ich mich nicht mit dieser Solar-Wasserstoff-Höllenmaschine abgeben." Sie lachte.

„Ihr Frauen haltet immer zusammen."

„Man hat so seine Instinkte."

„Von euren Instinkten kann ich nichts mehr hören. Oder denkt ihr alle, ich bin ein Holzkopf?" Ruckartig nahm er sein Bier und trank.

„Genau dafür liebe ich dich! Ich brauche jetzt auch eins. Das hier geht mit Kaffee nicht." Sie deutete auf den tiefen Teller mit dem Harzer Käse darin.

Als sie sich wenig später zuprosteten, schluckte er mit dem Bier Zweifel und sogar Hemmungen herunter. „Diese Marlene Saalfeld meint, dass ich mich bei meiner Analyse auf Mallorca täuschen ließ."

„Täuschen?"

„Von einer Frau, eben."

„Geht gar nicht!"

Er nickte gedankenverloren vor sich hin.

„Und wer ist sie?"

„Die Hauptzeugin."

„Womit soll dich eine Zeugin getäuscht haben?"

„Mit ihrer Art oder ihrer Verstörtheit, was weiß ich.

„Meinst du, diese Frau hat den Mann damals selbst über die Reling gehievt?"

„Nein, ganz bestimmt nicht." Er schüttelte heftig den Kopf.

„Also!"

„Irgendwas will Marlene noch einmal bei der Mutter des verstorbenen Journalisten, weil mir durch meine angeblich vorschnellen Schlüsse Anhaltspunkte verborgen geblieben seien. Verstehst du das?"

„Hat deine Kollegin diese Zeugin auch vernommen?"

„Es genügt ihr, dass die Frau damals in Brückners Haus wohnte. Aber wusste ich denn, dass die hier Kopf stehen bei dem Namen?"

„War der damals auch dort?"

„Natürlich nicht."

„Und jetzt lässt du dich verrückt machen?"

„Muss ausgerechnet jemand aus einer fremden Behörde in meinen alten Angelegenheiten herumschnüffeln?"

„Ich glaube, es ist eher ihre Angelegenheit. Hast du nicht gesagt, dass schon die ganze Abteilung über sie tuschelt?"

„Brückner, Brückner, Brückner. Bei jedem Schritt."

„Sei doch generös!"

„Kann ich nicht."

Kathrin lachte schon wieder. „Natürlich. Lass sie dieses Puzzleteil in ihrem ganz persönlichen Feldzug ansehen."

„Und wenn es doch ein wichtiges Teil ist?"

„Dann hast du ihr die Chance gegeben, es zu finden."

„Das ist doch Scheiße."

„Nein, erwachsen."

„Gehört das alles zu diesem Austauschprogramm?"

„Wer weiß." Jetzt war sie es, die ihr Glas in seine Richtung hob.

„Und die in Berlin?", fragte er nach kurzer Pause.

„Die werden sagen, dass du bis zum Schluss an deinem Fall dranbleibst, jemanden mit hoher Motivation geschickt hast und das Austauschprogramm erste Früchte trägt."

„Das stellst du dir so vor."

„Genauso."

„Aber hier?"

„Die werden dich ziemlich cool finden. Vielleicht sogar mögen."

„Wäre ich doch nicht hierhergekommen."

„In den Stadtwald?"

„Nach Frankfurt."

„Dann wärst du vorher nicht nach Mallorca geflogen, hättest keinen Anknüpfungspunkt zu deiner Marlene und wer weiß, was wir beide unentdeckt gelassen hätten."

„Euch Frauen soll einer verstehen."

„Soll keiner.“ Jetzt nahm sie endlich eine Gabel zur Hand und stach auf den Käse ein. „Und sei ein bisschen milder zu deiner Marlene.“

„Kannst du nicht allein zu Sarahs Geburtstagsfeier gehen?" Viktor wollte den Samstagabend nicht auf einer Party und schon gar nicht in diesem Sarah-Dunstkreis verbringen. Außerdem war Sarah Isabels Freundin, nicht seine. Sarah war verstört, verärgert, gierte nach Verständnis. Jemand war in ihrer Gegenwart ums Leben gekommen. Natürlich tat Sarah ihm leid, aber feiern wollte er nicht mit ihr.

„Wie sieht das denn aus, wenn ich da ohne dich auftauche?"

Er stöhnte auf. Für Isabel stand es außer Frage, dass dies nicht nur ein saloppes Vorbeischauen werden würde. Das machte es für ihn noch unattraktiver.

„Außerdem wird euer großer Fürsprecher bestimmt auch dort sein", setzte sie nach.

„Wer?"

„Brückner!"

„Dann gehst du auch nicht hin!" Er sagte es spaßig, meinte es aber keineswegs so.

„Du übertreibst ja."

Sie nahm seine Abneigung nicht ernst. Ohnehin war sie eigentlich mit einem viel zu kurzen orangefarbenen Kleid beschäftigt. Es lag ziemlich eng an und war aus einem Material gefertigt, das nicht der Natur entnommen zu sein schien. „Wie findest du das?", fragte sie, nachdem sie es angezogen hatte.

„Kann man das noch zurückgeben?"

Sie verdrehte die Augen. „Warte.“ Isabel holte aus einem Karton schwarze Sandaletten mit einem sehr hohen Absatz heraus.

„Vielleicht sollten wir Badelatschen mitnehmen“, meinte er.

„Weißt du, dass das Schwimmbad heute den ganzen Tag lang geschlossen blieb, um die Vorbereitungen zu treffen?“

„Unseretwegen konnten Kinder nicht baden gehen? Bei dem Wetter!“

„Haare hoch oder runter?“

Sie hatte sich dem Spiegel im Schlafzimmer zugewandt und für ihn stand fest, dass er ihr den Spaß vermiesen würde. Er verzog sich ins Arbeitszimmer, wo er sich im Schreibtischstuhl vergrub, die Hände hinter dem Kopf verschränkte und durchatmete. Auf dem Tisch lag der Ordner mit einem Patentantrag für den Steuerungsalgorithmus, der darüber entschied, wann und wieviel der Solarenergie für die Wasserstofferzeugung genutzt oder dem direkten Energieverbrauch zugeführt wurde. Wenn das System mit allen Anwendungsparametern gefüttert war, dann funktionierte das Zusammenspiel zwischen Energieerzeugung, Wasserstoff-Speicherung und Verbrauch ganz von alleine und unbewacht. Außerdem entschied dessen intelligentes Funktionieren auch über die Dimensionierung jedes Anlagenteils. Mit dieser Logik hatten sie die Versuchsanlage im Studenten-Campus ständig weiterentwickelt und hatten bereits ihr eigenes Forschungszentrum vom herkömmlichen Stromnetz genommen. Viktor nickte zufrieden und verspürte eine regelrechte Vorfreude darauf, seine Unterlagen zu bearbeiten. Frische Luft und Sonnenlicht drangen durchs geöffnete

Fenster und befeuerten seine Zuversicht. Bevor der große Durchbruch kam, mussten sie so viele Patente wie möglich durchbringen, ohne deren Nutzung niemand an ihnen vorbeikommen würde. Wenn er nicht zu Sarahs Geburtstagsparty mitginge, hätte er den ganzen Abend. Doch er wusste, dass dieser Wunsch nur durch ein Wunder wahr werden konnte. Wenigstens die Einleitung des Dokuments wollte er fertig redigieren. Sein Name darauf war längst nichts Besonderes mehr. Er machte sich eine Notiz, dass hier das gesamte Team aufgeführt werden müsse. Er fasste nach dem Stapel Papier, ließ mehrmals die Blätter über seinen Daumen gleiten. Danach blickte er aus dem Fenster, dann wieder auf den Ordner. Er hörte, wie die Keramikkünstlerin ihre Töpfe im Hof umherschob, merkte, dass er lächelte. Eine industrielle Revolution. So wird man es eines Tages nennen!

„Willst du einen Kaffee?" Isabel schaute zur Tür herein. Sie trug eines seiner Oberhemden, ging barfuß und hatte sich die Nägel schwarz lackiert. Wenn es sein musste, dachte er. Wenigstens sah sie sonst wieder normal aus. „Was machst du?" Sie trat an den Tisch heran. „Mal wieder ein Patentantrag?"

„Der die Welt verändern wird."

„Ich weiß." Sie sagte es ein wenig ungläubig.

„Hiermit kann sich jeder seine Stromversorgung aufs Unternehmensgelände, in die Kleinstadt, in den Hafen, hinters Krankenhaus, praktisch überall hinstellen. Regenerativ und autark."

„Und was macht die EnVer dann mit ihren Leitungen und Kraftwerken?“ Isabel stützte sich neben ihm auf dem Tisch ab.

„Verschrotten.“

„Ach so!“

„Sie wollen es. Für die Zukunft!“

„Bestimmt nicht so schnell wie du.“ Sie setzte sich auf die Tischkante.

Er konnte nur seinen Kopf schütteln und tippte auf den Ordner.

„Das geht nicht so schnell“, sagte sie nachdenklich.

„So schnell? Höchste Zeit!“ Er stand von seinem Schreibtischstuhl auf und stellte sich vor seine Frau, die immer noch auf dem Schreibtisch saß. „Neue volkswirtschaftliche Strömungen, ach was, die Veränderung ganzer Volkswirtschaften, kannst du schon einmal in deine Vorlesungen aufnehmen.“ Isabel roch so gut, der Hemdenstoff hatte sich sacht auf ihre Brüste gelegt, ihr Dekolleté war eine Einladung.

„Die Welt steht Kopf, Isabel.“ Er zog sie an sich, küsste sie, trat einen halben Schritt zurück, um sie anzusehen. Ich werde es jetzt und hier mit ihr treiben.

„In letzter Zeit steht Vieles Kopf. Dein Job, der Akku, Sarah, die vielen neuen Leute, sogar Stephan Brückner ist in unser Leben getreten.“

„Der ist ganz schnell wieder draußen. Und was Sarah betrifft, musst du dich ein bisschen um sie kümmern, bis sie mal etwas zu tun kriegt.“ Die beiden haben hier in diesem Moment eigentlich nichts verloren, dachte er. Er liebkoste seine Frau. „Isabel, wir haben Großes vor, richtig Großes.“

„Du hast das vor. Ich gehe erst einmal zu Sarahs Party. Mit dir, übrigens. Ganz normales Leben leben." Sie zwinkerte ihm zu.

„Du kannst doch Sarah Hallo sagen, ihrem Rüdiger kurz auf den Zahn fühlen und dann im Nu wieder hier sein."

Sie verneinte mit Kopf und Zeigefinger. „Guter Versuch!"

„Isabel, auch noch der Brückner, das ist doch kein Samstagabend!"

„Du musst doch sowieso mit ihm kooperieren. Irgendjemand muss eure Akkus an den Mann bringen."

Nicht der, dachte Viktor. „Der Typ soll übrigens nicht ganz koscher mit seinen Leuten umgehen."

Viktor bemerkte, wie Isabel einen Moment lang stockte. „In der BrueCklean?"

Er ließ von ihr ab. So ein Thema konnte er nicht mit ihren Haaren an seiner Wange besprechen. „Nachdem diese schwangere Frau abgeholt worden war, hatte jeder Geschichten über die BrueCklean parat. Außerdem habe ich mal ein bisschen recherchiert."

„Viktor! Er ist dein Fürsprecher, einer mit Rang und Namen. Ihm hören die Leute zu."

„Jedenfalls macht diese BrueCklean einen Umsatz von mehr als einer Milliarde pro Jahr und das mit einer Mitarbeiterzahl von 1000. Wie soll das gehen?"

„Was verstehen wir beide schon davon?" Sie winkte ab.

„Es ist ein Mitarbeiter getriebenes Geschäft, Dienstleistungen!"

„Aber wir kennen seine Preise nicht. Diesbezüglich wird er sich schon einiges erlauben können."

„Er presst seine und wahrscheinlich auch externe Leute aus. Die Frauen in unserem Forschungszentrum waren verängstigt, desorientiert und auf keinen Fall für unsere Räumlichkeiten geschult."

„Wer soll denn auch in eurem Laden durchsehen?" Sie lächelte ihn an. „Ihr seid etwas Besonderes."

Er ging zum Fenster. Die Künstlerin stand mit den Händen in die Hüfte gestemmt und begutachtete ihr Werk. „Ich habe wirklich eine miese Laune, wenn ich an Sarahs Party denke." Er schaute immer noch in den kleinen Garten hinein.

„Wir müssen doch wenigstens mal schauen, ob sie sich nur wichtig macht."

„Isabel!" Er wandte sich wieder zu ihr.

„Immerhin sind Jahre vergangen. Und einen Sinn für Dramatik hatte sie schon immer besessen."

„Tut sie dir nicht leid?"

„Das habe ich nicht gesagt."

Es hatte keinen Sinn gemacht, sich gegen Sarahs Geburtstageinladung aufzulehnen. Schade nur, dass sie vorhin weder im Bett noch auf dem Patentantrag gelandet waren. Stattdessen stand er nun an einem Schwimmbecken auf dessen Wasser ein riesiges Holzpodest trieb. Unzählige Gäste hatten bereits den Weg über kleine Glasbrücken gewagt, um diesen Mittelpunkt des Partygeschehens zu erreichen. Die Gastgeber, Sarah und ihr Mann Rüdiger, hatten Viktor und Isabel von Bar zu Bar, an Buffets und mehreren Grills vorbeigeführt. Sie hatten geplaudert, unterwegs das Tempo und nach und nach auch die Gesprächspartner gewechselt. Viktor hatte sich irgendwann abgesetzt, war mit einem gekühlten Weißwein in der Hand einen Augenblick in der Nähe des Schwimmbeckens stehen geblieben. Der DJ hatte sich auf dem Sprungturm eingerichtet, von wo er die wogende Menge gut im Blick hatte und war dabei selbst zum Hingucker geworden. Diese Inszenierung amüsierte Viele. Gute Stimmung vorprogrammiert. Ist das Isabel, die so anmutig ihren Drink über einen dieser Stege balanciert? Sarah und ihr Rüdiger waren bei ihr. Wohin schaut sie? Brückner! Müssen die da stehen bleiben? Und die Musik gefällt ihr auf einmal? Er wandte sich ab und ging ein Stück hangaufwärts die Schwimmbadwiese hinauf. Noch immer schüttelte er den Kopf. Stehen da, als wäre es ihr Fest. Ist es ja auch. Sarahs Party! Dass Isabel mittendrin hängt, gefällt ihr wohl.

Am oberen Ende der Wiese boten beleuchtete Pavillons und Sitzecken ein stilleres Ambiente. Die Musik wummerte dumpf bis hier herauf und vermischte sich mit den dezenteren Liedern, die aus Lautsprechern zwischen den Bars drangen. Stimmgewirr, Getöse und Gelächter im Zwielicht der nahenden Nacht. Die Aussicht auf die beleuchtete Skyline Frankfurts war grandios und in der Luft lag noch immer die Hitze des Tages.

„Herr Professor Schlegel."

Er schaute sich um. „Sie auch hier? Guten Abend", sagte er zu Wirtschaftsminister Schulz und begrüßte erst einmal dessen Frau, die an seiner Seite war.

Gemeinsam gingen sie zu einem der Stehtische. „Man kennt sich schon so viele Jahre, da geht man gerne einmal gemeinsam ins Schwimmbad." Schulz lachte selbst über seine Erwiderung.

Ein junges Mädchen, das auch zum hiesigen Baywatchteam gehören könnte, fragte nach ihren Getränkewünschen. Danach erkundigte sich Schulz sogleich nach dem Akku, der EnVer und dem Mallorcaprojekt. Diese Gelegenheit nutzte Viktor, ihn auf die wahren Möglichkeiten des Akkus sowie die Zielvorstellung, die sich damit verband, einzuschwören.

„Meinen Sie, die Menschen sind bereit dafür?"

„Wenn sie wissen, dass es funktioniert."

„Gewinnen Sie doch erst einmal diejenigen, die bereit sind, sich auf diese Versorgungstechnologie einzulassen."

„Helfen Sie uns dabei."

„Mache ich doch längst."

Die junge Dame trat mit den bestellten Getränken an den Tisch heran.

„Halt! Wir wollen auch was." Das war ganz klar Rüdiger Schmidt. Im Schlepptau hatte er Sarah und Isabel.

„Viktor, da bist du ja." Isabel schmiegte sich kurz an ihn.

Schulz war entzückt, Isabel sagte etwas Ähnliches. Rüdiger schmeichelte der Frau des Wirtschaftsministers. Sarah bat um Champagner für alle. Nun war der Faden weg, dachte Viktor. Es blieb ihm nichts anderes übrig, als sich an den Gesprächen über das Ambiente und die nette Einladung zu beteiligen. Gemeinsam ließen sie Sarah hochleben.

Brückner unterbrach, komplettierte aber auch das Geschehen. Die Abstellfläche des Tisches würde für die Gläser nicht mehr ausreichen, denn er brachte auch Hofmacher, Paul Moritz mit seiner jungen Frau und sogar den BetaLion-Mann mit. Nun war Viktor wirklich platt. Die

Frau vom Schulz sagte etwas über Familie, womit sie wohl diese Runde hier meinte. Die Kellnerin würde gleich weitere Getränke bringen. Brückner lächelte Isabel an. Schulz und Hofmacher wandten einander zu. Der BetaLion-Mann sprach mit Rüdiger. Sarah widmete sich den Frauen und Viktor nahm sich vor, sich zwischen Hofmacher und Schulz zu drängen, um in die richtige Richtung zu moderieren. Dieses Stelldichein an diesem Samstagabend musste doch zu etwas nützlich sein.

Bevor Viktor dazu kam, wandte sich Paul Moritz an ihn. „Ich bin froh, dass wir jetzt ein internationales Referenzprojekt haben."

„Hast du eines aufgerissen?"

„Nicht direkt ich."

Viktor rollte unverhohlen mit seinen Augen. „Lass mich raten. Es ist im 17. Bundesland lokalisiert."

„Ist doch egal. Hauptsache, wir bewegen was."

„Eine klapprige Ölmühle und irgendwelche Agriculturas? Entschuldigung, nichts gegen Ihr, Dein, also nichts für ungut", bemerkte Viktor Brückner gegenüber, der zugehört hatte.

Brückner reagierte kein wenig verschnupft auf seine Bemerkung. „Wie ich Isabel und Sarah vorhin schon erzählt habe, hat unser Wirtschaftsministerium längst ein hübsches Sümmchen bereitgestellt, womit wir ganz risikofrei den Brennstoffzellen-Akku unter sehr günstigen klimatischen Bedingungen noch einmal austesten können."

„Wir müssen nichts mehr austesten", sagte Viktor.

„Komm schon, gönne den Mädels was", mischte sich Rüdiger ins Gespräch.

‚Mädels', hatte der tatsächlich gesagt. Viktor reagierte allergisch.

„Was ist schlecht daran?", wollte Isabel wissen.

Meinte sie das ernst? Außerdem schien es Viktor, als hörten alle zu. „Diese Referenz können wir nicht nutzen", sagte er laut genug, weil sich scheinbar sowieso jeder auskannte.

Der BetaLion-Mann meinte, dass jeder mal klein anfangen müsste.

„Aber, aber. Sie haben mit der BetaLion AG Ungewöhnliches vollbracht", bescheinigte Schulz.

„Wir brauchen dieses Projekt nicht. Es passt nicht. Herr Brückner oder Stephan, wie hier alle sagen, kann in einem Jahr einen kleinen Solar-Wasserstoff-Akku aus der Serienproduktion erwerben", sagte Viktor.

„So lange will er aber nicht warten und die Mädels auch nicht."

Wenn dieser Rüdiger noch einmal das Wort Mädels benutzt, haue ich ihm eins in die Fresse und dem Brückner gleich eine mit. Er erschrak. Räusperte sich. „Bestimmt ergeben sich aus der Expertise der BrueCklean AG mit Unterstützung seitens des Wirtschaftsministeriums weitere Möglichkeiten, die für die hiesige Industrie näher und vergleichbarer sind. Für die sollten wir unsere Kapazitäten nicht blockieren."

„Wir stocken einfach auf, wenn es soweit ist", warf Hofmacher ein.

„Viktor, lass uns alle doch einfach den Wasserstoff-Akku in die Welt hinaustragen und dabei ein bisschen Spaß haben", sagte Brückner.

Warum wurden solche Dinge in letzter Zeit immer auf irgendwelchen Partys und in großer Runde besprochen?

„Danach werden sich die Akkus von selbst verkaufen, wie du immer sagst“, fügte Paul Moritz an.

„Paul, warum willst du für so ein Projekt Ressourcen binden?“

„Ich glaube, wir haben eine gute Lösung gefunden. Eine exzellente externe Projektleiterin mit der du und ich auf kürzestem Wege kommunizieren können und die etwas von der Sache versteht.“

Isabel prostete Paul Moritz zu.

„Innerhalb der Ferien habe ich genügend Zeit. Und ich könnte mal wieder an etwas Handfestem arbeiten“, meinte Isabel.

„Ihr macht es euch zu einfach. Das wird nichts Handfestes!“ Sie hatten sich alle bereits miteinander abgesprochen, wie es schien. Doch wer hatte sich bisher wirklich dem Akku zugewandt? Die Konsequenzen und die wahnsinnigen Möglichkeiten erfasst? Sogar Hofmacher strauchelte doch, wenn es um Themen jenseits seines kleinen Campus-Projektes ging.

„Jetzt lass mal die Mädels ran“, setzte dieser Rüdiger ihm von der Seite zu.

Viktor ballte die Faust seiner Linken, denn in der Rechten hielt er sein Glas.

„Ihr müsstet Verbraucher zusammenschließen, Projekte kreieren. Das kann Jahre dauern. Das wollen wir nicht.“ Viktor versuchte es noch einmal inhaltlich.

„Lass es uns doch angehen. Als Ferienjob.“ Isabel hob lächelnd die Schultern.

Sie hatten am Nachmittag von der Tragweite des Brennstoffzellen-Akkus gesprochen und nun benutzte sie in diesem Zusammenhang das Wort Ferienjob und meinte damit auch noch sich selbst? Meine Frau kreiert sich einen Ferienjob mit meinem Akku?

„Du kannst ja mal vor Ort nachsehen, wie wir uns so anstellen“, sagte Sarah.

„Und die Mädels haben Spaß, Sarah kennt die gesamte Insel, weiß, wen sie ansprechen können.“

Viktor versuchte Rüdiger zu ignorieren.

„Ich selbst werde damit nichts zu tun haben. Muss mich schließlich hier um meine Unternehmungen kümmern“, versicherte Brückner.

„Mit dem Kerngeschäft hapert es an der einen oder anderen Stelle tatsächlich ein wenig.“ Jetzt war Viktor einfach danach, eine andere Seite aufzuschlagen, auch wenn hier scheinbar nur Brückner-Fans zuhörten.

„Sieh an, da kennt sich jemand aus.“ Rüdiger Schmidt zischte seine Bemerkung leise in seine Richtung.

„Mein Kerngeschäft? Wurde in eurem Forschungszentrum etwa nicht ordentlich geputzt?“, entgegnete Brückner auf seine Andeutung.

„Vor ein paar Wochen hatte eine eurer Mitarbeiterinnen fast ihr Baby in unserem Forschungslabor zur Welt gebracht.“

„Wiedermal ein Mädel, das nichts kapiert hat“, warf Rüdiger ein.

„Das ist ja unglaublich. Darüber musst du mir nachher mehr erzählen“, versuchte Brückner, die Aussage seines

Freundes Rüdiger zu überspielen, noch bevor der sie zu Ende ausgesprochen hatte.

„Ich würde gerne mal nach dem Buffet schauen." Sarah fasste ihren Mann Rüdiger behutsam am Arm.

„Weiber!" Rüdiger hieb ein wenig auf Sarahs Hand ein.

Sarah versuchte zu lächeln.

„Alle gleich. Alle Mädels gierige Putzen." Rüdiger schubste ein wenig.

Sarah strauchelte.

„Ich finde unsere Frauen sehr clever." Brückner schaute in die Runde.

Rüdiger fasste jetzt nach Sarahs Arm. Er war offensichtlich angetrunken. Sarah verzog schmerzvoll ihr Gesicht. Viktor sprang dazwischen. Sein Glas ließ er auf den Rasen fallen. Es klirrte nicht, sonst wäre vielleicht jemand rechtzeitig aufgewacht. ‚Rüdiger ist ein Schwein', hörte Viktor Sarah sagen. ‚Mädels, die nichts kapierten.' Für all die verpasste ihm Viktor jetzt eine. Es war ein Reflex. ‚Mädels!' Reflexartig reagierte aber auch Rüdiger Schmidt, der auf solche Auseinandersetzungen besser trainiert war als Viktor. Der kam nämlich gar nicht dazu, seine Rechte ungebremst zu platzieren. Rüdiger war schneller und setzte seine Faust schwungvoll knapp unter Viktors linkes Auge. Viktor Schlegel hob augenblicklich beide Hände an seine linke Wange. Blut tropfte unter den Fingern hervor. Sarah schrie auf. Sie brauchte nur zwei Schritte, um sich vor Viktor zu stellen. „Zeig mal her." Sie fasste seine Hände, die sie behutsam von der Wange nehmen wollte.

„Nein, nicht.“ Isabel sprang hinzu. „Hier ist eine Serviette. Das wird sonst gleich lossprudeln.“ Sie gab Sarah ein Stück Leinen, das auf dem Tisch gelegen hatte.

„Mensch Rüdiger, Prof. steht bei Viktor für Professor nicht für Profiboxer.“ Brückner nahm es leicht.

„Ich glaube, das sollte genäht werden“, sagte Sarah. „Es tut mir so leid“, beteuerte sie vor seinem Gesicht.

Viktor sah sie verschwommen. Ist schon alles zugeschwollen?, fragte er sich.

„Meine Güte, Jungs“, sagte Hofmacher. „Stephan, ruf mal einen Krankenwagen.“

„Tut mir leid Kumpel.“ Rüdiger schlug Viktor matt auf die Schulter.

„Da war nur ein Fliege, man.“ Etwas Lustigeres fiel Viktor nicht ein. Wo bin ich nur hineingeraten? „Es geht schon, Stephan, kein Krankenwagen bitte“, sagte er.

„Ist ja auch halb so wild. Das kommt in den besten Familien vor“, sagte Minister Schulz.

„Sarah, dein schönes Geburtstagsfest. Es tut mir so leid“, hörte er Isabel sagen.

„Dass Familie Schlegel komplett geht, können wir aber nicht zulassen“, sagte Brückner.

Sarah und Isabel gingen gemeinsam mit Viktor ein Stück die Wiese hinunter. „Lasst mal, ich bin gleich wieder da.“ Zwei Frauen und eine Platzwunde, das war zu viel. „Das war ganz schön komisch eben“, er versuchte einen Witz.

„Nein, gar nicht, Viktor.“ Sarah sah aus, als wollte sie noch etwas sagen.

„Nimm dir ein Taxi, ja? Ich vertrete hier noch ein wenig das solide Akademikerpärchen.“ Isabel gab ihm einen Kuss auf die rechte Wange, zeigte ihm aber auch einen Vogel. „Du hast angefangen!“

5 Kopfschmerzen

Viktor tastete nach der Mullkompresse auf seiner Wange und fühlte sich dabei gar nicht so schlecht. Immerhin hatte er diesen Rüdiger aus der Reserve gelockt. Jetzt ist klar, mit welchen Partnern der Brückner kooperiert. Zärtlich sah er zu Isabel hinüber, zog die Decke ein wenig über ihre Schulter, stand selber jedoch aus dem Bett auf.

Im Bad sah er die Bescherung. Seine Wange schimmerte grünlich-lila. Das linke Auge war etwas schmaler, da darunter alles geschwollen war. Er beugte seinen Oberkörper vor, um sich im Spiegel genauer zu betrachten. Was hatte der Arzt gesagt? „Ihr Gegner muss Ahnung haben, dass er mit einem Schlag so etwas anrichten kann." Jeder hat mehr Ahnung von solchen Dingen als ich, war sich Viktor sicher. Aber krank war es dennoch, so zuzuschlagen.

„Das macht die Frauen richtig an, wenn sich jemand ihretwegen prügelt", hatte der Doc behauptet, während der seine Wange geklammert hatte. „Ästhetisch wird es keine Spuren hinterlassen."

Viktor lief in die Küche, um sich einen starken Kaffee zu machen. Sarah sollte vielleicht wirklich auf sich aufpassen. Ihr Rüdiger ist ein Irrer. Es kochte. Er zog die Blechkanne von der Herdplatte, holte eine Tasse und Milch. Ob sie gehört hatten, was dieser Rüdiger gestern gesagt hatte? Immerhin war BrueCklean sein Kooperationspartner. Warum redete der in dieser Art und Weise über dessen Mitarbeiter? Das passte doch nicht zusammen. Davon hatte er dem Arzt nichts erzählt, auch nicht von seiner Wut über den Vertriebsstillstand für den Akku, auch nichts über die verzwickte Lage der Frau, die tatsächlich Auslöser für die Platzwunde war, auch nichts über Isabels plötzlichen Enthusiasmus für einen Ferienjob. Stattdessen bot der Arzt ein paar Anekdoten feil. Von Leuten, die Hundert Euro auf den Tisch lägen und sich ihre Wunden schnell mal nähen lassen wollten, von denen, die auf die Pflicht zur Ersten Hilfe bauten, von Verletzungen, die viel zu alt waren, um als nächtlicher Unfall durchzugehen. Er redete über Krankenversicherungen und Schwarzarbeit, über Mutproben und Schlägereinen. Jetzt gehöre ich auch zu den Arztstorys, dachte er. Was wirklich passiert war, hatten gestern alle beobachtet. Ich habe es heraufbeschworen, dass man einmal über Schmidt und Brückner nachdenkt, über ihren Stil und bestimmt auch über ihr Gebaren. Viktor fühle sich trotz verfärbter Wange großartig. Seinen Kaffee trank er genussvoll aber schnell, schrieb dabei einen Zettel für Isabel. ‚Bin gegen 13 Uhr wieder hier.' Und weil es ein heroischer Morgen war, unterschrieb er mit ‚In Liebe Viktor.'

Ich hätte mich bei meinem Kinderachter heute Morgen nicht vertreten lassen sollen. Doch nicht für den gestrigen Abend! Ich bin ihr Coach! Von wegen, ich kann das sowieso nicht weitermachen. Isabel, doch nicht dafür! Viktor dachte an seine Kindermannschaft, die er für Sarahs Geburtstagsfeier im Stich gelassen hatte. Er hatte die Kinder in die Hände eines anderen Trainers gegeben, um nach der Party ausschlafen und danach am Patentantrag weiterarbeiten zu können. Aber ich bin wach und fit!, sagte er sich auf dem Weg zum Auto. Ich komme!

Er musste sich beeilen, auch wenn die Straßen heute Morgen leer waren. Am Main angekommen war sein Team bereits startklar. Er rannte am Ufer bis zur Höhe der Startlinie. „Da bin ich." „Viel Glück!" „Riemen- und Dollenbruch", rief er den Kindern zu, reckte seine Daumen in die Höhe und hoffte auf ein gutes Rennen gegen die Germania. Der zweite Coach berichtete über Gerangel und Demotivation am Start und war sehr froh, ihn zu sehen. Viktor konnte nur noch ein Stück am Ufer entlangrennen, doch sein Achter lief nicht rund. Die Mannschaft ging als letzte durchs Ziel und er kaufte viel Eis, um zu trösten.

Während Viktor am Main tröstete und Isabel schlief, telefonierte Axel mit einem seiner alten Kollegen. „Ich schicke euch eine nach Berlin, die unbedingt in diesem Mallorca-Fall nochmal herumschnüffeln will."

Kathrin Hoppe hörte ihren Mann telefonieren.

„Leck mich, die wühlt nicht in meinem Ding rum, sondern in einem abgefuckten Fall."

Axel!, schalt seine Frau ihn innerlich.

„Marlene Saalfeld heißt die Kollegin und sie bringt noch einen jungen Kripomeister mit."

Kathrin hörte Axel mit Geschirr hantieren.

„Neue Perspektiven eben. Nein, glaube ich nicht."

Jetzt vernahm sie das Zischen der Kaffeemaschine und stand auf. In der Küche lächelte sie ihn an, als er in den Hörer sagte, dass sich einiges geändert habe. „Mach ganz schön was durch hier."

Sie schaute ihn gespielt zornig an.

Er drehte sich ein wenig weg, damit er sie nicht ansehen musste. „Was ich noch fragen wollte. Wie läuft das mit der Streife bei mir zu Hause?"

Kathrin stellte sich augenblicklich vor ihn und sah jetzt wirklich sauer aus.

„Danke. Bis bald!“ Hoppe legte das Telefon weg. „Sie fahren sowieso dort lang.“

„Lass Michel das mit der Streife nie erfahren“, sagte sie und schmiegte sich an ihn.

„Ist ja nur manchmal“, redete er sich heraus.

„Schickst du deine Marlene doch nach Berlin?“

„Hat sich so ergeben.“

Auch wenn die kleinen Ruderer sauer waren, hatte Viktor einen guten Vormittag gehabt. Er war am Fluss gewesen und hatte diese Party für sich abgehakt. Mit den Kindern und dem zweiten Coach hatte er bezüglich seiner Wunde ein wenig herumgeflunkert und sich als Held bewundern lassen. Im Hausaufgang nahm er zwei Stufen auf einmal. „Isa, bin wieder da“, rief er noch an der Wohnungstür.

„Ich bin hier.“

Mit nassem Haar und fast nackt saß Isabel auf dem Bett. Dennoch sah sie nicht gut aus.

„Da hat es uns beide gestern ganz schön erwischt“, sagte er.

„Erwischt? Was war nur in dich gefahren?“

„In mich? Sarahs Mann war doch der, in den etwas gefahren war.“

„Ich mag Sarah und du magst sie auch, wie seit gestern jeder weiß. Aber was sie mit ihrem Rüdiger hat, geht uns nichts an.“ Isabel griff nach ihrer Haarbürste und schleuderte sie Viktor vor die Füße.

Das hatte er nicht erwartet. „Es ging nicht nur um die beiden. Hast du nicht gehört, wie der redet? Außerdem ging es auch um dich.“

Isabel schaute ihn zornig an. „Aber es war ihre Party. Und was hatte das mit mir zu tun?“

Wo sollte er ausholen? Richtig erklären konnte er es nicht. Er hockte sich vor Isabel, sodass sie sein Gesicht sehen konnte. „Guck mal.“

„Tut es weh?“

Er schüttelte den Kopf und streichelte über ihren Arm. „Bist du gut nach Hause gekommen?“

„Ich habe mir ein Taxi genommen. Stephan, also Brückner, wollte mich fahren, aber das war doch nicht nötig.“

Finde ich auch, dachte er und setzte sich auf den Fußboden. Es war ein ziemlich beschissener Abend gewesen, wollte er resümieren, tat es aber nicht.

„Wo warst du eigentlich?“

„Unten am Main. Ich war fast zu spät.“

Sie rollte mit den Augen. „Und wer hat dich da verarztet?“

„Ich bin gestern noch in die Notaufnahme gegangen.“

Sie nahm erschrocken eine Hand vor den Mund. „Oh, mein Gott!“ Aber kurz danach besann sie sich wieder. „Du tust mir leid und auch wieder nicht.“

Er grinste sie an. Ihm tat nichts leid. Jetzt hatte jeder etwas dazugelernt. Rüdiger Schmidt hatte sein wahres Gesicht gezeigt und damit auch Stephan Brückner. Die ganze große Clique wurde mal wachgerüttelt.

„Weißt du, wie peinlich das war, dass du dich so benommen hast?“, riss ihn Isabel aus seinen Gedanken.

Er stutzte. „Aber dieser Rüdiger hat zugeschlagen. Sarahs Mann!"

„Aber hättest du gekonnt, hätte er jetzt eine gebrochene Nase."

„Quatsch!" Was sollte er auch sagen?

„Rüdiger hatte sich tausendfach entschuldigt. Aber Mallorca half, alle wieder in ein besseres Fahrwasser zu holen."

Er sah sie an und wartete zu verstehen.

„Ich konnte ja nicht die Beleidigte spielen."

Er verstand noch immer nicht.

„Jedenfalls wollen wir mal versuchen, auf Mallorca etwas hinzukriegen."

„Etwas hinkriegen?"

„Hofmacher fand es auch okay."

„Okay?" Er sprang auf.

„Ich konnte doch nicht auf deinen Prinzipien weiter herumreiten. Wie hätte das ausgesehen."

„Du fällst mir, uns allen, in den Rücken."

„In den Rücken? Du fällst die Leute frontal an. Außerdem, was hätte ich denn machen sollen?"

Nach einer kurzen Atempause fügte sie hinzu: „Und wer weiß, am Ende wird es wirklich gut."

„Isa, bitte komm da wieder raus."

„Lass mich mit Sarah mal dorthin fliegen, dann sehen wir weiter. Vielleicht hilft es auch Deiner alten Freundin. Du hast selbst gesagt, dass sie etwas zu tun haben muss."

„Der Akku ist aber kein Sozialprojekt für gelangweilte Hausfrauen." Viktor wollte sich die Haare raufen. Er hatte keine Geste mehr übrig. Unter seiner Mullkompresse pochte es schmerzhaft.

„Wie sollte ich denn gestern Nein sagen?“

„Das musst du rückgängig machen. Ich helfe dir dabei. Vielleicht ist es gar nicht gut, mit Sarah wieder eng zusammen zu sein.“

„Muss dir nicht peinlich sein!“ Sie sah ihn herausfordernd an.

„Ihr Mann ist ein Irrer.“

„Vielleicht tust du ihm Unrecht. Immerhin hat er auch mit ihr viel durchgemacht.“

„Weißt du nicht mehr, was dir Sarah alles erzählt hat?“ Schon damals wollte Isabel ihrer alten Freundin Sarah nicht bedingungslos glauben, erinnerte er sich.

„Man bekommt aber nicht drei Kinder mit jemandem, den man nicht liebt.

„Und keine Kinder?“ Verdammt! Er war zu weit gegangen. Mit diesem Thema waren sie durch.

„Das ist etwas ganz anderes.“

Zum Glück ging Isabel nicht darauf ein. „Ich helfe dir doch nur“, sagte sie und so ganz vehement konnte er sich nun nicht mehr gegen ihre Idee stellen.

Bei der gestohlenen Vase des Westend-Opfers handelte es sich um eine Nymphenburg-Vase aus dem 19. Jahrhundert. Das Ding war mindestens 90.000 Euro wert und blieb verschollen. Einige andere der gestohlenen Gegenstände, von Radierungen bis hin zu Münzen, waren auf dem Schwarzmarkt aufgetaucht. Hoppe fläzte sich mit einem Pott Kaffee in der Hand hinter den Schreibtisch und verschnaufte nach aufreibenden Tagen. Das Opfer aus der Westend-Wohnung hatte einen Herzinfarkt erlitten und er dachte an Totschlag. War das möglich? Konnte man einen Zusammenhang zwischen Einbruch, Raub und einer todbringenden medizinischen Indikation herstellen? Heute, mehr oder weniger allein, hatte er Gelegenheit, seine Fälle zu resümieren, um sie lehrbuchreif aufzuarbeiten. Wenigstens die Schulungsunterlagen konnte er bearbeiten, wenn er schon keine Täter aufspürte. Er konnte nur wenige Anhaltspunkte sehen. Gedankenversunken schlürfte er vom heißen Getränk. Allein der Sohn verhält sich auffällig. Auf die 200 Westend-Quadratmeter und seine Preisvorstellungen hatte er bereits ein paar Makler aufmerksam gemacht und sich mit Sprüchen wie ‚Zeit ist Geld‘ und ‚tot ist tot‘ gerechtfertigt.

„Es wurden schon Menschen für viel weniger umgebracht“, murmelte Hoppe vor sich hin. Bezüglich des hinterlassenen Aktiendepots hatte der Sohn nur verächtlich gelacht. Das Unternehmen, das der Vater nicht mehr zu einhundert Prozent besessen hatte, in dem er auch nicht mehr operativ tätig gewesen war, wohl aber die Mehrheit hielt, interessierte seinen Nachkommen ebenso wenig. Mit den Anteilen würde er genau wie mit der Wohnung nach Abschluss der Ermittlungen kurzen Prozess machen, hatte er gesagt. Hoppe nahm noch einen Schluck Kaffee. Nur über die Kunstobjekte hatte der Mann kein Wort verloren. Immerhin hatten die Experten den Bestand auf mehrere Hunderttausend geschätzt. Der Sohn tat überrascht. Bezüglich der gestohlenen Vase musste es doch eine Versicherungspolice geben, die wolle er suchen und damit der Polizei behilflich sein.

„So gedankenversunken? Wärst wohl gerne mitgefahren?“ Teamkollege Wolfgang war wie aus dem Nichts neben seinem Schreibtisch aufgetaucht.

Hoppe kratze sich am Kopf. „Machst du Witze?“

„Immerhin deine Stadt.“

„Marlene braucht keinen Touristenführer.“

Wolfgang nickte. „Haben auch hier genug zu tun.“

„Hat sich schneller ergeben als gedacht.“

„Willst du noch einen?“ Der Teamkollege deutete mit dem Kopf Richtung Kaffeepott.

„Ich komme mit.“

Auf dem kurzen Weg zum Kaffeeautomaten sprach ihn Wolfgang auf ihren aktuellsten Fall an. „Was machen wir mit der Toten aus diesem Appartementblock?“

„Du meinst den Suizid?“

„Es war eine ziemlich junge Frau.“

„Marlene war dran. Die aus der Pathologie haben ein Barbiturat bestätigt.“

„Also Schlaftabletten?“

„Eher Pferdedoktor.“

„Puh!“. Wolfgang schüttelte den Kopf und drückte auf Kaffee Crema.

„Die vom Backup stellen noch ein paar Fakten über die Tote zusammen und dann Deckel drauf.“

„Und der Alte aus dem Westend?“, fragte Wolfgang.

„Ich befürchte, dass wir nicht so leicht dahinterkommen, was wirklich gelaufen ist. Vielleicht spielt uns der Sohn was vor.“ Hoppe drückte auf den Knopf Kaffee schwarz.

Wolfgang grinste. „Marlene sollte hier mal ihre Intuition zum Zuge kommen lassen.“

Einen Augenblick war Hoppe irritiert. Glaubte der alte Kauz etwa an sowas? „Die ist ja erst einmal weg.“ Und für sich fügte er an, dass in alten Fällen herumzuwühlen, sie nicht weiterbringen würde. Er schlürfte von seinem Kaffee. Von wegen Intuition! Wir werden das hier erledigen, während unsere Marlene in alten Klamotten wühlt. „Grab dich heute weiter in den Kunstmarkt ein!“, sagte er zu Wolfgang.

„Mach ich, Chef.“ Der Kollege lächelte.

Hoppe hatte stundenlang Recherchematerial aus der Service-Abteilung durchgeackert. Immer angespannter wurde er, als er nun am Nachmittag Ausschau nach seinem Teamkollegen Wolfgang hielt. Als Müßiggänger Wolfgang am späten Nachmittag endlich wieder auftauchte, pflanzte sich Hoppe ihm sogleich gegenüber. „Und, wie sieht es aus?“

„Nicht viel los in der Szene. War gerade mit einem meiner Informanten Kaffee trinken. Und bei dir?“

Er hatte heute Morgen versucht, den strukturierten Chef zu mimen. War damit aber nicht weitergekommen. Marlene!, wollte er schreien. Sie hat alle infiziert. „Ich sehe weiße

Mäuse." Hoppe fasste nach der Tischkante, um sich rücklinks abzustützen. „Ich krieg's nicht zusammen. Zeit nach Hause zu gehen und Bouletten zu braten."

„Bouletten?"

Hoppe wollte abwinken, hatte schließlich nur laut gedacht. Aus Höflichkeit fügte er „Hacksteak" als Erklärung hinzu und wollte das Gespräch beenden, als sein Gegenüber meinte, dass er darauf jetzt auch Lust hätte. Einen Rückzieher konnte Hoppe nun nicht mehr machen. Also ließ er sein Fahrrad am Präsidium stehen, damit sie gemeinsam im Auto nach Frankfurt-Sachsenhausen fahren konnten.

Im Hausflur der Gutzkowstraße 62 bemerkte Wolfgang, dass sich Hoppe was Nettes gesucht hätte.

„Das war Kathrin, meine Frau", entgegnete er knapp.

Oben angekommen deutete er, gleich nachdem sie in die Wohnung getreten waren, auf die Zimmertüren. „Wohnzimmer, Schlafzimmer, Bad. Und hier geht's zur Küche."

Er ging voraus, nahm wortlos zwei 0,3-er Licher aus dem Kühlschrank und reichte eine davon seinem Kollegen. „Prost!"

Bevor sie in einen verlegenen Smalltalk über Wohnung und Austauschjahr hineinmanövrieren konnten, nahm er ein altes Brötchen aus dem Brotkasten. Füllte zwei kleine Schüsseln mit Wasser. In eine legte er das Brötchen damit es aufweichen konnte. Die andere stellte er zum Beschweren darauf.

„So geht das", bemerkte Wolfgang, als er dabei zusah.

„Nachher wird's matschig."

Sie lachten kurz.

„Lass mich auch was machen“, bat Wolfgang.

„Kannst du Zwiebeln schneiden?“

„Bin ja schon über 60.“

Nach den Zwiebeln schnippelte er ein paar saure Gurken, die er zu dem Hackfleisch, einem Eigelb, den Zwiebeln, Pfeffer und Salz in eine große Schüssel gab. Hoppe drückte das Wasser aus dem eingeweichten Brötchen heraus, patschte es obenauf und begann, alles miteinander zu verkneten. „Noch etwas Senf. Kannst du mal?“ Er hob sein Kinn Richtung Kühlschrank und ließ seine Hände in der Schüssel.

„Sieht doch ganz ordentlich aus“, bemerkte sein Kollege als er den Senf in die Schüssel kleckste.

„Stell schon mal die Pfanne auf den Herd. Ja, da unten“, delegierte Hoppe weitere Handgriffe.

Als Hoppe die Bouletten mit zwei Gabeln in der Pfanne wendete, stand Wolfgang mit seinem Bierchen in der Hand daneben. „Hast dich eingelebt, was?“

Er überlegte einen Moment, verglich das hier mit seinem Ritual, das er Zuhause mit seinem Sohn daraus gemacht hatte. Er dachte aber auch an Zugfahrten, an seine Radtouren quer durch Frankfurt, an das allmorgendliche Kantinenfrühstück, an Kathrins Liebesbriefchen, an die großen Nägel im Flur, an seine Lieblingskneipen in der Schweizer Straße, an seinen ersten Apfelwein, an Kathrins Flughafen, an den Stadtwald und an das Dönerschiff im Main, mit dem er so einen angenehme Sehnsucht verband. „Geht so“, antwortete er auf Wolfgangs Frage.

Das Fett in der Pfanne schlug kleine Blasen, sodass es knisterte. Hoppe sah auf das Etikett der kleinen Bierflasche. Nach ein paar Schlucken begann er, von seinen weißen Mäusen zu berichten. „Diese Frau aus dem Appartement war Putzfrau. Selbständig. Die einzigen zwei Firmen, für die sie tätig war, gehören zur BrueCklean.“ Gedankenversunken legte er fertige Bouletten auf einen Teller, nahm Brot heraus, schnitt ein paar Stullen ab, machte zwei riesige Kleckse Senf auf jeweils eine Untertasse, hielt den Teller mit dem frisch Gebratenem seinem Kollegen hin und langte selbst zu. Auf einmal hielt er inne.

„Wir können uns auch setzen.“ Er zog die Schublade mit dem Besteck auf.

„Ich finde es so ganz gemütlich“, entgegnete Wolfgang.

Hoppe nickte und entspannte sich wieder.

„Und privat?“, fragte sein Kollege.

„Wie privat?“

„Die junge Frau.“

Hoppe atmete auf. „Es gab einen Freund. Bisher keine Adresse.“

Er sah, dass sein Kollege die Informationen wirken ließ, selbst aber keine Idee äußern wollte. „Ich nehme noch eine“, sagte der stattdessen und fingerte sich eine weitere Boulette vom Teller.

Nach ein paar Bissen war Wolfgang soweit, seine Gedanken zu formulieren. „Was ich sagen wollte“, begann er. „Wenn die bei der Mutter deines Mallorca-Opfers etwas finden, dann hast du alles richtig gemacht.“

Hoppe wischte seine Hände am Geschirrhandtuch ab und holte zwei neue Flaschen aus dem Kühlschrank. „Und wenn sie nichts finden?"

„Dann auch." Wolfgang redete, wie Kathrin es vorhergesagt hatte. „Verantwortung zu übernehmen, ist immer mit Risiken verbunden."

Hoppe wiegte seinen Kopf hin und her. Er war dankbar für so viel Väterlichkeit oder gar Freundschaft. „Wir beide wissen, dass Marlene nervig ist."

Wolfgang nickte vor sich hin, trank. Hoppe wechselte das Thema. „Was denkst du über die Vase?"

„Meiner Meinung nach schafft man so ein Ding gleich ins Ausland."

„Komisch, dass der Sohn keinen Aufstand darum macht", knüpfte Hoppe an seine Gedanken vom Morgen an.

„Er hat einfach keine Ahnung von solchen Dingen."

„Oder schon genügend davon."

„Die Beschreibung des Objektes ist jedenfalls in der Datenbank. Mehr können wir nicht tun."

Wieder ein Fall, der nicht durch aktive Arbeit gelöst werden konnte. Hoppe knetete sich mit der Linken im Nacken und schaute sich dabei um. Wolfgang lehnte an der Heizung vor dem Fenster. Zwei leere Bierflaschen standen neben der Spüle. Er hatte sich mit Wolfgang unterhalten, sie redeten noch immer, würden noch ihre zweite Flasche leeren. Ein paar Bouletten lagen noch auf dem Teller. Eigentlich war das ein ganz guter Abend.

7 Schnuppern

„Riech mal." Sarah hielt Isabel einen dieser Papierstreifen zum Parfümtesten unter die Nase.

Isabel atmete tief ein. „Und was ist hiermit?", entgegnete sie und sprühte ihre Wahl in die Luft.

„Und der Lippenstift da?" Sarah ging auf ein Regal zu.

„Mit UV-Schutz", Isabel grinste.

Die Welt des Duty Free bescherte den beiden Freundinnen einen leichtfüßigen Absprung in ein verlängertes Wochenende. Den langen Weg zu den Abflug-Gates legten sie gut gelaunt zurück. Als sie ‚Wir putzen glänzend. Oder wie sieht der Fußboden unter Ihren Füßen aus?' lasen, kicherten sie wie Teenager.

„Lass uns noch einen Kaffee nehmen", entschied Isabel.

So war die Abflugprozedur perfekt. Sie verstauten die Einkaufstüten in ihren Weekendern, legten 20 Euro für zwei Cappuccino hin und liefen fröhlich zu ihrem Gate. Bald darauf rollte die Maschine vom Hub und eine Stewardess gestikulierte mit Schwimmweste und Sauerstoffmaske. Isabel schaute aus dem kleinen Fenster. PKWs mit Rundumleuchten auf dem Dach, LKWs mit der Aufschrift Sky Chefs und flache Zugmaschinen mit Anhängern voller Koffer. „Viktor ist ausgerastet, als er erfuhr, dass wir im Haus von Stephan Brückner wohnen werden." Sie wandte sich zu Sarah.

„Viktor kann gar nicht ausrasten."

Isabel sah der Stewardess hinterher, die ihre Sicherheitsvorführung beendet hatte. „Meinst du, ich sollte das wirklich durchziehen?"

„Du gehst doch keinerlei Verpflichtung ein. Wir beide gucken nur mal. Wir beide ganz alleine.“ Sarah sah begeistert aus.

‚Wir beide ganz alleine.‘ Natürlich erinnerte sie sich auch an ihre gemeinsamen Abenteuer per Interrail-Ticket, an ihre sogenannten Forschungsreisen, an Kurztrips in alle möglichen Städte. Lange war das her. Als der Imbiss gebracht wurde, kam Isabel gedanklich wieder ins Hier und Jetzt zurück. „Viktor hat Hofmacher gar nicht erzählt, dass wir schon einmal vor Ort sein werden. Es ist ihm peinlich.“ Sie trank vom Weißwein, der hier oben nicht schmeckte.

„Stephan wird es dem Hofmacher schon gesteckt haben. Da bin ich mir sicher.“

„Am Ende kann ich gar nichts machen und keinen noch so winzigen Akku verkaufen. Vielleicht hat Viktor recht und es ist Zeit- und Geldverschwendung oder schlimmer.“

Sarah zuckte mit den Schultern. „Vielleicht hätte ich auch einen Weißwein nehmen sollen.“ Definitiv wollte sie von Isabels Zweifeln nichts hören. „Isabel, es ist nur ein Wochenende. Was soll tragisch daran sein?“

Der Flug dauerte noch eine kleine Weile, die Sarah nutzte, Isabel auf die bevorstehenden Tage einzustimmen. Am Ende fragte sich Isabel, warum sie solche Zweifel hatte. In den letzten Monaten hatte sie so viele Menschen kennengelernt, die einander vertrauten und miteinander für große Projekte einstanden. Menschen, die etwas bewegten. Ich kann das auch! Für mich und für Viktor, der sich gar nicht gewahr war, welche Rolle er in der Mitte solcher Persönlichkeiten einnehmen konnte. Das eine Wochenende! Das würde tatsächlich noch nichts ändern. Egal wie, in Zukunft wollte sie darauf achten, Viktor mehr ins rechte Licht zu setzen. Und außerdem helfe ich Sarah, ein wenig auf die Beine. Wenigstens das! Das wollte Viktor schließlich auch, rechtfertigte sie sich.

„Dass ich mit dir zusammen unterwegs bin." Sarah lächelte vor sich hin und lenkte das Auto ortskundig über kurvenreiche Straßen in eine grüne Hügellandschaft hinein.

Immer wieder erblickte Isabel Mandelbäume, Johannisbrotbäume, Schafe irgendwo in den Ebenen. Sobald sie höher kamen, sah sie zwischen Ästen ausladender Aleppokiefern oder Steineichen hindurch immer wieder das Meer. Längst stand die Abendsonne tief über dem Wasser. Zweige üppiger Oleandersträucher berührten ab und an das Auto, wenn die Straße enger wurde. Es knarzte dann kurz. Isabel entfuhr ein Seufzer, als Sarah immer langsamer fuhr. Vor welchem Tor sie wohl halten würde? Vor diesem? Vor diesem!

„Ich sehe mal nach, ob der Schlüssel an seinem Platz liegt." Sarah stieg aus und Isabel schaute in den Schminkspiegel über dem Beifahrersitz, wischte mit den Fingern am unteren Augenlid entlang und strich an den Haaren herum.

„Alles klar. Maria ist noch hier." Sarah setzte sich wieder hinters Lenkrad.

Das Tor zwischen den beiden Pfosten öffnete sich und eine stattliche Allee aus unzähligen alten Olivenbäumen lag vor ihnen. Die rotbraunen Kiesel knirschten eintönig unter den Reifen. Auf einer freien Fläche neben der Allee drehte sich sacht ein mallorquinisches Windrad auf seinem Feldstein-Türmchen.

„Lateinische Takelage“, erklärte Sarah, die ihrem Blick gefolgt war.

Auf der anderen Seite ihres Weges wuchsen drei riesige Palmen aus verdorrter Erde gen Himmel. Am Ende der Allee nahm Isabel verschwommen ein Haus wahr. Ob Sarah mich lächeln sieht?, fragte sie sich. Verheißungsvoll lag der Eingang im Schatten zweier Kiefern. Erst aus der Nähe konnte sie Details wie hölzerne Fensterläden, die Bougainvilleas und Drillingsblumen am alten Mauerwerk erkennen.

Sarah stellte das Auto ab und sagte: „Komm!“

Ein paar Meter vor den reich verzierten schweren Holzflügeln des Eingangs bat sie Sarah, einen Moment zu warten. Sie schaute zurück, dann wieder dem Haus entgegen, atmete schwer. Es ist so heiß, dachte sie. Doch noch etwas berührte sie so sehr, dass es körperlich von ihr Besitz ergriff. Sarah lächelte und nahm ihre Hand. Gemeinsam nahmen sie drei abgetretene Stufen und gelangten in eine steinerne kühle Halle, in deren Decke ein großes Viereck ausgespart war. Genau darunter lud eine Palme ihre Wedel aus. Isabel reckte den Kopf in die Höhe, drehte sich ein wenig und schaute sich weiter in diesem Raum um. Auf den Mosaiksteinen des Bodens standen neben dem Eingang rechts und links jeweils eine steinerne Bank und ihnen gegenüber flankierten zwei Geparden aus Sandstein den nächsten Eingang.

„Hübsch hier, nicht?“, sagte Sarah.

„Diese Inszenierung ist doch albern.“ Sie versuchte, sich gedanklich etwas abzukühlen. Doch als sie an den Geparden vorbei auf zierlichen Wegen in ein Idyll aus maurischer Vergangenheit und mallorquinischer Sinnlichkeit trat, verlor sie ihre Beherztheit sogleich wieder. Umschlossen von zwei Etagen, die erste hinter einem Schattengang, die zweite hinter einer schmalen Galerie verborgen, stand sie inmitten eines Patios. Leise plätscherte Wasser aus einem Brunnen, im Schatten einer Kiefer schwammen Zierkarpfen in einem Teich. Gestutzte Orangen- und Olivenbäume boten das Dach für kleine Bänke, Stühle und Tische. Blütengewächse rankten auch hier an Pfeilern und der Fassade empor. „Das hätte ich dem Brückner gar nicht zugetraut", sagte sie leise.

„Ich glaube, es ist ein wenig sein Hobby, so etwas anlegen zu lassen." Sarah blieb cool.

Eine resolute Frau erschien auf der anderes Seites des Innenhofes. Sarah und sie liefen aufeinander zu.

„Maria, cómo estás?", hörte sie Sarah sagen, danach machten es die Umarmungen und Küsse der beiden unmöglich, ihre weiteren Worte wahrzunehmen.

Langsam, um die Begrüßung nicht zu stören, ging Isabel hinüber.

„Isabel, das ist Maria. Maria, mi amiga Isabel!"

Der süße Duft der Blüten verschmolz mit der Hitze des Abends und dem Lächeln dieser Frau. Isabel suchte nach einer feierlichen Geste. Sie wollte alles umarmen, denn es war so anders als der Zynismus, den Viktor bei der Verabschiedung für sie parat gehabt hatte.

„Maria ist nur gekommen, um ein bisschen durchzulüften und den Kühlschrank zu füllen", gab Sarah zu verstehen.

Gemeinsam gingen sie in eine Küche, deren Anmutung die des Patios glich. Isabel lehnte sich an einen großen

Holztisch in der Mitte des Raums und hinter ihr knallte der Champagnerkorken.

„Salud!" Maria trank mit Ihnen zur Begrüßung und Isabel fühlte sich glücklich aufgehoben.

Als die Haussitterin gegangen war, spürte sie die stillen Verlockungen der Räume und des, wie es schien, unendlichen Gartens. „Wir machen uns hier einfach ein schönes Wochenende und am Montag früh fliege ich direkt zurück ins Institut."

Sarah schaute ein wenig verstört. Danach stieß sie noch einmal mit ihr an und goss gleich wieder nach.

„Komm, ich zeige dir alles." Sarah ließ ihr keine Zeit, sich ans Institut ihrer Business School zurückzusehnen.

Gemeinsam durchquerten sie weiß getünchte Flure, einen Salon, dessen Möbel ein Mix aus Leder, zu viel Glas und Chrom waren. Zum Glück gab es unzählige bunte Kissen, einen Essbereich im spanischen Stil und einen sagenhaften Blick in einen Garten hinein, wie sie ihn nur aus botanischen Sammlungen kannte. Die Leinenstores bewegten sich nicht, obwohl die gesamte Fensterfront geöffnet war. Kein Hauch wehte. In der Ferne das Meer. Sarah zog sie fort, um weitere Fluchten und Zimmertüren, robuste Holztreppen und kleine Flure zu passieren.

Endlich öffnete Sarah eine der vielen Türen. „Ich dachte, dieses Zimmer würde dir gefallen. Von hier oben hast du einen schönen Ausblick."

Isabel ging an dem Bett mit Baldachin, der Couch und den Sesseln, dem mit Schnitzereien übersäten Schrank vorüber und trat auf den Balkon. Sie musste Fensterläden öffnen, um hinaustreten zu können. Die Ornamente aus blauen, braunen und ockerfarbenen Fliesen des Pools waren gut erkennbar. Durch das Dickicht aus ausladenden Farnen, Palmen und gewaltigen Kiefern konnte sie Sonnenliegen, Hängematten und lauschige Sitzecken schwach ausmachen. Blühende Sträucher mischten dem dichten Grün Leichtigkeit bei. Bis alles mit einem geraden Schnitt vom Blau des Meeres abgelöst wurde.

„Besser, du machst die gleich wieder zu. Wegen der Sonne.“ Sarah deutete auf die Fensterläden.

„Ja“, sagte sie.

„Ich bringe dir deine Sachen herauf“, bot sich die Freundin an.

Isabel holte ihre Tasche selbst, legte sich danach einen Moment lang aufs Bett, hatte die Fensterläden natürlich offengelassen und träumte sich ein wenig ins mallorquinische Wochenende hinein. Ich werde mich frisch machen, den cremefarbenen Seidenrock, das dunkelbraune Top und die dunkelbraunen Flipflops anziehen. In den Wildlederbeutel stopfe ich den Badeanzug, Sonnenmilch, ein Buch, das Handy. Das Handy! Ich muss mich bei Viktor melden. Oder? Er wird mir ein schlechtes Gewissen oder einfach alles kaputt machen. Er wird auf mich einreden oder reserviert sein. Er wird mich fragen, wie der Flug war. Sie traute sich nicht anzurufen.

„Einen Weißwein hast du doch, oder?“ Sie war herunter zu Sarah auf die Terrasse gekommen und gewillt, sich auf ihr gemeinsames Wochenende ausnahmslos freuen.

„In diesem Haus gibt es einen ganzen Keller voller Wein.“

Das Überwältigende war anmutig geworden. Die Wärme entspannte sie. Der Wein tat gut. „Wir müssen mit deinem Boot fahren und sehen, wie du dich fühlst“, sagte sie, um nicht nur an ihr momentanes Glück zu denken.

„Das ist nicht so einfach und zuallererst sollten wir wenigstens in der Ölmühle vorbeischauen.“

„Das können wir morgen früh abhaken.“

„Wie du redest. Gefällt es dir hier nicht?“

Isabel gestand sich und Sarah ein, dass sie unkonkreten Andeutungen und unbegründeten Komplimenten erlegen war, dass sie mädchenhafte Vorstellungen über die Leichtigkeit eines gemeinsamen Projektes auf einer schönen Insel hatte. „Ich wollte es allen zeigen, ich wollte Viktor helfen und es mir beweisen.“

„Wer weiß“, gab Sarah nur zurück.

„Ich mache nebenbei mal etwas ganz anderes. Das ist doch lächerlich. Nebenbei! Etwas ganz anderes!“

„Ach, Isa.“ Sarah hob ihr Glas.

Viktor setzte Schritt für Schritt auf den weichen Teppichboden, der in ihrer Vorstandsetage verlegt war. Ein ulkiges Relikt, fand er, weil er für diese äußerliche Gediegenheit nichts übrighatte. Dennoch bremste es das Tempo und vielleicht auch die Emotionen. Ist das der richtige Weg?, fragte er sich. Das Ambiente tat also seine Wirkung. Am Ende des Flures befand sich Hofmachers Areal. Entré, Vorzimmer, Büro. Dunkle Schrankwände, beigefarbene Ledergarnituren, Topfpflanzen. Viktor wechselte nette Worte mit den Damen im Vorzimmer, als ihn Hofmacher durch die offenen Türen bereits wahrnahm und ihm entgegenkam. „Viktor, komm herein. Was gibt es? Ist deine Frau gut auf Mallorca gelandet?"

Scheiße! Er hatte noch nichts von Isabel gehört und ausgerechnet Hofmacher musste gleich auf ihren Wochenendtrip anspielen. Natürlich hätte der am liebsten diese Gelegenheit genutzt, um sein kleines Mallorca-Projekt mit Brückner durchzusetzen. Zum Glück war sie erst einmal nur mit Sarah dorthin unterwegs.

„Könnten wir die Tür schließen?", bat Viktor.

„Hast Du Probleme? Erst einmal einen Schnaps?"

Beide steuerten die Sitzgruppe mit Glastisch an. Viktor goss sich ein Wasser ein. „Nein Danke, das hier genügt." Er sah zur offenen Tür.

Hofmacher folgte seinem Blick, winkte mit einer Kopfbewegung Richtung Vorzimmer ab. „Soll ich doch etwas Stärkeres holen?", fragte Hofmacher noch einmal.

Viktor atmete durch, sah Hofmacher an. „Nun, ich habe um etwas Zeit gebeten, da ich mit dir nicht nur über unsere Entwicklung reden will.“ Er räusperte sich. „Ich weiß, dass alle im Haus die Zusammenarbeit mit der BrueCklean sehr schätzen.“

„Mein lieber Viktor, wenn Stephan seine Leute nicht im Griff hat, soll er mal eine Nachtschicht lang mit anpacken. Das würde dem alten Knaben sogar guttun.“

„Josef, hör mir einen Moment zu.“

Hofmacher seufzte ein wenig gespielt auf, sah Viktor an und das bedeutete wohl, dass er jetzt gespannt war. Also los, dachte Viktor. Er nahm einen Schluck Wasser, stellte das Glas langsam ab. „Du weißt, dass wir das Engagement der BrueCklean ausdehnen mussten. Mehr Etagen, mehr Räume, kürzere Intervalle für die Produktionsstätten.“

„Natürlich.“

„Ich war gezwungen, Wettbewerberangebote einzuholen.“

„Sehr ordentlich.“ Hofmacher schmunzelte.

„Die Firmen lagen um 150 Prozent über den BrueCklean-Angeboten und die Kleinen gaben erst gar kein Angebot ab.“

„Viktor, was willst du mir sagen?“ Hofmachers Blick schweifte das Fenster, er stand auf und lief dorthin.

„Dass das nicht normal ist. Sie haben sich alle selbst aus dem Rennen genommen“, schlussfolgerte Viktor.

Hofmacher schnellte herum. „Quatsch, Brückner ist einfach gut.“

„Wir sind kein unattraktiver Auftraggeber. Warum hat sich niemand Mühe gegeben?“ Viktor war mittlerweile auch aufgestanden. „Und ins Forschungszentrum kommen fast jede Nacht andere Putzkräfte, die hochgradig verängstigt wirken."

„Dann geh mal früher nach Hause!" Hofmacher lachte.

„Ich will wissen, was dahintersteckt und ich glaube, er setzt sie unter Druck."

„Was redest du da? Es ist doch wohl Stephans Angelegenheit, seinen Laden zu führen." Hofmacher kam auf Viktor zu, blieb nahe vor ihm stehen und fragte leise. „Was machst du?" Er schüttelte ganz langsam den Kopf, hob verständnislos die Arme und lief zum Fenster zurück.

„Die Situation rund um die Alternativangebote und auch das Verhalten der Putzkräfte sind doch sehr ungewöhnlich", sagte Viktor, ohne dass er dabei Hofmacher in die Augen sehen konnte. Nur die Bewegung der Schultern seines Gesprächspartners konnte er deutlich wahrnehmen.

Hofmacher wandte sich um. „Das ist doch Kleinkram. Wir entwickeln hier den Wasserstoff-Akku, auf den die Welt wartet, wie du immer sagst. Du bist unser Hoffnungsträger. Wir haben Verantwortung für die Zukunft übernommen und für den sinnvollen Einsatz der uns gewährten Mittel. Wir werden zigtausende neuer Arbeitsplätze schaffen, Lizenzeinnahmen generieren." Hofmacher kam auf ihn zu. „Du wirst zwei Prozent davon persönlich erhalten. So steht es in deinem Vertrag. Warum beschäftigst du dich mit der Putzkolonne?" Den letzten Satz schrie Hofmacher nur ein paar Schritte von Viktor entfernt.

Viktor ging auf ihn zu. Wollte ihn beschwichtigen, wusste aber nicht wie. Hilflos hob er die Hände. „Wir können nicht den Fortschritt propagieren, wenn ..."

„Was, wenn?“ Hofmacher war noch immer auf Hochtouren. „Es geht uns nichts an. Stephan hat ein festes Standbein überall da draußen. Wir brauchen ihn.“

„Wir schaffen das auch allein. Die Akkus sind gut genug, reaktionsschnell und sicher. Wir selbst müssen den ersten Schritt machen auf unserem Markt.“

„Stephan Brückner macht seinen Job gut und fertig. Im Übrigen hat deine Frau das längst erkannt. Vielleicht solltet ihr euch mal unterhalten.“

Stille. Hofmacher schüttelte den Kopf. Ganz leicht. Viktor schluckte. So eine verzwickte Situation hatte er nur theoretisch erwartet. Nun stand er hier inmitten Hofmachers Büro, entwaffnet, klein, argumentationslos.

Wie nach einem echauffierten Kampf wischte sich Hofmacher über seine Stirn. „Wie viele MWh können wir denn nun speichern?“

Viktor war ihm dankbar, dass er das Thema wechselte.

9 Esel

Nach einer schlaflosen Nacht, einem Kaffee und ein paar Keksen fuhren die beiden Freundinnen zu Brückners Ölmühle. Isabel wollte sich dieses Unterfangen wenigstens ansehen, danach würde sie Viktor sicherlich verstehen. Doch sobald Isabel die endlosen Reihen der Olivenbäume sah, schlug ihr Herz sofort höher. Ziegen grasten, Hühner pickten. Trockenmauern teilten das Gelände in Parzellen ein. Isabel streichelte einen Esel. Im Gebäude betrachteten sie die Mühlen mit ihren kegelförmigen Mühlsteinen, Fließbänder, Waschstraßen, die jetzt stillstanden, die großen Aluminiumtanks und im Keller die steinernen Fässer. Überall geöffnete Türen. In dieser Bilderbuchmanufaktur begegneten sie Menschen, die behutsam mit der Verfeinerung oder Abfüllung des gelagerten Öls beschäftigt waren. Im Hof gab es einen Verkauf und ein Restaurant.

Sarah und Isabel aber aßen ihre Fischsuppe an einem Holztisch vor der Restaurantküche, während Katzen um ihre Beine schlichen und die Mitarbeiter mit ihnen plauderten. „Don Stephan" verkaufe das Öl zu einem guten Preis, freuten sie sich. Überhaupt sei er ein guter Mann. Sie hätten einen einträglichen Betrieb, bekochten die Gäste, würden mit ihren Kunden sprechen. „Das hat uns Stephano beigebracht." Keine Geheimnisse. Qualität könne man zeigen. „Wir machen ausgezeichnete Produkte für feine Küchen und teures Essen." Oft genug würde ‚Don Stephano' Kunden direkt vorbeibringen oder er nähme Kisten gleich mit nach Frankfurt in seinem kleinen Jet. „Er macht alles dafür, dass unsere Arbeit hier weiter geht."

Isabel streichelte die Katzen und sah sich in Gedanken Fischgräten auskochen, Ziegen melken und Versandkisten packen.

Auf der Rückfahrt sagte Sarah, dass sie mit dem Wasserstoff-Akku den Wert des Öls und der anderen Produkte steigern könnten. „Eine konsequent an der Natur ausgerichtete Herstellung werthaltiger Produkte."

„Viktor hat natürlich recht, wenn er sagt, dass seine Stromversorgung für diese eine Ölmühle überdimensioniert ist", begründete Sarah weitere Abstecher in ein Hotel, eine Fleischerei und eine Wäscherei, die nahe gelegen waren und problemlos mitversorgt werden sollten. Jeder ihrer Gesprächspartner hörte ihre Idee geduldig an, weil sie von ‚Don Stephan' kam.

Als sich am frühen Abend die Pforte vor Brückners Haus für sie öffnete, der Kies schon vertrauter unter den Reifen knirschte und es neben dem Auto mediterran ländlich staubte, fühlte sich Isabel, als hätte sie eine Flasche Champagner allein geleert. Sie war erschöpft und trunken zugleich.

„Schön, wenn es Dir gefällt", hatte Viktor gestern Nacht geschrieben. Das hätte dir auch gefallen, dachte sie.

„Isa, darf ich reinkommen?" Im nächsten Augenblick stand Sarah im Zimmer.

„Das mit unserem Abendspaziergang am Meer wird nichts. Es sei denn, Stephan hat auch Lust darauf."

Sie verstand nicht. Sie war nicht vorbereitet. Stephan Brückner? Was wollte der hier? Gut, es war sein Haus. Aber auch an diesem Wochenende?

„Ich dachte du wärst hier wie zu Hause? Warum kommt der, wenn du schon hier bist?"

„Nur kurz, schreibt er. Fliegt heute Abend wieder zurück und lädt uns vorher zum Essen ein."

„Heute Abend?"

„Vor acht wird er nicht hier sein. Gehen wir?"

„Wohin?"

„Wenigstens zum Pool."

Selbst ein paar Bahnen im kühlen Wasser konnten die Gedanken nicht beruhigen. Isabel dachte an die Ölmühle, die Esel, den kleinen Laden, an die besonnene Arbeitsweise und den Ziegenkäse. Das hier ist also auch Brückner, der für einen Abend hierher geflogen kam, der sein Haus eigentlich ganz ihnen überlassen hatte, der sich zum Besuch ankündigte, obwohl er kein Gast war.

Als sie sich abtrockneten, erwähnte Sarah, dass der Sekretär aus dem Wirtschaftsministerium dabei sein würde und schüttelte den Kopf. „Die verlieren keine Zeit."

Sie sagte es leichthin und dennoch schürte die Erwähnung Panik in Isabel. Dem grauen Parkhaus an der Business School, der morgendlichen Schwermut, den endlosen Korrekturen der Semesterarbeiten wollte sie etwas entgegensetzen. Doch so schnell, so real, so verpflichtend? Das hier hatte nichts mit ihrem Leben zu tun, ihren Kenntnissen und Möglichkeiten. Sie versuchte eine andere Perspektive einzunehmen. „Muss der Staatsmann sein Öl hier verkosten?"

„Ich glaube, dass er ein wenig eingestimmt werden soll."
„Worauf?"
„Du weißt es längst."
„Dabei will Viktor partout nicht, dass ich hier bin."
„Es ist ihm unangenehm, dass du ihm hilfst."

Sie hoffte so sehr, dass Sarah das richtig einschätzte. „Wir müssen uns mal irgendetwas anziehen", sagte sie, denn wenigstens das war klar. Alles andere hatte sie im Moment nicht im Griff. ‚Irgendetwas' sollte lässig klingen. Doch schon während sie die Treppe hinaufstieg, wusste sie genau, wie sie sich heute Abend mit Charme, dennoch ausgesucht besonnen einbringen würde. Wenigstens äußerlich gelang es ihr stets gut. Man konnte nie wissen. Vielleicht geht es weiter, vielleicht wäre hier Schluss. In jedem Fall aber werde ich mich entscheiden. Ich!

Ein knalliges Rot oder ein dezentes Lila? Der Seidentop ist lilafarben. Dazu die Leinenhose, flache Sandalen. Die Haare? Hoch. Das ergibt eine elegante Note. Ein guter Kontrast zur knitterigen Hose. Wenn ich die rote Stola mitnehme, müssen die Haare sowieso von den Schultern weg, sonst sehe ich aufgeplustert aus. Dann könnte ich auf jeden Fall den roten Nagellack nehmen. So einfach ist das. Gar kein Aufwand! Sie machte sich frisch, bestäubte die Augenlider zart lila, zog den unteren Rand mit einem Kajalstift nach. Sie trug ihr Parfüm auf und probierte den Rouge-Lippenstift. Jetzt war fast alles perfekt. Sie konnte durchatmen und in Ruhe die Nägel lackieren.

Ganz von allein war es gekommen, dass sie nach unten gegangen, durch den Patio geschritten und vor die große

Holztür getreten war. Sie stand im Zwielicht mit ihrer Stola in der Hand. Die Fransen streiften den rostroten staubigen Boden. Warum bin ich hier?, fragte sie sich. Wenn mich Viktor so sehen könnte. Will ich, dass er jetzt käme? Aber es wäre ökologischer Schwachsinn, wie er immer sagt, für ein Wochenende hin- und her zu fliegen. Für einen Abend! Sie schaute sehnsüchtig in die Ferne. Ein kleiner Punkt am anderen Ende der Allee wirbelte Staub auf. Sie drehte sich um, eilte die abgetreten drei Stufen hinauf, an den steinernen Geparden vorbei, durch den Patio, würdigte den kleinen Fischteich keines Blickes, eilte ins Haus hinein und ging zu Sarah, die seelenruhig von der Terrasse über den Garten hinweg zum Meer blickte. „Wollen wir noch etwas trinken? Wer weiß, wann die kommen." Isabel bemühte sich, nicht zu schnaufen.

Sie ging zum Kühlschrank. Hatten sie nicht eine Flasche gestern darin deponiert? Aber wie sähe es aus, wenn sie sich aus seinen Vorräten bediente. Beruhigen würde sie es jetzt aber. Der Keller war randvoll, es war kindisch, sich nicht daraus zu bedienen. „Wollen wir noch eine aufmachen?", fragte sie und drehte sich zu Sarah um.

„Da sind sie schon." Sarah blickte in die andere Richtung.

„Sarah, Isabel, entschuldigt mein Eindringen. Ich hoffe, es stört euch nicht zu sehr." Brückner begrüßte sie mit vertrauensvollen Gesten.

„Sie kennen sich ja bereits", sagte Brückner begleitet von einer Handbewegung, die alle integrierte.

Dennoch holte der junge Mann noch einmal aus. Er reflektierte seine Begegnung mit Prof. Dr. Viktor Schlegel auf dem Symposium der Wirtschaftsförderung in Wiesbaden. Immerhin waren sie nun in seiner Mission unterwegs. „Ihr Mann ist ein besonderer Mensch“, bescheinigte er Isabel, die es reichlich aufgesetzt fand.

Dennoch pflichteten seiner Aussage auch Sarah und Brückner bei und wechselten danach das Thema. Brückner hatte heute Abend gemeinsam mit seinem Gast ebenfalls schon an der Ölmühle vorbeigeschaut. „Ihr wart auch schon da. Fleißig, fleißig.“

„Wahrlich ein Vorzeigeunternehmen“, bescheinigte der Mann aus dem Wirtschaftsministerium. Den Wasserstoff-Akku und damit deutsche Spitzentechnologie auf der Insel zu platzieren; er habe dabei ein sehr gutes Gefühl. Dafür habe sich der Ausflug in seiner Freizeit gelohnt, betonte er.

Zu viert jagten sie über die Autobahn nach Palma, wo die Türen der Bars und Restaurants offenstanden, Kerzen für ein behagliches Flair in den engen Gassen sorgten und sie in Brückners Stammlokal herzlich begrüßt wurden. Am wuchtigen Tresen nahmen einige Leute ihr Getränk, was das ausgesuchte Ambiente auflockerte. Und auch bei ihnen nahm der Abend mit dem Aperitif leichthin seinen Lauf.

Die Kellner hatten den Tisch bald vollgestellt. Lamm mit getrockneten Tomaten, Fisch in pikanter Sauce, Ziegenkäse mit Krokantglasur, Sobrasada, marinierte Filetspitzen vom Iberico-Schwein, glasiertes Gemüse, Kaninchen, Patatas und Pan. Trotz seiner Üppigkeit war das Essen appetitlich, seine Vielfalt verführte. Der Wein vervollständigte und machte das Essen zum Fest.

„Werden Sie sich des Pilotprojektes annehmen, Frau Schlegel?“, wandte sich der Staatssekretär des Wirtschaftsministeriums an Isabel.

„Warum nicht?“ Brückner stieß mit seinem Glas gegen ihres und sah sie ermutigend an.

„Ich weiß noch nicht.“ Etwas Geistreicheres brachte sie nicht hervor. „Drei Vorlesungsreihen, zweihundert Studenten, ein paar Forschungsprojekte kann ich nicht einfach im Stich lassen.“ Jetzt war die Mischung aus Zurückhaltung und eigener Wertigkeit günstiger ausgefallen.

„Du willst es doch in den Semesterferien durchziehen“, erinnerte sie Sarah.

„Das wird vorerst auch ausreichend sein. Wir unterstützen viele solcher Langlaufprojekte“, pflichtete der junge Mann aus dem Wirtschaftsministerium bei.

„Glauben Sie, dass die Ölmühle, entschuldige Stephan, der richtige Ansatz ist, um den Wasserstoff-Akku zu platzieren? Ich wollte mich an diesem Wochenende erst einmal davon überzeugen.“

„Genau, selbst ist die Frau. Hinfliegen und nachsehen“, sagte Brückner.

Isabel lachte auf.

„Irgendwo muss der Anfang gemacht werden. Danach geht's weiter bis in den Pazifik und auch bei uns Zuhause wird nach dem Projekt hier niemand mehr um den Wasserstoff-Akku herumkommen.“ Ein Fachmann aus dem Wirtschaftsministerium musste es ja wissen, dachte Isabel, als sie ihn reden hörte.

„Sie können es bestimmt besser einschätzen als ich“, erwiderte sie.

„Isabel, ich erkenne auf Meilen einen Unternehmergeist. Viktor ist viel zu langsam und zögerlich unterwegs. Die Welt wartet doch auf seine Wasserstoff-Akkus." Daraufhin hob Brückner sein Glas. „Lasst uns auf den genialen Forscher Viktor anstoßen."

„Wir werden unsere eigene Manufaktur haben. Eine Strommanufaktur", sprudelte Sarah.

Hatte sie heute Vormittag Gedanken lesen können?

„Ich sag euch, wenn ihr wollt, habt ihr danach allein auf Mallorca so viel zu tun, da kann sich Isabel überlegen, ob sie nach Frankfurt zurückkehrt", so Brückner.

„Ihr erstes Unternehmen mit einem totsicheren Start", bemerkte der Staatssekretär.

Isabel erschrak ein wenig über die Bemerkung. Auch in Sarahs Gesicht zuckte es leicht.

„Später können sie erweitern, verkaufen, es in andere Länder kopieren", fügte er an.

„Das hört sich einfach an", sagte Isabel.

„Ich weiß, dass es ungewöhnlich aussieht. Jeder Schritt zur Verwirklichung von Visionen ist unglaublich, weil ihn vorher noch niemand gegangen ist. Was glaubt ihr, wie oft ich ausgelacht wurde beim Aufbau der BrueCklean?"

V Finden

1 Spuren

Axel war noch im Zwielicht aufgebrochen, um sich auf seinem Fahrrad ein wenig abzustrampeln. Raus! Beweg dich! Doch die Gedanken an Marlene, die seit gestern in Berlin war, kamen nicht zur Ruhe.

Im Präsidium versuchte er, wie gewohnt in der Kantine zu frühstücken. Aber auch hier schaute er auf den Kaffee, den kalten Kakao und die Salamibrötchen, als könne er damit gar nichts anfangen. Alles war wie immer und doch schlug es ihm auf den Magen. Telefonieren konnte er nicht, da heute Morgen noch keine neuen Informationen vorliegen würden. Und Michel? Hatte der nichts zu sagen? Axel nahm ein paar Schlucke vom Kaffee und tippte auf sein Smartphone: ‚Hallo Michel, bin heute Morgen 30 km gefahren.' Er suchte nach einem Miniradler, den er dem Text anfügte. Die gesamte Nachricht kopierte er, denn Kathrin sollte auch beeindruckt sein. Für sie fügte er eine Frage hinzu. ‚Wie gefällt es Dir in Athen?' Er atmete durch und aß nun doch seine Frühstücksbrötchen, trank den Kaffee dazu aus.

Das Päckchen Kakao nahm er mit in die dritte Etage in den Bereich für Kapital- und Eigentumsdelikte hinter der großen Doppeltür aus Sicherheitsglas. Neben seinem Schreibtisch stellte er sich an die Fensterfront des Großraumbüros und schaute der Autokarawane hinterher, die auf der sechsspurigen Straße nur langsam vorankam. Er kratzte ein paarmal über seinen Zweitagebart. Warum nur habe ich Marlene und Julian nach Berlin geschickt? Ganz gleich, was mir Kathrin und Wolfgang einreden wollten, das ist Selbstzerstörung! Jetzt schnüffeln die beiden in meiner Behörde und meinem alten Fall herum.

Marlene hatte einen Tag drangehängt, weil die Mutter von Robert Vleih es nicht geschafft hatte, konzentriert über ihren Sohn zu reden. „Ich habe es vorausgesehen", murmelte er. Die arme Frau! Ermittlungen im Journalistenmilieu sollten der Aufhänger sein. Material von ihrem Sohn würde urheberrechtlich missbraucht worden sein. Das hatte die Mutter keinesfalls aus ihrer Lethargie gerissen. Ihr Sohn war tot, sollten andere seine Geschichten weitererzählen. Nachdem Marlenes Fragen nach Recherchematerial also zigmal ins Leere gelaufen waren, hatte nur Julian am Ende einen Draht zu der Mutter gefunden. Er hatte von beruflichen Zusammenhängen zu der Frage nach einer Freundin des Sohnes übergeschwenkt und damit wohl einen Nerv getroffen. All das hatte Marlene gestern am Telefon berichtet. Eitel ist sie nicht, erkannte Axel zum ersten Mal. Immerhin wollte sie unbedingt zu Vleihs Mutter und war im gestrigen Gespräch stecken geblieben, bis Julian seiner Intuition freien Lauf gelassen hatte. „Da ist noch was, ich spüre es", hatte sie gesagt. „Wir dürfen morgen wiederkommen." Hiernach war sie nicht zu bewegen, die arme Frau in Ruhe zu lassen. Axel rieb sich den Nacken, sah noch immer den Autos auf der Straße hinterher.

Irgendwann hatte er sich an den Schreibtisch gesetzt. Er trommelte mit den Fingern auf der Tischplatte, schaute auf seinem Smartphone alle Quellen für Mitteilungen durch. Telefonnachrichten, Voicemail, Whatsapp. Ist das Telefon auf laut gestellt? So konnte er den Tag nicht verbringen! Er wühlte den Entwurf seiner letzten Ausarbeitung für die

Schulungsmaterialien hervor. Also ran an die Korrekturen, ermunterte er sich. Jedoch driftete er gedanklich immer wieder zu den Hintergrundinformationen ihres neuen Falles ab, den er seit gestern gemeinsam mit Wolfgang bearbeiten musste. Eine junge Frau, die sich umgebracht hatte. Wieder keine umfängliche Ermittlungsarbeit. Dennoch konnte er seine Gedanken nicht beiseiteschieben. Ich sehe Zusammenhänge, wie sie sonst nur Marlene sieht, sagte er sich seit heute Nacht. Nichts hatte ihn auf eine andere Sichtweise gebracht. Er schob die Schulungsunterlagen beiseite und begann, Zusammenhänge auf ein Blatt Papier zu kritzeln. Er schrieb Theorien daneben, kreiste ein, unterstrich, zog Verbindungslinien mit Pfeilen an dem einen oder anderen Ende. Als er fertig war, schlug er wütend mit der flachen Hand auf den Tisch. Ganz automatisch hatte er ein Szenario entworfen, das er so nicht haben wollte. Selbst wenn Marlene weg ist, schwirrt sie überall herum, fluchte er innerlich. Sogar in unserem Fall, den wir erst gestern reinbekommen haben. Seine Kritzeleien zeigten Verbindungen von den Werksverträgen der jungen Frau bis hin zum Appartement, das sie zuletzt bewohnt hatte, auf. Beides war, wenigstens an einem langen Ende, mit der BrueCklean verbunden.

Axel schaute nach Wolfgang. Leider war der Kollege noch nicht da. Abermals stellte er sich grübelnd ans Fenster und schaute über die Autos hinweg auf ein paar Wolkenkratzer in der Ferne. Er kannte Frankfurt mittlerweile so gut, dass er Straßen, Plätze und U-Bahnstationen unterhalb der Hochhäuser vor sich sah, er kannte die Baustellen für neue Türme, wusste genau, wie er von hier am schnellsten alles hinter sich lassen und auf seine Seite des Mains gelangen würde. „Auf meine Seite des Mains“, wiederholte er leise und schüttelte den Kopf.

„Alles klar?“ Wolfgang war eingetroffen und holte ihn aus seinen Grübeleien heraus.

Axel schüttelte den Kopf. Sie gingen zum Schreibtisch. „Hier, sieh mal.“

Wolfgang blickte aufmerksam auf das vollgekritzelte Blatt Papier bis er durch die Zähne pfiff. „Der Suizid?“, fragte er.

„Marlene macht mich irre!“, erwiderte Axel. Schau dir das an. Er deutete auf die Zusammenhänge: Verträge mit Mindestlaufzeit und Mindestarbeitsstundenzahl. Vor ein paar Monaten der Umzug der jungen Frau in einen Appartementblock, um ihre privaten Kosten zu senken. Eigentümer der Anlage waren ein paar GmbHs mit der Schmidt Security und an manchen Stellen der BrueCklean AG irgendwo im Teilhaberdschungel. „Das ist doch Zufall, oder?“

Wolfgang blies die Backen auf, atmete lange aus. „Strafrechtliche Zusammenhänge zu einem Suizid herzustellen, wird schwer. Sie war eine erwachsene Frau.“

„Weißt du noch, was du über Kausalitäten in unserem ersten gemeinsamen Fall gesagt hast?“

„Über die mittelbaren Zusammenhänge? Nur sieht es hier nach einer persönlichen Ausweglosigkeit aus. Niemand der von dir erwähnten Unternehmen hat etwas von ihrem Tod.“

„Du meinst, anders als bei dem Mann mit der kleinen Putzbude?“

„So klein war die nicht.“

„Aber einen Zusammenhang zur BrueCklean hat damals nur Marlene heraufbeschworen.“

„Eben! Wir sollten uns darauf konzentrieren, den Freund der jungen Frau ausfindig zu machen.“

Axel fragte sich, ob er schon hysterisch sei.

„Zur BrueCklean kannst du von jedem Flecken der Stadt eine Verbindung herstellen.“ Wolfgang deutete auf Axels Blatt Papier.

Der Kollege musste es ja wissen, versuchte Axel sich zu beruhigen.

Zum Mittagessen gingen sie zum ‚Schnitzelwirt‘, um ihren Überlegungen frischen Wind beizufügen.

„Diese Firmenverästelungen sind weder strafbar, noch geheim. Die vom Wirtschaftsdezernat werden gelangweilt mit den Schultern zucken.“ Wolfgang fuchtelte ein wenig mit der Gabel umher, schnitt Fleisch ab, stippte es in Grüne Soße ein.

„Und das war’s?“

Wolfgang nahm eine gelassene Haltung ein. „Das kann jedenfalls nicht der Grund dafür sein, dass sich diese junge Frau das Leben genommen hat.“

Axel nickte, während er auf seinem Teller hantierte. Er sollte einfach seine Hausaufgaben machen. „Eure Grüne Soße schmeckt wirklich gut.“

Sein Kollege lächelte. „Und Marlene?“

Wenn sie nicht wäre, könnte ich ganz genauso nüchtern denken wie Wolfgang. Aber nun hatte er sie sogar nach Berlin geschickt. „Es ist Wasser auf ihre riesigen Räder, an denen sie andauernd drehen will.“

Wolfgang nickte. „Ihre BrueCklean ist überall.“

Immer wieder Marlene, BrueCklean, sinnlos kleine Fälle, Abwarten und Schulungsunterlagen schreiben. Dass das Austauschjahr langweilig werden würde, damit hatte er gerechnet. Dass es aufreibend werden würde, weil er sich um Michel sorgte oder weil er die Rückkehr in sein altes Team nicht erwarten konnte, damit hatte er auch gerechnet. Aber dass er sich dauernd wegen eines alten Falles rechtfertigen musste und er am Ende selbst dieser penetranten Kollegin zuarbeiten würde, das war zu viel!

„Vielleicht will Marlene zu den Wirtschaftsleuten wechseln“, hörte er Wolfgang sagen.

Diese Bemerkung holte ihn aus seinem Anflug von Selbstmitleid heraus. Wolfgang grinste. Ja! Auch er konnte der Vorstellung, Marlene an ein anderes Dezernat zu verlieren, etwas abgewinnen. Gemeinsam machten sie sich über ihre Gedanken lustig, überlegten, ob sie die Kollegen vorwarnen sollten. Galgenhumor? Wenn sie am Ende mal nicht mich aufhängt, dachte Axel. Die Henkersmahlzeit beim ‚Schnitzelwirt‘ hatte seine Wartezeit auf ihre Rückkehr jedenfalls verkürzt.

Als sie zurück im Büro waren, stand ein Bericht der Spurensicherung über die Westend-Wohnung zur Verfügung. Nur her mit den lausigen Einzelheiten, sagte sich Axel. Griesgrämig öffnete er das Dokument der Spurensicherung. Er las und gähnte und dachte nur daran, dass der ganze Nachmittag noch vor ihm lag. Ein winziges Detail allerdings schaffte es, ihn aus seiner Übellaunigkeit herauszuholen. Er stand auf und lief zu Wolfgangs alteingesessener Büroecke hinüber. „Ich habe unsere Vase gefunden. Besser gesagt, die Kollegen der Spurensicherung."

Wolfgang stutzte. „War sie in der Matratze eingenäht?"

„Mikrospuren von Porzellan, das als Nymphenburg identifiziert wurde. Das haben sie gefunden."

„Also hatte der Alte die Vase tatsächlich besessen."

„Und sie muss irgendwo angeschlagen sein. Vielleicht ist sie deshalb noch nicht auf dem Markt. Zu leicht zu identifizieren." Ruhig, Schritt für Schritt anhand von Fakten geht Polizeiarbeit, dachte er mit einem Schuss Überlegenheit in Richtung Marlene. Das Surren seines Smartphones unterbrach den Höhenflug. Die kommt ja wie gerufen, dachte er, als er aufs Display sah. „Marlene? Wie läuft es?", fragte er forsch. Während sie in Berlin Zeit vergeudet, machen wir hier weiter! Kleine Ermittlungserfolge hoben Axels Laune. Während er sprach, schaute er Wolfgang an, in dem er nach der Mittagspause nun ganz offiziell einen Verbündeten wusste. „Eine Kiste?"

Wolfgang pfiff leise durch die Zähne.

„Alles klar." Axel drückte auf das rote Symbol mit dem Telefonhörer. „Sie sitzen schon im Zug. Wir kriegen heute Abend eingescanntes Material. Briefe, Notizen, das Übliche."

„Aus einer Kiste?"

„Scheint so, als ob dieser Vleih seine Frauengeschichten in Kisten verpackt bei Mutti untergestellt hatte."

Mehr hatte Marlene nicht erwähnt. Konnte sie nicht, weil sie im Zug war? Wollte sie nicht? Hatte sie etwa doch ein großes Ass im Ärmel? Und von wem, verdammt nochmal, waren diese Briefe?

2 Projekt

‚Liebe Isabel, heute wieder in die Brasserie du Nord? Habe einen Tisch für 14 Uhr bestellt.' Brückner drückte auf senden. Seit Wochen trafen sie sich freitags zum Lunch. Isabel gab an dem Tag keine Vorlesungen und auch er hielt sich jedes Mal ganze drei Stunden frei. Aufhänger ihrer Verabredungen war das Mallorcaprojekt, worüber sie für seinen Geschmack viel zu viel sprachen. Er schaute auf seinem Telefon nach, ob eine Antwort gekommen war. Habe ich mir gedacht. Brückner lachte kurz auf. Natürlich antwortet sie nicht prompt.

Er ging ins Vorzimmer seines Büros, um den Damen mitzuteilen, dass er ein kleines Frühstück brauche. „Nur für mich. Ohne Gäste. Wenn ihr etwas möchtet, bringt einfach mehr mit." Sie schwatzten noch ein bisschen, die heutigen Termine wurden erwähnt, zwei Bereichsleiter hatten um Gespräche gebeten, erste Urlaubspläne wurden geäußert. Tatsächlich, es ist bald so weit, dachte er. Mit Gedanken an den Sommer ging er zurück ins Büro und sah wieder auf das Telefon. Nichts. Wann habe ich das letzte Mal so sehr auf eine Antwort gewartet? Kopfschüttelnd fragte er sich auch, wie oft er ihr in den Club gefolgt war? Wie oft bin ich mit ihr ein paar Loch abgelaufen? Wir stimmen in allen Dingen überein. Das weiß ich! Und sie kann sogar lachen. Mit mir. Wir wissen doch beide längst, dass wir unsere Freitage herbeisehnen. Das ist doch klar, dass wir uns sehen. Eine der Assistentinnen klopfte an und brachte sein Frühstück, das aus einem Croissant, einem Kaffee und ein drei Kiwis bestand. Die Zeit verging nach dem Snack, indem er einige

Obliegenheiten wahrnahm. Er bat nacheinander auch die beiden Bereichsleiter zum gewünschten Gespräch und wartete immer noch auf Isabels Antwort.

Als auf seinem Display endlich der Absender Isabel aufleuchtete, war es bereits nach 13 Uhr. ‚Ich werde mich ein wenig verspäten. Freue mich aber.' Biest! Er grinste vor sich hin. Das kann sie gut. Wie alles. Sogar ‚Strommanufaktur' hört sich super an. Isabel und Sarah waren jetzt wie oft dort gewesen? Er zählte in Gedanken die Wochenenden zusammen, erinnerte sich der Freitage, an denen sie nicht mit ihm essen gehen konnte, weil sie auf Mallorca war. In seinem Haus, in seiner Ölmühle. Das Hotel wird mitmachen, die Wäscherei werde ich kaufen, damit die auch dabei ist. Ob die Fleischerei sich anschließt oder nicht, ist egal. Die Ölmühle werde ich ausbauen. Wir werden ein paar Solarkollektoren und diesen verdammten Akku aufstellen. Dafür können uns alle dankbar sein. Er straffte sich, stand auf und verließ das Haus pünktlich.

In der Brasserie ließ er sich einen Aperitif bringen, nur fürs Ambiente. Sein Warten wollte er auskosten. Die Vorfreude genießen. Als Isabel endlich im Restaurant auftauchte, nahm er sie zur Begrüßung ehrlichen Herzens in seine Arme. Längst waren Förmlichkeiten und Abstand zwischen Ihnen nicht mehr angebracht. Ihr war es unangenehm und angenehm zugleich, das spürte er. „Gerade habe ich an Dich gedacht", sagte er.

Sie forschte in seinen Augen mit einem Fragen in Mundwinkel und Augenbraue. Kein Kommentar. Als sie sich setzten, redete er einfach weiter. „Ich habe gerade gedacht, wie schade es ist, dass du nicht für BrueCklean arbeitest."

Isabel sah ihn empört an.

„Im Ernst. Schade, dass du schon vergeben bist."

Ihre Empörung wich ganz langsam einem kleinen Lächeln. „Was hast du da?" Sie deutete auf den Drink.

„Nur einen Gin Fizz."

Der Kellner trat an ihren Tisch.

„Ich nehme etwas weniger Kraftvolles", sagte Isabel und deutete auf seinen Drink.

Diese Lachfältchen!, dachte er.

Sie bestellten weitere Getränke, wonach Isabel seinen Gedankengang von der Zusammenarbeit bei BrueCklean aufgriff. „Außerdem habe ich einen Job und nun, wie es aussieht, noch ein Projekt."

Gut, dann eben ihr Lieblingsthema, dachte er. „Du und Sarah seid ganz schön vorangekommen."

„Mit deiner Hilfe."

„Ihr ganz allein habt die Leute getroffen, die Unternehmen gewonnen, mögliche Standorte für Solarkollektoren und die Akkus angesehen."

„Danke", sagte sie zu dem Kellner, der ihr ein Glas Champagner brachte.

„Die EnVer hat gesagt, dass sie das ziemlich schnell hinbekommen", sagte sie und hob ihr Glas.

„Und dein Mann?"

„Der hat die Projektunterlagen angesehen, den Kopf geschüttelt und gemeint, dass er das einem Praktikanten geben würde."

Brückner pfiff durch die Zähne. „Zum Wohl!"

Isabel redete nach einem kräftigen Schluck sofort weiter. „Ich habe Hofmacher vorgeschlagen, es als Projekt einer guten Freundin zu deklarieren. Ein Testballon einer engagierten Frau, die diese Art der Stromversorgung vor Ort durchsetzen will. Ich vermittle nur."

„Du sollst nicht mit ihm zusammenarbeiten, stimmt's?"

„Viktor ist es peinlich, dass ausgerechnet ich ein Projekt betreue, das er für sinnlos erachtet."

„Aber ich halte es für großartig!" Er stieß mit ihr an, wollte sie am liebsten küssen und sie loseisen von diesem Spielverderber.

„Hofmacher hält schon daran fest."

Ein ‚ich weiß', verkniff er sich.

„So helfe ich dem Wasserstoff-Akku und Viktor auf die Sprünge. Hofmacher biegt das schon hin. Sarah und mir macht es wirklich Spaß."

„Am Ende wird er einsehen, dass ihr Großes vollbracht habt."

Da waren wieder ihre Lachfältchen! Wie gerne würde er ihr jetzt über die Wange streicheln. „Wirklich schade, dass du nicht bei mir arbeitest."

„Ein wenig mache ich das doch." Isabel nahm ihr Glas, trank, schaute in das elfenbeinfarbene Sprudeln. „Ich mache das auch für mich." Sie sagte es leiser als alles andere zuvor.

Bevor er darauf eingehen konnte, war der Kellner zurückgekommen, um sie nach ihren Essenswünschen zu fragen. Das Menü des Tages gab genügend Anhaltspunkte zur Aufmunterung, noch bevor Isabel von ihrer guten Laune etwas einbüßte. Mit viel Charme empfahl der Ober Artischocken oder Schnecken als Hors-d'Œuvre, Suppen und

Salate, grand und petit plateaus mit Felit, Meeresfrüchten, Crèmes als Dessert. Jede Woche gab es eine andere Spezialität, damit auch Stammgäste noch überrascht werden konnten. Wir wären ein prima Gespann, dachte Brückner, während er Isabel bei ihrem kurzen Dialog mit dem Kellner zusah.

„Sollen wir noch einmal den Herrn aus dem Wirtschaftsministerium treffen? Ich fand seine Schreiben noch etwas zurückhaltend", kam sie wieder auf das Projekt zurück, nachdem auch er sein Essen bestellt hatte.

„Den hast du doch längst in der Hand."

„Ich würde aber gerne noch einmal genauer nachhaken. Kannst du nicht etwas ausmachen?"

„Alles klar, Chefin."

Wieder lächelte sie und nur das zählte. „Darf ich mit dir auch etwas ausmachen?", sagte er.

„Mit mir? Ist noch etwas offen?"

„Am nächsten Freitag essen wir nicht hier."

„Ist ja auch schon alles besprochen. Wir brauchen ein paar Zusagen. Sarah und ich müssen noch ein paar Hausaufgaben erledigen. Erst danach macht es wieder Sinn."

Er fasste über den Tisch nach ihrer Hand. Isabel sah langsam von ihren Händen hinauf in sein Gesicht. Sie zog langsam ihre Hand weg, räusperte sich.

„Wir fliegen nächste Woche hin. Ich will die Strommanufaktur besser verstehen. Ich denke, dass wir vor Ort alles besser zusammenfassen können, um die letzten Etappen klarer vor uns zu sehen."

„Wir brauchen unbedingt eine Finanzierung unabhängig von der EnVer, sonst ist das Projekt unglaubwürdig."

„Das schaffen wir doch. Also lass uns rüberfliegen."

„Unser Essen", bemerkte sie und vertagte damit die Antwort.

Nach ein paar Bissen schlug er es noch einmal vor. „Wir können nachmittags starten, ich fliege uns, wir bleiben zwei Tage und dann geht's wieder zurück. Das ist kein Aufwand für uns beide und dennoch wird es dem Projekt guttun." Er lobte die Gerichte, den Wein, das angenehme Ambiente. Es hatte keinen Sinn, sie zu drängen.

„Was ist mit Sarah?", fragte sie.

Er brauchte einen Moment, um zu verstehen. „Natürlich nehmen wir sie mit, wenn sie wegkann."

Isabel nickte. Er schenkte Wein und Wasser nach, spürte, dass er lächelte.

„Ich muss langsam los."

„Natürlich", erwiderte er gelassen. Und sag deinem Viktor schon mal Bescheid, dachte er.

3 Briefe

Wie Hoppe den Nachmittag überstanden hatte, wusste er nicht. Etwas Zeit war während der Telefonate draufgegangen, die er mit Berlin geführt hatte. Nichts hatten die Kollegen gewusst. Sie hatten die Frankfurter tags zuvor vom Bahnhof abgeholt, zu Vleihs Mutter gefahren und gewartet. Für heute hatte man Hoppes neuen Kollegen ein Fahrzeug gegeben. Die Frankfurter waren unaufdringlich gewesen, bis heute Nachmittag die dringende Bitte aufgekommen war, das Material schnellstmöglich im internen Netz verfügbar zu machen. „Diese Marlene Saalfeld wühlte wie besessen in so einer Kiste herum. Sie ließ unser Serviceteam nicht in Ruhe, scannte auch selber ein, was sie zu fassen bekam“, hatte einer der alten Kollegen berichtet.

Ob mein Name oft gefallen war? Hoppe holte sich einen Kaffee, schaute im PC Mails und Nachrichten durch und rief im Intranet immer wieder die Kennnummer für den alten Mallorca-Fall auf. Irgendwann gab's noch einen Kaffee und noch einen. „Ich führe mich auf wie ein Idiot“, nuschelte er im fast schon leeren Großraumbüro vor sich hin. Ich sollte gehen. Wahrscheinlich wird am Montag alles verfügbar sein. Hoppe strich sich übers Kinn, trank seinen Kaffee aus und gab dabei noch einmal den Code für seinen alten Fall ins System. Das gibt es ja nicht! 10 Gigabyte Material war neu hinzugefügt worden. Natürlich ging er jetzt nicht. Er öffnete einige Dateien und ermahnte sich zur Ruhe. Dann begann er zu lesen.

Sehr geehrter Herr Vleih,

mein Name ist Sarah Schmidt. Einige Ihrer Recherchen brachten aufregende Details an die Öffentlichkeit. Sicher sind Sie auf gut informierte Quellen angewiesen. Ich kann eine dieser Quellen für Einsichten in die Schmidt Security AG sein. Ich bin als Ehefrau des Inhabers und ehemalige Mitarbeiterin mehr als nur nah dran am Unternehmen.

Seit Jahren vermute ich, dass die herkömmlichen Aufgaben einer Sicherheitsfirma überschritten werden. Betriebswirtschaftliche Unregelmäßigkeiten kann ich aufgrund meiner Nähe zum Geschäft einwandfrei benennen.

Sarah Schmidt

Für diese Wichtigtuerei war Marlene nach Berlin gefahren? Kein Wunder, dass sie am Telefon wortkarg geblieben war. Da hatte sie ja einen richtig fetten Fang an Land gezogen. Hoppe streckte bequem die Beine aus. Etliche dieser Mails folgten. Hilflose Beschuldigungen, die, wie es schien, unbeantwortet geblieben waren.

Herr Vleih,

melden Sie sich. Mein Mann ist nachts bewaffnet unterwegs. Glauben Sie mir! Recherchieren Sie selbst. Sie werden mit großer Wahrscheinlichkeit mehr entdecken als Männer, die nur Cowboy spielen.

War es das? Diese Behauptung war so lächerlich. Niemand war ums Leben gekommen. Die Schmidt konnte mit keinem Toten aufwarten. Immer noch strampelte sich diese Frau ab, um Vleihs Aufmerksamkeit zu gewinnen. Hoppe scrollte schneller, las flüchtiger.

... Habe Unregelmäßigkeiten im Zahlungsverkehr bemerkt. Vielleicht konnte Schmidt Security in den letzten Jahren die Preise steigern. Aber hebt man die Preise gegenüber einem langjährigen Kooperations-

partner (BrueCklean) an? Niemand bei Schmidt Security ist smart genug, mit einem Geschäftspartner wie Stephan Brückner vorteilhaft zu verhandeln. Außerdem habe ich Beteiligungen an Unternehmen und Objektfinanzierungen entdeckt. Muss man als Sicherheitsdienst die Objekte besitzen, die man bewacht? Glauben Sie mir, ich habe jahrelang in der Buchhaltung mitgearbeitet. Ich weiß, wo ich nachschauen muss.

Daher wehte der Wind. Die Frau war sauer, weil sie nun nicht mehr mitarbeitete, weil sie abgeschnitten war, weil der Schmidt sie nicht mehr dabeihaben wollte. Jetzt verachtete sie ihren Mann. Wollte sie sein Unternehmen demontieren? Warum lancierte sie wie alle rachelüsternen Mitarbeiter oder ausgebotenen Kompagnons nicht einfach etwas an ein Finanzamt oder an ein Wirtschaftsdezernat? Hoppes Augen schmerzten. Er fuhr mit den Fingerspitzen über seine Stirn. Diese Schreiberei ging ihm auf die Nerven. Die Frau war beleidigt, weil ihr Mann die Details des Unternehmens nicht mehr mit ihr teilte. Er stand auf, um ein wenig auf und ab zu laufen. Brachten diese Mails seinen alten Fall ins Wanken? Gut, ein Gigabyte wartete noch. Aber eine Affäre zwischen Schmidt und Vleih war schon vorher klar. Umständliche Anmache, befand er. Jähes Ende auf der Lady Lily. Und Brückner? Warum hatte sie den ins Spiel gebracht? Und warum so spät, fast nebenbei? Er lief an Topfpflanzen und leeren Drehstühlen vorbei, immer an der Fensterfront entlang. Bewegung brachte die Gedanken auf Trapp. „Natürlich!", sagte er laut vor sich hin. „Das war Dramaturgie! Die Schmidt hört sich genauso an wie Marlene. Kam mir von Anfang an so vor! Brückner sollte dran glauben. Nicht ihr Ehemann, Rüdiger Schmidt." Erschrocken stockte er in seinen Äußerungen. Laut mit sich selbst reden! Wenn doch noch jemand hier war, hätte der hinter einer der raumteilenden Stellwände seinen Spaß. Mit zusammengepressten Lippen ging er an den Schreibtisch zurück. Auch diese Frau hatte tausend Umwege in Kauf genommen, um am Ende einen ganz anderen ans Messer zu liefern. Nämlich Marlenes Lieblingsfeind. Hatte Brückner einfach solch einen Verschleiß? Die waren alle auf den gleichen Mann sauer, nicht auf ihre eigenen. Hatte Marlene überhaupt einen Mann?

Sein Telefon summte. „Marlene?", sagte er mit dem Telefon am Ohr. Er hatte völlig ausgeblendet, dass sie auf dem Rückweg war. Natürlich würde sie auch am späten Abend nach ihrer Ankunft hier weitermachen wollen. „Alles klar, wann werdet ihr in Frankfurt sein? In einer halben Stunde? Neun Uhr?"

Um Hoppe herum war es still. Vielleicht saß tatsächlich noch jemand in seiner Schreibtischecke, vielleicht auch nicht. Er nahm die Maus unter seine Finger und hoffte auf schnelle Bestätigung. Liebesbriefe. Davon habe Vleihs Mutter gesprochen. Die mussten jetzt folgen. Fragt sich nur zwischen wem die hin- und hergeschickt wurden? Wo war ich stehengeblieben? Los komm schon! Komm schon, bevor Marlene hier ist. Er scrollte in den Dokumenten weiter. ... *Was brauchen Sie, um mit eigenen Recherchen beginnen zu können?*, bot sich die Schmidt an. Hoppe dachte an die graue Maus im Ohrensessel zurück. Tarnung? Vor mir oder auch vor ihrem Ehemann? Er las quer auf der Suche nach weiterer Bestätigung.

Lieber Robert!

Danke! Dein Interesse hat mich getröstet. Seit Jahren bist Du der Erste, der mir zugehört hat. Ich danke Dir für Dein Vertrauen. Deine Gedanken waren aufschlussreich.

Sarah

Ruhig Alter, ermahnte er sich. Dem muss etwas vorausgegangen sein. Endlich fand er auch eine Mail von Vleih.

Verehrte Frau Schmidt,

habe über Schmidt Security und BrueCklean nachgedacht. Ihre Hinweise scheinen vielversprechend. Ich würde Sie gerne in Frankfurt treffen.

Robert Vleih

Lieber Herr Vleih,

Treffen am Montag um 11 Uhr. Bitte nicht in Frankfurt. Lassen Sie uns eine Wanderung machen. Treffpunkt Taunusinformationszentrum in Oberursel. Das werden Sie auch als Ortsunkundiger finden.

Sarah Schmidt

Ein agentenreifes Treffen, abhörsicher und unbeobachtet. Die Frau hatte es faustdick hinter den Ohren. Muss am Sessel liegen, wollte er einen Witz machen. Doch das gedankliche Bild von seinem Verhör auf Mallorca ließ ihn nicht mehr lachen. Diese Vorgeschichte hätte er aufspüren müssen, ob relevant oder nicht. Man musste BrueCklean nur erwähnen und schon war jeder sprungbereit. Große Namen versprachen große Reputation.

„Und, hast du schon alles gelesen?“, hörte er Marlenes Stimme hinter sich. Nein, jetzt nicht, wollte er erschrocken schreien. Er schnaufte durch. Ermahnte sich abermals zur

Ruhe und hoffte gelangweilt auszusehen, als er sich umdrehte. Julian war mitgekommen. Auch das noch!

„Bin noch nicht durch“, sagte er. „Wie war die Fahrt?“ Cool bleiben!

Hoppes alte Kollegen ließen grüßen. Marlene und Julian erzählten ein wenig von ihren Berliner Eindrücken und kamen langsam auf Vleihs Mutter zu sprechen. Jetzt nur nicht nervös werden!, ermahnte sich Hoppe. Die Frau hüte ein ganzes Regal mit etlichen Kartons ihres Sohnes, berichtete Julian. Pro Kiste eine Freundin? Oder pro Kiste Recherchematerial zu einem Thema? Hardcopy-Backups, weil Computer gestohlen und Clouds gehackt werden können? „Gute Arbeit, viel Material“, lobte er. Über Anschuldigungen gegenüber ihrem Ehemann wäre er noch nicht hinausgekommen, berichtete Hoppe seine ersten Eindrücke bezüglich ihrer Ausbeute.

„Ich glaube, das können wir am Montag in Ruhe durchsehen“, versuchte er für heute Schluss zu machen.

„Meinst du, wir sind zwei Tage unterwegs, um danach erst einmal auszuschlafen?“ Marlene schüttelte empört den Kopf.

Sie war nicht hereingekommen mit großem Hallo, sie ließ sich nicht feiern für eine Unternehmung, die nur ihrem Instinkt geschuldet war. Nein, sie war sich noch nicht ganz klar über den endgültigen Sinn ihres Fundes. Erst mussten Fakten geordnet werden und sie würde die ganze Nacht lesend hier verbringen. Kein Wort verlor sie darüber, dass ihm dieses Material damals durch die Lappen gegangen war. Kein vorschnelles Eigenlob. Kein Aufknüpfen am Galgen. Erst will sie wissen, ob sie meinen alten Fall tatsächlich ins

Wanken gebracht hat. Und ich auch, gestand sich Hoppe völlig ungeduldig ein.

Sie standen um den Schreibtisch herum, schauten abwechselnd immer wieder auf den Bildschirm, deuteten auf die geöffneten Dokumente und klickten während ihres unkonzentrierten Gesprächs auf der Tastatur herum. Marlene und Julian hätten die Datei an ihrem Platz alleine lesen können, jeder für sich. Stattdessen ergab es sich wie von allein, dass sie sich Schritt für Schritt gemeinsam vor Hoppes Bildschirm einrichteten. Sarah Schmidt hatte Wörter wie ‚Personenschutz', ‚Objektüberwachung' oder ‚detektivische Aktionen' eingeflochten. Sie blieb in ihrer Tonalität verachtend zwischen jeder Zeile. Ihre Mutmaßungen hatte Vleih mit eigenen Recherchen und Vermutungen aufgefüllt, womit er Sarah Schmidt immer wieder befeuerte. Sie waren ein Team geworden und brauchten einen ungestörten Platz, um große Pläne zu schmieden. Mallorca! Dort wären sie ungestört, Vleih könne ein paar Tage mit Sarah Schmidt gemeinsam wie in einem Workshop nachdenken, Geschehnisse und Beobachtungen reflektieren.

Scheiße!, dachte Hoppe. Hier liegt der Beginn dieses blöden Falles. Er hob müde die Hände hinter den Kopf, schnaufte und ließ die Handflächen auf seine Oberschenkel fallen. Er wollte auf sein Fahrrad und weg. Ungläubig schüttelte er den Kopf.

„Hoppe, was ist?", fragte Marlene.

„Muss erst darüber nachdenken."

Unabhängig vom Mallorca-Fall hatten sie eine Ahnung davon bekommen, dass Schmidt Security allein durch BrueCklean gewachsen war und bis heute erfolgreich dastand. Das war aber kein Verbrechen. Interessant war das gemeinsame Engagement in sozialen Immobilienprojekten, für die sie einige Subventionen eingestrichen hatten. An diesem Fakt war ebenfalls nichts Bedrohliches. Bestechung von Vertretern öffentlicher Verwaltungen und Politikern? Das war eine wachsweiche Angelegenheit, die auch die Schmidt nicht beweisen konnte. Alles hatte sie versucht, um beide Unternehmer mehr als schlecht aussehen zu lassen. Viele Fragezeichen, genauso viele Ausrufungszeichen, eine Liste von Klein- und Kleinstunternehmen, viele Personennamen. Gedankenbilder mit Pfeilen und Verbindungslinien zwischen irgendwie allem. Ein Spinnennetz von Beziehungen. Vleihs Herangehensweise unterschied sich nicht von Hoppes. Alles ist möglich und alles bleibt Anschuldigung, solange kein Beweis erbracht ist.

„Wir befragen die Schmidt einfach nochmal“, schlug Marlene vor.

Das war selbstverständlich und schon jetzt graute Hoppe davor. Wie ein Schuljunge, der etwas vergessen hatte, würde er auf sie zurückkommen. Einer, der noch einmal mit Unterstützung wiederkehren musste. Einer, den die Schmidt vor ein paar Monaten wohl gründlich verarscht hatte.

„Das hättest du nicht gedacht, was Viktor?" Einer der Sportsfreunde setzte sich an ihren Tisch und klopfte Viktor dabei auf die Schulter. Vorhin hatten sie ihn mit vereinten Kräften vom Steg geschmissen. Maintaufe im Mai. Mehrere Vereinskollegen hoben anerkennend den Daumen und lachten.

„Vielleicht ja doch", erwiderte Viktor.

Isabel schüttelte den Kopf mit einem Lächeln, von dem man nicht wusste, ob es Freude oder Unverständnis ausdrückte.

„Es wurde eben mal Zeit", sagte jemand.

„Die Kinder hatten jedenfalls Spaß daran, ihren Trainer baden gehen zu sehen", erwiderte er.

„Für die machst du sowieso alles", bemerkte Isabel.

Einer der Ruderer meinte: „Wer getauft wird, darf den Verein nie mehr verlassen. Egal, ob er aus beruflichen Gründen besser Golf spielen sollte." Großes Gejohle.

Viktor zwinkerte den Sportskumpeln zu. „Hab ich nicht vor."

Isabels Gesichtsausdruck war nun doch frostig geworden. Auf dem Rasen des Vereinsheims waren mehrere Biertischgarnituren aufgebaut, Kinder tollten herum, die größeren von ihnen tranken Fanta, holten sich Bratwurst vom Grill oder sahen sich noch einmal die Urkunden ihrer eigenen Maintaufe an. Aktive Erwachsene, Partner, begleitende Eltern, kleine Geschwisterkinder waren gekommen und feierten miteinander ein bodenständiges Frühlingsfest.

„Komm, wir holen uns auch etwas“, sagte Viktor zu Isabel und ging mit ihr ins Vereinshaus. Einige Frauen hatten sich hinter einem Büffet postiert, rückten Nudelsalat, Brötchen und Kuchen zurecht. Isabel wollte nichts. Viktor langte beim Kuchen zu. „Wer hat den gemacht? Sieht gut aus.“

Die Frauen gaben ein paar Geheimnisse ihrer Backrezepte preis. Isabel nickte immerzu, blieb aber bei ihrem Wasser. Viktor entgegnete höfliches Interesse und nahm sich Stücke von den gepriesensten Kuchen. „Danke“, sagte er mit voll beladenem Teller in der Hand.

Isabel säuselte den Frauen ein „bis später“ zu und zog ihn hinaus ins Freie. Hier kamen sofort ein paar Jungen aus Viktors Kindermannschaft auf sie zu. Viktor wuschelte den Kindern durch die Haare, sprach mit Eltern über die nächsten Trainings- und Wettkampftermine, musste aber auch immer wieder auf seine eigene Maintaufe eingehen. Irgendwann griff er sich ein paar Jungs. „Kommt mal mit. Wir müssen am Steg noch ein paar Sachen einsammeln.“

Die Kinder stürmten los und er fasste Isabels Hand, um sie behutsam und ihrem Gesprächspartner gegenüber entschuldigend, mitzunehmen. Sie lächelte ihn an. Auf dem kurzen Weg vom Vereinsgelände zum Mainufer deutete Isabel auf die Jungs, die lautstark vorrannten. „Manchmal kann ich dich verstehen.“

Wie lange war sie schon seine Frau? Wie viele Jahre? Tausend! Er sah sie an. Ja, noch 985 das wäre schön.

„Was ist?“, fragte sie.

Er gab ihr einen Kuss. Die Jungs machten Blödsinn auf dem Steg und er musste sich schnell von ihr lösen, bevor jemand ungeplant ins Wasser fiel. „Du nimmst die Turnschuhe, du die zwei T-Shirts. He, nicht schubsen! Du kannst den Eimer mitnehmen. Hier, diese Schnur gehört auch uns. Ich komme gleich nach."

Er setzte sich zu Isabel auf die Stufen der Steganlage, als die Kinder wieder auf dem Weg zum Vereinsheim waren.

„Du kannst das wirklich gut", sagte sie.

Er küsste sie und legte einen Arm um ihre Schultern. Eine Weile sahen sie auf das Gestrüpp und die dahinter aufragenden Fabrikgebäude am gegenüberliegenden Ufer, auf das Wasser und das Fahrgastschiff der Primus-Linie, das gleich nebenan anlegen würde.

„Manchmal mag ich es hier." Ihre Äußerung war das Beste an dem heutigen Tag, dachte er.

Hinter ihnen parkten Autos, Biergartenbesucher und Spaziergänger suchten hier ihren Ausgangspunkt. Er schaute zu ihr, sie aber schaute auf den Fluss. „Du wirst weniger Zeit hierfür haben werden."

„Das wird immer gehen." Er beschrieb mit der Linken einen großen Bogen. „Wir hier, das Rudern, den Fluss, die Kinder sogar das Kuchenbuffet. Ich liebe es."

„Ich wünschte, ich hätte auch so eine Leidenschaft."

„Was ist?", fragte er zögerlich. So eine theatralische Aussage über sein sonst von ihr belächeltes Hobby hatte er nicht erwartet.

„Etwas Neues, wofür ich mich verausgabe und am Ende vielleicht etwas geschaffen haben werde. Ich glaube, dafür wird es Zeit."

Stille. Er hatte eine Ahnung. Immerhin hatten sie oft davon gesprochen. Sogar gestritten hatten sie darüber. Achtung!, sagte er innerlich zu sich.

„Vielleicht steckt in mir ja eine Unternehmerin."

„Aber wofür?" Hoffentlich hat sie eine neue Idee.

„Du weißt, wovon ich spreche."

Seine Hoffnung sackte mit ihm gemeinsam zusammen. Er nahm den Arm von ihrer Schulter. „Wieso Mallorca? Wir leben hier! Ich arbeite hier. Du übrigens auch."

„Ich weiß, dass es ungewöhnlich aussieht. Aber so ist es bei Visionen immer."

„Visionen? Wovon?"

„Meinst du, nur du kannst an welchen arbeiten?"

„Aber nein!" Er stand auf, ging die letzten Stufen zum Wasser hinunter. Er kam wieder zurück, hockte sich vor sie. „Können wir mal hier weggehen?"

Sie liefen ein paar Schritte unter den Platanen des endlosen Uferweges. Was ist nur mit ihr? Wir hatten doch über diese Mallorcatrips gesprochen. Sie selbst fand alles ziemlich vage. Hatte eingeräumt, dass es vor allem um die gemeinsamen Erinnerungen mit Sarah ging. „Du brauchst keinen Vorwand, um mit Sarah dorthin zu fliegen."

„Ich habe diese Vision von einer Strommanufaktur", sagte Isabel und nahm dabei seine Hand.

„Das ist ein schönes Wort", bemühte er sich, behutsam zu sein.

„Denk doch nur an Bill und Melinda Gates, Pierre und Marie Curie, Brecht und Kollwitz. So ein Paar könnten wir auch sein."

Er schnappte nach Luft, ließ ihre Hand los. „Ich brauche einen Moment, um das zu verstehen. Du bist doch viel schöner als Kollwitz.“

„Ich wusste, dass du mich nicht ernst nimmst.“

„Aber ich habe schon ein Forschungsteam, eine Vertriebsabteilung und übrigens, es ist nicht mein, noch dein Unternehmen.“

„Herrgott, wen interessiert das?“

„Mich.“

Sie stellte sich vor ihn. „Willst du eines?“

„Was?“

„Ein eigenes Unternehmen?“

„Nein, verdammt. Ich will nur, dass die Welt unseren Wasserstoff-Akku einsetzt, umweltfreundliche Energien nutzt und sich nicht hinter Leitungstrassen versteckt. Es wird weder ein Netz noch eine Einspeisekapazität mehr geben.“ Er wollte nicht weiterreden. Sie wusste, worauf es ihm ankam und er hatte gehofft, dass sie es genauso sah. Genügte sein Lebenswerk nicht für sie beide? Warum wollte sie sich unbedingt auf diesem Krämerniveau einbringen? Und ihre Lehrtätigkeit? Warum dachte Isabel nicht mehr an ‚ihre Kinder‘? Die waren doch ihr großes Werk.

„Warum sollte ich nicht helfen können, deine Vision Wirklichkeit werden zu lassen? Die Leute dort waren begeistert, das habe ich dir erzählt.“

Viktor winkte ab. „Es ist zu peinlich, weil es unnütz ist.“ Er erschrak. Jetzt war er zu weit gegangen. Das wollte er nicht. Sie schnappte nach Luft, sah in die Ferne, um sich zu sammeln.

„Redest du eigentlich mit Hofmacher, mit Deinem Doktor Moritz oder auch mal mit eurem Fürsprecher Stephan Brückner?“ Sie sah ihn mit ein wenig Unsicherheit und sehr viel Verachtung im Blick an.

Er schüttelte den Kopf. Nicht als Antwort auf ihre Frage, was sie sicherlich verstand. „Das habe ich nicht gewollt.“

„Seit zwanzig Jahren quäle ich mich durch das akademische Dasein. Und übrigens auch mit dem Fahrrad an jeglichen Flüssen oder Kanälen entlang.“

„Was?“

„Ich werde in diesem Jahr nicht mitkommen. Kein Radfahren, kein Nord-Ostsee-Kanal!“

Er hob seinen Blick hoch zu den Baumkronen, erspähte den Himmel durch die Äste hindurch und holte lange tief Luft. „Was für ein Missverständnis.“ Er senkte seinen Blick, um sie anzusehen.

„Ich habe an dem Mallorcaprojekt schon zu viel gearbeitet. Eine konzentrierte Phase in den Sommermonaten wird uns zeigen, ob ich weitermachen soll oder nicht.“

„Aber du kannst auch einfach so mit Sarah Urlaub machen, wenn du nicht Rad fahren willst.“

„Ich weiß.“ Sie nahm wieder seine Hände, gab ihm einen zärtlichen Kuss.

Das hier war doch eingefädelt. All das hätte sie mir auch zu Hause sagen können. Sie liefen zurück Richtung Rudeverein, den sie heute wahrscheinlich berechnenderweise gelobt hatte. Schade, dachte er. Durfte man als erwachsener Mann traurig sein? Er war es.

„Hat es sich denn gelohnt?", wollte Wolfgang wissen, als Hoppes Schreibtisch am vergangenen Montag zum Dreh- und Angelpunkt des kleinen Teams geworden war.

Genau das hatte sich Hoppe auch gefragt. Den gesamten Sonntag hatte er im Büro verbracht und fieberhaft nach Fehlern in seiner Ermittlungsarbeit gesucht. Marlene war er dabei bewusst ausgewichen. Wie vermutet hatte sie sich bereits einen Tag zuvor in das Material vergraben.

„Es gibt ein paar interessante Aufhänger", hatte er Wolfgang geantwortet. „Auslegungsmöglichkeiten, die Marlenes Vermutungen stützen könnten." Er hatte eingesehen, dass es schlampig gewesen war, vor einigen Monaten nicht selbst darauf gestoßen zu sein. Jedoch gaben die Inhalte des Schriftwechsels zwischen Sarah Schmidt und Robert Vleih ihm recht. Es war überspannter Kram, den nur Marlene in komplexer Weise deuten wollte.

Mein lieber Robert! Hilf mir, bewahre mich vor dem ungeheuerlichen Schritt! Rette uns alle! Mein lieber Freund, einfühlsamer, kluger Freund, bitte bleib bei uns! Robert, immerzu möchte ich mit Dir über die Möglichkeiten sprechen, die uns bleiben. Ich erwarte es nur schwer, hatte er Wolfgang beispielhaft vorgelesen. Dass es auf der Lady Lily vor Mallorca zu einem Rendezvous mit tragischem Ausgang gekommen war, hatten er und die spanischen Kollegen auch ohne die Briefe unabhängig voneinander gesehen. Marlenes verklärte Jagd auf große Fische war in den Hintergrund getreten.

Das ganze Team war überreizt. Wolfgang hätte sich auch in das Material aus Vleihs Kiste einlesen sollen, hatte dazu aber keine Lust. Marlene war außer sich wegen der toten Frau mit den Werksverträgen und formulierte erneut bedeutungsvolle Zusammenhänge. Hoppe war genervt, weil auch er eine Restunsicherheit verspürte. Einzig Julian war gelassen geblieben. Nachdenklicher war er geworden, nachdem er den Erfolg in Berlin für sich verbuchen konnte.

„Sie ist da." Julian gab ihm Bescheid.

Sie hatten Sarah Schmidt für heute ins Präsidium gebeten. Das war obligatorisch. Hoppe nickte. „Also dann."

Gemeinsam gingen sie zu dem kleinen Besprechungsraum, in dem die Sessel, der Kaffee und die Kekse ein wenig Ambiente schaffen sollten. Dies war keine Vernehmung! Marlene hatte die Schmidt bereits in Empfang genommen. Als Hoppe das Zimmer betrat, hob Sarah Schmidt bestürzt die Hände. Mit dem Rücken zu den Fenstern hob sie sich ab vor den Sonnenstrahlen, an denen entlang feinste Staubpartikel schwebten. „Sie hier?" Sie fixierte Hoppe, würdigte Marlene keines Blickes mehr, Julian hatte sie gar nicht erst wahrgenommen. „Warum?", fragte sie.

Nichts erinnerte in diesem Augenblick an die verstörte graue Maus, die aus einem Sessel heraus geschwächt am Leben teilnahm. Eine Braut des Zorns, schwarzer Scherenschnitt von Gold umrahmt. Hoppe empfand das Sonnenlicht als zu hell. Er brauchte einen Moment. Warum ich hier bin? Warum ist sie hier? Eine kurze Antwort gab es nicht. Stattdessen deutete er auf Marlene und Julian. „Das sind Kriminalhauptkommissarin Marlene Saalfeld und Polizeimeister Julian Keller. Frau Saalfeld hat Sie hergebeten."

Die Schmidt nickte. Marlene sah ihr länger als gewöhnlich in die Augen. Flehentlich. Verständnisvoll. Das ist ein Frauending, sag ich doch! Die Schmidt soll die Beziehung mit Vleih kurz bestätigen, noch eine verflossene Affäre mit Brückner gestehen und Marlene dazu motivieren, endlich in Brückners Frauenchor einzustimmen und Schluss! Hoppe fand sein Vertrauen wieder. Er ging zu Sarah Schmidt, zog einen dieser kleinen Sessel vom Tisch, um ihr das Platz nehmen zu erleichtern. „Setzen Sie sich."

Marlene schenkte Kaffee ein. „Wir sind im Zusammenhang mit einem anderen Fall auf die Korrespondenz zwischen ihnen und Robert Vleih gestoßen", begann sie zu plaudern.

Die Schmidt nickte, wartete.

„Sie hatten ein Verhältnis mit Robert Vleih und uns interessiert, wie sie sich kennengelernt haben." Mit der Kaffeetasse in der Hand wollte Marlene ihrer Behauptung das Gewicht nehmen.

Doch so mechanisch war es eben nicht. „Sie haben es doch gelesen", entgegnete Sarah Schmidt.

Die große Vernehmungsexpertin ist sie wirklich nicht, freute sich Hoppe.

„Warum der komplizierte Umweg", hakte er nach, während er ebenfalls zur Kaffeetasse griff.

„Ich hatte kein Verhältnis mit Robert Vleih."

„In Ihren Briefen haben Sie vom Zusammensein, von Möglichkeiten und Lösungen gesprochen. Sie hatten es sich auf Ihrem Schiff, ich sage mal, gemeinsam gemütlich gemacht." So geht das. Ich habe die Fakten vor Ort aufgenommen, Marlenen! Doch Hoppe vermied es, seine Kollegin anzusehen.

„Gemütlich? Das war ein Absturz." Wieder gestikulierte Sarah Schmidt. Sie schüttete den Kopf, als glaube sie nicht, was sie sagte. „Vielleicht waren wir uns auf dem Schiff sehr nahegekommen." Sie legte die Hände ineinander und betrachtete sie. „Aber das war nicht unser innigster Wunsch."

Ihr Satz hallte nach und Hoppe musste darüber nachdenken.

Marlene aber war schneller. „Was war ihr innigster Wunsch?"

Sarah Schmidt suchte nun auch ihre Tasse als Anker, sah Marlene fest an. „Das ist die richtige Frage." Mit dieser Antwort wechselte die Schmidt in eine langsame und leise Sprache.

„Was war mit Stephan Brückner?" Hoppe wollte alles auf einmal lösen. Er hatte genug von den Geheimnissen um die gemeinsamen Erfahrungen der Frauen. „Immerhin wohnten Sie damals in seinem Haus."

„Das wäre aufgefallen, wenn ich es nicht mehr genutzt hätte."

„Aber ich hatte den Eindruck, dass Sie ihn ans Messer liefern wollten."

„Ach, das hätten wir nicht gemacht. Was hätte ich davon gehabt? Ihm kann man gar nichts anhaben."

„Was hatten sie vor? Warum also Robert Vleih?" Marlene gab nicht auf, hoffte immer noch auf mehr als kompromittierende Briefchen.

„Ich wollte nur meinen Mann loswerden."

Also Kehrtwende! Siehst du Marlene, keine weitere Brückner-Jägerin, freute sich Hoppe. „Um mit wem zusammen zu sein? Mit Vleih oder Brückner?“ Marlene, guck nicht so empört! Und Julian, hör endlich auf, dir Notizen zu machen! Der Junge macht mich wahnsinnig, fluchte Hoppe innerlich.

„Wir waren kein Paar. Vleih und ich. Mit Brückner habe ich schon gar nichts. Fragen Sie ihn.“

Man, wir drehen uns im Kreis. Hoppe stand auf, um kurz hinauszuschauen. Das hier ist keine Vernehmung, sagte er sich. Drei Beamte und eine. Was? Zeugin? Verdächtige? Er blieb am Fenster neben der Schmidt stehen. Von hier wollte er noch einmal von vorne beginnen. „Was wollten Sie von Vleih?“ Er beherrschte sich, als hätte er von ihr gelernt.

Sarah Schmidt drehte ihren Sessel lässig zur Seite. Sie sah sich im Zimmer um und holte Luft. Mit einer nachdenklichen Miene blickte sie Axel Hoppe an. „Er sollte die Fakten finden, von denen ich noch immer hoffe, dass es sie gibt.“

„Was hoffen Sie denn?“, knüpfte Marlene sofort an.

Hoppe stützte sich kurz auf den Tisch, ging wieder einen Schritt zurück.

„Ich sehe, dass mein Mann immerzu mit Stephan Brückner von der BrueCklean zusammenarbeitet.“

Hoppe schaute von Sarah Schmidt zu Marlene. „Sie sind enge Kooperationspartner“, warf er ein.

„Und ich sehe, dass mein Mann nachts unterwegs ist.“

„Das kann verschiedene Gründe haben.“ Hoppe ersparte sich ein Grinsen.

„Ich bin ihm einige Male gefolgt, habe auch jemanden beauftragt, ihn ebenfalls zu beobachten.“

Hoppe überlegte.

„Mit welchem Ergebnis? Wo ist er gewesen?“ Marlene presste und presste, dabei begann die Schmidt gerade so schön zu erzählen.

„An verschiedenen Stellen.“

Frau Schmidt!, wollte Hoppe sie anbrüllen.

„Können Sie eine Nacht Ihrer Beobachtungen schildern?“, bat Julian und durchbrach ihren ungeduldigen, ziellosen Befragungsstil.

Sarah Schmidt nahm Julian zum ersten Mal wahr. „Ich habe eine Art Betreuung inklusivem Fahrdienst für BrueClean-Mitarbeiter wahrgenommen. Es mutete komisch an, aber ich hatte davon keine Ahnung. Als ich noch mitgearbeitet hatte, haben wir so etwas nicht gemacht. In manchen Nächten kontrollierte er seine eigenen Mitarbeiter an verschiedenen Objekten.“

„Und was hatten Sie erwartet?“ Julian begann, sich zu unterhalten.

„Etwas Spektakuläres.“ Ihr Mund nahm zynische Züge an. „Was weiß ich. Er unternahm einfach zu viele nächtliche Begutachtungen und auch tagsüber kümmerte er sich zunehmend um Geschäfte, über die er mir nichts mehr berichten wollte.“

Da ist sie wieder, die enttäuschte Frau. Danke, Julian! Marlene, lass uns endlich alle in Ruhe! Hoppe hörte genau das, was er hören wollte.

„Warum dann noch Vleih?“ Julian war mit der Schmidt auf Augenhöhe, stellte er bewundernd fest.

„Vielleicht waren es einige Male gemessen an der Größe des Objektes zu viele.“

„Zu viele?“

„Zu viele Mitarbeiter für einen Objektschutz.“

Der Polizeimeister! Hoppe fuhr sich durch die Haare. Wie ein Anfänger habe ich mich aufgeführt, bin mit Marlene um die Wette gelaufen und nun macht der Kleine uns was vor.

„Was haben Sie nach ihren ersten Eindrücken gedacht?“, hakte Julian mit sanfter Stimme nach.

Marlene saß zum Sprung bereit, während Hoppe immer kleiner wurde.

„Warum sind Sie mit ihren Beobachtungen nicht zur Polizei gegangen?“ Marlene wurde von ihrer Ungeduld gepackt und durchbrach die Unterhaltung zwischen Julian und Sarah Schmidt.

„Weil ich mir nicht sicher war. Bin. Weil niemand nachgeforscht hätte.“

Na bitte! Hoppe ging wieder einen Schritt zurück zum Fenster.

„Hatte Robert Vleih nachgeforscht?“

Marlene, hast du doch gesehen. Sie mit ihren Fragen, dachte Hoppe. In seiner Kiste war nichts. Fragezeichen neben den Vermutungen. Kritzeleien. Er wollte Sarah, nicht Rüdiger Schmidt. Vielleicht noch Brückner. Aber den jagt ja jeder. Den großen Fisch, die Sensation.

„Er hat mich verstanden.“ Sarah Schmidt starrte auf ihre Hände.

„Worin hat er sie verstanden, erzählen Sie!“, bat Marlene.

„Mein Mann ist kein netter Mensch“, begann Sarah Schmidt.

Das Zusammenleben mit ihrem Mann gestalte sich schwierig. Abhängigkeiten, Erpressungen und Vereinbarungen nahmen viel Raum ein. Sarah Schmidt flocht die Drogensucht aus ihrer Vergangenheit ein und sprach von dem einzigen Wunsch, sich zu trennen, ohne die Kinder dabei zu verlieren. Sie erzählte davon, dass sie gehofft hatte, in Schmidt Security Unregelmäßigkeiten zu finden, die ihre ehemalige Drogensucht im Streit um die Kinder überkompensieren und ihr einen Vorteil im Kampf um das Sorgerecht verschaffen würden.

Es war überwältigend! Diese graue Maus aus dem Ohrensessel legte schulterzuckend einen kaltblütigen Plan dar. Ihre Motive waren nachvollziehbar, doch an irgendeiner Stelle hatte ihr Plan ein Leck bekommen, durch das der Journalist Vleih ins Meer gestürzt war. „Robert, also Herr Vleih, stellte Theorien auf, die wir gezielt untersuchen wollten", sagte sie.

„Was für Theorien?" Marlene schrie ihr ‚was' langgezogen, doch die Schmidt ließ sich nicht aus der Ruhe bringen.

Langsam zum Mitschreiben, wie auswendig gelernt, erzählte sie, dass Vleih wissen wollte, wie es BrueCklean anstelle, den gesamten Markt zu beherrschen auch warum jeder Selbständige am Ende immer bei BrueCklean lande, dass es kein nennenswertes Objekt gab, dass nicht die BrueCklean putzte, „wie Robert immer sagte".

„Aber sie wollten in der Firma ihres Mannes nach Gesetzeswidrigkeiten suchen", warf Hoppe ein.

Diese Frau hatte sich in Vleih den falschen Mitstreiter gesucht. Sie hatte sich in ihn verknallt, sich mit ihm verstrickt, weil er nur eine Brückner-Story wollte.

„Frau Schmidt, was ist auf dem Schiff passiert?“, fragte Marlene.

Wie kann sie es wagen! Damit stellt sie meine Ermittlungen offiziell und vor Zeugen in Frage. Julian, hör auf zu schreiben!

„Sie haben es doch gesehen. Das Übliche, glaube ich.“

‚Das Übliche‘. Genauso hatte es Torres auch vor ein paar Monaten formuliert.

In Foren, Diskussionen, Artikeln, auf Kongressen und während vieler Festakte bestätigte man Viktors F&E-Mannschaft technische Kreativität und hohe Kompetenz. Längst war es Zeit geworden, aus einer Community energietechnologisch Interessierter herauszutreten und die Befürworter der Akku-Technologie beim Wort zu nehmen. Praktikable Lösungen mussten in die Welt hinausgetragen werden. Genau das hatte Viktors Kernmannschaft nun selbst ausprobiert. Sie waren sicher, den Akku aufgrund ihrer Produktnähe glaubwürdiger vertreten zu können als alle, die sich bisher um Anwendungen bemüht hatten. Paul Moritz kam mit seinen Leuten nicht voran, Hofmacher verließ sich trotzdem auf ihn genauso wie auf einen winkeligen Vertrieb via BrueCklean.

‚Wir rennen bei den Kunden offene Türen ein, ganz ohne den Hintertürenvertrieb eines Stephan Brückner', versicherten sie im Team einander. Sollten mehrere Ansätze zu Großprojekten führen, umso besser. Dann müsste die EnVer produktionstechnisch aufstocken, was ein Aufwecken mit dem Paukenschlag bedeuten würde. Notwendige Investitionsmittel waren in der EnVer AG vorhanden, eingeplant waren sie für den Umbruch sowieso und eine zusätzliche Finanzierung konnten sie am Markt aufgrund vom Zusammenspiel aus Substanz und Zukunftsorientierung leicht bekommen. Also legten sie los, statt auf zögerliche Versprechen und zu kleine Projekte zu setzen. Nur wenige gut vorbereitete Argumente, genaueste Berechnungen über Anlagenauslegungen und Wettertrends waren nötig, um Aufmerksamkeit auf Kundenseite zu erzeugen.

„Irgendwann werden wir Anlagenspezialist und Betreiber einiger großer und vieler kleiner Stromversorgungsinseln sein. Mit jedem Projekt müssen wir uns dann neu beweisen“, hatte jemand in Viktors Team formuliert. „Das wird in ferner Zukunft vielleicht etwas schwerer werden.“

„Aber die Zeit für den Wasserstoff-Akku ist überreif“, hatte Viktor entgegnet.

Vertriebschef Paul Moritz hatten sie eingeweiht. Sie wollten den Vertriebsguru als eine feste Größe involvieren, hielten ihn am Laufenden und wollten ihn gerne noch fester einbeziehen. Moritz jedoch war so beeindruckt vom Vorgehen des Entwicklungsteams, dass er sich nicht in Viktors Team drängeln wolle, wie er immer wieder betonte. „Das ist ganz allein euer Erfolg.“

Ihr erster Kunde mit konkreten Umsetzungsplänen war der Pharmariese im Rheingau. Einer ihrer treuesten Kunden, den sie nicht anfassen sollten. Doch es war nicht schwer, den sprichwörtlichen Funken überspringen zu lassen. „Warum sind ihre Leute nicht eher auf uns zugekommen. Wir wussten gar nicht, dass ihr so etwas könnt“, hatte man auf Kundenseite formuliert. Aber war es auch sicher, losgelöst vom guten alten Stromnetz? Was nutzten Strafzahlungen für Energieausfälle, wenn sie Lieferengpässe verursachten und sich die eigenen Kunden daraufhin für immer verabschieden würden? Also einigte man sich auf eine Verdoppelung der errechneten Wasserstoffreservetanks, die zusätzlich über einen separaten Stromversorgungskreislauf via Brennstoffzelle innerhalb von 100 Millisekunden Energie liefern sollten. „Eigentlich wird es Zeit", befand der Kunde, der neben Risiken auch die Vorteile einer autarken und energieträgerunabhängigen Versorgung sah.

Viktors Team zog Hofmacher hinzu, um ihm zu zeigen, dass die Kundenbeziehung tatsächlich etwas wert war. Der erste EnVer-Grußkunde wollte also vom herkömmlichen Stromversorgungsetz abgekoppelt werden. Es war mutig und geschah aus Überzeugung. Dieser Kunde würde vor den Augen aller Stromkunden aus Industrie und Kommunen kein Wagnis eingehen!, waren sich Viktor und die F&E-Mannschaft sicher. Hiernach würde es keine Erklärungsnotstände mehr bezüglich des Wasserstoff-Akkus geben.

„Josef, wir haben es geschafft", sagte Viktor zu Hofmacher in dessen Büro. Er redete sich in Rage, berichtete von der Aufbruchsstimmung dieses und vieler anderer Kunden. Die technischen Parameter des Wasserstoff-Akkus hatten einen Grad erreicht, der ein Zurückhalten aufgrund von Unsicherheiten nicht mehr erforderlich machte. Auch der Flächenbedarf für das Wasserstoffreservoir war kleiner geworden, weil die neuen Druckbehälter 1500 bar standhielten. Modernste Solarpanels, muteten wie Fenster an, womit einige Kunden sogar eine Art Sanierung ihrer Gebäude vornehmen wollten. Doch das Entscheidendste war, dass die Brennstoffzellen vollautomatisiert gesteuert wurden. „Die Reaktionszeit für das Umschalten von der direkten Solarenergieverwendung auf den einen oder anderen Wasserstoffkreislauf beträgt 100 Millisekunden", schloss Viktor seine Ausführungen. 100 Millisekunden waren praktisch kein Stromausfall. Diese Zeiteinheit war der Durchbruch.

Hatte Hofmacher beeindruckt oder unbeeindruckt zugehört? Er stand einfach auf, ging zu seinem blöden Fenster und guckte raus? Viktor wartete. Als sich Hofmacher endlich wieder umdrehte, bewegte er seinen Kopf ganz leicht auf und ab. Auf und ab. „Ich habe den Gesamtprozess nicht so schnell auf uns zukommen sehen."

Viktor verstand es als Kompliment für sich und seine Mannschaft. Joseph Hofmacher räusperte sich, statt weiterzureden. Was war los mit ihm? Wir haben unseren Vorzeigekunden für unsere Revolution gewonnen. Das war mehr als altkluges Räuspern wert. „Joseph, wir sind am Ziel." Viktor war an dem Besprechungstisch in einem der Sessel sitzen geblieben. Hier wollte er gemeinsam mit Hofmacher die Konsequenzen besprechen. Vorschläge für Produktionsstätten, für Vertragsinhalte mit dem Kunden und Zeitpläne für die Realisierung des ersten Projektes hatte er dabei. Doch nun sah er zu, wie sich Hofmacher noch immer vor dem Fenster wand, statt sich nach den Details zu erkundigen.

„Warum schaut ihr nicht erst einmal auf Mallorca richtig hin?"

Viktor traute seinen Ohren nicht. Was hatte dieses Bastel-Projekt mit ihrem Superkunden hier im eigenen Land zu tun? „Das ist Hobby, Liebhaberei. Diese Sarah Schmidt wollte dem Brückner vielleicht einen Gefallen tun oder umgekehrt, was weiß ich. Vielleicht auch meiner Frau. Aber alle drei erweisen uns keinen Dienst. Das ist deren Ferienprojekt, wie sie selbst sagen." Viktor bremste sich. Wollte Hofmacher 200 MWh im Rheingau mit einem Jahresbedarf in Höhe von ein paar Kilowattstunden auf Mallorca vergleichen?

„Sie erweisen uns sehr wohl einen Dienst." Hofmacher kam langsam zur Sitzecke zurück.

Worauf wollte er hinaus? Setz dich her, dachte Viktor. Lass es dir erklären! Doch Hofmacher blieb hinter der Couch stehen, stützte sich an der Lehne ab, als wollte er schnell fertig werden.

„Hast du noch einen Termin? Deine Sekretärin hatte eine Stunde geblockt. Setz dich, ich zeige es dir", sagte Viktor.

Abermals räusperte sich Hofmacher, sah sogar abwesend aus. Er strich über die Couchlehne, richtete sich danach ein wenig auf und begann über Schadensersatzansprüche der Kunden bei Stromausfall zu reden. Gerade bei diesem Kunden vom Rhein wären eventuelle Entschädigungen unüberschaubar. „Sie könnten den gesamten F&E-Etat, ach was, alle denkbaren Rückstellungen, überschreiten. Dieser Probebetrieb rechtfertigte am Ende dieses Risiko nicht."

Probebetrieb? Hatte Hofmacher nicht zugehört?

„Der Kunde wird die Anlagen nie kaufen und auf eigenes Risiko selbst betreiben", erklärte Hofmacher seine Bedenken.

„Wenn wir so weiter machen, dann jedenfalls nicht von uns."

Hofmacher überhörte Viktors Einwand und fuhr fort, den Sinn des Mallorca-Projektes zu verteidigen, denn allen Wasserstoff-Akku-Interessierten sei damit zum jetzigen Zeitpunkt ausreichend geholfen. Sie alle könnten kommen und sich von der Funktionsweise überzeugen, zufriedene

Testkunden treffen, vor Ort ihr Interesse in echtes Engagement umwandeln und sich finanziell beteiligen. „Praktisch Anteile an der Strommanufaktur erwerben. Wenn sie das erst einmal erlebt haben, wollen sie das auch zu Hause ohne Risikoabwälzung auf uns."

Hatte Hofmacher in Erwägung gezogen, dass die Anlage nicht funktioniert? Sah er nicht, dass alles längst fertig war? Wie lange noch wollen wir der Welt den Wasserstoff-Akku vorenthalten? „Josef, zweifelst du an unseren eigenen Entwicklungsergebnissen?"

„Nicht im Geringsten." Hofmacher hob hervor, dass sich das Image der EnVer seit der Aufnahme der neuen F&E-Schwerpunkte, seit Viktors Vorstandstätigkeit und seitdem der Brückner sich überall für den Wasserstoff-Akku aussprach, extrem verbessert habe. Ansehen, Verständnis, Beliebtheit, Aktienkurs, Vertrauen waren angestiegen und hatten ein Niveau erreicht, mit dem alles möglich war. „Wenn wir jetzt vorpreschen und dabei nur einen winzigen Fehler machen, verlieren wir alles."

„Isabel, du musst herkommen." Lieber Himmel, wieder einmal war Sarah dramatisch geworden. Ihre Stimme zitterte, Klagerufe über ‚das Ende' oder ‚ihre Ausweglosigkeit' konnte sie nur flüstern, weil ihr Weinen das Sprechen erschwerte.

Isabel erinnerte sich an Sarahs Erzählungen über ihr Leben mit Rüdiger und den Kindern. Dass danach Viktor für sie tatkräftig Partei ergriffen hatte, bedeutete doch nicht, dass wir jetzt immerzu hineingezogen werden müssen. Außerdem bin ich nicht Viktor!, dachte sie etwas böswillig. „Was ist los?" Sie versuchte unbeeindruckt zu klingen.

„Dieser Polizist aus Berlin ist hier."

Isabel hielt das Telefon etwas von sich, um laut ausatmen und ungestört überlegen zu können. Und jetzt interessiert sich auch noch die Polizei für die beiden! Ohne mich! „Welcher Polizist aus Berlin?"

„Der Mann, der nach Andratx gekommen war. Der ist jetzt in Frankfurt."

„Und wenn schon. Wo hast du ihn gesehen?"

„Im Polizeipräsidium. Ich musste heute hin."

Im Auto dachte Isabel daran, dass sie zum ersten Mal zu ihrer Freundin nach Hause fuhr. Sie war gespannt darauf, wie es bei ihr sein würde und ein wenig darauf, was die Polizei wirklich von Sarah gewollt hatte und darauf, ob Sarah in der nächsten Woche nach Mallorca mitkommen würde. Hatte Sarah nicht auch einmal ein Drogenproblem gehabt? Vielleicht ermittelte die Polizei anhand ehemaliger Abnehmer. Isabel merkte, dass sie keine Ahnung von solchen Dingen hatte. War sie auf dem Weg, solche Dinge kennenzulernen?

In Sarahs Bad Vilbel angekommen, fand Isabel die Adresse, hinter der sich aber kein Haus, keine Villa, noch nicht einmal ein Schlösschen verbarg. Das ist eine Festung!, stellte sie fest. Hinter einer hohen rostfarbenen eisernen Wand ragte ein Kubus aus Stein und Glas in die Höhe. Eingeschüchtert schaute sie sich einen Moment lang dieses Ensemble an. Sie fragte sich, wo eine Klingel sein könnte, als sich das Tor leise öffnete. Dahinter ein neuzeitliches Gartenareal, in dem exakte Wege den getrimmten Rasen in Quadrate und Rechtecke teilten, Tannen und gezähmte Bambussträucher die Kunstwerke aus Chrom in Szene setzten, Hecken ein Labyrinth andeuteten. Im hinteren Teil der Anlage stand das gewaltige Haus, in dessen Glaselementen sich Bäume und Sträucher spiegelten. „Ich habe dich kommen sehen“, rief ihr Sarah entgegen.

Klar, die Kameras, erinnerte sich Isabel. Sarah kam ihr auf einem der steinernen Wege entgegen.

„Wie geht es dir?“, fragte Isabel als sie sich nach etlichen Schritten endlich in der Mitte des Gartens trafen.

Sarah stöhnte auf, schüttelte verzweifelt den Kopf. „Ich verstehe das alles nicht.“ Sie hatte Tränen in den Augen.

Die beiden Frauen umarmten einander, bis sich Sarah etwas beruhigt hatte. Isabel wandte den Blick ab, um sich auf unerwartete Geräusche zu konzentrieren. Hinter dieser Hecke waren doch Kinder, die lachten, mit Spielzeug klapperten, einander riefen. „Unsere Nanny ist bei ihnen“, bemerkte Sarah schluchzend, die ihrem Blick gefolgt war.

Gerne hätte sie Sarahs Sprösslinge kennengelernt, wenigstens mal gesehen. Aber vielleicht war jetzt nicht der richtige Zeitpunkt. Isabel umfasste Sarah beruhigend, als sie gemeinsam zum Haus weitergingen. Die Arme sackte ein wenig zusammen. Ihre scheiß Drogen, ihr Feldzug gegen ihren Mann, ihre Geschichte mit dem Vleih! Erst jetzt bemerkte Isabel, dass es tatsächlich Anknüpfungspunkte gab, um die sich die Polizei kümmern könnte.

Schweigend erreichten sie das Haus, in dessen Innern das Antlitz der Außenanlage fortsetzt worden war. Sarah fühlte sich innerhalb dieser Festung sogleich besser, wie Isabel bemerkte. Dennoch durchschritten sie die Räume zügig. Als ihr Isabel durch eine Terrassentür in eine andere Art Garten auf der Hausrückseite gefolgt war, wusste sie, wohin Sarah so schnell wollte. Apfelbäume, Lilien, Rosenstauden, verwitterte Holzmöbel, riesige Oleandersträucher und noch größere Findlinge hatten auf einer struppigen Wiese ihren Platz gefunden. Nichts schien hier geplant, abgrenzend oder repräsentativ. „Das ist ja", begann Isabel zu sprechen.

„Wir teilen Vieles", kürzte Sarah ab. „Genau in der Mitte durch."

„Scheint mir eine kreative Abmachung zu sein."

„Eine klare Ansage!"

Sarah fing sich, sobald sie über Rüdiger in Kampfstimmung versetzt wurde. Isabel trat aus dem Haus und ging ganz langsam auf der Wiese entlang. An einem Hortensienstrauch blieb sie stehen, wartete auf Sarah. Gemeinsam streiften sie Lavendelstauden und Apfelbäume, riesige Felssteine und Rosenstauden. Sie sprachen über Blütezeiten,

Apfelgeschmack und das Gärtnern, das für Sarah ein besonderer Zufluchtsort war. Isabel berührte die Pflanzen, strich über die Rinde eines alten Apfelbaumes, bückte sich nach einem Gänseblümchen. Irgendetwas musste sie tun, bis sie sich endlich zu fragen traute. „Was wollte die Polizei von dir?“ Dieser Garten passte nicht zu ihrer Frage. Und passte Sarah überhaupt hierher?

„Sie wollten alles über Vleih und mich wissen.“

„Über dich? Über dich und ihn? Also wart ihr ein Paar?“

„Nein. Jedenfalls nicht nur. Du weißt es doch.“

Isabel machte ein paar Schritte, um in einen Teich hineinzuschauen. Ich weiß es? Sarah hatte ihr damals erzählt, sie wolle Rüdiger loswerden und dazu brauchte sie ein paar öffentlich gemachte Verfehlungen und jemanden, der nach ihnen recherchiere. Das klang damals schon nach Milieu. Sie stockte in ihren Gedankengängen, denn dieses Wort erinnerte sie an Viktor. In so einer Art und Weise hatten sie an dem Sonntagmorgen nach ihrem ersten gemeinsamen Kinobesuch über Sarah gesprochen. Oder hatte sie es sich eingebildet? Jedenfalls würde Viktor sie jetzt beruhigen und bestimmt auch Sarah zur Vernunft bringen. Er würde präzise Fragen stellen, mitleidig sein. Gefühlvoll! Für Sarah! Immerhin hatte er sich für sie schon geprügelt. Dabei war das Schlimmste doch schon passiert und zwar in Sarahs Gegenwart! „Hatte es etwas mit Vleihs Tod zu tun?“

Sarah zögerte. „Nein, nein.“

Wenn ihr der Polizist aus Berlin hierher nachreiste, was hatte Sarah dann noch anzubieten?

„Sie haben jetzt erst unseren Briefwechsel und Mailverkehr gefunden. Scheinbar hatte Robert alles aufgehoben.

Und so stießen sie eben auf die üblichen Fragen bezüglich Schmidt Security und BrueCklean."

„Was?" Sie schrie. „Stephan?"

„Du weißt doch, dass ich ihn Vleih gegenüber erwähnt hatte."

„Du hast ihn als Köder ausgeworfen!"

Gräser, Blätter, Blüten. Isabel griff nach Büscheln und rupfte daran herum. Sie stapfte durch die Wiese, Sarah lief ihr hinterher. An Hecken, diesen Findlingen oder am Haus war Schluss. Isabel setzte sich auf die Kante von einem dieser Riesen-Steine. „Blöd nur, dass Stephan jetzt mit drinhängt."

„Dabei hatte sich gerade alles wieder eingerenkt. Auf einmal war es so wie früher, mit dir." Sarah setzte sich neben sie. Tränen liefen auf ihren Wangen hinunter.

Wie schnell es in Sarah auf und ab ging. Kein Wunder, dass sie genauso schnell gänzlich übersteigert agierte. Aber was hatte sie tatsächlich getan?

„Ich bin noch da", sagte Isabel.

Sarah brauchte eine Weile, bevor sie die Theorien, die Vleih über Rüdigers und Stephans Geschäfte entwickelt hatte, darlegen konnte. Es waren Anhaltspunkte, denen sie gerne gemeinsam nachgegangen wären. „Zunächst hatte Vleih eine Schieflage bezüglich der Mitarbeiterzahl der BrueCklean erkannt. Er meinte, dass viel mehr Menschen dort angestellt sein müssten."

Isabel erschrak, denn so etwas hatte Viktor auch einmal erwähnt im Zusammenhang mit den Umsätzen in einem mitarbeiterorientierten Geschäft.

„Vleih hatte auch knallharte Theorien über das Verschwinden vieler Konkurrenzfirmen.“ Sarah lächelte irre. „Dieser Ansatz gefiel mir am besten“, sagte sie beschämt.

„Knallhart?“, fragte Isabel nach.

„Rüdiger ist, ich habe es Dir schon einmal gesagt.“ Sie schaute auf ihre Füße. „Er ist zu allem fähig, glaube ich.“

„Glaubst du?“

„Mit irgendetwas musste ich Rüdiger doch auch erpressen.“ Sarah sah von ihren Füßen auf. Aggressivität und Enttäuschung lagen in ihrem Blick.

„Sieh dich lieber vor, dass die beiden nichts von deinen Intrigen erfahren.“ Es war ihr ein Bedürfnis, Sarah nun auch einmal zu erschrecken. Doch das Wort Intrigen löste bei Sarah noch nicht einmal einen kleinen Protest aus. Der Stein war unbequem geworden. Isabel stand auf.

„Willst du eigentlich etwas trinken?“, fragte Sarah.

Wo waren sie nur gelandet?, fragte sich Isabel, als sie vom Garten in die Küche traten. Dass die Polizei auftauchte, war alarmierend. Was Sarah jetzt tun sollte? Woher sollte ausgerechnet sie das wissen?

Vor Hochglanzschränken hantierte Sarah mit einer Kaffeemaschine, öffnete den Kühlschrank, um Wasser herauszunehmen, stellte mit ein paar Handgriffen Geschirr und Snacks bereit. „Jedenfalls werde ich vorerst auf keinen Fall nach Mallorca fliegen. Wie sähe das so kurz nach der Befragung aus?“

Isabel traute ihren Ohren nicht. Ihre Knie wurden weich, ohne dass sie wusste, warum. Sie schwankte leicht und fühlte sich gut dabei. „Aber genau dorthin wollen wir in der nächsten Woche."

„Wir?"

Isabel ging Sarah eine wenig zur Hand. Sie erzählte von Stephans Idee, vor Ort Details zu ordnen.

„Macht mal alleine."

Isabel nickte.

„Obwohl ..." Sarah beteuerte, dass sie sich mit der Sonnenenergie und dem Wasserstoff-Akku richtig angefreundet hätte. Viktor hätte sie längst mitgerissen. Überreif wäre es, auf autarke Versorgungsinseln zu bauen und regenerative Energieträger auszunutzen. „Viktor sagt, da ist viel mehr drin." Sarah echauffierte sich so sehr, dass sie mit glühenden Wangen sprach und dabei mit den Tassen in der Hand gestikulierte.

„Es hat dich ja ganz schön erwischt", sagte Isabel, nahm zwei Wasserflaschen und ging damit in den Garten. Erst wollte sie die Flaschen auf den Tisch knallen. Aber warum eigentlich? Nachdenklich stellte sie die Flaschen ab, strich die Leinendecke auf dem Tisch glatt. Sarah bleibt hier mit einem schlechten Gewissen, mit Angst, mit Geheimnissen. Da würde eine kleine Verschwiegenheit gegenüber Viktor nichts mehr ausmachen. Isabel ging Sarah entgegen, um ihr Geschirr abzunehmen.

Eine Woche war es her, dass sie die Schmidt vernommen hatten. Axel hielt den Kaffeepott in den Händen und starrte auf die kleinen Ficus-Blätter. Dem Ehemann auf solchen Umwegen an den Kragen zu wollen? Am Ende hatte sie sich verstrickt und einen Toten, den sie wahrscheinlich lieber lebendig behalten hätte. Wir machen uns lächerlich, wenn wir ihre Aussagen bezüglich Schmidt und Brückner an das Wirtschaftsdezernat weitergeben. Unser Protokoll ist im System. Kurze Mail an die Kollegen, fertig. Er trank den Kaffee, biss in das Salamibrötchen, streckte die Füße unterm Tisch aus. Wenigstens blieb mein alter Fall verschont. Axel riss das Kakaopäckchen auf. Erst heiß, dann kalt, noch eine Brötchenhälfte. Wenn das so weitergeht. Ein sinnloser Fall nach dem anderen, Marlene wird weiter ihren Brückner jagen, dass ich auf Mallorca angeblich etwas vermasselt habe, wird sie mir irgendwann wieder vorhalten. Er sah auf seinem Smartphone nach dem Datum, zählte Monate, multiplizierte, addierte einzelne Tage. 228! „Noch 228 mal!“, sagte er, aß sein Frühstück auf, trank alles aus, stellte sein Geschirr aufs Tablett. Na dann, Teambesprechung!

Oben im Büro war Hoppe nicht der Erste. Habe ich so lange in der Kantine gesessen?, fragte er sich. „Guten Morgen!“, wünschte er einigen Kollegen auf dem Weg zu seiner Schreibtischnische. Er legte seinen Wohnungs- und Fahrradschlüssel, sein Portemonnaie und seine Jacke ab. Dabei startete er den PC, sah auf die Uhr, aufs Telefon. Er ging zu Wolfgang und Julian hinüber. „Kommt ihr? Ich habe uns den kleinen Besprechungsraum reserviert.“

„In dem wir mit der Schmidt waren?“, fragte Julian.

Er nickte.

„Warum so förmlich?“, wollte Wolfgang wissen, als sie gemeinsam das Großraumbüro verließen.

„Will mich ein bisschen konzentrieren. Wir haben so viel angefangenes Zeug.“

Marlene hatte sich bei der Sekretärin erkundigt, ob Hoppe einen Raum für heute Morgen bestellt hatte und wartete bereits dort. „Guten Morgen, Männer!“

Sie ist gut gelaunt. Böses Zeichen.

„Wir haben viele Einzelheiten aus den bisherigen Ermittlungen aber keine Ergebnisse.“ Hoppe hatte sich nicht gesetzt, stützte sich am Tisch ab. „Vielleicht müssen wir nur mal aufräumen.“

Wolfgang hantierte mit der Kaffeekanne, er war ebenfalls stehen geblieben. „Wir müssen unsere kleineren Angelegenheiten in unserem Teilzeitteam ernst nehmen, da hast du recht.“ Der Kollege schmunzelte.

„Eben deshalb sollten wir den Dingen mehr Struktur geben.“

Marlene nickte zustimmend. Noch ein schlechtes Zeichen. Julian hatte Unterlagen und Notizblock vor sich ausgebreitet. „Die Schmidt hat ja alles umgehauen“, sagte er und sah nur kurz von seinen Kritzeleien auf.

Wie bitte? Ob die Frau etwas umgehauen hat, werden wir noch sehen! „Um die geht es auch“, sagte Hoppe. „Was fangen wir mit ihren Behauptungen an und was machen wir mit unseren eigentlichen Fällen?“

Schnell hatte jeder präsent, woran sie arbeiteten. Die junge Frau, die sich umgebracht hatte, der Mann mit dem

Einbruch und dem Herzinfarkt im Westend, immer noch keine Spur von den Tätern, die eventuell für den Toten im Main den Ausschlag gegeben hatten. Oder war es seine Zigarette, die alles zunichte gemacht hatte? Jedenfalls gab es nirgendwo einen konkreten Verdacht.

„Die im Wirtschaftsdezernat interessieren sich jedenfalls für unsere Ermittlungen Richtung Schmidt Security. Und wer weiß, am Ende auch für BrueCklean." Das warf Marlene hin und nun wusste er, warum sie gut gelaunt war.

„Willst du vielleicht dort? Ich meine, hast du schon mit den Kollegen gesprochen?" Glücklicherweise stellte Wolfgang diese Frage, sonst hätte Hoppe etwas Unbeherrschtes geäußert.

Marlene war vorgeprescht, hatte ihre Fundkiste aus Berlin wahrscheinlich umgehend den Kollegen gezeigt. Ich hoffe nur, dass sie sich damit lächerlich gemacht hat, war Axels Gedankengang. Außerdem betreiben wir keine Ermittlungen Richtung Schmidt Security.

„Es ist kein Fall für uns, damit hast du recht. Die Kollegen werden sehen, was sie damit anfangen können. Bleib mit ihnen in Kontakt." Er erinnerte sich an das Schnitzelessen mit Wolfgang, der ihm jetzt flüchtig Daumen hoch zeigte.

„Ich weiß, dass die Anschuldigungen seitens Sarah Schmidt nicht abschließend durch uns untersucht werden können. Es sei denn, wir wechseln die Abteilung", sagte Marlene.

Hoppe sah Wolfgang an und glaubte, um seine Mundwinkel herum ein belustigtes Zucken wahrzunehmen. „Zurück zu unseren Fällen", lenkte der Kollege ein, bevor Hoppe etwas antworten konnte. „Für BrueCklean oder deren Tochterunternehmen zu arbeiten, versprach, in einem Facilitymanagement der Extraklasse beschäftigt zu sein. Manche waren von den erhöhten Anforderungen überfordert.“

„Aber bringt man sich deshalb um? Dann macht man eben was anderes“, behauptete Julian.

Dem Jungen mit seinem Bio-Müsli zum Frühstück fehlte Vorstellungskraft und Empathie. Er würde es lernen müssen, dachte Hoppe.

„Es gibt für Putzkräfte praktisch keine Alternativen zur BrueCklean.“ Marlene fügte ihrer Aussage eine rhetorische Frage an. „Und warum? Weil die schon platt gemacht werden, bevor sie eine Rolle spielen. Mit rein in die BrueCklean-Familie oder sterben!“

Für sie war die Welt einfach. Hoppe hatte genug.

„Du siehst Gespenster“, kam ihm Wolfgang zuvor.

„Wenn du auf unseren ersten gemeinsamen Fall mit dem Toten im Main anspielst, müssen wir Beweise vorlegen“, sagte Hoppe.

„Glaubst du mir also?“

„Noch lange nicht.“ Zum Glück bleibt im Moment der Mallorca-Fall mal draußen. Lassen wir es wie es ist. Vielseitig und spekulativ.

„Meine Vase passt am Ende auch noch da hinein“, machte sich Wolfgang lustig.

„Auch dafür habe ich eine Erklärung, die sich aber noch erhärten muss.“ Marlene saß gelassen in ihrem gepolsterten Stuhl ohne jeden Anflug von Empörung.

Julian malte riesige Mindmaps auf seinen Block. Was also sollten sie anfangen mit Marlenes Vermutungen,

Schmidts Behauptungen, dem kläglichen Fortgang ihrer aktuellen Untersuchungen? Wären wir ein normales Team mit normalen Fällen, gäbe es keine nachträglichen Recherchen, keine Langeweile, sondern einfach mal einen Täter. „Außerdem hat dein Brückner eine enorme Substanz und so viele Eisen im Feuer. Warum sollte der Mann einzelne Putzfrauen und alte Männer erpressen?“ Darauf liefen ihre Anhaltspunkte doch hinaus, was er so zusammenfassen musste. Er hatte dieses Austauschjahr satt.

Marlene saß ungerührt auf ihrem Platz, Julian sah auf seine Blätter, Wolfgang trank Kaffee. In diesem Besprechungsraum war die Luft aufgebraucht. Hoppe war erschöpft und dachte an die 228 Tage, die noch vor ihm lagen. Also machte er sich mühsam daran, das Team wieder einzufangen. Er bedachte jeden Einzelnen mit Anerkennung für Detailüberlegungen, präzisierte die Aufgaben auf der Suche nach der Vase und den Tätern, wertete die Erkenntnisse im Zusammenhang mit Vleihs Kiste als gute Hinweise. Plädierte für Geduld. Er selbst aber kochte innerlich und nahm sich vor, die Zusammenhänge bis hin zu seinem Mallorca-Fall, selbst wenn es gar keine gab, aufzudecken, bevor Marlene sie fand.

Nach der Teambesprechung stapelte sich Axel den Schreibtisch voll, sammelte Informationen zu BrueCklean und Schmidt-Security. Druckte, sortierte, las, strich Passagen an, machte Notizen. Übliche Anschuldigungen aus verschiedenen Perspektiven, ein paar steuerliche Unregelmäßigkeiten, ein paar unberechtigt erhaltene Subventionen, ein bisschen schmieriges Privatleben. Brückners Engagement für neue Ideen junger Firmen zeigte ihn in einem ganz anderen Licht. Insgesamt blieb die Gerüchteküche um ihn herum nie kalt. Als Axel über ein Campusprojekt las, fand er die Verbindung zu dem Wasserstoff-Akku wieder, von dem Kathrin erzählt hatte. Jedenfalls war Brückner ein Macher, überall weit vorne. Und nun taucht die Schmidt wieder auf und ich lasse mich von Marlenes Jagd anstecken. Noch 227 und ein halber Tag. Er schnaufte durch und ermahnte sich runterzukommen. Er musste einfach das Büro verlassen!

Ein paar Minuten von der Fußgängerampel entfernt ließ er sich in das Viertel mit den noblen, aus der Gründerzeit stammenden Einfamilien- und Etagenhäusern treiben. Hierher war er oft mit dem Fahrrad von der Eschenheimer Landstraße abgebogen, um den Tag etwas langsamer zu beginnen oder zu beenden. Jedes Mal genoss er die alten Bäume in den Straßen, die wenigen ausgesuchten Pflanzen in den Vorgärten, die altmodischen Gehsteige. Er mochte den Park mit dem kleinen Schloss an seinem winzigen Weiher. In der filigranen Oase angekommen holte er sich einen Kaffee, ließ sich weiter durch die Straßen treiben. Skurril war die prächtige, viel zu kurze Kastanienallee an deren Ende ein stets offenes Tor die Verbindung zwischen scheinbar zwei Welten markierte. ‚Holzhausentor', erinnerte er sich, gelesen zu haben. Er betrachtete Terrassen und Vorgärten, Bäume und Haustüren. Das kann nicht sein! Er lief schneller, um dem Taxi und der Frau näher zu kommen, bevor sie eingestiegen wäre. Ihre Haare! Ihre Augen muss ich sehen! Die Art sich zu bewegen. Verdammt, kann sie nicht eine neongrüne Jacke tragen! Wenn es tatsächlich die Frau mit dem Fahrrad ist? Was dann?

Das Taxi fuhr an ihm vorüber und für einen Moment glaubte er, die Frau habe ihn aus dunkel-dunkelgrünen Augen angeblickt.

9 Wie Familie

„Wir werden es allen zeigen“, sagte Stephan als sie sich bereits hoch in der Luft befanden.

Isabel saß mit rebellierendem Magen neben ihm im Cockpit seiner Turboprop. Schloss sie die Augen, fühlte sie sich einer Ohnmacht nahe. Also sah sie besser wieder hinaus durch diese unendlich große Scheibe geradewegs in den Himmel hinein. Einen Haltepunkt gab es nicht, außerhalb dieser kleinen Kiste war keine feste Materie. Noch nicht einmal Wasser. Wasser! Schlechter Gedanke. Gleich fliegen wir darüber. Atme! Tief! Cool bleiben!

„Alles klar?“, fragte Stephan.

Kannte er den Gesichtsausdruck der Flugkranken? „Ein bisschen klein dein Vogel.“

Er nahm ihre Hand, blickte auf die Instrumente des Cockpits, stellte ein paar Hebelchen um und schaute sie endlich wieder an. „Aber ganz sicher.“

„Fliegst du oft?“ Bitte sag ja.

„Ich liebe es!“ Er nickte verträumt vor sich hin. „Schau dich um, ringsum nur Freiheit.“

Isabel versuchte, es ebenso zu sehen. Das ungeheure Gefühl im Magen blieb. An die Konsequenzen ihrer Entscheidung mitzufliegen hatte sie nicht gedacht.

„Das hier ist ein viel kleineres Wagnis als der Schritt zur Unternehmerin.“

He, hör auf! Und guck mich nicht so an! „Machst du dich lustig über mich?“

„Ganz und gar nicht.“ Er räusperte sich, lenkte seinen Blick wieder auf die Instrumente und den Himmel vor ihm.

Isabel blieb stumm. Zum ersten Mal seit Projektbeginn verschlug es ihr die Sprache. Hier oben hatte sie nichts mehr im Griff. Was, wenn es das nun gewesen sei? Mein neues Leben, schon vorbei. Vielfältig war ein zu lapidares Wort für die Gedanken, die ihr durch den Kopf schossen. Erst recht, wenn sie über ihre Übereinkunft mit Sarah nachdachte, Viktor gegenüber nichts über diese Geschäftsreise ohne Sarah anzudeuten. All das wollte sie ordnen. Musste sie ordnen. Sonst werde ich noch untergehen.

„Untergehen?"

Erschrocken fragte sie sich, welche ihrer Gedanken sie laut gedacht hatte. Das Meer war mittlerweile tatsächlich unter ihnen und reflektierte gleißendes Sonnenlicht. Es blendete von allen Seiten.

„Nicht mit mir", sagte Stephan und lächelte sie an.

Ihr Magen blieb verkrampft. Im Kopf hämmerte es. Im Herzen herrschte Unruhe. Die verbleibende Flugzeit verbrachten sie still. Angespannt! Wenn sie mit Sarah nach Mallorca geflogen war, wurde sie jedes Mal in einen Gemütszustand versetzt, der sie grenzenlos optimistisch stimmte. Es war wie ein Kick, auf den man warten konnte. Doch im Cockpit dieses Minijets wollte er sich partout nicht einstellen.

Einen Augenblick lang war sie allein, als Stephan sein Auto aus der Garage an dem Terminal für die Privatmaschinen herausfuhr. Pause! Mit festem Boden unter den Füßen konnte sie wieder lächeln, sah in den Himmel und fragte sich, wie sie zurück nach Frankfurt kommen würde. Das Motorengeräusch riss sie aus ihren Gedanken. Stephan stieg aus, kam zu ihr, stellte ihr spärliches Gepäck in den Kofferraum, hielt ihr die Beifahrertür auf und einen Augenblick später brausten sie los und das ersehnte Inselgefühl stellte sich mit einem unbekannten Beigeschmack doch noch ein.

„Das ist doch der Weg zur ...“

Wieder einmal lächelte er. „Die warten schon auf dich.“

Die Mitarbeiter der Ölmühle begrüßten die beiden Ankömmlinge innig. Aus dem kleinen Restaurant duftete es nach allem, was die Insel an Kulinarischem zu bieten hatte. Deftiges Schwein, frischer Fisch, Tomaten, Oliven, Rosmarin und Paprika. Die Köchin führte Isabel am Arm in die Küche. Topfdeckel wurden gelüftet, Kräuter und Gewürze nachgelegt, Isabel musste kosten. Brot wurde aus dem Ofen gezogen. Einige der Mitarbeiter kamen gemeinsam mit Stephan ebenfalls gucken. Isabel lobte die Kostproben. Stephan wollte auch nachsehen und wurde von der Köchin auf die Finger gehauen. Sie lachten, entkorkten Wein und stießen miteinander an. Stücken vom warmen Brot wurden in ein wenig Öl getunkt und gegessen. „Gute Arbeit“, sagte Stephan anerkennend.

Das saloppe Willkommen ging in ein üppiges Mahl an einer langen Tafel unter Bäumen und Sonnenschirmen über. Jemand thematisierte endlich den Akku, sprach über ihren Öko-Standard, den sie damit in großem Stil abrundeten. Dank Stephans guter Idee! Dank Isabellas Projekt. Schüsseln, Töpfe, Besteck klapperten. Immerzu brachte jemand einen Toast aus, was sie veranlasste miteinander anzustoßen.

„Wie Familie", flüsterte Isabel Stephan zu, der sie daraufhin an sich zog und ihr kurzerhand einen Kuss gab. Er nickte schelmisch, nahm sein Glas und stieß allein mit ihr an.

„Was für ein schönes Paar", rief die Köchin über den Tisch.

Isabel versuchte, es zu überhören. Sie fasste nach einer Haarsträhne, die sie hinters Ohr schob. Nur ewig hier sitzen, mit diesen Menschen, mit Stephan an meiner Seite. Solch ein Kuss, sein Blick, seine Fröhlichkeit.

„Leider nicht", sagte ihr Tischnachbar.

Sie erschrak.

„Salud!" Rief die Köchin, der an diesem Tisch niemand ausweichen konnte.

Sie erhoben die Gläser.

„Auf Eure Gastfreundschaft und das wunderbare Essen", sagte Isabel, die Stephans Blick auf sich spürte.

Der Zeitpunkt war gekommen, die Tafel aufzuheben, auf der Plantage den Baufortschritt für den Wasserstoff-Akku zu begutachten und in der Ölmühle ein paar Details zu klären. Die Mühle würde auch in diesem Jahr gut ausgelastet sein, der Standort für die Akku-Versuchsanlage war gut ausgewählt, der Anschluss des Hotels fast fertig, die Solarkollektoren störten nicht. Der Verkauf und das Restaurant liefen prima.

Ein paar Brandy später brachen Isabel und Brückner beschwipst von Herzlichkeit und Zuversicht auf. Sie sah das Ziel vor sich. Sah die kühle Halle mit den Geparden als Wächter des Patios vor sich, war gespannt auf die Avocados vor dem Küchenfenster, wollte die Behaglichkeit der Zimmer abschütteln. In den letzten Wochen habe ich mir eingebildet, zu vergessen, dass der Mann neben mir dorthin gehört. Ich bin ein Gast wie viele andere dort. Sarah, Rüdiger, Schulz, Hofmacher, diese ganzen Youngsters und Jungunternehmer, Dr. Moritz und, und, und. Wir werden morgen früh starten, unser gemeinsames Projekt weiter zu konkretisieren. Für Viktor. Sie sah aus dem Fenster und wartete auf genügend Ernüchterung.

Das Tor stand offen, die knorpeligen Alleebäume umfing abendliches Licht. Das Windrad ragte unbeweglich, wuchtig auf. Vor dem Haus zeichneten sich die Kiefern dunkel vor dem Lila-Grau des Abendhimmels ab. Eine Hand jetzt in meinem Nacken, dort, wo die Haare ansetzen. Genau dort, jetzt, flehte Isabel innerlich. Sie sah das massive Holz der Fensterläden. Vielleicht ein Halt in dieser exotischen Stunde?

„Warum lächelst du?", fragte er vom Fahrersitz herüber.

Habe ich gelächelt? Über meine Unvernunft, meine Naivität, über das kleine Mädchen, das für einen Moment in mir war. Sie hörte den Kieseln unter den Reifen zu, sah die Staubwolke im Spiegel. „Es war ein wirklich netter Abend", sagte sie.

„Mit dir." Stephan bremste das Auto, stellte den Motor ab, schaute zu ihr hinüber. „Ich mag die Vorstellung, dass du hier Zuhause bist." Er stieg aus und öffnete ihre Wagentür.

Salzgeruch und Wärme erfüllten die Luft. „Auf keinen Fall", entfuhr es ihr. Ich bin hier nicht zu Hause! Du kannst dir das Mögen deiner Vorstellung sparen! Sie griff nach ihrer

Tasche im Kofferraum. Er aber ergriff ihre Hand. Erschrocken blickte sie auf. Behutsam versuchte sie, ihm ihre Hand zu entziehen. Auf einmal waren seine Hände genau an der Stelle unter den Haaren, wohin sie sollten. Sie taumelte, küsste. Sie schmiegte sich an ihn, weil sie sonst einfach umgefallen wäre. Sie ertastete ihn, führte seine Hände an ihrem Körper entlang, küsste, biss, ließ sich küssen.

„Endlich", flüsterte er.

Sie versuchte, noch einmal Abstand zu bekommen. „Warte." Sie ging zur schweren Eingangstür hinauf.

Er kam ihr hinterher und umfasste sie, als sie noch auf den drei abgetretenen Stufen stand. Sie lachte, es hatte keinen Sinn! Sie ließ sich fallen, ließ los, sie zog ihn, er drängte sie. Ich bin nicht verliebt! In der kleinen Eingangshalle löste sie sich von ihm, strich einem Sandsteingepard über den Kopf, zögerte, in den Patio einzutreten. Dieses Stück der Anlage hatte sie sich nicht erschlossen. Es hatte sich nicht ergeben. Zu kurz waren die Wochenenden mit Sarah. Zu beschäftigt waren sie jedes Mal, um hierin auch nur eine Stunde zu verbringen. Habe ich mir das aufgehoben?

Die Dunkelheit durchbrachen flackernde Kerzen in Tonkrügen. Entlang der Mauern waren drei Fenster schwach erleuchtet. Aus dem Eingang zum Haupthaus drang spärliches Licht. Der süßliche Duft der Orangenbäume und Drillingsblumen vermischte sich mit dem Geruch des Meeres.

„Maria ist gegangen. Sie hat mir eine Nachricht geschrieben." Stephan kam näher und begann abermals, sie zu küssen.

Er hat es geplant, gehofft, gewollt. Bei diesem Gedanken fühlte sie sich großartig. Ein Vorspiel, wie sie es noch nie erlebt hatte. Ein Fest! Durch und durch angemessen, dachte sie und spürte wie sehr sie sich danach gesehnt hatte. Ich! Ich! Und er. Sie schloss die Augen und wollte sie nie wieder öffnen. Kleider fielen zu Boden. Plaids wurden von Bänken gezogen. Sie spürte Champagner auf ihren Schenkeln, Blüten unterhalb ihres Bauchnabels.

„Wie sind wir hereingekommen?", waren ihre ersten Worte als Morgenlicht durch leicht geöffnete Fensterläden drang.

„Ich kann mich nicht erinnern." Stephan stützte sich ein wenig auf.

Sie lagen in ihrem Bett in seinem Haus. „Du hast dir das schönste Zimmer genommen", sagte er.

Ich habe es gar nicht genommen, erinnerte sie sich. Sarah hatte es mir gegeben. Aber was für einen Unterschied machte es? Keinen. Sie war wach und müde, beunruhigt und angekommen, unsicher und glücklich zugleich. „Wie spät ist es?" Sie suchte nach einer Uhr oder einem Handy.

Er war schneller. „Fünf."

Sie lachte. Nichts war wie sonst. Der Tag lag vor ihr, das Meer sowieso, Besuche in einer Wäscherei, einer Fleischerei, in einem Hotel stimmten sie fröhlich. Sie würde ihr Projekt vorantreiben, interessierte Menschen wiedertreffen, in der Ölmühle mit alten Bekannten einen Cava trinken. Am Abend würde sie mit Stephan am Meer spazieren, ein gemütliches Restaurant aufsuchen, nachts nach Hause kommen. Doch jetzt war es erst fünf Uhr! Zeit, die sie in Frankfurt nie erlebt hatte.

„Ich kenne noch eine Gärtnerei, die ihre Wasserpumpen für die Gewächshäuer ebenfalls gerne mit Solar- und Wasserstoffenergie antreiben will“, erweiterte Stephan ihre Tagesliste, die sie in verkürzter Form angesprochen hatte. „In ein paar Wochen bringen wir alle her und zeigen es ihnen“, fügte er an.

Zeigen, zeigen. Das war sein Lebensmotto. Nur im Augenblick passte es nicht. „Ich will jetzt nicht an alle denken.“

Stephan nickte sacht. „Sollst du auch nicht“, flüsterte er ihr ins Ohr.

VI Insel

1 Großkunden

Hofmacher liebte es, mit Kundenschwergewichten zusammen zu sein. Natürlich musste er sich dabei stets vor Strompreisdiskussionen in Acht nehmen, aber manchmal hatte er einfach gute Karten. Zum Beispiel wenn er vom Wasserstoff-Akku sprechen konnte. Ganz individuell wäre alles, nur für Pioniere. Genau wie das Kundentreffen an der Pilotprojektierung auf Mallorca. „Wegen der Sonne, Sie verstehen?" Er lud den Pharmariesen vom Rhein zu einer Veranstaltung ein, die nur den Vorreitern vorbehalten war. So auch Vertretern des Flughafens, der BrueCklean AG, innovativen Newcomern, Mitarbeitern des Wirtschaftsministeriums, Unternehmern der Automobilbranche, bedeutenden Testkunden.

Auch in der EnVer-Zentrale hatte die Idee von sich gegenseitig befruchtenden Großkunden gegriffen. Die Anlage zum Anfassen war der Tenor, wenn man von der sogenannten Strommanufaktur nahe Andratx sprach. Ein autarkes Versorgungsnetz, in das Sonnenenergie und Wasserstoff als einzige Energieträger eingespeist wurden. Auf dem Studentencampus war das anders. Das ganze Areal war an das Stromnetz der EnVer angeschlossen, der Akku versorgte nur einzelne Kleingeräte im Zusammenspiel mit ein paar Solarkollektoren. Auf Mallorca aber würden sie mindestens die Ölmühle und das Hotel ganz und gar vom Versorgungsnetz abkoppeln, um zu beweisen, dass es auch danach nicht zu Stromausfällen kommen würde. Hofmacher redete in diesem Zusammenhang sogar von einer Beteiligung der Kunden an der Strommanufaktur vor Ort. „Sie werden so begeistert sein, dass sie ein Stück davon haben wollen."

Warum sollten sich die Kunden an so einem Projekt beteiligen, wenn sie kurz davorstanden, selbst solche Anlagen aufzustellen? Viktor blieb diesem Umweg gegenüber skeptisch. Hofmacher war einfach unersättlich im Geldeinsammeln. Und Isabel? Er hatte sie ermutigt, Sarah aus ihrer Lethargie und Angst zu holen. Aber nun war es genug. Sie konnten auch ohne dieses Projekt füreinander da sein. Viktor fragte sich auch, ob solch eine Veranstaltung im Zusammenhang mit der mallorquinischen Mini-Anlage für ernsthaft interessierte Kunden nicht zu lapidar wäre. Die doofe Ölmühle war doch eher ein romantisch verklärter Ort als ein ernst zu nehmendes Anwenderbeispiel. Dieses Treffen ausgerechnet auf Mallorca stattfinden zu lassen, gab dem Ganzen eine attraktive Note. Das sah er ein. Aber wenn sie nicht aufpassten, konnte die Tragweite der anstehenden Entscheidungen mit dem Meeresrauschen weggespült werden.

„Sie wollen uns diesen Wasserstoff-Akku in Aktion zeigen. Ich soll sogar Professor Viktor Schlegel treffen. Stell dir vor, der hat das Ding praktisch erfunden."

„Ausgerechnet auf Mallorca?"

Axel ging gemeinsam mit Kathrin die Schweizer Straße hinunter. Am Mainstrand wollten sie eine Kleinigkeit essen, vielleicht ein Bierchen trinken. Endlich war Kathrin mal wieder zu Hause, dachte er und verbesserte sich sogleich, indem er zu Hause durch Frankfurt ersetzte. „Schlegel heißt der Typ?"

Kathrin machte „Hm“ und er beließ es dabei. So selten war dieser Name schließlich nicht, dass es ausgerechnet mit dem Namen, den er in seinen Kontakten gespeichert hatte, zusammenhängen konnte. Eher schon mit dem Namen aus dem Artikel, den er vor kurzem während der Recherche über Brückner gelesen hatte. Er deutete auf einen Eisstand, steuerte ihn an und hatte in der nächsten Minute Schoko & Vanille in der Hand. Kathrin wollte nichts.

„Es geht nicht nur um die Technik, sondern auch ums Zusammentreffen möglicher Anwender. Ein bisschen Party am Abend. Du weißt schon.“

Hatte Kathrin im Stadtwald nicht erzählt, dass dieser Akku nur ein Anhängsel ihrer Arbeit war? Hatte sich daran etwas geändert? „Was ist passiert?“, fragte er.

„Ich bin neugierig geworden. Und ich nehme dich mit.“

Er lachte, leckte am Eis.

„Stephan Brückner hat alle möglichen Kunden eingeladen“, sagte sie.

Axel verschluckte sich.

„Am Freitagabend mit Partner.“ Kathrin schlang ihre Arme um seine Hüfte, seine Schultern zu erreichen, war zu unbequem für sie. „Die Partner zahlen alles selbst. Du steckst also in keinem Dilemma, falls du am Ende gegen ihn ermitteln musst.“ Nun lachte sie.

Haben sich die Frauen verschworen? Oder war Brückner einfach allgegenwärtig?, fragte er sich.

„Lass uns mal wieder nach Mallorca fliegen!“ Seine Frau zwinkerte ihm zu.

Sie hatte ja keine Ahnung! Er schmiss das Eis in einen Papierkorb. Das süße Zeug wollte er nicht mehr. Hier auf dem Highway der Spaziergänger und Radfahrer wollte er sich für die verbleibende Zeit seines Austauschjahres eingliedern. Mallorca passte da nicht hinein.

Den Eisernen Steg hatten sie hinter sich gelassen. Sie liefen aneinandergeschmiegt. Die kleine Wohnung, solche Spaziergänge, das Radfahren. Ich muss jetzt nicht nach Mallorca, war Axels Erkenntnis. Der Brückner und die Frauen. Jetzt ist er schon bei Kathrin angekommen. Außerdem ist mein alter Fall abgeschlossen. Ich muss da wirklich nicht hin. Brückner interessiert nur Marlene. Er nickte vor sich hin. „Wenn wir weiterlaufen, kommen wir noch bis ans Ende der Stadt." Er kannte sich aus, fuhr oft mit dem Fahrrad hier entlang. Mit Kathrin im Arm hatte er die City im Rücken. Dort, wo sie jetzt unterwegs waren, war das Ufer breit, parkähnlich mit Kinderspielgeräten und Bänken. Dahinter Schrebergärten. Alles war beruhigt an diesem Abschnitt des Mains. Doch Axels Gedanken beruhigten sich nicht. „Findest du den eigentlich attraktiv?"

Kathrin schaute ihn verständnislos an.

„Brückner, so als Mann."

„In welcher Krise steckst du denn?"

Er denke an Marlene, erklärte er. Vielleicht auch an Sarah Schmidt, führte er weiter aus. Vielleicht auch an sich selbst und an die Frau mit den dunkelgrünen Augen, in die er an dem Tag geblickt hatte, als das gesamte Experiment eines Austauschjahres noch vor ihm lag. Das aber erklärte er nicht. Austauschjahr, Experiment, Mallorca-Fall, den er schlampig bearbeitet hatte, weil er doch sowieso hierher unterwegs war. Der Fall war abgeschlossen. Es sollte ein ruhiges Jahr werden und es würde noch dazu kommen, wenn er nur Marlene zur Ruhe gebracht hätte. Er schaute Kathrin an, überlegte, dass er vielleicht zwei Fliegen mit einem Mal erschlagen könnte. „Schleust du mich ein?"

„In ein paar Tagen haben wir unsere große Show." Isabel hatte den Plan, Interessenten für den Wasserstoff-Akku auf Mallorca zusammenzubringen, gemeinsam mit Stephan entworfen und hatte Sarah begeistert involviert.

„Ich glaube auch", antwortete Sarah mit einem merkwürdigen Unterton.

Isabel sah sie vorsichtig an. Was für eine Antwort war das?

„Eure große Show liegt praktisch in der Luft." Sarah saß in einem Sessel, spielte mit den Gräsern, die in den großen Tontöpfen wuchsen.

Isabel wollte sich gerade zu ihr setzen. Nun blieb sie stehen. „Wie meinst du das?" Sie räusperte sich, schaute auf ihr Glas in der Hand.

„Isabel, man riecht es. Es liegt praktisch in der Luft. Vielleicht merke nur ich etwas zwischen dir und Stephan." Sie holte tief Luft, deutete auf die Terrasse, den Hinterhof, die Tür, die in die Wohnung führte. „Was tust du nur?"

Darauf hatte Isabel keine Antwort. Sie trat an das Geländer heran, beugte sich mit ihrem Glas in der Hand ein wenig vor. Einen Augenblick lang versuchte sie, jedes einzelne Blatt der Linde im Hof zu betrachten. Neue Gefäße standen vor der Tür der Künstlerwerkstatt in der Remise. Die Mandelbäume waren gewachsen. Erst nach dem kleinen Rundblick kehrten ihre Gedanken zu Sarah zurück. Die sollte lieber daran denken, was sie mit ihrem Rüdiger anstellen wollte, daran, was mit diesem Robert Vleih am Ende passiert war und daran, wie sehr sie Viktor schon immer angehimmelt hat. Sie trank ihr Glas aus. Verstecken muss ich mich nicht. Nicht vor Sarah! Isabel drehte sich um. „Es ist passiert und in ein paar Wochen ist alles wieder vorbei. So wie es bei erwachsenen Menschen normalerweise ist."

„Warum dann überhaupt?"

Warum? Warum? Warum lebt man sein Leben? Warum verknallt man sich manchmal neu? Und warum wird daraus sowieso nichts? Sarah musste nicht nach dem Warum fragen. Sie wusste doch selbst, wie so etwas geschah. „Ich will es jetzt."

„Und unser Projekt? Der Akku? Die Strommanufaktur?"

„Es ist doch nur durch den Akku passiert!", schrie sie.

Sarah sah sie erschrocken an. „Und Viktor."

„Dann tröste ihn doch", sagte sie viel zu laut und gestikulierte dabei mit dem Weinglas, sodass etwas überschwappte. Sie wartete, hörte sich beim Atmen zu. Hoffte, dass ihr Atem sich gleich beruhigen würde.

Sarah sah sie an. „Ich liebe Viktor." Ohne Betonung, ohne Vorwurf, weder laut noch leise.

Jetzt hat sie es endlich gesagt, dachte Isabel. Sie ging langsam zu Sarah, hockte sich vor sie, um ihr in die Augen zu blicken. „Ich weiß." Sie umarmte Sarah. „Ich weiß", wiederholte sie.

2 Einkäufe

Brückner sah zufrieden hinter seiner Speisekarte hervor. „In den letzten Wochen ist viel passiert."

„Vielleicht habe ich alles falsch eingeschätzt", entgegnete Viktor.

Es war in genau diesem Restaurant, in dem er Brückner zum ersten Mal gegenübergesessen und ihn nachhaltig zum Feind erklärt hatte. Und ja, es war seitdem viel passiert. Sie waren unter anderem kurz davor, das kleine Mallorcaprojekt auszuschlachten. Immerhin befürwortete das auch ihr Vertriebsguru Paul Moritz. Meine besten Leute habe ich dem Ölmühlenprojekt zur Verfügung gestellt, dachte Viktor. Ich selbst habe am Ende die Dimensionierung geprüft, die Druckbehälter angeschaut und die Steuerung im Labor mit allen erdenklichen Simulationen abgenommen. Fünf Teammitglieder sind seit Wochen Vollzeit auf Mallorca. Am Ende hat sein doofes Projekt Bewegung ins Forschungszentrum gebracht. Ins Forschungszentrum, in die EnVer, in die Kunden. Hofmacher hat endlich vollstes Vertrauen gefasst. Am Ende hatte Brückner hier doch Vorschub geleistet. Viktor nahm einen kräftigen Schluck Wasser und blickte in die Speisekarte. Das hätte ich nicht gedacht. Wahrscheinlich mache ich mir auch vom Facilitymanagement die falschen Vorstellungen.

„Das machen alle", sagte sein Gegenüber.

Viktor stutzte.

„Mich falsch einschätzen. Aber ich lerne. Von dir. Man muss die Großverbraucher ohne Kohle und ohne lange

Leitung sicher mit Energie versorgen können. Du kannst das."

Was will Brückner? Mir schmeicheln? Wir beide auf Augenhöhe? Am Ende gar freundschaftlich?

„Wir, die EnVer." Viktor nahm den Blick von den Hauptgängen, er hatte das Gericht gewählt, das am einfachsten klang. Er wollte kein Schnickschnack. Irgendeinen Fisch vom Grill dazu eine Backkartoffel.

„Keine Vorspeise?", fragte Brückner, der vom Kellner abgelöst wurde, der an ihren Tisch gekommen war und nun seinerseits das Fragen übernahm.

„Keinen Wein? Kein Bier?", mischte sich Brückner dennoch ein.

Als geklärt war, dass er bei Wasser blieb, dass keiner von ihnen eine Vorspeise wollte, auch keinen Salat, verließ der Ober ihren Tisch.

„Aber ohne dich könnten sie das nicht", nahm Brückner das Gespräch wieder auf.

„Jedenfalls nehmen wir jetzt eine Ölmühle und ein kleines Hotel vom Netz und schließen beide Verbraucher an Solarpanels und unseren Akku an." Wir können ganz andere Sachen, als innerhalb von ein paar Wochen ein irrelevantes Mini-Netz aufbauen. Dein Mallorcaprojekt ist eine Fingerübung, eine Vorspeise! Ich brauche keinen Beifall. Nicht dafür!

Brückner ließ sich nicht beirren. „Eure Großkunden werden es zwei Tage lang erleben. Licht und Internet, Musik und kühle Getränke ohne Stromausfall auch nachts. Emotionale Nähe schafft Vertrauen."

Viktor musste innerlich schmunzeln. Ja, ich habe schon verstanden und ich gedulde mich noch ein wenig. Brückner ist unverbesserlich. Vielleicht sollte man ihn dafür bewundern.

Bevor Viktor nach Hause kommen würde, musste sich Isabel wieder fangen. Sarah hatte alles sichtbar gemacht, wovon sie dachte, es gut versteckt zu haben. Niemand sonst sieht mich an, wie Sarah mich angesehen hatte. Isabel stapfte im Park vor ihrem Haus auf den kurzen Wegen entlang. Jeder bewundert unsere Ideen und die Struktur, sagte sie sich trotzig. Niemand würde sie auf Brückner ansprechen, wie Sarah es getan hatte. Sie lief und lief wie ein Tiger im Käfig. Lachhaft wenig haben sie hier von der einstigen Weite übriggelassen! Sie mochte ihren Holzhausenpark auf einmal nicht mehr. ‚Wozu gibt es Inseln?', hatte Stephan gefragt. ‚Weil dort alles anders sein darf', hatte er auch geantwortet.

Der Holzhausen-Park genügte nicht, um darin das abzuschütteln, was Sarah heraufbeschworen hatte. Im Gegenteil! Alles erinnerte an Viktor, an ihr gemeinsames Ritual, am Sonntagmorgen auf dem Weg ins Café am Wasserschlösschen vorbeizusehen und langsam hier draußen wach zu werden. Shopping! Das half in letzter Zeit immer und gegen alles. Isabel ließ den Park hinter sich. Sie sehnte sich nach Cafés, Boutiquen, Feinkostläden. Nach Menschen, die ihre Geheimnisse hatten und damit lebten, die damit umgingen, die sie genossen.

Zwei Tage war sie noch einmal in Andratx gewesen. Zwei Tage hatte sie noch einmal mit Stephan verbracht.

Ohne andere Menschen, ohne Gespräche über den Akku, ohne eine Maria, deren häusliche Vorbereitungen Unbehagen verursacht hatten. Es war wie nach Hause kommen. Ein Zuhause an einem Zufluchtsort auf einer Insel, von der sie nicht wieder wegwollte. Im Oeder Weg kam sie wieder in der Gegenwart an. Ich werde mir etwas kaufen! Uns! Ihm! Ich werde Kaffee trinken. Etwas zum Abendessen mitbringen. Neue Bücher, Blumen, Wein. Sie schaute auf die Uhr. Vor einer knappen Stunde war Sarah gegangen. Erst einmal in Rosis Eckchen, ein Drink fürs Vergessen oder Erinnern. Egal, Hauptsache ich drehe nicht durch.

Isabel trug so viele Einkäufe in jeder Hand, dass sie nur seitlich durch die Haustür passte, mit einem Arm voran und den anderen hinter sich herziehend. Manche Papptaschen waren mit Seidenschleifen zusammengehalten, andere waren groß, dunkelbraun mit goldener Aufschrift oder weiß mit schwarzem Dekor. Manches mutete schwer an, anderes wirkte, als wäre gar nichts darin. Bücher zeichneten sich ab, Basilikum und ein Baguette ragten aus einer der Tüten heraus, Flaschen klirrten leise aneinander.

In der Wohnung kam ihr Viktor entgegen. „Hattest du einen schlechten Tag?“ Er lachte und nahm ihr alles ab. „Wohin damit?“

„Schmeiß einfach alles in die Küche.“ Sie streifte sich die Schuhe von den Füßen und ging ins Bad. Bis eben fühlte sie sich sicher, hatte Zielstrebigkeit an den Tag gelegt, hatte sogar so etwas wie Freude verspürt. Sie verzog das Gesicht, beobachtete ihre Fratzen im Spiegel.

„Leckere Sachen“, hörte sie Viktor sagen.

Sie schloss die Augen. Tränen traten hervor. Ich heule, sagte sie sich. Ich heule und heule. „Isabel, sollen wir all das Zeug noch heute aufessen?“

Es war so weit und Axel war froh, dass sie nicht im Hotel mit allen anderen Teilnehmern übernachteten. Kathrin war vom offiziellen Teil der Veranstaltung rund um den Wasserstoff-Akku zurückgekehrt. Sie zog ihre Sachen aus, wechselte in einen Bikini, wickelte sich ein Tuch um die Hüften, zog ein sportliches Top darüber. „Für deine Schnüffeleien wäre es vielleicht besser gewesen, Monsieur Poirot."

Axel saß vor der geöffneten Terrassentür im Schatten ausladender Kiefern in einem bequemen Liegestuhl. Sein Tag war perfekt gewesen. Er hatte eine Weile dem Meeresrauschen zugehört, war zu einem langen Spaziergang aufgebrochen und hatte danach auf Kathrin gewartet. „Stell dir vor, ich hätte das Frauenprogramm durchlaufen müssen."

Kathrin trat aus der Suite heraus auf einen trockenen rötlich braunen Boden. Steinchen, vertrocknete Kiefernnadeln und Grasstoppeln machten ihn uneben. Das Sonnenlicht drang seicht durch die Äste der Kiefern. Zu einer Seite sah man das Meer silbrig schimmern. Kein Wind war zu spüren nur angenehme Wärme. „Ich hoffe, dein Tag war nur halb so gut wie meiner." Axel erhob sich, um ihr einen Kuss zu geben. „Ich hole uns was zu trinken."

Jeder mit einem Glas in der Hand gingen sie ein Stück in dem urwüchsigen Garten des kleinen Hotels bis an den Steilhang heran, von dem man auf die Klippen hinabschauen konnte. Das Wasser umspülte sanft den felsigen Untergrund. „20 Uhr, sagst du, geht es los?"

Kathrin nickte. „Es ist nicht schlecht in dieser Ölmühle. Sie haben dort ganz schön was aufgefahren." Eine steife

Konferenz wäre das nicht, auch keine Produktpräsentation. Eher ein konspiratives Treffen, immerhin mit vielen alten Bekannten, wie sich Kathrin ausdrückte. Es gäbe wunderbares Essen, guten Wein, interessante Gespräche, erzählte sie.

„Und was ist mit diesem Akku? Wirst du das Teil ab jetzt brutal vermarkten auf deinen Flughäfen?"

Sie schüttelte den Kopf. „Ich glaube, das wird niemals mein Gebiet." Immer noch mit einem Kopfschütteln gab sie wieder, dass der EnVer-Chef Hofmacher von ihr als Verantwortliche für internationale Flughafenprojekte gesprochen hatten. „Was für eine Übertreibung."

Axel wandte den Rücken zum Meer. Er lehnte sich an die kleine Feldsteinmauer, die hier oben den Stopp vor der Steilküste markierte und sah Kathrin an. Da mussten sie erst eine fadenscheinige Tagung abwarten, bis sie nach etlichen Jahren wieder einmal gemeinsam herkamen. Doch richtig privat hätte es ihm besser gefallen. Auch hätte er dann Marlenes Sprachnachricht ignorieren können. Sie hatte einen Link geschickt: ‚BrueCklean steigt in Packers Kaffee ein.' Marlene gab nicht auf. „Glaubst du, dass ein Mensch immerzu Glück haben kann?", fragte er jetzt dennoch.

Kathrin sah ihn lange an. „Ja."

Er wollte Marlenes Brückner am liebsten vergessen und war dennoch gespannt auf den Abend. Hätte er Marlene von diesem Wochenende erzählen sollen? Ich sollte sie anrufen. Marlene, ich wusste gar nicht. Stell dir vor, da begleite ich meine Frau und, du glaubst es nicht, wer auf dieser Veranstaltung ist. So ähnlich.

Kathrin unterbrach seine Gedankengänge. „Der Professor Schlegel wird dir gefallen." Jedoch wunderte sie sich darüber, dass er eine Mischung aus Zurückhaltung und Ungeduld an den Tag gelegt hatte, wo er doch der eigentliche Star der Akku-Szene war. Immerhin wurde davon gesprochen, dass ein Pharmaunternehmen aus dem Rheingau kurz davor war, die gesamte Produktion mit Solar- und Wasserstoffenergie zu versorgen. „Mutig, soweit ich das verstanden habe", fügte sie hinzu.

Er hörte Kathrin zu, blickte in die Kronen der Kiefern hinauf, sah hinab auf Kathrins nackte Füße, schaute zwei Hängematten im Schatten an, sah die offenen Türen ihrer Suite.

Außerdem wären noch junge Unternehmen vertreten, zwei große Immobilienverwalter, zwei Autozulieferer für Karosserieteile und drei hiesige Unternehmer. „Aber wenn du mich fragst, sind die mit ihrer Ölmühle oder dem Hotel auch nur etwas größer als ein Coffee-Shop am Flughafen."

Axel wollte nichts mehr von den Unternehmen, den großen Reden und von einem Spaziergang unter Olivenbäumen hin zu einer Containerstation mit Energieanlagen darin hören. Er stellte sein Glas auf die Mauer und nahm Kathrin in seine Arme. „Ich würde sagen, wir haben noch Zeit für eine schöne Bucht." Sie würden eine kurze Zeit ans Meer gehen. Sich in den Sand legen. Axel nahm sich vor, noch während ihrer Frankfurter Zeit wieder herzukommen. Sie trödelten zurück zur Suite. Vielleicht kommen wir auch nicht bis hinunter zum Strand, dachte er.

„Das Beste habe ich dir noch gar nicht erzählt." Kathrin schien nicht abschalten zu können. Zwei Frauen hatten das Projekt hier auf der Insel ins Leben gerufen. „Ich glaube, unter diesen Umständen könnte ich mich auch für Strom begeistern." Sie deutete auf alles um sich herum. „Strommanufaktur!" Sie schüttelte leicht den Kopf und lächelte dabei.

Axel zog sie sacht weiter. Er hatte genug gehört. Schade um die Zeit. Strom und irgendeine Manufaktur waren weder Kathrins noch sein Steckenpferd. Der Flughafenchef würde später kommen. Weiß der Himmel, warum! Wochenende, kleine Party, Brückner, Hofmacher und Wirtschaftsminister Schulz boten einfach eine unwiderstehliche Kombination, hatte Kathrin angedeutet. Axel nickte sacht vor sich hin. Und mir verschafft es einen Crashkurs bezüglich einiger lokaler Größen. Er fühlte sich großartig und wollte Kathrin. Jetzt.

„Eine ist die Frau von dem Professor Schlegel."

Schlegel? Da war wieder der Name und wieder hatte er die Assoziation parat, die er hier gerade nicht gebrauchen konnte.

„Die andere ist die mit den Ortskenntnissen und Kontakten zu Land und Leuten." Kathrin erzählte und erzählte.

Endlich waren sie an ihrer Suite angekommen. Er hielt Kathrin die Tür auf, küsste sie. Das war besser als sprechen. Kathrin war geschmeidig, umfasste ihn, lenkte ihn, ließ sich ins Zimmer dirigieren, begann allerdings schon wieder zu sprechen. „Stell dir vor, da machst du ein bisschen Projektentwicklung und nachmittags gehst du ans Meer. Wenn ich das auf meinen Reisen auch so handhaben könnte. Aber diese Sarah Schmidt, jetzt fällt mir der Name wieder ein, wohnt ja schon fast hier."

Er setzte sich. Plump. Heftig. Erschrocken. Das kann nicht sein. Brückner, Schmidt, Mallorca. Diese Konstellation gab es nicht zweimal!

Im Hotel, das seit zwei Tagen an den Wasserstoff-Akku angeschlossen war, hatten sich einige Gäste nach einem vollgepackten Tag zurückgezogen. Andere nutzten Liegestühle, lauschige Terrassen, einen Pool, den Fitnessraum oder eine der Bars. „Viktor! Der Mann der Stunde." Hofmacher war gut gelaunt.

Viktor war bis eben in ein Gespräch mit seinem Lieblingskunden und zwei jungen Unternehmern, die in Studenten- und Altenheime investieren wollten, vertieft gewesen, bevor er auf das übliche Grüppchen an der Bar der stilsicheren Hotelanlage traf. Brückner entschuldigte sich gerade, dass sein Haus an diesem Wochenende nicht zur Verfügung stehe. „Doch diese Hotelanlage ist ja Teil des Konzeptes." Er nahm Isabel kurz in den Arm. Wiederholte seine unbeholfene Umarmung bei Sarah. „Immerhin habt ihr dieses Hotel an den Wasserstoff-Akku angeschlossen. Und nicht mein Haus."

Alle lachten.

„Mit Privathäusern sollte man erst beginnen, du weißt schon, wenn die Investitionsvolumina kleiner geworden sind." Viktor schnappte sich einen Barhocker. „Die Ölmühle bietet einen attraktiven Rahmen für die Modellanlage." Er wollte kein Spielverderber sein. Die Kunden waren begeistert, er war entspannt. Hiernach würde er sie alle beim Wort nehmen.

„Das hättest du nicht gedacht, was?“ Brückner war wieder ganz der Alte.

„Das habt ihr gut hingekriegt.“ Er musste es sagen. Isabel allein gegenüber würde er es nicht unkompliziert rüberbringen können. Doch genau das wollte er. Er verstand das Projekt nun, verstand das Anliegen. Gestand sich ein, dass das Unterfangen seinem Wasserstoff-Akku nicht schaden würde. Er suchte Isabels Blick, doch die wandte sich zerstreut ab.

Wirtschaftsminister Schulz war gemeinsam mit seiner Frau und dem Flughafenchef eingetroffen. Die Neuankömmlinge drückten ihre Erwartungen aus. Ob es möglich wäre, die Container mit den Wasserstofftanks, den Brennstoffzellen und der Steuerungsanlage zu besichtigen, bat Schulz. Es würde sich dann leichter darüber reden lassen. Schulz schaute zwischen Viktor und Isabel hin und her und wartete auf eine Antwort. „Jederzeit“, antwortete Viktor und sah Isabel an, um sie zu involvieren. Warum war sie so abwesend? Ich mache doch mit! Sieh doch nur, ich lobe, ich führe den Schulz durch die Anlage, ich duze Deinen Brückner.

Hofmacher erwähnte die Getränke, die mit Solar- oder Akkustrom gekühlt seien. Dieses Niveau war Viktor nun doch etwas zu gering. Doch niemand nahm an Hofmachers Beispiel Anstoß. Die Gläser wurden erhoben. „Auf das Projekt!“

Kunden mit einem jährlichen Strombedarf von mehr als 100 GWh waren hierhergekommen. Zusätzlich gab die Anwesenheit des Flughafenchefs Anlass, auf weitere GWh zu setzen. Der Wirtschaftsminister würde nachher ein paar

Anschubfinanzierungen für die ersten Installationen bei den heimischen Großkunden verkünden. Dafür war er doch gekommen. Mit Hofmacher würden wir noch an diesem Wochenende über Produktionskapazitäten sprechen müssen. Heute Abend werden noch ein paar Lobgesänge angestimmt werden und ab Montag werden wir wieder konkret. Sie waren nun doch angekommen, hatten so viele auf ihrer Seite und er hatte Isabel kein bisschen unterstützt.

„Gleich kommt die Kür und danach gehen wir alle nach Hause, um unsere Jobs zu erledigen." Na bitte, Brückner ist meiner Meinung.

Am Ende verstehen wir uns doch. Viktor war versöhnt, seitdem er dieses Kundenevent ein wenig kapiert hatte.

„Und was ist dann hiermit?", wollte Sarah wissen

Diese Mini-Modellanlage würde keinen nachhaltigen Betrieb erfordern. Das musste doch selbst Sarah wissen. Hier war nichts kritisch, weder die Abnehmer, der Energiebedarf noch das Wetter.

„Diese Anlage muss gut laufen und wird ausgebaut. Erst recht, wenn einige unserer Kunden darin investiert haben." Hofmacher, der Charmeur!

Andererseits sollte er das mit dem Investieren endlich lassen. Mit seiner Krämerseele würde sich er alte Herr nur lächerlich machen, weil es in keinem Verhältnis zu den Entscheidungen stand, die auf Kundenseite getroffen wurden mussten. Und Isabel? Die sagt gar nichts mehr. Dabei hatte sie doch für ihre Strommanufaktur gebrannt. Sogar für diesen Tag. Wo ist der Triumph in ihrem Gesicht? „Letztendlich ist das eine Angelegenheit der Strommanufaktur", sagte er, um sie einzubeziehen, ihr ihren Schwung zurückzugeben und um sich bei ihr zu entschuldigen.

„Wir werden sehen“, entgegnete sie.

„Möchte jemand mit mir rüber laufen“, fragte Viktor in die Runde. Große Erwartungen, Ungeduld auch Ungewissheit bekam man am besten bei Bewegung in den Griff. Wenn allein Isabel mit ihm zur Ölmühle spazieren würde, bekäme er Gelegenheit, seine Irrtümer einzugestehen und seine Grobheiten zu entschuldigen.

Viktor lief alleine. Eine kleine, gemütliche Party verlangte doch nicht nach einer Garderobe, die einen Spaziergang unmöglich machte. Wenigstens hatte er sich Isabels Missstimmung nur eingebildet. Im Hotelzimmer war sie ganz die Alte. Die Minibar hielt Champagner bereit. ‚Genau das Richtige.‘ Sie hatte gelacht und konnte die Flasche nicht schnell genug öffnen. Gerade so konnte er ihr zuvorkommen. Isabel war in Feierlaune, gar nicht traurig. Er hatte mit ihr auf das Projekt, ihre Kunden, die Zukunft angestoßen. Danach gehörten ihr das Bad und der Kleiderschrank. Die Vorfreude auf den Abend stand ihr gut. Er solle gehen, hatte sie gesagt. Sie wolle sich lieber allein fertig machen, wie es so schön hieß.

Nach einer Viertelstunde seines Weges blieb er auf einer Anhöhe stehen. Es tat am Ende gut, dass sich ihm niemand angeschlossen hatte. Pause! Er betrachtete das Land um sich herum. Die Weite beschrieb seinen Gemütszustand. Dunkelgrün spannten sich die Berge vor dem Horizont auf. Nichts lag vor ihnen, nichts, das hier nicht hergehört hätte.

Bergwelt, Hügel, Ebene. Neben Grün waren nur Erdtöne auszumachen. Kiefern und Steineichen wuchsen aus rotbrauner Erde. Den riesigen Olivenhain konnte er von hier oben ausmachen. Der gehörte zum herrschaftlichen Anwesen der Ölmühle. Gutsherrenart. Dieses Wort musste unweigerlich aufkommen, wenn man von hier oben die Relationen betrachtete. Aufkommende Zweifel verstärkten sich ein wenig, als er die Solarpanels in der Ferne wahrnahm. In diese Landschaft passten sie nicht hinein. Tröstlich war, dass dies hier nur ein Beispiel war. Zukünftig würden sich die Solarpanels in den Industrieanlagen vortrefflich integrieren. Er lief weiter. Am hinteren Ende der Plantage hinter einer Kieferngruppe konnte er die weißen Container ausmachen. „Meine Güte“, sagte er zu sich selbst. Zwei Brennstoffzellen, zwei Tanks der etwas älteren, robusteren Sorte, ein einfaches Steuerungspult, von dem die Parameter des Betriebszustandes via Satellit übertragen wurden. Drei Container genügten. Das haben wir schnell gezimmert. Die Kabel sind teilweise direkt auf dem Boden verlegt, aber aus der Entfernung sah man das nicht. Ein paar Stilfragen, die noch geklärt würden. Er überlegte und ließ das Bild einmal wirken. Diese Modellanwendung hinterließ bereits jetzt ein einprägsames, berührendes Bild, dem sich die Kunden nicht verschließen könnten. Noch einmal schalt er sich für seine äußerste Ablehnung gegenüber diesem Projekt.

Zum zweistöckigen Herrenhaus führten rechts und links zwei breite Treppen an einer Poolanlage vorbei hinauf zum großzügigen Außenbereich auf der Ebene des Hauseingangs. Dort hatten sich unter Sonnenschirmen, den unvermeidlichen Palmen, vor Zypressen und der Kulisse des historischen Gebäudes bereits einige Teilnehmer eingefunden. Ein paar Farbtupfer verrieten, dass die Damen auf schwarze Kleider verzichtet hatten. Das Weiß besagte, dass die Herren ihre Jacketts bereits abgelegt oder gar nicht erst angezogen hatten. Viktor merkte, dass er sich zum ersten Mal auf eine Abendveranstaltung freute. Er hatte exzellente Gespräche geführt, die kleine Anlage war reibungslos in Betrieb gegangen, bekannte wie neue Kunden waren begeistert. Er hörte Gitarrenmusik, Gläserklirren, Stimmen. Das hatte der Brückner am Ende gut hingekriegt, gestand sich Viktor versöhnlich ein.

„Deine Strommanufaktur wird immer ein Aushängeschild für den Akku sein. Nur das wird deinen Viktor interessieren.“ Brückner nahm Isabel in seine Arme, strich über ihre Schultern, ihren Nacken, ihre Wangen.

„Die Nähe. Ich halte sie nicht aus.“ Sie sah jeden einzelnen der grob in Putz gemauerten Steine an.

Er war ihr bis hierher in den historischen Teil der Mühle gefolgt. Holzrinne, Mühlstein, Trichter waren museal erhalten. Unter der schmalen Galerie, die für einen Überblick der Anlage früher unerlässlich war, heute dem Raum Tiefe verlieh, waren sie stehen geblieben. Welche Nähe, fragte er sich. Meine oder die ihres Mannes, die der vielen Menschen, die etwas von ihrer Strommanufaktur erwarteten? Ein kleines Intermezzo brachte sie so durcheinander?

Neben ihnen stand eine Holzpforte offen, durch die Isabel hinaussah, nachdem sie mit den Steinen fertig war. Da draußen waren der Gemüsegarten, ein kleiner Ziegenstall, dahinter im Quergebäude die Küche. Die Erinnerungen an ihren ersten gemeinsamen Abend in der Ölmühle musste sie in diesem Moment genauso ereilen wie mich, dachte Brückner. ‚Wie Familie‘, hatte sie damals gesagt. Aber heute Abend war die ganze große Großfamilie zu Besuch und das war schließlich auch eine Basis.

„Wenn es sein muss, stellst du die ganze Insel mit Wasserstoff-Akkus voll. Bis wir 100 sind.“ Woher er solche Sätze nahm, wusste er nicht. Er nahm Isabel fester in seine Arme. Als seine Lippen ihren Mund suchten, räusperte sich jemand hinter ihnen.

„Wollt ihr hier Versteck spielen?“ Sarah war wie aus dem Nichts aufgetaucht.

Er löste sich von Isabel. „Gar nicht. Wir feiern.“

„Ich war kurz in der Küche.“ Isabel deutete ratlos auf dieses kleine Tor.

„Ihr habt das mit eurer Strommanufaktur gut hingekriegt“, kam er ihr zur Hilfe.

„Du auch“, antwortete Sarah.

Ein Gitarrist hatte an einen DJ abgegeben, wodurch die Musik bis hierher in diesen hintersten Winkel zu hören war. Brückner trat von Isabel zu Sarah, um dann doch an ihr vorbei ebenfalls an den robusten Wänden entlangzuschauen. „Ich finde, diesen Bereich sollte jemand mit ein paar Kerzen beleuchten. Das kommt immer gut.“

„Das machen wir beim nächsten Mal.“

Seit wann entschied Sarah so etwas?, dachte er.

„Wenn es das gibt.“ Isabel sah ihre Freundin an, nicht ihn.

Hatte er nicht eben einen grandiosen Satz aufgesagt? Gefiel ihr die Party nicht? Wollte sie sich nicht feiern lassen? Warum so verkrampft? Sollte das Professorchen ihr so zusetzen? Er atmete hörbar aus. Wollen die Frauen am Ende doch den Weltverbesserer? Den Märchenerzähler! Ohne mich wäre der gar nicht hier!

„Erst einmal sollten wir uns alle da vorne sehen lassen!“

Seit wann ergreift Sarah immerzu das Wort? Nie wieder wollte sie hierherkommen, nie wieder wollte sie irgendwohin. Sie mussten sie einfangen, überzeugen, beruhigen. Dennoch genügt allein Sarahs vorwurfsvoller Blick, um Isabel aus dieser Ecke der Mühle herauszuholen.

Als sich Brückner unter die Leute mischte, war er entschlossen, die Verhältnisse wieder klarzustellen. Zufrieden scannte er die Lage an den mit braunem Leinen umwickelten Stehtischen, in den Sitzecken und entlang des Bartresens. Cocktails wurden gemixt, aus Loungesesseln heraus hatten die Gäste eine grandiose Sicht auf die Ebene und die Berge. Alles war großzügig neben Gemäuern, unter Sonnenschirmen oder unter Palmen arrangiert. Die Beleuchtung war stimmungsvoll, sodass trotz der enormen Fläche eine anregende Intimität entstand. Eine Gemütlichkeit in der sich die Gäste aalten.

Paul Moritz hatte gemeinsam mit den Jungunternehmern und den Ladys der Autozulieferer die Tanzfläche erobert. Gediegenere Herren hielten sich am Wein fest. Hofmacher hatte in Schulz und dem Flughafenchef seine Gesprächspartner. Isabel und Viktor Schlegel standen mit den Pharmaunternehmern vom Rhein zusammen. Gerade trat der hiesige Hotelbetreiber hinzu. Sarah sah er mit dem Sekretär aus dem Wirtschaftsministerium und zwei Technikern aus Schlegels Team, die ihre Frauen mitgebracht hatten. Wieder einmal hatte er es geschafft, zufriedene Akteure zusammenzuführen. Hier hatte er Unternehmen gegründet, gekauft, Mitarbeiter und Verbündete auf Lebenszeit gewonnen. Er wusste, dass sich Hofmacher auf ihn verließ, die Autozulieferer, seine Startups, seine Mallorquiner, das Wirtschaftsministerium, diese Pharmaleute am Ende auch, genau wie der Schlegel es insgeheim ebenso längst tat. Die ganze Welt verlässt sich auf mich! Brückner knetete an seinem Hals herum. Wo war eigentlich die Dame dieses internationalen

Dingsda vom Flughafen? Er hatte alle im Blick, nur sie konnte er nicht finden.

Brückner entschied sich für die Runde um Hofmacher. „Fühlt euch wie zuhause." Gleich zwei Männern legte er den Arm auf die Schultern. Hofmacher und Schulz. Sein Satz war beständig und erinnerte unaufdringlich daran, wem dieser fulminante Streich zu verdanken war. Das Wie-zuhause-fühlen war ein dankbares Thema, das nur positive Assoziationen zuließ, genau wie es dem Abend gebührte.

Doch seine Lässigkeit büßte er ein Stück weit ein, sobald er sich nach Isabel umsah. Sie schien sich erholt zu haben und gut zu unterhalten. Bequem lehnte sie an einer Mauer mit einem Glas in der Hand. Zwei junge Herren, die sich mit BrueCklean-Investitionen im Bereich der Studenten- und Altenheime bewegten, traten gerade zu ihr sowie ihrem Mann, den Vertretern des Pharmaunternehmens und dem mallorquinischen Hotelbesitzer hinzu. Nachdem sich Isabel ihnen zugewandt und etwas gesagt hatte, lachten sie auf. Der Hotelbetreiber erhob sein Glas gen Isabel. Einer der Pharmaleute stieß mit Schlegel an. Brückner wandte sich wieder seinen Gesprächspartnern zu, die beim Wasserstoff-Akku angelangt waren. „Er tut uns allen gut", sagte Schulz.

Das wusste Brückner doch! Abenddämmerung zog auf. Feuerschalen auf den Terrassenstufen bis hinunter auf die Poolebene und entlang der Wege rund um das Gut zähmten die Stimmung. Warme Lichtspots brachten das Grün der Bäume auf der Terrasse zum Strahlen. Eine Illumination projizierte ein Wandgemälde mit der Landschaft aus Meer und Gebirge an die Hauswand. „Zeit fürs Dinner." Hiermit durchbrach Brückner das Resümee über den Wasserstoff-Akku.

„Endlich, mein Lieber!“ „Ich hoffe, es gibt etwas Ordentliches.“ Hofmacher und Schulz waren also hungrig.

Brückner gab den Musikern ein Zeichen, woraufhin sie durch musikalische Akzente die Aufmerksamkeit erhöhten und ihm eine Bühne ebneten. „Meine lieben Freunde!“ Er pickte sich als erstes Viktor Schlegel heraus, den er lange ansah, sodass auch jeder wahrnahm, dass dieser Mann sein Freund war. Brückner streifte kurz Isabel, lächelte sie an. „Der Wasserstoff-Akku in einem autarken Stromnetz“, er nahm Blickkontakt mit den Pharmaleuten vom Rhein auf, schwenkte hinüber zu seinen Jungunternehmern, am Ende bedachte er Hofmachers Runde. „.... wie das, das uns schon fast zwei Tage lang hier versorgt, ist nur der Anfang. Unser Mann, Professor Viktor Schlegel, hat viele Ideen für eine neue Generation der Energiewirtschaft gelegt.“ Er sah nun noch einmal einzelne Teilnehmer an und stellte Viktor für einen kurzen Moment ans Ende seines Innehaltens. „Im Hause der EnVer AG ist daraus ein Grundstein geworden, den wir alle gemeinsam betrachten durften. Ich darf mit Stolz sagen, dass ich gerne Ihr Gastgeber dieser Grundsteinlegung bin.“ Wie erwartet wurde an dieser Stelle Zustimmung gemurmelt. „Doch was wäre ein Mann allein ohne Euch, meine lieben Freunde und ohne gleich zwei Frauen an seiner Seite.“

Isabel und Sarah wanden sich ein wenig, das Wort Strommanufaktur fiel, dessen Multiplizierbarkeit wurde erwähnt. Die Gläser wurden erhoben auf die Ideen, die EnVer, das Vorzeigeprojekt. „Schritt für Schritt werden wir mit den großen Entwicklungen unserer Zeit gehen, ohne dabei unser Kerngeschäft aus den Augen zu verlieren. Lassen Sie uns gemeinsam, vorsichtshalber bei Kerzenschein, ein Festmahl zu uns nehmen.“ Gelächter über seinen Witz mit den Kerzen, Vorfreude auf fast allen Gesichtern. Na bitte! Da ist auch die Dame vom Flughafen! Hoppe, richtig, so war ihr Name.

Fünf Meter hohe Flügeltüren, von einer Mächtigkeit halber Baumstämme, standen ehrerbietend offen zu beiden Seiten eines Torbogens, durch den man ins ‚kulinarische Paradies‘ eintrat, wie Brückner es genannt hatte. „Hier entlang. Bitteschön“, geleitete er die Gäste. Graziös und dennoch zielstrebig agierte er und fragte sich dabei, ob nur er den Schrei gehört hatte? Er ging hin und her zwischen dem Innenhof der Mühle und der Terrasse, platzierte, führte, bot seinen Arm an, um den Gastgeber in ihm zu unterstreichen. Unauffällig sondierte er die Lage. Glücklicherweise waren die meisten Gäste seiner Einladung bereits gefolgt. Rüdiger war endlich aufgetaucht. Fast gleichzeitig mit der Flughafenfrau. Hatte Sarah geschrien? Als hätte sie etwas gestochen. Etwas Großes! Und warum kümmerte sich ausgerechnet der Mann der Hoppe um Sarah? War der Arzt? Rüdiger sah auch sehr blass aus. Selbst auf die Entfernung hin. War mit ihm alles okay? Isabel lief zu Sarah.

„Mein lieber Stephan, wieder einmal das richtige Fest zur richtigen Zeit.“ Schulz und Gattin wollten sich begleiten lassen.

Noch einmal sah er hinüber zu Sarah. Sie und Rüdiger sahen scheußlich aus. Dieser Mann der Flughafenfrau, wahrscheinlich sollte ich ihn einfach Hoppe nennen, sagte sich Brückner jetzt, hatte Sarah aufgefangen. Isabel schüttelte immerzu den Kopf und half, Sarah zu stützen.

„Kommen Sie, zeigen Sie uns, was Sie vorbereitet haben.“ Er musste in den Innenhof und konnte leider nicht beobachten, was sich um Sarah herum entwickelte.

Viktor war mit seinen Lieblingskunden vertieft, als sich Isabel entschuldigte. Sie war zu Sarah geeilt. Rüdiger war aufgetaucht, stand jedoch eher reglos herum, während dieser fremde Typ Sarah aufgefangen hatte, bevor sie zusammensacken konnte. Das hatte er noch aufgeschnappt, dann schüttelte ihm der Flughafenchef die Hand. Er selbst stellte Mitarbeiter des Forschungszentrums vor, versprach den Autozulieferern, bald einige ihrer Produktionsstätten versorgungstechnisch aufzupeppen, auch die Jungunternehmer mit ihren Studenten- und Altenheimen versicherten höchstes Interesse am Wasserstoff-Akku. Im Smalltalk vertieft wurde Viktor von der Terrasse gesogen. Er streifte den Tisch, an dem Schulz und Hofmacher bereits Platz genommen hatten, wechselte mit ihnen ein paar Worte, schüttelte abermals Hände, manövrierte seine Lieblingskunden zu einem freien Tisch, bat den Hotelmanager, sich zu ihnen zu setzen. Sie bestellten Getränke und genossen die Unruhe im festlichen Ambiente. Als sie sich einrichteten, kam Isabel zurück. Er hatte sich Sorgen gemacht. Doch wie Isabel aussah, gab es dazu keinen Grund. Sie wirkte viel zu amüsiert, als dass Sarah etwas Ernsthaftes zugestoßen sein konnte.

Isabel hatte die Flughafenfrau mit ihrem Partner mitgebracht und dabei von Zufällen des Lebens gesprochen. Diesen Mann, Axel Hoppe, hatte sie vor einigen Monaten umgefahren. Sie kokettierte mit ihrem Unvermögen beim Fahrradfahren, während sie sich nochmals bei ihrem Unfallpartner entschuldigte und den Anwesenden vom Zusammenstoß am Main erzählte. Natürlich hatte jeder seine eigene Radfahrepisode parat. Viktor erinnerte sich an den Sonntag, an dem er seine Kindermannschaft betreut hatte und Isabel hinterhergekommen war, um deren Wettkampf anzusehen. „Sie hatte sich noch wochenlang Vorwürfe gemacht." Viktor lachte Axel an. „Das war also Ihr erster Tag in Frankfurt?"

Axel umriss die Umstände, die ihn nach Frankfurt geführt hatten, woraufhin seine Frau ihn für seinen Mut lobte. Ein Bulle also inmitten einer Verkaufsveranstaltung. Viktor hatte fast Mitleid mit ihm. Die Unterhaltungen am Tisch drehten sich natürlich um den Wasserstoff-Akku, die Strommanufaktur, berührten aber auch die BrueCklean AG, die Sonneneinstrahlung am Rhein oder die Anstrengungen der mallorquinischen Hotellerie. Die Pharmaleute machten das Hotel des Tischnachbarn für ihr nächstes Incentive-Wochenende klar und Viktor kam gegenüber diesem Axel Hoppe aufs Radfahren zurück, indem er seine obligatorische Radfahrwoche erwähnte.

„Jeden Morgen", erwiderte Axel mit einer Selbstverständlichkeit, die ihn selbst überraschte. Viktor und er hatten einen kleinsten gemeinsamen Nenner gefunden. Der Kripo-Mann taute langsam auf. „Manchmal bis nach hinten zu den Ruderclubs." Jetzt war das Eis ganz und gar gebrochen und endlich konnte Viktor fragen, was Sarah zugestoßen war.

An den runden Tischen unter den scheinbar schwebenden Seidentüchern, dem riesigen Kronleuchter und dem Blumenschmuck, der von gusseisernen Stellagen herabhing, hatten sich allmählich die Sitzordnungen aufgelöst. Die Kerzen waren beträchtlich heruntergebrannt, flüssiges Wachs schwamm in den Stumpen. Tischdecken waren krümelig, Rotweinränder zeichneten sich ab, Servietten lagen benutzt auf Tischen und Stühlen. Viele Gäste hatten sich erhoben, waren auf die Terrasse zurückgegangen, sahen sich in der Ölmühle um oder hatten eine Bar, die Tanzfläche oder Loungesessel am Pool angesteuert. Die Pharmaleute hatten Viktors Tisch ebenfalls bereits verlassen.

„Ich darf gar nicht darüber sprechen." Eigentlich doch, da der betreffende Fall bereits abgeschlossen ist. Aber dennoch könne er nicht. Es sei alles sehr verwirrend. Besser man redete in so einem Zustand nicht viel. Dieser Axel Hoppe sah immer wieder Isabel an. Er lehnte sich zurück, als wollte er einen größeren Überblick bekommen.

Viktor gefiel, dass sich dieser Mann von den Zufällen beindrucken ließ, dass er Sarahs Ohnmacht nicht nutzte, mit spannenden Fakten aufzuwarten. Mittlerweile konnte sich Viktor vorstellen, dass Sarah ein paar Berührungspunkte mit der Polizei hatte. Schwerwiegend konnten die nicht sein, sonst würde dieser Hoppe hier nicht so ruhig plaudern. „Lassen sie uns schauen, wie es der armen Sarah geht." Viktor wollte sich erheben.

„Der geht es bestimmt schon besser, auch wenn sie sich diesmal nicht in Stephans Haus zurückziehen kann." Was hatte Sarah getan, dass Isabel solch eine Betonung anwandte?

„In die Finca Don Stephano", scherzte der Hotelbesitzer und umriss in Worten das Brückner-Anwesen, das nur wenige Autominuten entfernt wäre.

Einer Beschreibung des Mallorca-Domizils konnte Viktor bereits in Wiesbaden während des Banketts beiwohnen. Fehlt bloß noch die Gartenfirma, dachte er. Isabel nickte erst beiläufig, wollte etwas sagen, schloss kurz ihre Augen.

„Alles seins." Der Mallorquiner deutete mit seinen ausgebreiteten Armen ein großes V gen Himmel an.

Hoppe lachte kurz auf. „Genau dort war ich."

Isabel zuckte zusammen. Viktor sah Hoppe an. Hoppe sah Isabel an. Das Essen und die Weine, machten träge. Dennoch war Viktor alarmiert. Dieser Hoppe, der Isabel nach Monaten wiedererkannt hatte. Sarah, die höchstwahrscheinlich wegen Hoppe die Fassung verloren hatte und Rüdiger fast erstarren ließ. Brückners magere Rede. Zu viele Zwischentöne, zu viele eingeflogene Schwergewichte, zu viele Akku-Lobpreisungen statt konkreter Zusagen, zu viele Zufälle des Wiedersehens.

„Hoppe, komm her. Du glaubst es nicht!" Ohne nachzudenken hatte er auf Annehmen gedrückt und nun saß er in der Falle.

Gerade hatte Axel gemeinsam mit Kathrin und den verbliebenen Tischnachbarn den Dinnertempel verlassen. Wohl temperierte Chill-Lounge-Klänge empfingen sie auf der Terrasse. Ein paar Gäste gaben sich der Musik mit laszivem Hüftschwung hin. Die Youngsters hatten ihren Spaß, die Betagteren begaben sich auf eine Entdeckungsreise, wippten zaghaft mit den Fußspitzen, der Flughafenchef und die Frau des Wirtschaftsministers federten sogar leichten Schrittes mang den hippen Tänzern. Goldfarbene Sterne wirbelten vom Fußboden über die Köpfe der Tanzenden hinauf und kulminierten in einem Regen, für den alle die Hände hochrissen. Die Beats wummerten stärker, Laser flackerten und von der Hauswand schien ein lila-goldfarbener Gepard aus seinem Lichtbild heraus auf die Menge zu springen. Die Gäste schrien auf und fielen sich lachend in die Arme.

Ans Telefon gehen bedeutete einen Moment lang abtauchen. Aber wohin? In eine der Sitzecken in den kleinen Patios, unter Bäume der Plantage oder einfach irgendwo weiter hinten im Garten? Axel entschuldigte sich flüchtig bei seiner Frau und den Umstehenden. „Warte mal", sagte er ins Telefon. Seitdem er hier angekommen war, hatten ihn die Begegnungen übermannt. Mit dem ersten Schritt in diese Ölmühle hinein war er gefordert. Überfordert, nur wenige Kilometer vom damaligen Fundort der Leiche Robert

Vleihs und vom Befragungsort, nur Schritte von seiner damaligen Zeugin Sarah Schmidt, von Marlenes Jagdobjekt Brückner und nur eine Armlänge von den dunkelgrünen Augen dieser Isabel Schlegel entfernt. Wie soll ich das irgendjemandem erklären? Mit dem Handy am Ohr folgte er den kleinen Feuerschalen die Stufen hinab an der Pool-Ebene, der dezenteren, mit Kerzen beschienenen Tanzfläche vorbei. Hoppe folgte der breiten Treppe immer weiter hinab, bis sie ihn hinaus aus der Finca führte.

„Axel? Hörst du mich?" Marlene redete ihn beim Vornamen an.

Ihr Zeichen von Verbundenheit wird sie gleich zurücknehmen. Er schnaufte, seufzte fast. Wenn er ehrlich war, fühlte er sich erschöpft. „Warte noch, gleich wird es ruhiger." Seitdem er Austauschschüler war, hatte es nie etwas Dringendes gegeben, das nicht einen Urlaubstag lang hätte warten können. Warum also war er ans Telefon gegangen? Stephan Brückner, Sarah Schmidt, Rüdiger Schmidt, der Flughafen, die EnVer, Isabel Schlegel, Kathrin, der Wasserstoff-Akku und sogar der Wirtschafsminister. Scheiße! Scheiße! Scheiße! Ob Marlene bemerkt hat, dass ich gerade auf Breitseite getroffen wurde?

„Ich bin in dem Haus mit unserem Suizid. Vielleicht knacken wir ein oder zwei Leute." Als der Geräuschpegel abgeflaut war, sprach Marlene weiter, ohne auf ein Zeichen seinerseits gewartet zu haben.

Schon wieder war sie weit vorne unterwegs. Hatte sie die Kollegen unter falschen Vorzeichen zu einem Ermittlungseinsatz überredet? Hatte sie sich auf fremdes Terrain begeben? Sie sollte mit dem Wirtschaftsdezernat kommunizieren, nicht ermitteln. Er wollte gerade ausholen, um den Chef zu mimen. Doch beherrschte er sich rechtzeitig in Anbetracht seiner verzwickten Lage.

„Die Abteilung war umgehend interessiert“, behauptete Marlene, wieder bevor er reagieren konnte. „Alles ganz kurzfristig.“ Jetzt wolle sie ihn informieren. Und, wie er selbst gesagt hatte, war es eigentlich nicht ihr Ressort. „Axel! Es wird interessant. Komm her!“

Er fuhr sich durch die Haare, schaute dabei in den Himmel. Dann lief er zwei, drei Schritte, fand keine Antwort. Immer nahm sie ihm den Wind aus den Segeln. Dabei war diesmal nicht Marlene vorgeprescht. Ohne ein Wort dem Team gegenüber war er abgereist. Was hätte er sagen sollen? Dass er nur mal schnuppern wollte? Dass er sich heimlich an Marlenes Jagd beteiligte? Dass ihn Zweifel an seiner eigenen Ermittlungsarbeit befallen hatten? Mittlerweile stand er vor knorrigen Büschen auf staubigem Untergrund hundert Meter von Brückners Ölmühle entfernt. „Ich kann nicht.“

„Hoppe, was hast du vor?“, fragte sie distanzierter, denn aus ‚Axel‘ war wieder ‚Hoppe‘ geworden.

Aus dem Dunkeln schaute er auf die orangefarbenen Punkte der Flammen, die ihm den Weg zurückwiesen. Er sah die Silhouetten der Treppen, der Terrassen, des Gebäudes. Partyklänge waberten über die Ebene, die Grillen kamen kaum dagegen an. Axel stocherte mit dem Fuß zwischen Sand und Kieseln herum. Er musste zurück. Wie sähe das aus, wenn er Kathrin alleine ließe. Immerhin war er mitgereister Ehemann. Und nun habe ich mich verrannt, mein Team hintergangen. Er schaute sich die nahen Johannisbrotbäume an, die Kiefern mit etwas Totholz im Geäst und das spärliche Gras, das büschelweise ein wenig Grün auf dem harten Boden vor altem vertrocknetem Gestrüpp verursachte. Und mittendrin diese laute Inszenierung. Alles seins. Und alle waren gekommen. Was sollte das überhaupt, dass hier draußen noch die Feuer brannten? Übergriffig! Axel holte tief Luft. „Marlene?“

„Sie sollten ihre Studentenwohnheime nicht zu weit von ihren Altenheimen errichten. Die Politik kümmert sich dann darum, dass BAföG künftig nur noch gegen zehn Wochenstunden in der Pflege gezahlt wird.“ Der Staatssekretär klopfte sich auf die Schenkel.

Die jungen Herren, die mit ihren Immobilienkonzepten erfolgreich Geld einsammelten, hatten in Brückner längst ihren Ziehvater gefunden. Dennoch äußerte einer von ihnen, dass es kein schlechter Gedanke sei.

„Lassen sie uns mal da runter gehen.“ Der Spitzenmann aus dem Wirtschaftsministerium deutete auf den Pool, von dessen Rand drei junge Frauen ihre Füße ins Wasser hielten und dabei genussvoll rauchten.

Paul Moritz hatte sich von ihrem süßlichen Duft längst einnebeln lassen, lehnte im Kerzenschein zufrieden an einer kleinen Bar. „Natürlich genügt es, erst einmal Stücke am Projekt zu erwerben.“

„Eben.“ Einer der Autozulieferer erhob sein Glas.

Sein Kooperationspartner erwähnte Produktionsstätten in Südamerika. Dort gäbe es ebenfalls Akku-Anwendungsmöglichkeiten für ein Bistro oder einen Kindergarten.

Hofmacher trat hinzu. „Kindergarten? Fortschrittlich!" Der EnVer-Boss ließ sich einen Wodka Red Bull mixen und schlug Paul Moritz anerkennend auf die Schulter. „Die Preise für die Pharmaleute schauen wir uns nochmal an." Mit einer Kopfbewegung deutete er nach oben, wo er die Kunden wähnte.

Auf der oberen Terrasse holte der Flughafenchef zur großen Geste aus. „Die Sicherheit geht immer vor. Auch bei der Stromversorgung."

Schulz, der mit seiner Frau in den Polstern versank, und Viktor, der ein wenig auf der Kante seines Sessels saß, hörten ihm zu. Brückner hatte sich breitbeinig auf einen Schemel aus Olivenholz gefläzt, von dem er den Überblick behielt. Auf dem Tisch standen Weingläser, Whiskykaraffen, Etageren mit Desserts. In den Palmen neben der Lounge kletterten die Lichtsterne im Rhythmus der Musik in die Wedel hinauf. Viktor kommentierte die Versorgungssicherheit, auch wenn er wusste, dass man für Details auf die operative Ebene setzen musste. „Die 100 Millisekunden in der Ansteuerung des Akkus waren auch für uns der entscheidende Durchbruch."

Der Flughafenchef lächelte. Schulz behauptete, dass er die Churros ebenfalls innerhalb von Millisekunden verschlingen könne. Brückner, immer auf dem Sprung, verließ die Loungeecke, gerade als der Wirtschaftsminister zum Gebäck griff.

Über die breiten Treppen, die man emporschreiten musste, um die Finca zu erklimmen, spannte sich ein 3D-Laserbild als ein silberner Kolonnadengang, durch den Axel nicht hindurchlaufen wollte. Er wartete. Irgendwann würde auch dieses Bild wieder erlöschen.

„Pech“, hatte Marlene es genannt, dass sich ihr keine Gelegenheit bot, Brückner, Schmidt und diese Sarah Schmidt gemeinsam zu erleben. In Marlene hatte sich nur Jagdfieber geregt.

„Aber das hatte ich nicht erwartet“, hatte er ihr gegenüber behauptet. Und das war nicht gelogen!

„Ich weiß. Du glaubst mir nicht.“ Aber langsam müsse doch auch bei ihm mindestens ein wenig Neugier geweckt worden sein, hatte sie entgegnet.

Wenn die wüsste!

„Hoppe, ich dachte schon, dass ich heute Nacht in diesem Appartementblock den großen Coup drehe. Weit gefehlt!“ Sie würde seinem Anruf die ganze Nacht entgegenfiebern, hatte sie behauptet. „Bleib dran!“

Was erwartete sie? Was sollte heute Nacht noch passieren? Wem sollte er welches Geständnis oder einen Versprecher abringen? Bei wem sollte er denn anfangen? Frauen und ihre verdammte Zuversicht!

„Da bist du ja.“ Kathrin zelebrierte gemeinsam mit ein paar anderen Partygästen den Freitagabend. Sie ließen sich Cocktails mixen, plauderten, wippten im Takt.

In der warmen Luft lag alles. Leichtes, Anstrengendes, Berechnendes, Sexuelles aber auch Kriminelles?

„Ihr neuer Strompreis überzeugt von Grund auf. Ah, der Kriminaloberkommissar.“ Ein Manager aus dem Pharmaunternehmen wandte sich an ihn. „Darf ich vorstellen. Josef Hofmacher, EnVer-Legende.“

„Hauptkommissar“, stellte Axel richtig. Zum Oberkommissar werde ich es nach dieser Nacht nicht mehr bringen, sagte er sich.

„Wir sprachen gerade darüber, wie unglaublich unser Wasserstoff-Akku ist.“ Hofmacher ging nicht auf Axels Beruf ein, wofür er dankbar war.

„Dann geht’s bald los. Ohne lange Leitung, wie ich verstanden habe.“ Axel fand sich richtig gut.

Darauf konnte jeder einsteigen. ‚Inseln‘ und ‚bezahlbar‘, ‚Rohstoffverträge‘, ‚Northstream I und II‘ und ‚Ordnung‘, ‚Sicherheit‘ und ‚Arbeitsplätze‘. Alle hatten eine Idee von der Zukunft, in der nicht immer der Akku im Mittelpunkt stand.

„Eine Strominsel auf der Insel. Hierher passt es.“ Dieser Satz Hofmachers plätscherte dahin.

Axel blieb höflich, hörte aber nicht mehr zu. Kathrin war für sie beide interessiert genug. Sie nickte ab und zu, sagte Dinge wie abgeschrieben und epochal. Angenehm war die Stimmung, sodass Axel etwas durchschnaufen und sich von seinem Standort hier an der Bar etwas umschauen konnte. Stephan Brückner tanzte mit Isabel Schlegel. Für einen kurzen Moment versetzte es Axel einen Stich. Harmonisch sah es aus, eng. Brückner nahm ihre rechte Hand von seiner Schulter, küsste die Fingerspitzen. Erst wollte Axel wegsehen, doch dann versucht er, ihre Mimik zu erkennen. Er sah das funkelnde Grün ihrer Augen regelrecht vor sich. Wahrscheinlich bewegte sich ihr gesamtes Gesicht, der Mund, die Wangen, die Stirn. Genau wie an dem Sonntag, an dem er mit ihr zusammengestoßen war. Als sie in ihrem komischen grünen Anorak und dem Superfahrrad kokettierte, schmollte, lachte. Alles gleichzeitig. Er trank einen Schluck. Dort auf der Tanzfläche wirkte sie anders. Nicht so aufrecht, keineswegs herausfordernd. Brückner stieß Isabel Schlegel an, hielt sie am langen Arm, drehte sie einmal um seinen Finger, bevor sie einander wieder in die Arme fielen.

Axel sah woanders hin. Er konnte Viktor Schlegel auf dem hintersten Teil der Terrasse ausmachen. Immer wieder wurde er angesprochen. Immer wieder wandte sich Schlegel verschiedenen Gesprächspartnern zu, immer wieder blickte er sich dabei um, wurde aufgehalten.

„Sogar meinen Mann interessiert das und der versteht eigentlich gar nichts von Strom." Kathrin störte Axel in seinen Beobachtungen. Sie zupfte an seinem Arm herum. „Ich eigentlich auch nicht", fügte sie hinzu.

Der Pharmaunternehmer nickte. „Keine Innovation setzt sich durch, nur weil sie gut zu sein scheint. Für wen und warum ist die Frage."

Mittlerweile hatte sich Sarah Schmidt beim Professor eingehakt, wie Axel beobachtete. Rüdiger Schmidt hob einige Meter entfernt abwehrend die Hände und lachte. Schlegel winkte ab. Brückner verabschiedete sich bei seiner Tanzpartnerin am Rand der Tanzfläche mit einem grazilen Handkuss. Jetzt! Jetzt musste er aufpassen.

Kathrin ruckelte an Axel herum, sodass sein Bier fast ausschwappte. Innovation. Innovation? Musste er hier an der Bar etwas erwidern? „Dieser Wasserstoff-Akku ist doch aber gut, oder?" Nun hatte er doch verpasst, wer mit wem wohin gegangen war. Dass er auch hier herumstehen musste! Er trank sein Cerveza Nau und dachte an Marlene, der er eben gebeichtet hatte, wo er war.

‚Sie sind also der Bulle', hatte ihn noch einmal jemand angesprochen und gefragt, ob er hier in einer Angelegenheit ermittle. Was hatte er sich nur erhofft? Und in was für einen Schlamassel hatte er sich hineinmanövriert? Natürlich war es längst rum, dass er hier herumschnüffelte. Vielleicht hatten seine Tischnachbarn von ihm erzählt. Ganz sicher aber hatte ihn Sarah Schmidt enttarnt, als sie den Umstehenden eine Geschichte aufgetischt hatte, wonach sie nicht umsonst in Ohnmacht gefallen wäre. „Dieser Mann lässt einfach nicht von mir ab. Dabei habe ich ihm schon in Frankfurt alles erzählt, was ich über unsere Schmidt Security weiß."

Mit dieser Äußerung war sie ihrem ganz privaten Ziel, ihrem Ehemann zuzusetzen, sicher wieder ein Stück nähergekommen. Und er? Axel zog sich auf den viel berüchtigten Zufall zurück. Das war plump und gelogen, doch er ahnte, dass das keine Rolle mehr spielen würde. Einer der Herren lobte die Idee der Teilhabe an der Strommanufaktur als gut eingefädelt. Jemand anderes fand die Lichteffekte des Abends bemerkenswert. Die Themen überlappten einander, verwischten die Frage nach Axels Intention, hier zu sein. Er beobachtete, wie ein paar Meter entfernt Viktor Schlegel gestenreich mit zwei Männern sprach.

„Ungewöhnlich, mal jemanden von der Polizei auf dem eigenen Fest zu begegnen." Brückner gab Axel einen freundschaftlichen Klaps auf die Schulter.

Beinahe hätte er sich verschluckt. Marlenes Jagdobjekt war also direkt zu ihm gekommen. Und meins. Mein Jagdobjekt war er mittlerweile auch geworden oder wollte er nur Marlene jagen? Am liebsten würde er Sarah Schmidt jetzt gleich hochgehen lassen. Mal sehen, wie Brückner auf ihre und Marlenes Anschuldigungen reagieren würde.

„Ich bin heute nur mitgereister Ehemann“, erwiderte Axel Brückner gegenüber. Alles andere wäre kindischem Fußaufstampfen gleichgekommen.

Brückner sah ihn freundlicher an als erwartet. Seine Mundwinkel zeigten kein einziges Anzeichen von Überlegenheit. Durch und durch herzlich streckte ihm dieser sagenumwobene Mann die Hand entgegen. „Interessanter Zufall, dass ausgerechnet Sie damals meine Freunde, also vor allem die Frau meines Freundes, befragt haben.“

Brückner hatte die Fäden also verknüpft, was nicht schwer gewesen war. Dennoch bekräftigte Axel den Zufall und schob Kathrin vor, die am Wasserstoff-Akku anknüpfen konnte. Kathrin verfiel in einen Plauderton, erwähnte ihren Umzug nach Frankfurt und Axels Austauschjahr, unterstrich damit das Überraschungsmoment und zeigte sich und ihren Mann von der gänzlich naiven Seite. Jauchzer, Applaus und laute Pfiffe unterbrachen ihre Unterhaltung. Partygäste standen an der Terrassenbegrenzung aus Feldsteinen und lehnten sich neugierig darüber. Auch Brückner und Axel stellten sich so hin, dass sie nachschauen konnten, was sich dort unten zutrug. Zwei Burschen waren in den Pool gefallen oder gesprungen. Die Damen, die dort unten genüsslich geraucht hatten, waren pitschnass geworden, hielten ihre zerknitterten Zigaretten hoch und kicherten in ihren nun hautnah anliegenden Kleidern.

„He, Schuhe aus!“, grölte Brückner hinunter.

Jemand stieg auf die Terrassenbegrenzung, zog sein Hemd aus und deutete einen Kopfsprung an. Wieder großes Trara. Zwei Herren zogen dem Springer die Schuhe aus. Niemand außer Axel bemerkte die Rangelei in einer Ecke neben dem Pool. Viktor Schlegel riss Paul Moritz aus den Kissen. Der Wirtschaftsminister Schulz schnellte auf, versuchte die beiden zu trennen. In der nächsten Sekunde hob auch er mal abwehrend, mal fragend die Hände. Er sprach auf Schlegel ein, der sich aber nicht zu beruhigen schien, der sogar zum Fausthieb ausholte.

„Ist der Schlegel jetzt völlig verrückt geworden? Stephan, jetzt mach mal was." Hofmacher hatte die Auseinandersetzung also auch bemerkt. Er war empört wie ein Vater über ein ungezogenes Kind, regte sich selbst aber keinen Zentimeter.

In Brückners Mundwinkeln tauchte nun doch ein zynisches Zucken auf. „Der fängt sich schon. Ich sage mal unserer Security Bescheid."

Die meisten fanden diesen Satz lustig. Der Herr ohne Schuhe stand kurz im Spot, danach zogen ihn ein paar Männer vom Mäuerchen herunter, bevor er springen konnte. Die Musik übertönte die Gemengelage, heizte ein, Lichteffekte durchzuckten den Abendhimmel.

Niemand hatte Schlegel, Schulz und Dr. Moritz noch Beachtung geschenkt, als Sarah Schmidt zwischen die drei getreten war. Nur Axel hatte seine Zeugin zwischen den Männern bemerkt. War Sarah Schmidt am Ende die Security? Kathrin stand neben ihm. Hatte auch sie alles von Anfang an mitbekommen? „Lass uns tanzen", bat er sie.

Gemeinsam mit Sarah saß Viktor neben den Feuerschalen, in denen kleine Flammen beruhigend züngelten. Auf Treppenstufen, nebeneinander, wie früher. „Beinahe hätte ich dem Schulz eine verpasst."

„Deshalb bin ich hier." Sarah tätschelte sein Knie. „Zum Glück haben alle schon genug getrunken. Da vergisst man schnell." Sie tastete nach der winzigen Narbe, die auf seiner Wange nach Rüdigers Hieb auf ihrer Geburtstagsparty übriggeblieben war.

„Werde wohl noch ein richtiger Schlägertyp werden."

Sarah setzte eine ungläubige Miene auf, die langsam in einen sehr wohlwollenden, forschenden Blick wechselte. So hatte ihn schon lange keine Frau mehr angesehen. Wenn sie wüsste, dass er sich gerade gar nicht heldenhaft vorkam. Er hob die Schultern und verzog resigniert seinen Mund. Der Schulz wolle sein Vorzeigeunternehmen vor einer Dummheit bewahren, wie er sich ausgedrückt hatte, begann Viktor zu erzählen. „Das Vorzeigeunternehmen war mein Lieblingskunde vom Rhein und die Dummheit der Wasserstoff-Akku." Paul Moritz hatte Schulz beigepflichtet, denn nie hätte er an den Wasserstoff-Akku geglaubt, wohl aber an die Idee, den Forschungsinhalt imagewirksam auf Vorstandsebene zu heben. „Da habe ich ihn mir geschnappt."

Sarah verstand nicht sofort. „Aber hier, er ist doch hier! In unserer Strommanufaktur!" Sie sah ihn aufmunternd an.

Viktor schnalzte zynisch mit einem Mundwinkel und schüttelte den Kopf. Er ließ den Abend weiter Revue passieren. Die Autozulieferer klebten nur an Hofmacher und bestätigten ihm eine famose Strategie. Die Hoppe vom Flughafen hatte ihm im Laufe des Abends gestanden, dass Strom ganz bestimmt nicht zu ihren Kernaufgaben zähle und für die Jungunternehmer war der Akku ‚so etwas wie eine neue Kaffeemaschine für Freaks, aber nichts für riesige Immobilienkomplexe'.

„Für Freaks", stell dir vor! Er fuhr sich mit beiden Händen übers Gesicht. Er stand auf, setzte sich wieder und ballte die Fäuste.

„Brückner preist nur Eure Strommanufaktur an, Hofmacher ist mit dem bisschen auch zufrieden, Schulz ist nichts peinlich, die Kunden sind froh, irgendwie, aber nur nicht konkret dabei zu sein." Viktor redete und redete und Sarah hörte zu. Mal strich sie über seine Hand, mal gab sie empörte Bemerkungen.

„Die Strommanufaktur ist toll", bemühte er sich schnell zu sagen. „Aber."

„Ich weiß."

Sie war mit ihm aufgestanden, hatte sich ihm gegenübergestellt, hatte ihn wieder mit sich auf die Stufen gezogen und ihn aufgefordert weiterzureden. Wie früher! Wie in alten Zeiten hockten sie zusammen, leckten Wunden und gestanden einander gänzlich ungeordnet ihr Unverständnis über die Welt.

Sarah sagte es ganz leise, dennoch überhörte er es nicht. „Ich wünschte, sie wären heute alle nicht hier!" Sie erwähnte Brückner, ihren Mann, auch all die anderen wären ihr zu viel.

„Ach, Sarah!"

„Wenigstens Rüdiger hätte doch auf Elba bleiben können." Sie brach ab. Ihre Wangen glühten feuerrot, als sie aufsprang. „Weißt du, dass er fast ausschließlich für Stephan Brückner arbeitet? Er ist sein Wachhund, sein Hütehund, sein Hündchen."

Viktor war von ihrer Energie überrascht. Von ihrem Ekel, der in ihrer Stimme lag.

„Du magst die Securitybranche also auch nicht?" Er wollte sie aufmuntern, von seiner eigenen Wut ablenken.

Doch Sarah reagierte nicht. „Und nun noch Isabel!"

„Was?"

Sarah hob in äußerst dramatischer Weise die Arme. „Nichts."

„Versteht ihr euch in der Strommanufaktur nicht mehr?" Er wollte dem Gespräch unbedingt eine lustige Wendung geben, hielt aber inne, traute sich nicht, zu Ende zu denken. Sarah sah Gespenster!

„Seit wann ist Isabel eine Projektmacherin? Seit wann ist sie praktisch veranlagt? Wie oft muss man eigentlich für so ein kleines Projekt, entschuldige, vor Ort sein? Sieh dich um! Das Fest ist ausgerichtet wie für eine Hochzeit."

Axel und Kathrin waren auf die Tanzfläche gegangen. Mal durchatmen, ordnen, so tun, als ob alles ein Spaß sei. Er mit seiner Frau im Arm inmitten dieses Nebelreiches. Und jetzt schon wieder diese Sterne! Sie blendeten.

„Axel, komm, sei nicht so steif." Kathrin streichelte an seinem Arm entlang.

Er gab sich ja Mühe. Er ermahnte sich zur Konzentration. Die Musik brüllte ihn an. In seinen Ohren fiepte es.

Viktor Schlegel handgreiflich? Wo war der Professor eigentlich? Und wo war seine Frau? Wohin war Brückner gegangen? Und wo ist diese verdammte Sarah Schmidt? Kathrin. Marlene. Bin ich hier nun Undercover? Zum Glück verringerte Kathrin die Taktzahl und schmiegte sich an ihn. Oder hielt er sich an ihr fest? Wo sollte er nur anfangen? Am Ende? „Wie findest du eigentlich diesen Wasserstoff-Akku?", versuchte er es. Schließlich war dieses Ding auch für Kathrin der Anlass gewesen, hier zu sein.

Seine Frau schüttelte mit geschlossen Augen und einer Glückseligkeit im Gesichtsausdruck den Kopf. „Zum Glück fliegen wir morgen nach Hause."

Was für eine Antwort war das? Noch etwas, das ihn verwirrte, denn augenblicklich dachte er an Frankfurt Sachsenhausen. Doch jetzt war nicht der richtige Zeitpunkt, auch das noch zu hinterfragen. Natürlich wäre auch er am liebsten schnell wieder weg. Am besten wäre es, gar nicht hier zu sein! Seinetwegen auch in diese kleine Wohnung zurück. Mit Kathrin im Arm am Main bis zu einem Biergarten spazieren und abends nachhause kommen. Nur sie beide. Das wäre auch kein schlechtes Wochenende gewesen. Doch nun war er hier! „Was denkst du nun darüber?", blieb er bei seiner Frage nach diesem Akku.

Kathrin zuckte mit den Schultern. „Gar nichts. Wie die meisten hier."

Er sah sich um, zog sie näher an sich heran. „Und warum dann das alles?"

„Klappern gehört zum Geschäft."

„Ganz schön laut geklappert."

„Soll auch jeder hören."

Er rollte mit den Augen. „Ich verstehe nur Bahnhof."

Seine Frau winkte ab. Sieht sie nicht, dass ich Stress habe? Bitte nimm mich mit in deine Gedankenwelt, flehte er innerlich und hoffte auf ihre unbeteiligte Draufsicht.

„Also." Kathrin bewegte sich rhythmisch, ganz dicht an seinem Ohr. Sie legte die Arme um seinen Hals und bewegte ihre Hüfte nah an seiner. „Die EnVer will vielleicht gar nicht so schnell von ihrem alten Geschäft ablassen."

Er sah sie an, verstand noch immer nicht. Vielleicht lag es an den andauernden Drehungen hier auf dieser Tanzfläche.

„Sie würden sich von ihren eigenen Leitungen abschneiden, von ihren unverrückbaren Abnehmern", schob Kathrin als Erklärung hinterher und ließ sich rücklinks in seine Arme fallen.

Als ob er das besser verstand. Er zog sie wieder zu sich. „Und was macht die Politik hier?"

Axel stapfte vor sich hin. Kathrin machte es ihm leicht, so auszusehen, als ob er gerne tanze. Sie drehte sich und legte ihm die Arme auf die Schulter. „Brauchen Vorzeigeprojekte."

Wieder sah er sie fragend an.

Daraufhin verringerte Kathrin ihre Taktzahl erheblich, schlang ihre Arme fest um seine Schultern und begann, einige Wörter miteinander zu verknüpfen. Versenkte Subventionen, Arbeitsplätze, internationale Gaslieferverträge, bestehende Infrastruktur, politische Grundlagen, Marktaufteilung. Die letzten Monate hatten so viele Überraschungen bereitgehalten. Er brauchte Brückner nicht, er brauchte Marlene nicht. Er dachte an Kathrins Liebesbriefe, überdachte ihre Erklärungen zu Themen, über die sie sich früher nie unterhalten hätten. Er trat einen Schritt zurück, sah sie an. Ihre Augen waren definitiv nicht grün! „Und wenn diese Jungunternehmer den Akku wollen?“, fragte er.

„Die gehören alle irgendwem, zum Beispiel deinem Brückner.“

„Und?“

„Der muss Vieles abwägen. Immerhin putzt der fast überall.“

Das musste er zu Hause in Ruhe überdenken. Zu Hause. Noch so ein Thema. Bliebe nur noch der Professor. Der war doch echt, wie ihm schien. Kathrin verdrehte die Augen. „Der kommt nicht zu kurz. Das Image pusht bestimmt auch seine EnVer-Anteile und an den angemeldeten Patenten kann er auch später verdienen. Vielleicht auch früher, dann aber nicht in diesem Land. Also unserem, wenn wir wieder zu Hause sind.“

Axel wollte sich nicht mehr unter aufblitzenden Sternen, in blauem Scheinwerferlicht mit seiner Frau im Arm unter die Leute mischen. Er schämte sich. Er hatte sich übermannen lassen, inkorrekt verhalten, sah nicht mehr durch. Er hatte viel zu oft an Isabel Schlegel gedacht. Kein anderer als er selbst saß in der Falle. Nix Undercover! Sollte er seine letzte Frage stellen? Gegenüber Kathrin? Er tanzte mit ihr, hatte sich von ihr einschleusen lassen, hatte sich ablenken lassen. In Axels Ohren rauschte es ein wenig. „Und die Frau des Professors?“, hörte er sich sagen.

Kathrin gab ihm einen Kuss. „Du bist wirklich blind.“

Sein Telefon vibrierte in der Tasche. Wollte Marlene nicht auf meinen Anruf warten? Ich bin noch nicht so weit. Wer ist blind? Ich? Das Vibrieren brach nicht ab.

7 Schlachtfeld

Viktor saß nicht mehr mit Sarah auf der Treppe, sondern stand neben den flüchtig abgeräumten Tischen im Innenhof der Ölmühle. Spärlich brannten kleine Lampen von den Hauswänden herab. Ein paar Servietten lagen auf dem Boden, ein Stuhl war umgefallen, benutzte Gläser standen auf schmutzigen Tischdecken. Kerzendochte waren im Wachs ertränkt. An drei Stuhllehnen hingen Jacketts, auf einem Tisch war das Blumenarrangement völlig derangiert. Sarah hatte Andeutungen über Wochenenden und Nachmittage gemacht, hatte Isabels Agilität für ihn neu gedeutet. Er hatte Isabel gesucht, gefunden, ihre Hand gefasst und war mit ihr hierhergegangen in der Hoffnung auf etwas Intimität abseits vom Trubel. „Du und Stephan Brückner, stell dir vor", sagte er zu ihr und versuchte, es beiläufig klingen zu lassen, denn eigentlich wollte er sie hier küssen, atmen, sie spüren und damit alles hinter sich lassen.

„Was bildest du dir ein, mich mit solch einer infamen, kindischen, bescheuerten Behauptung zu bombardieren! Woher hast du das?" Sie schrie den letzten Satz.

Er setzte sich auf einen Stuhl, schaute auf einen abgegessenen Teller, auf seine Frau, auf eine Blüte, die Stunden zuvor noch taufrisch auf der Besteckabfolge gelegen hatte. Die Bässe der Discoklänge, die in den Innenhof drangen, versetzten ihm einen Leberhaken. Die und Isabels Wortwahl. So hatte sie noch nie geredet.

Isabel trat an den Stuhl neben ihm, fasste die Lehne als könne sie ihr Schutz geben. „Kannst du nicht einmal etwas fließen lassen? Es wird alles kommen, wie es kommen muss.

Dein Wasserstoff-Akku, das Projekt. Bald ziehen wir einfach weiter."

So hatte er sie wirklich noch nie reden gehört. Bald ziehen wir weiter? Wer wir? Wann ist bald? Und wohin?

„Mach doch mal mit!" Sie stampfte mit dem Fuß auf.

„Mitmachen?"

Augenblicklich rang sie nach Worten. „Ich meine, so wie alle anderen."

„Ah."

„Hör auf mit dieser Kinderei. Wir sind erwachsen, wir müssen uns nicht gegenseitig belauern."

„Ich habe dich nicht belauert."

Sie seufzte, ließ Kopf und Schultern hängen.

Hier also war das Fest vorüber. „Da haben wir beide wohl auf das falsche Pferd gesetzt", begann Viktor. „Auch der Wasserstoff-Akku und die Strommanufaktur sind so etwas wie eine Mogelpackung."

Daraufhin straffte sich Isabel noch einmal, breitete die Arme theatralisch aus. Betörend wirkte sie in diesem Moment nicht. „Sieht so eine Mogelpackung aus?" Tränen traten hervor. Sie nahm eine Hand vor den Mund, wischte die Tränen weg.

Viktor stand auf, umarmte sie, küsste in einer unglaublichen Langsamkeit ihren Mund. Danach streichelte er eine ihrer Wangen, schaute noch einmal in ihre Augen und ging.

„Das ganze Haus voller Putzkräfte."

Hier konnte Axel nicht bleiben. Mit dem Telefon in der Hand suchte er einen geeigneten Ort.

„Die hausen dort nur. Zusammengepfercht und bewacht. Das sind keine Wohnungen." Marlenes Stimme biss sich in sein Ohr.

„Marlene, wovon redest Du?" Er schaute auf den Torbogen, der rechts und links von diesen opulenten Holztüren flankiert war und erinnerte sich an den Innenhof, in dem sie vor Stunden gegessen hatten.

„Von unserem Appartementblock."

„Hoppla!" Viktor Schlegel rempelte gegen Axel. Doch der Professor stapfte ohne aufzublicken weiter. Axel schaute ihm flüchtig hinterher. „Wart ihr noch einmal drin?" Er nahm sich einen Stuhl, drehte ihn seitlich zum Tisch und setzte sich erst einmal. Er stützte den rechten Arm auf und hielt das Handy an sein Ohr. Ganz schönes Schlachtfeld, dachte er, als er sich ein wenig umsah, während Marlene redete. Außer ihrer Stimme hörte er die Musik wummern, sah an den baldachinähnlichen Stoffbahnen vorbei, als ein paar Lichteffekte den Nachthimmel durchzuckten.

„Wir sind diesmal unbemerkt ins Haus gekommen, als die Kleinbusse abfuhren. Wir liegen jetzt wieder draußen auf der Lauer."

„Marlene, was spielt ihr da?" Er zupfte einen Olivenzweig aus dem Gesteck neben ihm.

„Wir beobachten nur. Wahrscheinlich ist es Schmidt Security, die sie abholt und zu den Objekten fährt. Das ist kein Service, das sieht aus wie ein Gefangenentransport."

Er hielt das Telefon ein Stück weg vom Ohr solange sie so echauffiert sprach. „Ich denke, ihr liegt auf der Lauer?" Dafür sprach sie viel zu laut.

„Die fahren hin und her. Wahrscheinlich zu irgendwelchen Bürotürmen, zurück, neue Menschen einladen und so weiter."

Er verstand kein Wort. Wollte nicht verstehen!

„Die werden wahrscheinlich alle von BrueCklean geputzt."

Wahrscheinlich, wahrscheinlich. Wie hatte Marlene nur die Kollegen zu dieser nächtlichen Aktion überreden können?

„Er beschäftigt alle, die in Not sind, gibt ihnen Unterkunft und Verpflegung und Arbeit. Ein paar Fachkräfte zum Vorzeigen. Fertig."

Sie schlussfolgerte zu schnell. Axel war drauf und dran, etwas Spöttisches zu erwidern. Auch würde er jetzt verdammt gerne mit einem Kollegen aus dem Wirtschafsdezernat sprechen. Aber das ging nicht. Stattdessen versuchte er Marlene seine Sichtweise darzulegen. „Es ist Facilitymanagement. Im ganz großen Stil. Also kann das nicht ..." Er hörte jemanden hinter sich. Es war gänzlich unklug, sich hier über Verdachtsmomente mit Marlene auszutauschen. Über ihre Verdachtsmomente! Auf der Party, die er als Lügner aufgesucht hatte. Als Schmarotzer, als Spitzel. „Gut. Das können wir in der nächsten Woche besprechen. Ich bin auf einer Feier gemeinsam mit meiner Frau, will sie nicht warten lassen." Es sollte lässig klingen und wie zufällig sollte es wirken, als er sich umdrehte. Das Grün ihrer Augen war auf einmal so nahe wie an seinem ersten Sonntag in Frankfurt. Was wollte Isabel Schlegel auf diesem Schlachtfeld? Er hatte sie nicht kommen sehen. Sie jedoch deutete ziemlich gefasst auf einen Stuhl neben ihm. Er nickte.

„Hoppe? Was ist?" Marlene war immer noch deutlich aus dem Handy zu hören, obwohl er die Lautsprecherfunktion gar nicht nutzte. Hoppe nannte sie ihn jetzt also. Ein klares Zeichen für ihre Oberhand, in dem was sie tat. Doch was ihn wirklich interessierte, war, warum sich diese Frau zu ihm setzen wollte, während er telefonierte? Er räusperte sich. „Marlene, warte mal."

Isabel Schlegel legte behutsam einen Zeigefinger auf ihren Mund. Die Fältchen an den Mundwinkeln und Augen wirkten ausgeprägter. Von Lachfältchen keine Spur. Diese Frau hatte gelauscht! In ihrem Blick erkannte er nichts charmant Aufforderndes wieder. Entsetzen und Unsicherheit standen ihr ins Gesicht geschrieben. Axel war zu perplex, um ihr behilflich zu sein, als sie sich einen Stuhl heranzog. Mit der verbliebenen Kraft ihrer Mimik flehte sie ihn an weiterzureden.

„Marlene?" Er musste seine Gedanken ordnen. Am Telefon seine übereifrige, verbissene Kollegin. Hier vor ihm die Fahrradfahrerin in gänzlich unerwarteter Verfassung und Nähe. Sie saß mit dem Oberkörper vorgebeugt, eingesackt, kauernd.

„Hoppe, wir müssen den Brückner hiermit kriegen."

„Aber der ist doch hier." Marlene sah das viel zu einfach. „Der hat alle möglichen Leute um sich. Der feiert, der kümmert sich gerade um so einen Wasserstoff-Akku." Er seufzte tief und ehrlich.

Isabel Schlegel tat genau das gleiche, doch er war zu erschöpft, um sich darüber zu wundern. Drei Frauen! Vier, wenn er auch noch Sarah Schmidt bedachte. Er hatte die Schnauze voll. „Und diese selbständigen Gefangenen putzen nachts in den Büros?“ Jetzt hatte er endlich einmal ausgeholt!

„Die meisten würden alles geben, um im Dunstkreis von BrueCklean tätig zu werden.“ Marlene war deutlich zu hören und über seine Bemerkung kein wenig irritiert.

Er hatte den Lautsprecher noch immer nicht auf Mithören gestellt. Er wollte keine Komplizin. Außerdem konnte es vielleicht doch noch ernsthaft dienstlich werden. Er schloss die Augen. Floh er? Oder sah er so besser? Er wollte tatsächlich weg von hier, von allem, auch von seinen eigenen alten Ermittlungen. Er hatte nichts mehr zu verlieren, also spottete er oder schlussfolgerte neu? „Und der Vleih hatte das alles also schon geblickt? Sarah Schmidt wurde vorgeschickt, ihn umzulegen und nun plagt sie das Gewissen?“ So einfach konnte es nicht gewesen sein, deshalb lachte er kurz und öffnete dabei die Augen.

Isabel Schlegel saß tränennass und kopfschüttelnd vor ihm.

„Axel, auch Rüdiger Schmidt hat einen Pilotenschein und Flugzeuge auf Elba. Es dauert eine Stunde von dort nach Mallorca. Er kann unter einem anderen Namen oder mit einem Kompagnon den Flug angemeldet haben.“

Seine Zuhörerin versuchte, sich mit einer benutzten Serviette das Gemisch aus Tränen und Schminke abzuwischen.

„Aber der bringt doch nicht einfach einen Journalisten um. In Auftrag!“

„Wollte er vielleicht gar nicht. Ist passiert.“

Wie bei dem Reinigungsunternehmer oder der jungen Frau, die ums Leben gekommen waren. Jedes Mal wurde randaliert, bedroht, Angst entfacht. Unglückliche Zufälle, die nicht aufzuhalten waren. Axel wusste, dass Marlene diese Fälle für wohl durchdacht hielt. Nur der Alte mit seiner Vase passe seiner Meinung nach nicht.

„Natürlich!“ Nach Marlenes Theorie passten die 3000 aufgestellten Kaffeeautomaten sehr gut zur BrueCklean. Packers Kaffee war praktisch in jedem Büro, jeder Verwaltung oder Kanzlei, auch aus dem Zoo, Theatern oder Sportstätten waren sie nicht mehr wegzudenken. Diese Automaten wollte Brückner warten. BrueCklean sollte über die hochwertige, regionale Kaffeemarke noch näher an die Menschen heranrücken und sich in ihren Herzen festsetzen. Mindestens eine Fifty-fifty-Chance bestand auf eine gütige Einigung mit dem Alten. „Der Alte wurde gar nicht angefasst, sondern nur seine blöde Nymphenburg-Vase.“

Die Porzellan-Partikel! Die Vase ging nicht zufällig kaputt. Sie wurde vor den Augen des Alten zerschmettert und das gab ihm den Rest. Ihm, dem Kunstliebhaber und Sammler. Dass der Mann einen Herzinfarkt erlitt, konnte man so nicht eingeplant haben. Dennoch waren die Chancen für BrueCklean gewachsen, nachdem der Erbe das Kaffee-Unternehmen an den Erstbesten veräußern wollte. Dass wir uns auf dem Kunstmarkt getummelt haben, war kurzsichtig. Axel legte das Telefon ab und schlug mit der Hand auf den Tisch. Isabel Schlegel hatte sich noch kein bisschen gefasst. Was hatte die denn bloß? Fahrig versuchte sie, ihre Tränen mit der Serviette aufzufangen. Axel schüttelte den Kopf. „Ich bin im Arsch.“

Aus dem Lautsprecher hörten sie beide Marlene. „Axel, bist du dran? Hoppe!“

„Das kann man nie beweisen“, sagte er leise vor sich hin, noch einmal etwas lauter auch für Isabel, die ihn fassungslos anschaute. Er nahm sein Telefon wieder in die Hand und wiederholte es abermals. „Selbst, wenn es zusammenpasst, könnte man es nie beweisen.“

Er hörte Marlene atmen. Etwas war anders. Er versuchte, Isabel zu ignorieren, um sich besser konzentrieren zu können. Marlene erwiderte nichts. Das war anders. Warum sagte sie nichts? Und die Musik? Sie war verklungen. Dennoch war es nicht leise. Schrien da Menschen? Albernheiten? Gegröle? Niemand kicherte, niemand applaudierte zu irgendwelchen Faxen. Als er sich aufmerksam den Geräuschen widmete, reckte auch Isabel ihren Kopf in die Höhe und roch förmlich an der Luft. Auch er schaute an den Stoffbahnen vorbei ein Stück Nachthimmel an. Die präzisen Discolaser bewegten sich nicht, dafür war ein unruhiges schwaches Flackern hinzugekommen. Er schloss für eine Sekunde die Augen, um ebenfalls zu riechen, riss die Augen wieder auf, sprang vom Stuhl und packte Isabel, um mit ihr Hand in Hand zum Tor zu rennen.

„Es brennt“, keuchte sie an seiner Hand.

„Ich setze auf dich!“ Marlene war noch am Telefon, doch ihr konnte er jetzt nichts erklären.

„Ich weiß!“, wandte er sich an Isabel. Das Handy ließ er in die Hosentasche gleiten.

Als Axel mit Isabel auf die Terrasse trat, sahen sie eine hochhaushohe, orangerot lodernde Front auf einer Breite von mindestens 20 Metern. Dort, wo er das erste Mal mit Marlene telefoniert hatte, brannten Büsche, Bäume, vermutlich sogar das Gras. Vorhin hatte er die trockenen Zweige unter den Johannisbrotbäumen und entlang der Feldsteinmauern angeschaut, hatte die Holzgatter für die Ziegen gesehen und die knorpeligen Olivenbäume. Esel schrien. Waren die etwa angebunden? Menschen riefen. Axel hörte Stimmen über sich. Auf dem Dach standen unverfroren zwei Männer und die bekifften jungen Frauen. Sie mussten dort weg, dachte er. Wenn der Wind auffrischte oder sich drehen würde, wären sie dort oben keineswegs mehr sicher. Oder hielten sie Ausschau? Das Lodern des Feuers verursachte laute Geräusche. Von hier unten bis zu den Leuten auf dem Dach konnte man sich nicht verständigen. Ein harzig öliger Gestank setzte sich in der Nase fest, ätzte auf der Zunge und in den Atemwegen. Unweigerlich musste man in die Feuersbrunst blicken, die schwarzen Rauch vor sich hertrieb.

„Weg, weg", schrie Axel nach oben und gestikulierte dabei wild.

“Gehen Sie!", sagte er zu Isabel. „Los, laufen Sie!" Er deutete auf die Rückseite des Anwesens. Irgendwie musste man doch durch das Haus noch hindurchkommen. Er selbst rannte die Terrasse entlang von der Frage getrieben, ob noch irgendjemand hier war? Schließlich wurde von dort oben doch Ausschau gehalten. Er rannte hinunter der Feuerwand entgegen. Er rief nach Brückner und Schmidt. Immerhin kannten sie sich aus! Alles seins, erinnerte er sich an seine Gedanken vor ein paar Stunden. Jemand musste sich kümmern und jemand musste dort unten mit dem Feuer gespielt haben. Oder war es ein Versehen? War es unvorsichtig gewesen, vor Stunden nur empört gewesen zu sein aber nichts gesagt zu haben? Seine Augen tränten vom

Rauch. Schützend hielt er die Arme vors Gesicht. Brennendes Material knackte, Bäume stürzten um, Verbranntes zischte in den Flammen, bevor es in Rauch aufstieg. Er war dem Feuer entgegengerannt und stand ihm nun von Angesicht zu Angesicht auf einer Ebene vor dem Ölmühlenanwesen gegenüber. Mit dumpfem Grollen spie das gleißende Licht seine Hitze aus. Wie eine riesige Ozeanwelle würde ihn die Feuerwalze mitreißen, der er wie ein Käfer gegenüberstand. Wen hatte er hier unten gesucht? Wen wollte er retten? Und für wen wollte er diesen Menschen retten? Niemanden konnte er mit schmerzenden, geblendeten Augen sehen. Er spuckte und hustete. Duckte sich, als ob er hoffe, so weniger abzukriegen. Er würde es nicht schaffen, die ganze Breite der Feuerbarriere abzulaufen. Niemanden würde er hier herausziehen können. Panik erfasste ihn. In diese Hölle war er gekommen, weil er verunsichert und am Ende unehrlich gewesen war. Axels Beine versagten für einen Moment. Er sollte rennen, aber wohin? All diese Stufen hinauf, durch das Haus, während es von außen vielleicht schon brannte? Außerdem würde er auf der Vertikalen an Geschwindigkeit verlieren, er würde es nicht zurück schaffen. Wie viel Vorsprung hatte er noch? Sein Telefon vibrierte.

„Wo bist du?" Kathrin weinte, konnte aber sagen, dass sie alle auf einem Stück Land in einiger Entfernung zur Ölmühle versorgt wurden. Die meisten allerdings hätten dort auch noch Angst. Ein hysterischer Mann wurde mit einem Hubschrauber fortgebracht. „Axel, ich hoffe, Du bist schon durchs Haus und auf dem Weg zu uns."

Das war ein guter Plan. Er musste sich entscheiden, nach rechts oder links entlang des Feuers zu laufen, um die Stufen nach oben zu erreichen. Auch musste er auf ausreichenden Abstand zwischen dem Feuer und der Finca hoffen. Wertvolle Zeit würde verloren gehen, wenn er entlang der Feuerlinie lief. Er betrachtete die Ebene noch einmal. „Meine Güte“, flüsterte er, als er mit seinem Blick ganz links bei der kleinen Gruppe aus Kiefern angekommen war.

„Axel, komm!“ Kathrin schrie panisch. Er hatte sein Telefon einfach fallen lassen. Er würde sie nicht wiedersehen.

Zwischen dem Feuer und der Finca waren nur noch wenige Meter Platz. Der Olivenhain hatte Feuer gefangen. Das Gebrüll der Esel war unerträglich. Die Ziegen jammerten gespenstisch. Gleich, sagte er sich. Ich schaffe es nicht mehr. Noch nie hatte er brennende Bäume gesehen und jetzt sah er sie aus unmittelbarer Nähe. Flammen sahen für einen kurzen Moment aus, als würden sie den Baum umschließen, ihn emportragen, doch nach kurzer Zeit brachen Äste ab, fielen Stämme um, die auf dem Boden oder schon während des Fallens die heiße, grelle Zerstörung weitergaben. „Dass es so schnell gehen würde.“ Axel musste etwas sagen. Reden! Singen konnte er nicht. Er würde reden, reden bis ... Das Feuer hatte die erste der Kiefer erreicht, die er in den letzten Sekunden beobachtet hatte. Er würde sich nicht schützen können. Gleich darauf brannte die gesamte Kieferngruppe und nur einen kurzen Moment danach erschütterte eine Druckwelle die Ebene. Die Erde erzitterte. Axel wurde von der Erschütterung und vom Schmerz niedergerissen. Am Boden liegend konnte er nicht anders, als durch Flammen und Rauch hindurch dem aufsteigenden

Feuerball vor dem Nachthimmel zuzusehen. Etwas hatte die Welt erschüttert.

Axels Ohren waren taub. Er versuchte aufzustehen, stolperte, stand wieder auf. Vor ihm war die Ölmühle mit ihren breiten Außentreppen. Er musste sie erklimmen, eine Alternative gab es nicht mehr. Zeit! Zeit würde es kosten, wenn er überhaupt die Stufen erreichen würde. Seine Augen brannten, er spürte seine Arme und Hände nicht mehr. Die Taubheit machte ihn orientierungslos. Der Mund war zugeklebt, die Atemwege waren verstopft. Kriechend erreichte er eine Treppe, rutschte ab, nahm die blutenden Hände zur Hilfe, um in die Höhe und vorwärts zu kommen. Würde er sich so nur halten können. Laufen konnte er nicht mehr. Ob jemand auf der Rückseite des Hauses auf ihn wartete? Aber selbst die Vorderseite würde er nicht mehr erreichen. Er würde hier auf den Stufen von der Feuerwalze erfasst werden. Schon spürte er die heiße Wand, die unaufhaltsam an ihn heranrückte, die Terrasse schien wie eine riesige Pyramide unerreichbar. Und wenn er es hinaufschaffen würde, hätten die Flammen von allen Seiten längst alles umschlossen. Drei Stufen hatte er geschafft. Er stemmte sich in einen Kriechgang, nahm vier weitere Stufen hinauf, als Lärm ganz dumpf von den Ohren sein Gehirn erreichte. Er vertraute seiner Wahrnehmung nicht, blickte nur widerwillig hinauf. Tatsächlich näherte sich ein Hubschrauber. Die Luke war geöffnet, eine Art Strickleiter hing heraus. Jetzt erkannte er den Mann, der darauf saß, daran hing. Der Krach wurde unerträglich. Die Hitze strich schon über seinen Rücken und machte das Atmen scheinbar unmöglich. Gleich würde er einfach die Augen schließen.

„Beeilung!" Rüdiger Schmidt brüllte, als er vor ihm stand. Er trug ein Geschirr, an dem ein Seil befestigt war, das zu dieser Strickleiter führte. Schmidt hatte ein Wirrwarr aus Riemen und Gürteln in den Händen und streifte Axel alles über. Karabiner klickten, Seile spannten sich, es tat weh, erst recht, als sie durch die Luft flogen. „Nichts für ungut, Herr Kommissar."

Nur wenige hundert Meter waren sie geflogen, als sich der Hubschrauber senkte. Stephan Brückner nahm gemeinsam mit Polizisten die beiden Männer in Empfang. Hände packten, hielten, nahmen sich der Hilfsmittel an, Daumen wurden in die Höhe gereckt, Axel wurde gestützt und vom Hubschrauber weggeführt. Kathrin wartete außerhalb des Radius der Rotorblätter. Hinter ihr sah er ein organgenes Inferno das in schwarzen Schleiern seine Spuren der Zerstörung gen Firmament schickte. Löschfahrzeuge waren auf einer Straße am Horizont unterwegs. Zwei Krankenwagen, etliche Polizeiwagen, ein Kleinbus und mehrere PKWs standen mit offenen Türen auf der Fläche, die wohl das nächtliche Krisenzentrum darstellte. Axel war irritiert, dass er hier nichts zu sagen hatte. Diese Art von Ansammlung verlangte sonst nach seinen Fähigkeiten. Doch hier hatten Schmidt und Brückner alles im Griff. Gästeliste, Windrichtung, Evakuierung, Sammelpunkt, Alarmierung, Erstversorgung, Transfer zum Hotel. Kathrin lief ihm entgegen. Er aber drehte sich noch einmal zu Brückner um. „Wo ist Professor Viktor Schlegel?"

Zwei Tage und zwei Nächte lang hatte es gebrannt. Nur aus der Luft konnte das Feuer eingedämmt und schließlich gelöscht werden. Danach blieben 300 Hektar Land bis tief in die Erde hinein verkohlt zurück.

Viktor Schlegel war noch in der Unglücksnacht wieder aufgetaucht. Er und seine Frau Isabel. Sie hatte ihn gefunden, als er versuchte die Flammen zu ersticken. Seine Hände waren verbrannt und blutig. Die Schuhe hatten Form und Schutzfunktion längst verloren. Im verkrusteten Gesicht klafften Wunden. Seine Wimpern und Augenbrauen waren längst geschmolzen. Er fluchte, predigte, jammerte. Er war von Sinnen. Hemd und Hose hingen in Fetzen an ihm. Seine Beine versagten. Ruß und Erde hatten sich in die Wunden hineingefressen. Isabel hatte ihn gezogen, geschleppt, geschoben. Doch er wollte die Kiefern fällen, den Akku abschalten, den Wasserstoff entweichen lassen. Isabel hatte gefleht, geweint, gedroht und wollte ihn von der Versuchsanlage wegziehen. Die Druckwelle hatte sie beide weggeschleudert.

Als Isabel erwachte, hatte sie die Reste von Viktors Hemd an einen Stock gebunden und den in den Nachthimmel gehalten. Sie hatte Viktor weitergezogen, hatte versucht, ihn aufzuwecken, war unter seiner Last zusammengebrochen.

Rüdiger Schmidt war mit dem Helikopterpiloten noch einmal aufgebrochen. Zwei Menschen hatten auf seiner Liste gefehlt.

Axel begegnete Torres wieder, was seitens des Mallorquiners nicht von Herzlichkeit erfüllt war. Wer konnte es dem Mann verdenken, dass er für Axel keinen Umweg mehr auf der wunderbaren Insel fahren würde, um ihre Schönheit anzupreisen. Dieser Polizist war höchstens noch als durchschnittlicher Zeuge zu gebrauchen. Die Verdachtsmomente erhärteten sich, dass derjenige, der in den Flammen fast umgekommen wäre, diese auch freigelassen hatte. Erst recht nachdem Axel den Kollegen der Policía nacional seine ganze Geschichte berichtet hatte. Sie brauchten etliche Café Solo und blieben sprachlos, als Axel bei seinem Resümee über sein Austauschjahr angekommen war. „Es ist komplexer geworden, als ich gedacht habe."

Ein Grünschnabel, Julian nicht unähnlich, schnalzte mit der Zunge. „Aber weder Sie noch Ihre Kollegin können mit dieser Komplexität etwas anfangen oder gar eine Verhaftung bewirken. Wir wollen nur den Brandstifter!"

Ob wirklich Viktor Schlegel der Schuldige war, mussten die Ergebnisse der Nachuntersuchungen zeigen. Er lag zwei Tage lang im Krankenhaus. Dann war er weg. Verschwunden. Irgendwo hatte es eine Lücke in der Überwachung vor seinem Krankenzimmer gegeben. Danach hätte man alle Jachten, Schiffe, Kleinflugzeuge abfangen müssen. Es war zu spät. Nur Geduld und Kombinieren würden ihn irgendwann wieder zutage fördern.

Brückner hatte trotz der Verwüstung seines kleinen landwirtschaftlichen Betriebes Gefallen am Energiethema gefunden. Ein halbes Jahr nach der Katastrophe hatte er in Neuseeland ein junges Unternehmen gekauft, das sich der

Erforschung von Batterietypen für stationäre Großverbraucher widmete. Die dortige Leitung hatte er seinem besten Mann übergeben, denn in Europa konnte dieser wegen einer unschönen Sache nicht mehr arbeiten.

Die BrueCklean putzte, caterte, pförtnerte bei dankbaren Kunden, wie der EnVer, die über eine Beteiligung in Neuseeland nachdachte.

Irgendwann wälzten in der BrueCklean AG fünf korrekt angezogene Mittdreißiger eine Woche lang dicke Ordner. Der Facilitymanagement-Riese wurde angehalten, über die Abspaltung einzelner Geschäftsbereiche nachzudenken, damit sich diese einzeln nur noch als mittelschwere Unternehmen neu am Markt aufstellen müssten. Die Wettbewerbsaufsicht würde sonst ein Verfahren gegen die BrueCklean anstreben.

Auch Schmidt Security bekam eine Aufsichtsbehörde ins Haus. Bußgelder wegen Überschreitung der zulässigen Arbeitsstunden und abgelaufener Erste-Hilfe-Zertifikate musste das Unternehmen über sich ergehen lassen.

Sarah Schmidt weinte um Isabel. Vielleicht weinte sie auch um Viktor. Irgendwann erhielt sie eine Nachricht aus Neuseeland mit dem Hinweis auf Schulen mit achtsamen Lehrern und auf eine Freundin, die Sarahs Kinder schon immer gerne kennenlernen wollte.

„Ich werde die hier heute Nachmittag anschrauben." Axel packte stabile gusseiserne Garderobenhaken aus, die er in einem Einrichtungsladen in der Schweizer Straße gekauft hatte.

„Du willst meine Nägel ersetzen?“

„Wir müssen ja wohl noch ein Weilchen bleiben.“

Hoppes nächster Fall

In welches Thema soll sich Axel Hoppe mit dem nächsten Fall verwickeln? Schickt Eure Anregungen, Ideen, Interessenslagen gerne an katjadarssen@web.de.

Danksagungen

Dank gilt allen Lesern, Zuhörern und Motivatoren während einer viel zu langen Entstehungsphase dieses Romans.
Sonja gebührt in meinem Schreibprozess besonderer Dank. Sie bestand aufs Evozieren. Manchmal schien das ihr Lieblingswort gewesen zu sein. Zum Glück! Sie hat mir irgendwann gesagt, dass es Zeit sei.
Dank gilt auch der „Kronberger Schreibstube", deren Mitglieder immer interessiert waren, die mich mutig machten. Insbesondere denke ich an Ursula, Uta, Wolfgang, Wolfgang 2 und Dietrich, die mit ihrer Lust am Schreiben ansteckend sind.
Die allererste Begegnung mit dem Schreiben, wie es so schön heißt, hatte ich bei Astrid. Sie war auch diejenige, die mir zum Schluss geduldig zugehört und mich in konstruktiven Gesprächen vorangetrieben hat. Ein Lektorat kann sogar Spaß machen!
Dieses Buch wäre aber niemals ohne meine Familie entstanden. Das nächste Buchprojekt wird mich nur beflügeln, in gute Stimmung versetzen und viel schneller fertig werden. Versprochen!

ISBN 978-3-7529-6207-9
9 783752 962079 00003
www.epubli.de